KATHRIN LANGE

Ohne Ausweg

KATHRIN LANGE

OHNE AUSWEG

THRILLER

blanvalet

FSC
www.fsc.org
MIX
Papier aus verantwortungsvollen Quellen
FSC® C014496

Verlagsgruppe Random House FSC® N001967

1. Auflage

Umschlaggestaltung und -motiv: © Johannes Wiebel | punchdesign, unter Verwendung von Motiven von Shutterstock.com
Redaktion: Hannah Jarosch
BL · Herstellung: sam
Satz: Buch-Werkstatt GmbH, Bad Aibling
Druck und Einband: GGP Media GmbH, Pößneck
Printed in Germany
ISBN: 978-3-7341-0265-3

www.blanvalet.de

Für
Ali, Ayman,
Mohammed, Muhammad, Muhyadin
und Mustafe.

Willkommen in meinem Leben.

Und für all die anderen,
die ihre Kinder in Boote setzen,
weil ihr Land gefährlicher geworden ist
als das weite, offene Meer.

Der Tod ist eine unveränderliche Größe,
allein der Schmerz ist eine veränderliche,
die unendlich wachsen kann.
(Georg Christopher Lichtenberg)

So Allah es wollte, wahrlich, er hätte
euch zu einer einzigen Gemeinde gemacht.
Doch will er euch prüfen, in dem, was er euch gegeben.
Wetteifert darum im Guten.
(Der Koran, Sure 5, Vers 53)

Teil 1

Man kann das Böse leugnen,
aber nicht den Schmerz.

1. Kapitel

Noch zwei. Minuten. Zu leben.

Seine Gedanken kamen abgehackt, genau wie sein Atem, aber er zwang sich, ruhig zu bleiben. Sein Blick hastete über den Fetzen Papier, den er auf seinem Oberschenkel abgelegt hatte. Ein Stück von einem DIN-A4-Blatt mit brisantem Inhalt. In der Dunkelheit waren die Buchstaben kaum zu erkennen.

»Er muss hier irgendwo sein!« Die Stimme der Frau, die Jagd auf ihn machte, ließ ihn den Kopf heben.

Kaum noch Zeit.

Er zerknüllte das Blatt, steckte es in den Mund. Schluckte angestrengt. Das Papier rutschte ihm scharfkantig und unangenehm die Kehle hinunter.

Mühsam rappelte er sich auf. Flüchtete weiter.

Im Laufen zog er ein Wegwerf-Handy aus der Tasche, verlor es fast, weil seine Hände glitschig waren von Schweiß.

Von kaltem Schweiß.

Gar nicht gut.

Er krallte die Finger fester um das billige Telefon. Hoffte, dass das verdammte Mistding noch funktionierte. Der Akku war vorhin schon ziemlich am Ende gewesen.

Noch anderthalb. Minuten.

Diese Phase seines Sterbens würde die hässlichste werden, das wusste er.

In dem Rohbau gab es noch keine Türen zwischen Parkdecks und Treppenhaus. Die Fahrstuhlschächte waren klaffende Öffnungen, notdürftig gesichert durch Holzplanken, die jemand mit gelbem Absperrband umwickelt hatte. Er sprintete um eine Ecke und durch eine der klaffenden Lücken in der Wand. Im nächsten Moment stand er vor der rohen Betontreppe, die auf die nächste Parkebene hinaufführte. Oben nichts als Dunkelheit. *Gut.* Das war genau das, was er brauchte.

Sein Herz begann zu rasen, als er sich an den Aufstieg machte. Er biss die Zähne zusammen.

Noch eine Minute.

Die Zeit wurde knapp.

Er erreichte den oberen Treppenabsatz, stolperte, weil die letzte Stufe ein bisschen höher war als die anderen. Mit einem gepressten Aufschrei fiel er auf die Knie. Seine Stimme hallte zwischen den Betonsäulen des Parkdecks wider, und er konnte seine Verfolger näher kommen hören.

Das Licht der Straßenlaternen zeichnete die Konturen des rohen Betons seltsam weich. Er blinzelte, als ihm bewusst wurde, dass es nicht das Licht war, das alles in einen flirrenden Nebel tauchte. Es war das Gift in seinem Körper.

Seine Zeit war fast um.

Er kam schwerfällig auf die Füße und hastete weiter, taumelnd jetzt.

»Er muss hier irgendwo sein!« Wieder die Frauenstimme.

Während im Treppenhaus Schritte ertönten, flogen seine Finger über die Tastatur des Handys. Aus Sicherheitsgründen hatte er die Nummer nicht eingespeichert, aber er kannte sie auswendig. Doch er vertippte sich.

»Verfickte Scheiße!«, zischte er. Sein Atem jagte, und trotzdem bekam er kaum noch Luft. In fliegender Hast wählte er neu.

Seine Verfolger hatten jetzt den oberen Treppenabsatz erreicht. Er duckte sich hinter eine Betonbrüstung. Das Handy gab ein leises Piepsen von sich, als es die Verbindung herstellte. Der Lichtkegel einer Taschenlampe flammte auf, huschte umher auf der Suche nach ihm.

»Da hinten ist er!«, rief die Frau. Und dann: »Geben Sie auf, Herr Akay! Sie können vielleicht uns entkommen, aber dem Gift auf keinen Fall!«

Er warf sich mit dem Rücken gegen die Brüstung, die ihn noch vor den Blicken seiner Häscher schützte. Seine Hände zitterten jetzt, ihm war schwindelig. Sein Brustkorb hob und senkte sich bei jedem qualvollen Atemzug. Verzweifelt presste er das Telefon ans Ohr. *Geh ran!*

Hinter ihm näherten sich Schritte.

Die Welt verschwamm vor seinen Augen.

»Tromsdorff!« Die Stimme an seinem Ohr ertönte unvermittelt, und Akay brauchte eine Sekunde, um zu begreifen, dass am Ende doch noch abgehoben worden war.

»Es ist alles ganz … anders«, stieß er hervor. »Al-Sadiq hat …« *Falsch. Ganz falsch!* Noch mal: »Der Anschl…« Die Worte verebbten, als ihm die Luft wegblieb. Sein Herz begann zu stolpern. *Reiß dich zusammen!* »Nicht …« Verzweifelt versuchte er, Luft in seine Lunge zu bekommen, denn er wusste, wenn es ihm nicht gelang, sein Wissen weiterzugeben, würden Hunderte von Menschen sterben. In seinen Ohren kreischte es jetzt, sein Herz hörte auf zu stolpern und fing an zu flattern. Schwarze Schatten näherten sich am Rand seines Gesichtsfeldes. Das Licht der Taschenlampe blendete ihn. »Hi …«

Vergeblich. Er bekam kein einziges Wort mehr heraus.

O Gott, Berlin!

Zwei Gestalten tauchten dicht vor ihm auf. Er wusste, dass es ein Mann und eine Frau waren.

»Lassen Sie das Telefon fallen!«, befahl der Mann.

Verzweifelte Hoffnung zuckte durch Akays schwindenden Geist. Tromsdorff hörte zu. Er würde die Stimme erkennen! Die Jungs von der SERV waren gut. Sie würden ihre Schlüsse ziehen. Akay hob das Kinn, blinzelte, um den Mann vor sich zu fokussieren. War das eine Pistolenmündung, in die er schaute? Egal! Er wollte dem Befehl dieses Mistkerls nicht gehorchen, wollte einen allerletzten Akt des Widerstands leisten, aber sein Körper stellte sich nun vollends gegen ihn. Das Handy entglitt seinen Fingern und landete mit einem Klappern auf dem Betonboden.

Der Mann hob es auf, unterbrach die Verbindung.

»Durchsuch ihn!«, befahl die Frau. »Wir müssen sichergehen, dass er keine verwertbaren Informationen bei sich trägt.«

Beinahe hätte Akay gegrinst. Gut, dass er den Zettel verschluckt hatte. Das Pamphlet auf der Vorderseite würde der SERV helfen, die drohende Katastrophe zu verhindern. Seine Augen versagten ihm nun vollständig den Dienst, aber er spürte, wie er von Kopf bis Fuß abgetastet wurde. Sein Gehirn kreischte nach Sauerstoff.

»Nichts«, sagte der Mann. Er klang erleichtert.

Akays Brustkorb zog sich schmerzhaft zusammen.

Ihm war kalt. So kalt.

Etwas wurde ihm gegen die Stirn gepresst, und er wusste, dass es die Mündung der Waffe war.

»Nicht!«, zischte die Frau. »Das hört man!«

»Scheißegal!«, sagte der Mann.

Mach schon!, dachte Akay grimmig. Und dann: *Hoffentlich werden sie den Zettel lesen können.*

Gleich darauf drückte der Mann ab.

Der Schuss hallte ohrenbetäubend laut durch das halb fertige Parkhaus und weithin hörbar durch die Nacht. Andrea Roth verfluchte im Stillen diesen Idioten, mit dem sie hier zusammenarbeiten musste.

»Das hat halb Berlin gehört!«, fauchte sie.

Ihr Begleiter, sein Name war Timo Herdmann, zuckte nur gleichgültig die Achseln.

»Du hättest einfach warten können, bis er von allein krepiert.«

Herdmann sah sie an, und sie glaubte, Ekel in seinem Blick zu erkennen. »Du bist eiskalt, weißt du das?«

Diesmal war sie es, die mit den Schultern zuckte. »Einer muss ja glattbügeln, was du verbockst!«

Abwehrend hob Herdmann die Hände. »Woher sollte ich ahnen, dass dieser Blödmann bei mir auftaucht?«

Weil du Idiot eine Spur gelegt hast, dachte Andrea. *Eine Spur so breit wie der Amazonas.*

»Herrgott noch mal!«

Es nützte nichts. Das Kind war in den Brunnen gefallen, und nun mussten sie Schadensbegrenzung betreiben. Sie beschloss, auf Nummer sicher zu gehen, und kontrollierte selbst noch einmal sämtliche Taschen des Toten. Auch sie fand den Zettel nicht, den Akay aus Herdmanns Wohnung hatte mitgehen lassen. War das gut oder schlecht?

Mit den Spitzen von Daumen und Zeigefinger rieb sie sich die Stirn, während Herdmann die Anrufliste von Akays Handy aufrief und kontrollierte, wem dessen letztes Telefonat gegolten hatte.

Als die Nummer auf dem Display erschien, fluchte er, dann drehte er es so, dass sie daraufsehen konnte.

Akay hatte die SERV angerufen.

Auch das noch!

Herdmann scrollte durch die Anrufliste und hielt das Handy dabei so, dass sie ihm zusehen konnte. »Er hat nur dieses einzige Mal telefoniert, seit … eben.«

Seit eben.

Natürlich wagte es dieser Volltrottel nicht, es auszusprechen: Seit Akay ihnen durch Herdmanns Dämlichkeit auf die Schliche gekommen war.

So nah war *Hiob* noch nie vor der Enttarnung gewesen.

Andrea spürte noch immer die Symptome einer Art Schock, der sie ergriffen hatte. »Du verdammtes Arschloch!«, fuhr sie Herdmann an. »Wir hatten nicht ohne Grund den Befehl gegeben, keine Aufzeichnungen …« Sie warf die Hände in die Höhe. »Und dann lässt du den Mann auch noch entkommen, statt ihm sofort eine Kugel in den Kopf zu jagen.«

»Einen Schuss hätte man gehört!«

Ach, dachte sie grimmig. *Auf einmal?*

»Und immerhin habe ich ihm das Gas ins Gesicht gesprüht«, verteidigte sich Herdmann weiter.

Das Gift.

Das seine Zeit brauchte, um zu wirken. Das es Akay ermöglicht hatte zu fliehen – und sie dazu gezwungen, ihn bis hierher in dieses elende Parkhaus zu verfolgen. Wo sie nun eine verdammte Leiche mit einer Kugel im Kopf am Hals hatte.

Andrea sparte es sich, Herdmann das alles ins Gesicht zu schreien, auch wenn sie große Lust dazu verspürte.

»Außerdem hatte er den Zettel ja gar nicht bei sich«, verteidigte sich Herdmann lahm. Er wusste, wie zornig sie war, bemühte sich verzweifelt, sie zu beschwichtigen. Über die Brüstung des Parkhauses hinweg warf er einen Blick in den Nieselregen hinaus. »Bestimmt hat er ihn unterwegs verloren. Ich hatte mit Tinte geschrieben, was du mir am Telefon gesagt hast. Und die ist bei dem Regen längst nicht mehr zu lesen.«

Andrea zwang sich zur Besonnenheit. Es reichte, wenn hier einer von ihnen beiden versagte. »Ja«, murmelte sie. »Vielleicht.«

Herdmann schob Akays Handy in seine Jackentasche. »Das entsorge ich nachher, und dann gibt es keine Hinweise auf uns.«

Dein Wort in Gottes Ohr, dachte Andrea. »Lass uns von hier verschwinden!«, befahl sie dann, und während sie gemeinsam mit Herdmann die kahle Betontreppe nach unten ging, wählte sie auf ihrem eigenen Handy eine Nummer.

»Akay ist tot«, erklärte sie, als am anderen Ende ein knappes »Ja?« erklungen war. Und sie fügte hinzu: »Wir konnten sicherstellen, dass er keine belastenden Informationen mitgenommen hat.«

Herdmann sah sie dankbar an bei dieser leichten Dehnung der Wahrheit.

Sie zögerte kurz, dann sagte sie: »Allerdings hat er kurz vor seinem Tod Tromsdorff angerufen.«

Ihr Gesprächspartner grunzte leise. »Und?«

»Er hatte keine Gelegenheit, etwas zu übermitteln, woraus sich irgendwas schließen lässt. Aber die SERV wird das nicht einfach auf sich beruhen lassen, fürchte ich. Du kennst sie.«

»Lass uns nachher darüber reden. Du weißt, was du vorher zu tun hast?«

Andrea warf einen Blick auf ihren Begleiter. »Natürlich. Ich kümmere mich darum und melde mich wieder.« Sie verabschiedete sich und legte auf. Mittlerweile hatten sie das untere Stockwerk erreicht und traten auf die Parkebene hinaus.

»War das Ludger?«, fragte Herdmann.

Innerhalb der Organisation, die *Hiob* darstellte, nannte niemand ihren obersten Anführer bei seinem richtigen Namen.

Andrea ignorierte die Frage. »Komm mit!«, befahl sie. Sie führte Herdmann aus dem Parkhaus hinaus, ein Stück die noch nicht asphaltierte Straße entlang und schließlich in einen anderen Rohbau hinein. Ein Einkaufszentrum wurde hier errichtet, eine riesige Shoppingmall, die bald einmal mehr als zweihundert Geschäfte beherbergen würde. Das erst halb fertige Gebäude war ein regelrechtes Labyrinth. Zusammen mit ihrem Begleiter ging Andrea durch die leeren dunklen Etagen bis ganz nach oben.

»Worum müssen wir uns hier denn kümmern?«, wollte Herdmann wissen, nachdem sie fast am anderen Ende der Passage angekommen waren.

Statt ihm eine Antwort zu geben, trat Andrea an einen Verteilerkasten heran, der direkt neben einem nur mit Dachlatten gesicherten Fahrstuhlschacht lag. Sie stellte ihre Handtasche darauf, drückte Herdmann die Taschenlampe in die Hand und begann, in ihrer Tasche herumzukramen.

»Was hast du vor?«, fragte Herdmann.

Wieder antwortete sie nicht, sondern holte der Reihe nach zwei nahezu identisch aussehende Lederarmbänder aus der Tasche, legte sie auf den Verteilerkasten und suchte weiter. Ohne die Hand aus der Tasche zu nehmen, schenkte sie Herdmann dann ein warmes Lächeln. »Typisch Frauenhandtasche, was? Kannst du mir mal Licht geben?«

Wie beabsichtigt, kam er ein Stück näher, begierig darauf, ihr zu helfen. »Was suchst du denn?«

Da zog sie die Hand aus der Tasche. In ihr lag eine kleine Spraydose. Der Sprühstrahl, den Andrea in Herdmanns Gesicht richtete, schimmerte im Schein der Taschenlampe leicht metallisch. Sie drehte den Kopf zur Seite, um nichts davon abzubekommen.

»Hey!«, stieß Herdmann aus. »Was soll das denn?«

»Einen Schuss hätte man gehört«, sagte Andrea freundlich.

Und plötzlich begriff er. Seine Augen weiteten sich. »Du hast …«

Sie nickte.

»Warum?«, ächzte er.

Sie verzichtete darauf, ihm zu erklären, dass *Hiob* Versager wie ihn in den eigenen Reihen nicht tolerierte. Mit medizinischem Interesse sah sie zu, wie Herdmann panisch zu zappeln begann. *Waschlappen!*, dachte sie verächtlich. Das Gift konnte noch gar nicht wirken, aber Herdmanns Todesangst spielte ihr wunderbar in die Karten. Auf diese Weise war es ein Leichtes für sie, dafür zu sorgen, dass er nicht hinunter und auf die Straße rannte.

Eine knappe Viertelstunde später trat sie in die Nacht hinaus. Es hatte aufgehört zu regnen. Ein verwaschener Halbmond stand an dem schmalen Streifen Himmel, der zwischen dem Parkhaus und dem Einkaufszentrum zu sehen war. Sie betrachtete ihn eine Weile, dann zog sie ihr Handy hervor.

»Erledigt«, meldete sie, als Ludger ranging.

»Sein Handy?«

»Habe ich an mich genommen. Und das von Akay auch.« Sie dachte daran, wie leicht es gewesen war, Herdmann sein eigenes Handy und das von Akay wegzunehmen und ihm einen kräftigen Stoß zu versetzen, der ihn durch die Dachlatten und hinunter in den Fahrstuhlschacht schickte. Ein wenig schauderte sie bei dem Gedanken an das dumpfe Geräusch, als der Körper acht Stockwerke tiefer aufgeschlagen war.

»Gut. Wirf sie in irgendeinen Kanal. Was ist mit den beiden Leichen?«

»Herdmann dürfte für ein paar Tage unentdeckt bleiben. Er liegt am ganz anderen Ende einer Baustelle in einem Fahrstuhlschacht, und hier wird überall gerade nicht gearbeitet. Aber Akays Leiche werden sie finden, sobald sie den Ort seines letzten Telefonats anpeilen. Kannst du jemanden schicken, der ihn von hier wegschafft?«

»Keine Chance. Jeder Einzelne von uns ist mit Vorbereitungen beschäftigt.«

Andrea fluchte leise.

»Nicht so schlimm«, beruhigte Ludger sie. »Bevor Labor oder Gerichtsmedizin irgendwas Brauchbares haben, ist unser Vorhaben längst in die Tat umgesetzt.«

»Dein Wort in Gottes Ohr«, murmelte Andrea.

»Bist du wirklich sicher, dass es Akay nicht gelungen ist, irgendwelche Informationen über *Hiob* durchzugeben? Unser Plan steht kurz vor der Vollendung, und wir können keine Komplikationen mehr gebrauchen.«

»Ganz sicher.« Andrea nickte unwillkürlich. Es fühlte sich falsch an, aber zum Glück konnte Ludger sie nicht sehen. Kurz spielte sie mit dem Gedanken, von dem verschwundenen Zettel zu erzählen, entschied sich aber dann dagegen. Sie war verantwortlich dafür, dass dieser Zettel überhaupt existierte. Und sie war mit verantwortlich dafür, dass Akay entkommen konnte. Ludger hatte schon mehr als einmal nachdrücklich unter Beweis gestellt, dass er Fehler nicht tolerierte. Andrea hatte keine Lust, Herdmanns Schicksal zu erleiden. Besser also, ihr Anführer und die anderen erfuhren nichts von dem Zettel.

»Gut«, entschied Ludger, nachdem ein paar Sekunden in Schweigen verstrichen waren. »Lassen wir die SERV sich um al-Sadiq kümmern. Damit dürften sie beschäftigt genug sein, um uns nicht in die Quere zu kommen.«

Diese Worte ließen Andrea lächeln. Sie steckte die Hand in ihre Jackentasche. Dabei streiften ihre Fingerspitzen die beiden Lederarmbänder, die sie vorhin dort hineingeschoben hatte. Sie hob den Blick zum Mond hinauf und betrachtete ihn ein paar Sekunden lang.

Wie schön er war!

Sie wischte das Lächeln von ihrem Gesicht.

Dann legte sie auf.

2. Kapitel

Die Geräusche der nahen Stadtautobahn klangen lauter als sonst, weil es die halbe Nacht hindurch geregnet hatte. Das Rauschen der vorbeifahrenden Autos drang durch das gekippte Schlafzimmerfenster. Mit hinter dem Kopf verschränkten Händen lag Faris Iskander auf dem Bett und starrte gegen die Decke. Julia schlief neben ihm auf dem Bauch. Ihr linker Arm ruhte auf seiner Brust. Schweiß perlte zwischen ihrer und seiner Haut. Es kitzelte, wenn Faris Atem holte.

»Kannst du wieder nicht schlafen?« Julias Stimme war ein träges Gemurmel, halb erstickt von den Falten des Lakens, das sie vor dem Gesicht zusammengeknüllt hatte, als müsse sie ihm ein Geständnis abpressen. Sie schälte sich aus dem Stoff und wandte den Kopf so, dass sie Faris ansehen konnte.

Das Licht der Straßenlaterne, das von draußen hereinfiel, zeichnete ihre Züge weich.

»Doch«, antwortete er auf ihre Frage. »Ich bin eben erst wach geworden.«

Es war die Wahrheit. Was er jedoch verschwieg, war der Traum, aus dem er nur wenige Minuten zuvor hochgeschreckt war. Dieser sonderbare Traum, der alle Albträume, die er jemals gehabt hatte, in den Schatten stellte.

In diesem Traum saß er mit jemandem auf einer beigefarbenen Couch. Er wollte den Kopf wenden, um nachzusehen, wer es war, aber er konnte es nicht. Er war dazu verdammt, absolut regungslos dazusitzen, ein Gefühl, das in ihm ein tiefes Grauen auslöste. Er bekam keine Luft.

Die Gestalt neben ihm streckte eine Hand aus und berührte ihn am Unterarm. Er wollte aufspringen. Wollte schreien. Sich übergeben. Er konnte keinen Muskel rühren. Alles, was er tun konnte, war dazusitzen und auf diese Hand zu starren, die ihn festhielt. Auf die Hand und auf das Lederarmband, das um das Gelenk geschlungen war.

Ein abgenutztes Lederarmband mit arabischen Schriftzeichen. Er kannte es gut. Es hatte einmal ihm gehört, aber Andrea Roth, seine Therapeutin, hatte es ihm weggenommen. Es erinnere ihn zu sehr an seine tote Exfreundin, hatte sie ihm gesagt. Er solle versuchen, nicht mehr so oft an sie zu denken. Er solle nach vorn schauen.

Nach vorn schauen!

Faris schnaubte leise.

Andrea hatte ihm auch erklärt, dass der Traum eine Art Ausweichmanöver seines Unterbewusstseins war. Er hatte so viele furchtbare Dinge erlebt und durchlitten, dass er wahrscheinlich genug Stoff für 365 verschiedene Albträume gehabt hätte, für jede Nacht des Jahres einen. Aber sein Geist hatte sich entschieden, alle in einen einzigen zusammenfließen zu lassen und das Grauen, das er empfand, auf dieses an sich harmlose Detail, das Armband, zu richten.

Julia drehte sich auf die Seite und bettete den Kopf auf den angewinkelten Arm. Die andere Hand ließ sie auf seiner Brust liegen. Sie krümmte die Finger ein wenig, sodass er ihre kurz geschnittenen Nägel spüren konnte. »Ich erkenne immer noch nicht, wann du mich anlügst.« Es lag kein Vorwurf in ihrer Stimme, nur diese leichte Verwunderung, die sie stets zu verspüren schien, wenn sie ihn ansah, und die er sich nie erklären konnte.

Er schloss die Augen.

»Woran denkst du?« Julia nahm die Hand von seiner Brust. Leicht legte sie sie an seine Wange, sodass er den Bart spüren konnte, den er sich seit einiger Zeit wachsen ließ.

Dann verschwand die Hand wieder.

Faris spürte an Julias Bewegung, dass sie sich auf den Ellenbogen stützte, um ihn betrachten zu können. Langsam öffnete er die Augen. Das Laken hatte rote Striemen an ihrer Wange hinterlassen, er fuhr sie mit dem Zeigefinger nach.

Als er nach mehreren Minuten noch immer nichts gesagt hatte, seufzte sie, setzte sich auf und zog die Bettdecke um ihren nackten Leib. Im Schneidersitz starrte sie die Brandnarbe und die beiden frisch verheilten Schusswunden auf seiner Brust an. »Gott, Iskander«, sagte sie. »Du bist ganz schön kaputt, weißt du das?«

Er wusste nicht, ob sie seinen Körper oder seine Seele meinte.

»Liegst hier mit mir in der Kiste. Warum stehst du nicht auf und gehst? *Zu ihr?*« Bei den letzten beiden Worten lag ein ganz kleines Beben in ihrer Stimme, und er beschloss, so zu tun, als habe er es nicht gehört.

Ihre Worte hatten in ihm Erinnerungen wachgerufen, Erinnerungen an einen regnerischen Abend. Mit Gewalt schob er sie von sich.

»Ich bin jetzt hier bei dir«, sagte er ruhig.

»Ja.« Sie schnaufte.

Ihre blonden Haare waren kurz geschnitten, so wie immer.

Bei ihrem ersten gemeinsamen Abendessen hatte er ihr erzählt, dass er lange Haare mochte, und aus irgendeinem Grund war er erleichtert gewesen, als sie tags darauf zum Friseur ging und ihren für Einsätze so praktischen Kurzhaarschnitt nachschneiden ließ.

»Seit drei Wochen schlafe ich besser«, sagte er. »Besser jedenfalls als früher.«

Früher hatte er oft nächtelang gar nicht schlafen können. Er hatte sich wie ein Junkie auf Entzug gefühlt. Monatelang. Vor drei Wochen dann hatte Julia ihn zum ersten Mal hierher mit zu sich nach Hause genommen.

»Nur Sex!«, hatte sie gekeucht, als er sie noch im Flur gegen die Wand gepresst und in wilder Verzweiflung geküsst hatte. Mit aller Kraft hatte sie ihn von sich weggedrückt und ihm bestimmt in die Augen gesehen. »Nur Sex, keine emotionalen Verwirrungen, okay?«

Und er hatte es ihr versprochen. Er war froh über ihre Worte gewesen, denn schon einmal hatte er versucht, dieses elende schwarze Loch tief in seinem Innersten zu füllen, indem er sich an den warmen Körper einer Frau klammerte.

Ira.

Der Name war da, ohne dass er etwas dagegen tun konnte.

Warum gehst du nicht zu ihr?

Im Gegensatz zu damals bereitete ihm das hier mit Julia jedoch kaum Schuldgefühle, was der Grund dafür war, weshalb er seit dieser ersten wilden Nacht schon mehrfach wieder hergekommen war.

»Nur Sex!«, sagte Julia jetzt warnend, und er ahnte, dass sich seine Gedanken auf seine Züge gestohlen hatten.

»Klar«, murmelte er und ließ sie in dem Glauben, dass er über sie nachgedacht hatte.

Sie öffnete den Mund, aber das Klingeln ihres Handys kam ihr zuvor. Sie verdrehte die Augen, dann lehnte sie sich nach hinten, um nach dem Telefon zu angeln, das sie zusammen mit ihrer Dienstpistole neben das Bett auf eine als Nachttisch dienende Seemannskiste gelegt hatte. Beiläufig schob sie dabei die Waffe ein Stück zur Seite. Als sie auf das Display sah, rümpfte sie die Nase. »Tromsdorff«, sagte sie. »Sorry, da muss ich rangehen.« Sie nahm den Anruf an. »Lautenschläger?«

Tromsdorff war der Gründer und Leiter der SERV, einer Sondereinheit des LKA Berlin, die zuständig war für die Ermittlung bei religiös motivierten Verbrechen. Er war Faris' direkter Vorgesetzter, nicht jedoch der von Julia.

Faris verschränkte die Arme hinter dem Kopf und versuchte, nichts zu empfinden. Es gelang nicht. Es störte ihn, dass Robert Tromsdorff Julia anrief, auch wenn er nicht genau wusste, warum.

Julia lauschte eine ganze Weile lang schweigend. Faris konnte die Stimme am anderen Ende der Leitung nur als undeutliches Gemurmel wahrnehmen, aber an der Art, wie Julia sich plötzlich aufrechter hinsetzte, erkannte er, dass ihr nicht gefiel, was sie hörte.

»Verstehe«, murmelte sie. »Bist du sicher?«

Wieder redete Tromsdorff. Julia bestätigte mehrmals. Einmal sah sie Faris dabei nachdenklich an. Und mit den Worten »Ich bin unterwegs« legte sie schließlich auf. Auf der Unterlippe kauend, starrte sie aus dem Fenster in die Dunkelheit hinaus.

Faris wartete, ob sie ihm sagen würde, was geschehen war, aber sie schwieg. Lange.

»Julia?« Er bohrte beide Ellenbogen in die Matratze. »Was ist los?« Seine Narben ziepten leicht.

»Ich wusste, es ist keine gute Idee«, sagte sie.

»Was?«

»Mit dir ins Bett zu gehen.«

Ihre Worte trafen ihn an einer Stelle tief in der Brust. »Wieso?«

Julia beugte sich über ihn und gab ihm einen langen Kuss auf den Mund. Sie schmeckte noch nach dem indischen Curry, das sie gestern Abend gegessen hatten. Ihre Haut roch nach Schweiß und seinem eigenen Aftershave. »Wie sagt man so schön? Never fuck the company!«

Er verstand nicht. Ratlos schaute er an sich hinab. Eine der Kugeln, die ihn bei seinem letzten Einsatz getroffen hatten, schien immer noch in seinem Schulterblatt zu stecken. Ein kalter Knoten, der Schmerzen in seinen Arm ausstrahlte wie ein Stück Trockeneis.

Mit einer schnellen, zornig aussehenden Bewegung schwang Julia die Beine aus dem Bett, ließ die Decke fallen und warf das Handy auf den Nachtschrank. Das helle Narbengewebe dicht über ihrer Hüfte hob sich deutlich sichtbar gegen ihre leicht gebräunte Haut ab. Faris wusste nicht, ob Julias Bräune von regelmäßigen Solariumbesuchen herrührte oder von einem noch nicht lange zurückliegenden Urlaub. Was er jedoch wusste, war, dass auch sie schon einmal im Dienst angeschossen worden war.

»Julia!«, mahnte er. »Was ist los?«

Sie begann, ihre Sachen zusammenzuraffen. »Zieh dich an!«, blaffte sie. »Ich weiß zwar nicht, warum, aber offenbar bekommst du endlich den Einsatz, auf den du dich schon so lange vorbereitest.«

Die U-Bahn ruckelte über eine Weiche, und das Licht flackerte dabei. Aus. An. Aus.

Amira umklammerte die Griffe der Tasche, die sie auf dem Schoß stehen hatte, und atmete tief durch. Genau wie sie es gelernt hatte, zu Hause, wo die Bomben am Ende fast täglich vom Himmel fielen und der Wind den Trümmerstaub über das Land wehte wie das Leid der Menschen. Gelbe Erde. Das war es, was Amira einfiel, wenn sie an zu Hause dachte. Gelbe Erde und die Flecken darauf schwarz von Fliegen.

Das U-Bahn-Licht ging wieder an. Die junge Frau, die Amira gegenübersaß, schien zur Frühschicht zu müssen. Warum sonst sollte sie um diese Uhrzeit schon unterwegs sein? Die Frau trug eine Jeans und darüber eine dicke Daunenjacke. Sie lächelte freundlich, aber Amira lächelte nicht zurück, sondern richtete den Blick auf den Saum ihres Mantelärmels, mit dem sie schon eine ganze Weile nervös spielte. Obwohl sie nicht lächelte, war sie froh. Froh, weil das Licht hier in Deutschland immer wieder anging. Froh, weil Deutschland ein helles Land war.

Und gleichzeitig brodelte genau deswegen dieser Zorn in ihr.

Eine Zeit lang waren die Menschen ihr gegenüber auffallend freundlich gewesen, was, wie sie wusste, mit den Fernsehbildern zusammenhing, die jubelnde Menschen zeigten und Luftballons und eilig von Hand gekritzelte Plakate.

Refugees welcome.

Wie lange war das jetzt her?

Amira lehnte den Kopf an die Scheibe des Waggons und schloss die Augen. Sie wollte dem Blick der Frau ausweichen, der um ein Gespräch bettelte. Warum nur interessierten sich plötzlich so viele Deutsche für ihre Geschichte? Die Menschen begannen ein Gespräch meist mit der Frage »Woher kommen Sie?«. Manchmal antwortete Amira ihnen. Sie erzählte dann von den vergeblichen Gebeten ihrer Großmutter, die um Frieden flehte, von der gelben Erde, den Trümmern der Häuser und von den Fliegen. Oft wurden die Blicke der Menschen dann düster. Amira konnte die Scham in ihren Augen sehen, und sie verstand nicht, warum diese Menschen sich dafür schämten, in einem Land aufgewachsen zu sein, in dem Frieden herrschte. Frieden seit über siebzig Jahren schon.

In Amiras Erinnerung schrieben die Fliegenschwärme noch immer schwarze Bilder und Muster in den fahlen Himmel.

Dann sang der Wind, aber Amira konnte sich nicht mehr an seinen Klang erinnern.

Hier in Deutschland hatte sie den Wind noch nie singen hören.

Die U-Bahn hielt an einem Bahnhof. *Bismarckstraße* stand in weißen Buchstaben auf einem blauen Schild. Als Amira aufstand, nickte die Frau ihr lächelnd zu. Amira ging an ihr vorbei zur Tür, und sie spürte die Blicke des alten Mannes in ihrem Rücken, der sie vorhin schon mehrmals gemustert hatte.

Sie wandte den Kopf.

Der Mann lächelte nicht. Er sah müde aus und ein bisschen wütend. Amira konnte die Fragen in seinen Augen lesen. Die Fragen, die ihr wieder häufiger begegneten, seit das freundliche Lächeln der Menschen zusammen mit den Luftballons und den Willkommensschildern verschwunden war.

Was will die hier?

Konnte die nicht dort bleiben, wo sie herkommt?

Mit diesem Mann würde Amira gern reden. Sie würde ihm ebenfalls von der gelben Erde erzählen und von dem weiten Himmel, aber in dieser Erzählung würde sie die Fliegenschwärme weglassen. Und dann würde sie sich still und heimlich freuen, wenn die Fragen in seinen Augen anschließend noch stärker flackern würden.

Was will die hier?

In letzter Zeit hatte sie sich das selbst auch immer wieder gefragt, aber natürlich hatte sie es nie laut ausgesprochen. Ihr Vater hatte damals entschieden, in dieses helle Land zu kommen.

Und sie hatte sich gefügt. Genau wie ihr Bruder Tarik.

Was blieb ihnen anderes übrig?

Sie trat auf den Bahnsteig und fuhr mit der Rolltreppe eine Etage nach oben zum Gleis 2, wo alles nagelneu glänzte, weil hier vor anderthalb Jahren eine Bombe explodiert und danach alles neu errichtet worden war. Ein Künstler hatte die Wand zwischen den beiden Gleisen mit einer arabischen Straßenszene verziert, Amira sah bunte Lehmhäuser, die von einer untergehenden Sonne angestrahlt wurden, orange und rot und purpurfarben. Nachtblaue Schatten lagen auf der gelben Erde, und eine Frau in einem ebenfalls nachtblauen Tschador stand vor einem der Häuser. Sterne waren auf ihr Gewand gestickt, und Amira musste an den weiten Himmel denken und an ihre Großmutter. Ihre Großmutter, die ihr immer Geschichten von Muhammads Stuten erzählt hatte und davon, wie sehr diese Stuten den Propheten geliebt hatten.

Hier in diesem hellen Land gab es nur sehr wenige Geschichten über den Propheten. Hier erzählten sie den Kleinsten Märchen von bösen Eltern, die ihre Kinder im Wald aussetzten und sie einer noch böseren Hexe überließen.

»Die Hexe musste braten, die Kinder geh'n nach Haus«, sang Amira vor sich hin, als sie die öffentliche Toilette betrat und mit dem Blick die gekachelten Wände absuchte. Die Überwachungskamera hing in einer Ecke über dem linken von drei Waschbecken, und genau wie Abdu ihr gesagt hatte, war die Linse des Objektivs mit schwarzer Farbe angesprüht.

Amira lächelte.

»Es wird für alles gesorgt sein«, hatte Abdu ihr versprochen, und sie wusste, er würde Wort halten.

Sie betrat eine der Kabinen, verschloss sie sorgfältig hinter sich und legte Abaya und Hidschāb ab. Darunter trug sie Jeans und Sweater. Sie bückte sich, nahm eine kleine Schachtel aus der Tasche. Öffnete sie.

Eine Spritze lag darin. *Naloxon.* Die schwarzen Buchstaben glänzten auf dem Glas, ebenso wie die Nadel im Licht der Neonröhren glänzte. Amira zuckte zusammen, als sie sich durch den Stoff der Jeans hindurch das Mittel in den Oberschenkelmuskel injizierte.

Die hellblaue Jacke, die sie sich gleich darauf anstelle des langen Mantels überstreifte, endete auf Höhe ihrer Hüftknochen … was sich unangenehm anfühlte. Sie hatte gewusst, dass sie sich nackt vorkommen würde, aber dass es so schlimm wäre … Sie zog die Kapuze hoch und bedeckte so ihr Haar wenigstens teilweise.

Sie hatte Abdu gefragt, ob der Allmächtige nicht zornig auf sie sein würde, wenn sie Sein Gebot, ihren Körper zu verhüllen, verletzte.

»Manchmal müssen wir Dinge tun, die in Seinen Augen frevelhaft sind, um dabei mitzuhelfen, Sein Reich auf Erden zu errichten«, hatte er ihr erklärt. »Sei ohne Furcht. Der Herr ist barmherzig mit denen, die ihn anbeten.«

Jetzt atmete Amira einmal tief durch, faltete Mantel und Kopftuch zusammen und verstaute sie sorgsam in der Tasche.

»Wenn du wieder hinausgehst«, hatte Abdu gesagt, »wirst du nicht mehr Amira sein.«

Sie verließ die Toilettenkabine und trat vor den Spiegel. Ein schockierend fremdes Gesicht sah ihr entgegen, umrahmt von der Kapuze, unter der ihre langen braunen Locken hervorschauten.

Abdu hatte recht gehabt.

Sie straffte die Schultern, hob das Kinn.

Du bist jetzt nicht mehr Amira.

Du bist jetzt eine Soldatin des Herrn.

Sei ohne Furcht.

3. Kapitel

Julia war gerade im Bad verschwunden und hatte das Radio dort angeschaltet, als Faris' Handy klingelte. Er wälzte sich auf die Seite, sodass er nach seiner Jeans angeln konnte, die er am Abend zuvor einfach auf den Boden vor dem Bett geworfen hatte. Das Handy steckte in einer der Gesäßtaschen. Er zog es hervor und warf einen Blick auf das Display.

Robert Tromsdorff.

Faris atmete tief durch, dann nahm er den Anruf an und meldete sich mit einem knappen »Iskander«.

»Du klingst nicht, als hätte ich dich geweckt«, sagte Tromsdorff anstelle einer Begrüßung. Etwas in Faris straffte sich. Sein Herzschlag beschleunigte ein wenig. Es fühlte sich gut an.

»Ich war wach.«

Tromsdorff wusste von seinen Schlafstörungen, aber er ließ Faris' Antwort unkommentiert. »Bist du nicht zu Hause? Ich habe versucht, dich auf deinem Festnetz zu erreichen.«

Darauf reagierte Faris nur mit einem unbestimmten Brummen. Im Bad begann die Dusche zu rauschen und übertönte die Musik aus dem Radio. Faris schwang die Beine über die Bettkante. Der mit Laminat ausgelegte Fußboden fühlte sich seidig an unter seinen Füßen.

»Wo bist du?«, fragte Tromsdorff. »Wir brauchen dich hier im *War Room*. Es sieht aus, als wäre Stunde X gekommen.«

Stunde X.

Wie lange hatte er darauf gewartet, diese Worte zu hören?

Faris rieb sich über den Bart an seiner linken Wange. Mit den Zehenspitzen fuhr er über eine kaum spürbare Erhöhung zwischen zwei Bodenpaneelen. Leimreste. Der Handwerker, der das Laminat verlegt hatte, hatte gepfuscht.

Er schloss die Augen, versuchte zu ergründen, was er in diesem Augenblick empfand. Erleichterung, stellte er verblüfft fest. Ihm war nicht klar gewesen, wie sehr es ihn belastete, sich in Bereitschaft zu halten, Tage und Wochen und Monate an einer Tarnung zu arbeiten und dabei nie zu wissen, ob die Stunde X, der Moment, in dem sein Einsatz wirklich begann, überhaupt je kommen würde. Es fühlte sich an, als sei in seinem Innersten endlich ein Geschwür geplatzt, das ihn die ganze Zeit gequält hatte, ohne dass er es wirklich wahrgenommen hatte.

»Sofort?«, fragte er.

»Ja. Sofort.«

Im Bad drehte Julia das Wasser ab.

Faris überlegte. Sollte er Tromsdorff sagen, dass er bereits Bescheid wusste? Dass er sich bei Julia befand? Tromsdorff war nicht nur sein Chef, sondern auch ein Freund. Aber Julia hatte eben schon recht gehabt.

Never fuck the company.

Es würde nur zu Komplikationen führen, wenn ihre Beziehung bekannt werden würde.

Und vermutlich waren Komplikationen dieser Art das Allerletzte, was sie jetzt gebrauchen konnten.

Stunde X.

Die Musik im Bad dröhnte dumpf. Irgendetwas Hartes mit viel Gitarre, das er nicht kannte.

Er hatte eine Gänsehaut.

»Worum geht es?« Durch die Leitung konnte er Papier rascheln hören.

Tromsdorff nannte nur einen Namen, und wie so viele, sprach er ihn falsch aus. »Muhammad al-Sadiq.«

Faris nahm unwillkürlich die Schultern zurück und spannte die Bauchmuskeln an wie in Erwartung eines Hiebes.

»Ich komme«, sagte er dann, während er aufstand, doch zu seiner Verblüffung erwiderte sein Chef:

»Nein. Ich komme und hole dich ab. Dann haben wir Gelegenheit, vorher noch über einiges zu reden. Wo bist du?«

Faris zögerte, und er wusste, dass das Tromsdorff nicht entging. Wenn sein Chef vorher allein mit ihm reden wollte, dann musste das seine Gründe haben. Faris bohrte Daumen und Ringfinger in die inneren Augenwinkel. Unterdessen verstrich die Gelegenheit, Tromsdorff zu sagen, dass er sich nicht die Mühe machen musste, ihn abzuholen. Dass Julia ihn einfach mit zum Columbiadamm nehmen konnte. »Ich bin in ungefähr zwanzig Minuten zu Hause.« In seinem Mund breitete sich ein schaler Geschmack aus. Wann hatte er angefangen, nicht mehr ehrlich zu Robert zu sein?

»Ich komme dahin«, versprach Tromsdorff.

»Gut.« Nachdem er aufgelegt hatte, sank Faris auf die Bettkante zurück und blieb regungslos sitzen, während die eisige Februarluft durch das gekippte Fenster strömte und um seine nackten Knöchel und Waden strich.

Nur wenige Minuten später kam Julia mit noch feucht glänzender Haut aus dem Bad. Faris stand angezogen am Fenster. Er drehte sich um und sah zu, wie Julia die Waffe vom Nachtschrank nahm und am Gürtel ihrer Jeans befestigte.

»Du bist die einzige Frau, die ich kenne, die ihre Knarre mit ans Bett nimmt«, sagte er.

Sie warf ihm einen spöttischen Blick zu. »Als ob du schon in vielen Frauenschlafzimmern gewesen wärst!«

»Tromsdorff hat mich gerade auch angerufen.«

Sie hielt inne, sah ihn an.

»Er will vorher noch mit mir reden. Er holt mich von zu Hause ab.«

»Du hast ihm nicht gesagt, dass du bei mir bist«, stellte sie fest und ließ den Saum ihrer Bluse über die Waffe fallen.

»Du auch nicht.«

»Stimmt.« Sie grinste, und Faris hätte gern gewusst, was sie dachte. »Soll ich dich eben zu dir rüberfahren?«

Nur ein paar Minuten später bogen sie in Julias gelbem Mini in die Friesenstraße ein, wo Faris seit Kurzem wohnte. Julia hielt in zweiter Reihe neben den parkenden Autos, genau vor der Buchhandlung mit dem vielsagenden Namen *Hammett* auf dem schwarz-gelben Firmenschild. »Raus mit dir«, sagte sie. »Bevor Tromsdorff aufkreuzt und uns zusammen sieht.«

Seit einer knappen Stunde saß sie jetzt schon hier auf dem Bahnsteig. Sie langweilte sich, und gleichzeitig war sie aufgeregt, und obwohl man sie gelehrt hatte, mit beidem umzugehen, wünschte sie sich, die Zeit würde schneller vergehen. Zum dritten Mal innerhalb der letzten zwei Minuten blickte sie auf die alte Bahnhofsuhr am Kopfende des Gleises, las das kleine Messingschild darunter, das an die Opfer des verheerenden Bombenattentats vor anderthalb Jahren erinnerte.

»Deine Taten werden elegant sein«, hatte Abdu gesagt. »Elegant. Und effektiv.«

Die Soldatin verspürte Stolz darüber, dass er sie ausgewählt hatte. Plötzlich überkam sie das Bedürfnis zu kontrollieren, ob die Spraydose noch da war. Sie beugte sich zu ihrer Tasche hinab, zog den Reißverschluss auf.

Natürlich war die Dose da.

Sie lag zwischen den Falten der Abaya, die matte, silbrige Oberfläche glänzte schwach im Licht der bläulichen Deckenbeleuchtung. Ihre Oberfläche fühlte sich kalt an.

Unheimlich.

Die Soldatin verbot sich diesen Gedanken.

Schritte ertönten, ein Mann betrat den Bahnsteig mit einem Handy am Ohr. »Ja, Johannes«, sagte er. »Ich bin's. Sag mal, können wir das Meeting mit Schulze nachher um eine Stunde nach hinten verschieben?« Im Vorbeigehen musterte er die Soldatin.

Viel zu lange. Oder?

»Es wird sich anfühlen, als stünde dir dein Vorhaben auf die Stirn geschrieben, aber das ist nur Einbildung«, hatte Abdu gesagt. Und dann hatte er ihr befohlen: »Wenn die Uhr fünf zeigt, gehst du zum Taxistand an der Ecke Wilmersdorfer Straße.«

Und genau das tat die Soldatin jetzt.

Die Luft in Faris' Wohnung roch abgestanden, nach einer Mischung aus angefaulten Äpfeln und altem Zigarettenrauch, der eine Erinnerung war an einen Abend vor ein paar Tagen, an dem Faris' jüngere Brüder Reza und Hazim ihn besucht hatten.

Faris ging in die Küche. Ein Schwarm Essigfliegen schwirrte um die Obstschale auf dem Kühlschrank, in der sich neben ein paar Äpfeln auch eine matschige Banane befand. Er kippte den Inhalt der Schale in den Mülleimer. Die winzigen Fliegen stoben in die Luft und umtanzten ihn wie ein Schwarm Mücken. Er ignorierte sie, ging in sein Schlafzimmer.

Das Bett war gemacht, wenn auch nachlässig. Auf dem Nachtschrank am Kopfende lagen zwei Bücher, die er gerade parallel las, ein Thriller eines berühmten amerikanischen Autors, den der Buchhändler von nebenan ihm empfohlen hatte, und der aktuelle Roman von Haruki Murakami. Faris' Blick streifte das gerahmte Foto daneben, auf dem ein kleines blondes Mädchen auf einem Dreirad saß und mit großen, für ihren hellen Teint ungewöhnlich braunen Augen in die Kamera starrte. Etwas Forschendes lag in ihrem Blick, das Faris wie jedes Mal, wenn er es wahrnahm, schlucken ließ.

Die Schranktür war nur angelehnt. Er zog sie auf und nahm eine Jeans heraus. Gerade als er auch noch nach einem Shirt greifen wollte, klingelte es an der Haustür.

Mit der Hose in der Hand ging er öffnen.

Draußen stand Robert Tromsdorff, wie gewöhnlich in Jeans und Sakko, das ein wenig zerknittert aussah. Seine an den Schläfen angegrauten Haare trug er kürzer als früher, und da war etwas an ihm, was Faris verriet, dass er in dieser Nacht nur wenig Schlaf bekommen hatte.

Faris schüttelte leicht den Kopf. »Du siehst aus, als hättest du in deinen Klamotten gepennt.«

Tromsdorff stieß ein resigniertes Schnauben aus. »Genau genommen, habe ich gar nicht geschlafen.«

Ohne weiteren Kommentar ließ Faris ihn eintreten.

»Wolltest du gerade unter die Dusche?«

Faris nickte, schob sich an ihm vorbei und ging ins Schlafzimmer zurück, um sich auch noch seine restlichen Klamotten zu holen. Plötzlich war die Erleichterung darüber, dass es endlich losging, wie weggeblasen.

Tromsdorff folgte ihm, blieb jedoch in der Zimmertür stehen. »Mach ruhig. Ich warte so lange.«

Faris nahm ein Longsleeve aus dem Schrank und Boxershorts aus seiner Kommode und ging dann duschen. Als er aus dem Badezimmer trat, stand Tromsdorff an seinem Bett und hielt den Fotorahmen in der Hand.

»Sie wachsen so unfassbar schnell, oder?« Er wusste, dass das Mädchen auf dem Bild Faris' dreijährige Tochter Lilly war.

Und natürlich wusste er auch, dass Faris erst vor knapp einem Jahr erfahren hatte, dass Lilly sein Kind war. Tromsdorff war derjenige gewesen, der es ihm schonend beigebracht hatte. Damals.

Faris starrte auf die Fotografie, ohne auf die ohnehin rhetorisch gemeinte Frage einzugehen.

»Wann hast du sie zuletzt gesehen?«, fragte Tromsdorff, und aus irgendeinem Grund befiel Faris ein leichtes Unbehagen. Konnte es sein, dass sein Chef mit dem Gedanken spielte, ihm von dem bevorstehenden Einsatz abzuraten? Fast schien es so.

Da war auf einmal eine greifbare Spannung zwischen ihnen im Raum, die ihm wie ein Kribbeln das Rückgrat hinunterkroch.

»Vergangenes Wochenende«, antwortete er.

Tromsdorff lächelte. »Das ist gut.«

Das ist es wirklich, dachte Faris, auch wenn er sich wieder wie ein Versager fühlte. Aber fühlte er sich, was Lilly anging, nicht andauernd wie ein Versager? Immerhin war er unfähig, auch nur durch diese verflixte Gartenpforte zu treten …

Die Sonne hatte geschienen am vergangenen Sonntag und seinen Umriss als harten Schlagschatten auf den Boden geworfen. Es hatte sich angefühlt, als seien seine Füße plötzlich in den Asphalt eingesunken.

Feigling!, hatte er sich selbst beschimpft und sich doch nicht rühren können, erst recht nicht, als sich im Erdgeschoss eine Gardine bewegt und er das schmale Gesicht seiner Schwester Anisah dahinter erahnt hatte.

Hatte sie Lilly auf dem Arm?

Er war drauf und dran kehrtzumachen, doch da wurde die Haustür geöffnet. Heraus kam sein Schwager Samir.

»Faris«, begrüßte er ihn. »Willst du nicht reinkommen?« Sein Tonfall klang ruhig, fast ein wenig beschwichtigend, und

Faris fragte sich, womit er diese unverhoffte Freundlichkeit verdient hatte.

Er zwang sich, nicht den Kopf zu schütteln.

»Anisah hat mich gebeten, dir zu sagen, dass sie sich freuen würde.« Samir zögerte. »Und Lilly sicher auch.« Die Gardine war mittlerweile wieder an Ort und Stelle gefallen. Faris glaubte, durch die offen stehende Haustür das fröhliche Juchzen eines Kindes zu hören, aber er hätte nicht sagen können, ob es von seiner Tochter kam oder von einem von Anisahs und Samirs eigenen Kindern.

Er rührte sich nicht, wünschte sich aber, dass es Lilly gewesen war.

»Anisah fragt sich noch immer, wieso das Jugendamt Lilly zu uns gegeben hat«, sagte Samir völlig unvermittelt. »Ich weiß nicht, was ich ihr sagen soll.«

Dass ich unfähig bin, mich selbst um sie zu kümmern, dachte Faris, aber er wusste, dass es Samir nicht darum gegangen war. Sein Schwager war informiert darüber, dass der Innensenator sich persönlich dafür eingesetzt hatte, dass Lilly nicht in der Obhut des Jugendamtes bleiben musste, nachdem ihre Mutter gestorben war und man seine eigene Eignung als Vater völlig zu Recht infrage gestellt hatte.

»Der Innensenator war mir etwas schuldig«, erklärte Faris knapp. Und genau so war es. Der Innensenator hatte sich für Lilly eingesetzt, nachdem Faris ihm versprochen hatte, nach den verheerenden Ereignissen am Brandenburger Tor vor einem Jahr den Dienst bei der SERV nicht zu quittieren. Dass Lilly in einer intakten Familie aufwachsen konnte, war eine Art Bezahlung dafür, dass Faris sich bereit erklärt hatte, als verdeckter Ermittler zu arbeiten. Samir und Anisah wussten jedoch weder von dieser Übereinkunft mit dem Innensenator noch von Faris' Undercover-Job.

»Hmhm«, machte Samir. Er war schon früher gut darin gewesen zu erkennen, wann sein Schwager nicht ganz ehrlich zu ihm war, und er war es auch jetzt noch.

Faris wollte etwas hinzufügen, aber er wusste nicht, was er noch sagen sollte, und bevor er sich etwas zurechtlegen konnte, trat Anisah aus der Haustür. Lilly saß auf ihrer Hüfte, und beide schauten sie in seine Richtung.

Er wollte auf sie zugehen, aber seine Beine waren wie festgewachsen.

Sein Blick fiel auf Anisahs unter Lillys Po verschränkte Hände, und etwas krampfte sich in seiner Brust zusammen. Von seinem Standort aus konnte er den längst verheilten Stumpf ihres linken Zeigefingers nicht sehen, aber er wusste nur allzu gut, dass er da war. Erinnerungen begannen in seinem Kopf herumzuwirbeln: Anisahs schriller Schmerzensschrei, dann das Bild von ihrem abgetrennten Finger auf seinem Handydisplay. Der dilettantisch lackierte rote Fingernagel, Leichen und Flammen und Blut, immer wieder Blut … Sein Magen drohte zu revoltieren, und nur unter Aufbietung aller Kräfte schaffte er es, die Bilder in seinem Kopf zu verscheuchen.

Samirs Blick wanderte von Faris zu Lilly und wieder zurück. Er schien kurz zu überlegen, bevor er sich umwandte, den Gartenweg entlang zu seiner Frau ging und ihr das Kind abnahm.

Mit dem Mädchen auf dem Arm kam er zu Faris zurück, blieb in einigen Schritten Entfernung stehen.

»Schau mal, Lilly«, sagte er. »Faris ist da.«

Er sagte nicht *dein Vater*. Er sagte nie *dein Vater*, und Faris konnte das Gefühl nicht benennen, das dadurch in ihm ausgelöst wurde. Ihm war schwindelig.

Schüchtern verbarg die Kleine den Kopf an Samirs Halsbeuge. Über ihren Scheitel hinweg sah Samir Faris an. »Eines Tages wird sie wissen wollen, warum du dich nicht um sie gekümmert hast«, sagte er leise.

Langsam nickte Faris. Sein Blick begegnete dem seiner Schwester. »Ich weiß.« Er verspürte den Wunsch, irgendetwas zu zertrümmern.

Samirs Augen waren düster. »Anisah hat mich gestern gefragt, ob ich dich für einen Feigling halte.«

Faris war sicher, die Ansicht seines Schwagers dazu zu kennen. Herrgott, er selbst hielt sich ja für einen Feigling.

Aber Samir verblüffte ihn. »Ich habe Nein gesagt.«

Faris schwieg. Wartete auf den Hieb, der gleich kommen würde.

Und erneut verblüfften ihn Samirs Worte. »Ich weiß, dass du selbst glaubst, es liege daran, dass du Anisahs Nähe nicht erträgst. Und nach allem, was passiert ist, wäre es kaum eine Schande, Faris.«

Faris zuckte die Achseln, doch Samir war immer noch nicht fertig mit ihm.

»Es liegt nicht an Anisah, dass du nicht durch diese Pforte gehen kannst. Ich glaube, es liegt daran, dass du ganz tief in dir drinnen Angst davor hast, Lilly wehzutun. Es liegt daran, dass du Polizist bist, Faris.«

Faris senkte den Blick und kämpfte gegen den Abwehrreflex. Seine Arbeit als Polizist war seit Jahren ein Streitthema zwischen ihm und seiner Familie. Aber vermutlich hatte Samir recht. Tief in seinem Innersten glaubte Faris, dass Lilly, wenn er für sie nicht mehr als ein ab und zu auftauchender Fremder war, nicht darunter leiden würde, wenn er eines Tages nicht mehr von seinem Dienst zurückkehren würde.

Vielleicht war es das, was ihn davon abhielt, durch diese elende Gartenpforte zu treten.

»Ich weiß, dass du das nicht hören willst«, murmelte Samir,

»aber alles, was du tun müsstest, wäre, den Dienst zu quittieren.«

In Faris' Erinnerung war die Stimme des Innensenators erklungen. *Nennen wir es eine Win-win-Situation, Kommissar Iskander. Sie arbeiten undercover für uns. Und Ihre Tochter läuft nicht Gefahr, eine lange Zeit im Heim leben zu müssen.*

Faris hatte den Blick gehoben, als er daran gedacht hatte. Anisah hatte noch immer auf der obersten Treppenstufe gestanden.

Faris erinnerte sich gut daran, wie dankbar er ihr dafür gewesen war, dass sie die Hände hinter dem Rücken verborgen hatte …

Mit einem schweren Seufzen stellte Tromsdorff jetzt das Foto zurück. Und berührte die graue Schachtel auf Faris' Bett. Die Schachtel, die normalerweise auf dem obersten Bord seines Kleiderschrankes stand.

Faris biss die Zähne zusammen, so fest er konnte.

Tromsdorff beobachtete seine Reaktion. Er öffnete die Schachtel und nahm eine handliche mattschwarze Waffe heraus. »Eine Česká?«, fragte er, ohne von dem Ding aufzusehen. »Ich vermute mal, die stammt vom Schwarzmarkt?«

Faris schwieg. Was hätte er auch schon sagen können?

Tromsdorff betrachtete die Waffe genauer. »Sie ist geölt und gut in Schuss.«

Faris warf einen Blick auf das Foto seiner Tochter auf dem Nachtschrank. »Ich konnte mir noch nicht abgewöhnen, sie regelmäßig zu reinigen.«

»Faris …«

Faris wusste, jetzt würde das kommen, weswegen sein Chef eigentlich hier war.

»Stunde X«, sagte Tromsdorff, suchte kurz nach den passenden Worten und fügte hinzu: »Sie werden dich auf al-Sadiq ansetzen.«

»Ja, das hast du schon am Telefon gesagt.« Faris sah seinem Chef in die Augen.

»Al-Sadiq sitzt zurzeit.« Tromsdorff legte behutsam die Pistole in die Schachtel zurück, dann machte er den Deckel zu. »Und zwar in Karlshorst.«

»In Karlshorst.«

Tromsdorff nickte.

Karlshorst war ein erst kürzlich erbautes hochmodernes Gefängnis, das eine ganze Reihe Besonderheiten hatte. Eine dieser Besonderheiten war, dass es eine der ersten Einrichtungen dieser Art war, die nicht auf Länder-, sondern auf Bundesebene betrieben wurden.

»Und?«, hakte Faris nach, weil er immer noch nicht begriff, worauf sein Chef eigentlich hinauswollte.

»Dass eine verdeckte Ermittlung in der Abgeschlossenheit eines Gefängnisses hochgefährlich ist, muss ich dir vermutlich nicht sagen. Das Team wird dir nachher genauere Informationen dazu liefern. Aber es gibt etwas, das ich dir lieber nicht vor allen anderen sagen wollte ...« Er nahm die Schachtel hoch, wog sie in den Händen, stellte sie endlich an ihren Platz im Schrank zurück. Ohne sich zu Faris umzudrehen, sagte er: »Ira arbeitet in Karlshorst, Faris. Seit einiger Zeit schon.«

Ira.

Den Namen ausgesprochen zu hören fühlte sich an wie ein Tritt in die Kniekehlen. Faris wusste nicht, was er sagen sollte, und der Reaktion nach zu urteilen, erging es Tromsdorff genauso.

Auch er schwieg lange. Endlich wandte er sich um. »Egal was nachher geschieht und ich vor den anderen von dir verlange – denk daran, dass du den Einsatz ablehnen kannst, wenn er dir zu heikel erscheint. Du musst das nicht machen, Faris, hast du mich gehört?«

In Faris spannte sich etwas.

»Hast du verstanden, Faris?«, wiederholte Tromsdorff.

Faris nickte. Er trat an seinem Chef vorbei und schloss die Schranktür. »Gehen wir!«

Im Radio lief *Personal Jesus* von Depeche Mode.

Elias trommelte den Rhythmus auf dem Lenkrad seines Taxis mit und versuchte zu verstehen, wovon das Lied eigentlich genau handelte. Außer ein paar wenigen Worten jedoch – *someone who cares, all alone* und irgendwas, das sich wie *depress* oder so ähnlich anhörte – klang für ihn alles wie Kauderwelsch. Kein Wunder. In Englisch war er schon immer eine Niete gewesen. Sein Englischlehrer hatte ihn kurz vor seinem letzten Schultag zur Seite genommen und ihm geraten, sich einen Beruf zu suchen, in dem er niemals würde Englisch sprechen müssen.

»Keine Sorge, Herr Römer«, hatte Elias ihm geantwortet. »Ich mache später mal was mit Autos. Denen ist es egal, ob man Englisch oder Deutsch spricht, wenn man unter ihnen drunterliegt.«

Was mit Autos!

Elias stieß Luft durch die Nase. Was er damals im Sinn gehabt hatte, war eine Lehre zum Automechaniker gewesen. An alten Karren rumzuschrauben und sie wieder flottzumachen, vielleicht sogar ein bisschen flotter, als erlaubt war – das war es, wovon er geträumt hatte. Nie im Leben hätte er daran gedacht, irgendwann mal seine Kohle mit Taxifahren zu verdienen.

Warum nur war es so verdammt schwer, einen Ausbildungsplatz zu bekommen? *Weil der Notendurchschnitt auf deinem Hauptschulzeugnis eine Vier vor dem Komma hat, Alter!*, höhnte eine kleine gemeine Stimme in seinem Hinterkopf.

»Halt einfach das Maul!«, brummte Elias.

»Reach out and touch …«, sang er lauthals mit. Er wollte immer ein »me« hinzufügen, aber irgendwie hatte er das Gefühl, dass Depeche Mode an dieser Stelle etwas anderes sang. Das könnte er eigentlich mal googeln, dachte er. Dann gähnte er.

Seine Schicht war zum Glück fast zu Ende.

Es war eine beschissene Nacht gewesen, er hatte keine zweihundert Euro verdient, und er wusste, dass Herr Özdem, sein Chef, ihm Vorwürfe machen würde. Es waren immer die gleichen Sätze, mit denen der Alte seinem Ärger Luft machte, wenn die Kasse seiner Meinung nach nicht stimmte: »Glaubst du etwa, der Wagen fährt mit heißer Luft?« Und: »Musst dich eben mehr anstrengen!«

Elias seufzte.

Wenn er nachher nach Hause kam, würde Jenny, seine Freundin, schon bei der Arbeit sein. Schade eigentlich. Er hätte sie gerade jetzt gern bei sich gehabt, hinten auf dem Rücksitz des Taxis, rittlings auf ihm. Er grinste breit. Jenny war es auch egal, ob er Deutsch oder Englisch sprach, wenn er unter ihr lag. Sie hingegen war allerdings ziemlich gut in Französisch …

Ein Klopfen an der Scheibe riss ihn aus seinen lüsternen Gedanken, und er zuckte zusammen. Er hatte die junge dunkelhaarige Frau in der hellblauen Jacke zwar aus dem U-Bahnhof kommen sehen, aber dass sie auf sein Taxi zugesteuert war, war ihm bei seinem Tagtraum glatt entgangen. Jetzt setzte er sich eilig aufrechter hin.

Mit einem Kopfnicken bedeutete er der jungen Frau, dass er frei war.

Sie glitt neben ihn auf den Beifahrersitz.

Ungewöhnlich, dachte er. Die meisten Frauen stiegen hinten ein. Sie fanden das sicherer, und vermutlich war das auch so. Erst neulich hatte er mitbekommen, wie sich zwei Kollegen über ihre weiblichen Fahrgäste unterhalten und dabei nicht gerade jugendfreie Fantasien ausgetauscht hatten.

»Wohin soll's gehen?«, fragte er und ließ den Motor an.

»Bahnhof Zoo«, sagte sie.

Elias seufzte. Wieder nur eine Kurzstrecke. »Geht klar.« Er startete das Taxameter, dann setzte er den Blinker und fädelte sich in den Verkehr ein.

Die junge Frau öffnete den Reißverschluss ihrer Tasche, schob die Hand hinein und ließ sie dort.

»Sie haben da aber keine Knarre drin?«, scherzte Elias.

Die junge Frau lächelte zurückhaltend und schüttelte den Kopf. Sie hatte ihm noch kein einziges Mal in die Augen gesehen, irgendwie war ihr Blick sogar haarscharf an ihm vorbeigeglitten, als sie ihm ihr Ziel genannt hatte.

Er zuckte die Achseln. Vermutlich war sie schüchtern. Sie sah arabisch aus. Vielleicht hatte sie einen dieser prüden Autoritätsknochen als Vater. Davon hörte man in der letzten Zeit ja leider immer öfter.

Ob er es riskieren konnte, einen kleinen Umweg zu fahren, um den Zähler wenigstens ein bisschen in die Höhe zu treiben? Er setzte den Blinker nach rechts und bog in die Leibnizstraße ein.

4. Kapitel

Seit einigen Monaten gehörte die SERV, die Sondereinheit für die Ermittlung bei religiös motivierten Verbrechen, nicht mehr zum LKA 1, sondern zur Abteilung 5 des Landeskriminalamtes. Das bedeutete, sie residierte seitdem nicht mehr in der Keithstraße, sondern am Columbiadamm, wo der Polizeiliche Staatsschutz untergebracht war.

Das Großraumbüro, das das Team auch hier auf den kämpferischen Namen *War Room* getauft hatte, lag im dritten Stock des Gebäudes. Es war um einiges größer und auch moderner als das alte Büro, und Faris kam sich hier noch immer fremd vor. Die gesamte Einrichtung wirkte surreal auf ihn – die hellgrauen Wände und Decken, der dunkelblaue Teppich, die robust aussehenden Metallmöbel und sogar die kühlen Halogenspots. Und ebenso surreal fühlte es sich jetzt an, als er eintrat und feststellte, dass sich niemand in dem Raum befand. Nur gedämpfte Stimmen drangen durch eine offen stehende Tür auf der rechten Seite.

Tromsdorff durchquerte den *War Room* und ging auf die Tür zu, die in einen überdimensionierten Besprechungsraum führte, der viel zu groß war für die recht überschaubare Gruppe an Anwesenden. Zwei moderne Smartboards hingen im rechten Winkel an den gegenüberliegenden Wänden. Mehrere Fotos einer Leiche und eines Tatorts flimmerten darauf, und an dem Steuerpult davor, dessen Oberfläche aus einem weiteren Bildschirm bestand, standen Julia und neben ihr Ben Schneider, der auf einer virtuellen Tastatur irgendetwas eintippte.

Über das Pult hinweg begegnete Julia Faris' Blick. Nichts in ihrer Miene gab auch nur den geringsten Aufschluss darüber, dass er noch vor Kurzem mit ihr im Bett gewesen war.

Warum nur störte ihn das?

Er beschloss, sich nichts anmerken zu lassen, nickte ihr zu und wandte sich dann an Ben, während Tromsdorff zu einer Gruppe Anzugträger ging.

Bens wie immer eintönig sandfarben gehaltene Kleidung saß locker, offenbar hatte er in der letzten Zeit ein wenig abgenommen. In seinen ungewöhnlich strahlend blauen Augen erschien ein Lächeln, als er Faris entdeckte.

»Hey, Alter! Mit Bart sieht du immer noch scheiße aus!«

Bevor Faris darauf etwas erwidern konnte, trat Shannon Starck zu ihnen, eine durchtrainierte Frau mit raspelkurzen Haaren und deutlich definierten Muskeln an Oberarmen und Schultern.

»Faris«, sagte sie, reichte ihm erst die Hand, nur um ihn gleich darauf ruppig zu umarmen. Die Geste wirkte übertrieben emotional, zumal er und Shannon sich gestern erst noch gesehen hatten.

Er machte sich los. »Hey! Ist die Kacke hier so am Dampfen, dass du anfängst, dich wie ein Mädchen zu verhalten?«

Sie knuffte ihn gegen den Oberarm.

Ben lachte. »Seit Gitta in Rente ist, glaubt sie wohl, wenigstens ab und zu ihre weibliche Seite rauslassen zu müssen.« Er verdrehte übertrieben die Augen. »Mich küsst sie jeden Tag dreimal ab. Ekelig, sag ich dir!«

»Idiot!« Statt in sein Lachen einzustimmen, warf Shannon einen Kugelschreiber nach ihm. Er duckte sich, und das Geschoss verfehlte ihn nur knapp.

Faris grinste. Sie alle vermissten Gitta Müller, die früher in der Keithstraße nicht nur die Abteilungssekretärin gewesen war, sondern mit ihrer mütterlichen Art auch eine Ansprechpartnerin für all ihre Sorgen und Nöte. Gittas Tochter hatte vor ein paar Monaten ein behindertes Kind geboren, und Gitta war daraufhin in den vorgezogenen Ruhestand getreten, um sich um die beiden zu kümmern.

Während er noch darüber nachdachte, wie hart das Leben mit manchen Menschen umsprang, fiel Faris' Blick auf einen Mann, der etwas abseits an der Wand neben dem Kaffeetisch lehnte. Der Mann trug Jeans, ein langärmliges Shirt und robuste Stiefel. Auf den ersten Blick wirkte er überaus trainiert und fit, obwohl seine grauen Haare und der sorgsam gestutzte graue Bart darauf hindeuteten, dass er die fünfzig bereits überschritten hatte. Seine Augen hatten etwas Frostiges. *Wie von jemandem, der zu viel gesehen hat und es nicht mehr vergessen kann,* schoss es Faris durch den Kopf.

Statt näher zu treten, senkte der Mann nur das Kinn zu einem spöttischen Gruß. Faris hielt seinem forschenden Blick stand, auch wenn er sich dabei wie auf eine Nadel aufgespießt fühlte.

Arschloch!, dachte er, und neben ihm lachte Shannon auf, als hätte sie seine Gedanken gelesen.

»Gestatten: Hartmut Marian. Er ist nicht so ein Idiot, wie er auf den ersten Blick scheint.«

Faris nickte. »Na dann.«

Hartmut Marian war von Tromsdorff erst kürzlich in die SERV geholt worden, aber Faris war ihm bisher noch nicht begegnet, weil sie sich auf verschiedenen Einsatzgebieten tummelten. Ihm heute zum ersten Mal gegenüberzustehen, gerade jetzt, wo aufgrund einer Bedrohungslage sein eigener Einsatz unmittelbar bevorstand, fühlte sich irgendwie falsch an. Faris wusste, dass Tromsdorff zusammen mit Marian bei den Blauhelmen in Somalia gedient hatte. Und er wusste auch, dass Marians Aufklärungsquote als Kriminalermittler hoch war. Darüber hinaus wusste er so gut wie nichts über den Mann, außer dass Tromsdorff ihm vertraute.

Das hätte ihm eigentlich reichen sollen.

Tromsdorff beendete sein kurzes Gespräch mit den Anzugträgern. Einer davon, ein hochgewachsener, geleckt wirkender Mann in dunkelblauem Dreiteiler, räusperte sich, dann trat er in die Mitte des Raumes. »Alle mal herhören! Kommissar Iskander ist jetzt da, und wir können anfangen.«

Es war der Direktor des Landeskriminalamts, Abteilung 5, Marvin Andersen. Der Mann, der die SERV aus der Abteilung 1 herausgelöst und dem Polizeilichen Staatsschutz angegliedert hatte. Faris hatte früher schon oft mit ihm zu tun gehabt. Andersen war ein ruhiger, geradliniger Beamter, der seine Abteilung mit großer Effizienz führte.

Er begrüßte Faris offiziell, dann trat er an das Pult, von dem aus die Anzeigen auf den Smartboards gesteuert wurden. Sein Blick wanderte erst in die Runde der Anzugträger, dann zu Marian. »Da nicht jeder über sämtliche Details informiert ist, lassen Sie mich kurz alle auf denselben Kenntnisstand bringen«, sagte er. Er tippte eines der Fotos auf dem Pult an, wodurch es sich an der Wand vergrößerte und die anderen Bilder überlagerte. »Vergangene Nacht wurde dieser Mann getötet. Er war einer von uns.«

Das Bild zeigte die Leiche eines dunkelhaarigen Mannes, dessen braune Augen starr und leblos in die Kamera blickten. Die Haut des Toten wirkte bleich, seine Lippen wiesen einen dunklen Blauton auf, der darauf schließen ließ, dass er kurz vor seinem Tod unter akuter Atemnot gelitten hatte. Gestorben zu sein schien er jedoch an einem Kopfschuss. Seine Stirn zierte jedenfalls ein kleines, kreisrundes Loch, aus dem ein dünner Faden Blut ausgetreten war.

Faris brauchte eine Sekunde, bis er begriff, dass er den Mann kannte.

»Kamil Akay!«, stieß er hervor.

Akay und er hatten bei einigen wenigen Einsätzen zusammengearbeitet, als sie beide noch Streifenpolizisten gewesen waren. Soweit Faris sich erinnern konnte, war Akay Deutschtürke gewesen, ein kräftiger, jovialer Kerl. Faris biss die Zähne zusammen. Er hatte nicht gewusst, dass Akay für die Abteilung 5 gearbeitet hatte.

»Jemand hat Kamil Akay mit einem aufgesetzten Schuss hingerichtet«, informierte Andersen die Anwesenden. »Der Täter hat ein kleines Kaliber benutzt. Die Kugel ist vorne in den Schädel eingedrungen, am Hinterkopf aber nicht wieder ausgetreten.«

»Da ist so wenig Blut«, murmelte einer der Anzugträger, ein sonderbar unproportionierter Mittvierziger, dessen Bauch in Form eines Medizinballes auf zwei streichholzdünnen Beinen ruhte. Faris hatte ihn noch nie zuvor gesehen.

Sein Blick huschte zu Julia, die ruhig und aufrecht neben ihm stand und die Arme vor der Brust verschränkt hatte. Sie hatte Akay ebenfalls gekannt. Nach den leise hervorgebrachten Worten des Mannes presste sie kurz die Lippen fest aufeinander. »Weiß man, wann er gestorben ist?«, fragte sie.

Andersen warf einen Blick auf das Pult. »Vermutlich gegen halb elf. Die Untersuchungen der Gerichtsmedizin laufen natürlich noch, aber wir hatten kurz vor halb elf telefonischen Kontakt mit ihm, und es scheint, als sei er zu diesem Zeitpunkt seinem Mörder begegnet. Wir konnten den Standort anpeilen, von dem aus er uns angerufen hat. Dort wurde auch seine Leiche gefunden. – Bitte, Robert«, wandte er sich an Tromsdorff.

Tromsdorff trat ebenfalls an das Steuerpult. »Sie sind alle hier, weil Kamil Akay als verdeckter Ermittler bei *Kataaeb el gehad* eingeschleust war.«

Faris starrte auf das Loch in Akays Stirn. Er war nicht verwundert darüber, dass er nichts von Akays VE-Einsatz gewusst hatte. Undercover-Ermittlungen bedeuteten in der Regel, dass die meisten Kollegen nichts davon wussten.

Außerhalb des Teams der SERV hatte auch kaum jemand Kenntnis von den Vorbereitungen auf seinen eigenen VE-Job.

»Können Sie uns einige Informationen über *Kataaeb el gehad* geben?«, bat ein anderer der Anzugträger, ein kleiner, eher gemütlich wirkender Typ mit Halbglatze.

»Natürlich.« Tromsdorff warf ein silbernes Logo an die Wand. Der Name *Kataaeb el gehad* stand dort in geschwungener arabischer Schrift auf schwarzem Grund. »Bei den *Divisionen des Heiligen Krieges,* kurz auch nur *El-Gehad* genannt, handelt es sich um eine Terrorgruppe um den Anführer Muhammad al-Sadiq, die in den vergangenen Jahren in ganz Deutschland Attentate durchgeführt und knapp hundertachtzig Tote auf dem Gewissen hat.« Wieder sprach er den Namen falsch aus. »Der jüngste dieser Anschläge war der auf den Einsatztransporter unserer Jungs vor zwei Monaten.«

Bei dem Attentat war ein Bus in die Luft geflogen, mit dem eine Hundertschaft Schutzpolizisten zu einer Kundgebung von Salafisten hatte transportiert werden sollen. Faris hatte einige der Getöteten näher gekannt. Mit einem war er sogar zur Schule gegangen, einen anderen hatte er während seiner Zeit als Streifenpolizist kennengelernt.

»Korrigieren Sie mich«, sagte wieder der Mann mit der Halbglatze, »aber haben wir Sadiq nicht nach dem Anschlag auf den Einsatztransporter festgenommen?«

Andersen nickte. »Wir konnten einem seiner engsten Vertrauten die Beteiligung an diesem Anschlag nachweisen, und es ist uns gelungen, den Mann dazu zu bringen, uns Sadiq zu liefern. Sadiq sitzt seitdem in der JVA Karlshorst.«

»Was nicht dazu geführt hat, dass *El-Gehad* sich aufgelöst hat«, mutmaßte der Glatzkopf. »Sonst hätte Kamil Akay wohl kaum verdeckt dort ermittelt.«

»Leider nicht«, bestätigte Andersen und warf die Abbildung eines älteren, freundlich aussehenden Arabers an das Smartboard.

Faris kannte das Bild. Es war ein Ausschnitt aus einem Video, in dem Muhammad al-Sadiq der westlichen Welt in markigen Worten den Kampf erklärte. An einer Stelle in diesem Video sagte er: »Der Islam wird siegen, und meine Divisionen des Heiligen Krieges werden dazu beitragen, denn wir glauben nicht nur an die Gesetze Allahs, des Allmächtigen, sondern auch an das Gesetz des Stärkeren.«

Der enge Vertraute, der ihnen Sadiq ans Messer geliefert hatte, hatte in einem Verhör diese Botschaft relativiert. »Al-Sadiq glaubt nicht im Geringsten an die Gesetze Allahs«, hatte er gesagt. »Er glaubt *nur* an das Gesetz des Stärkeren, und um es durchzusetzen, kommt ihm Allah gerade recht.«

»Wie es aussieht«, sagte Andersen und riss Faris damit aus seinen Gedanken, »gelingt es Sadiq noch aus dem Gefängnis heraus, die Fäden zu ziehen. Dazu später gleich mehr. Kurz vor Akays Tod hatten wir, wie bereits erwähnt, Kontakt mit ihm.« Er rief eine Audio-Datei auf. »Das hier ist die Aufnahme von dem Anruf, den Akay kurz vor seinem Tod tätigte.« Er tippte die Datei an und spielte sie ab.

»Tromsdorff!«, erklang Tromsdorffs Stimme aus den Lautsprechern. Gleich darauf war ein qualvolles, langgezogenes Einatmen zu hören, das in Faris' Ohren klang, als würde am anderen Ende der Leitung jemand zu ersticken drohen.

»Es ist alles ganz … anders«, stieß eine heisere Stimme hervor, die kaum noch Ähnlichkeit mit der von Kamil Akay hatte. *»Al-Sadiq hat … Der Anschl…«* Wieder ein qualvolles Keuchen, dann: *»Nicht …«* Gleich darauf waren im Hintergrund Schritte zu hören, die sich schnell näherten. Dann ein weiterer Versuch Akays, etwas zu sagen. *»Hi…«*

Die Schritte wurden lauter.

Zwei Menschen, dachte Faris.

»Lassen Sie das Telefon fallen!«, befahl eine Männerstimme, kurz darauf ertönte ein Klappern, so als sei Akays Handy auf dem Boden aufgeschlagen. Dann ein Knistern. Und schließlich das Tuten einer unterbrochenen Verbindung.

Andersen beendete die Aufnahme.

Tromsdorff räusperte sich. »Dieser Anruf erreichte mich in der vergangenen Nacht um kurz vor halb elf. Kamil Akay wurde von uns in Sadiqs Organisation eingeschleust, um nach dem Anschlag auf den Polizeitransporter Hinweise auf weitere geplante Attentate zu sammeln. Wie es aussieht, ist er letzte Nacht erfolgreich gewesen.« Betroffen wischte er sich mit der flachen Hand über das rechte Auge. »Wir haben die zweite Stimme durch das System geschickt und einen Treffer gelandet. Bei dem Mann, der Kamil Akay aufgefordert hat, sein Handy fallen zu lassen, handelt es sich um Timo Herdmann.«

Ben trat nun an Andersens Seite und übernahm die Steuerung des Smartboards. Er warf das Foto eines Mannes an die Wand.

Timo Herdmann war ein knapp dreißigjähriger Mann mit beginnender Glatze und schmaler Nase. Auch er kam Faris bekannt vor, aber diesmal hätte er nicht auf Anhieb zu sagen gewusst, woher. Das Foto stammte eindeutig aus einer polizeilichen Akte. Offenbar handelte es sich bei Herdmann also um einen ihrer *Klienten,* irgendeinen Kriminellen, mit dem er schon einmal zu tun gehabt hatte und an den er sich deshalb vage erinnern konnte.

»Das ist Herdmann«, fuhr Tromsdorff fort. »Und hier wird die Sache mysteriös. Herdmann ist nämlich einer unserer V-Männer in der radikalen Szene – allerdings nicht bei den Islamisten, sondern bei der Gegenfraktion.«

»Rechtsradikale?«, murmelte Julia. »Das ist allerdings seltsam!«

»Wir versuchen aktuell, Kontakt zu Herdmann aufzunehmen, um zu erfahren, was er in der Nacht in diesem Parkhaus zu suchen hatte, in dem Akays Leiche gefunden wurde. Aber das ist nur ein Teil unserer Ermittlungen. Viel wichtiger erscheint uns ein anderer Aspekt.«

»Die Symptome, die der Tote aufweist«, ergriff nun wieder die Halbglatze das Wort. »Erst die Atemnot kurz vor seinem Tod und dann diese blauen Lippen. Darauf wollen Sie hinaus, stimmt's?«

Faris spürte, wie Julia sich zu ihm herüberbeugte. Mit einer Bewegung ihres Kinns deutete sie auf den Glatzkopf. »Das ist der Staatssekretär für Inneres. Friedmann.« Sie wandte den Kopf und deutete auf einen weiteren Mann, mit dem sich Tromsdorff vorhin unterhalten hatte. »Ich glaube, der gehört zum Referat II C.«

Referat II C der Senatsverwaltung für Inneres, dachte Faris. Die Abteilung II war zuständig für Verfassungsschutzaufgaben. Das Referat C befasste sich mit Ausländerextremismus, islamistischem Terrorismus und Islamismus.

»Und der?« Unauffällig wies Faris auf den Kerl mit dem Medizinball unter dem Oberhemd und den streichholzdünnen Beinen.

»Keine Ahnung. Den kenne ich nicht.« Sie griff sich mit beiden Händen in den Nacken und massierte ihn. »Herrgott! *Kataaeb el gehad.* Neonazis. Was kommt als Nächstes?«

Faris warf seinen Teamkollegen einen Blick zu. Ben stand am Pult, beide Hände auf dessen Rand gestützt und die Lippen nachdenklich zusammengekniffen, sodass sie ganz und gar blutleer wirkten. Shannon hatte sich, während Andersen und Tromsdorff geredet hatten, irgendwann einen Kaugummi in den Mund gesteckt und bearbeitete ihn, als sei er schuld an allem Übel. Hartmut Marian lehnte noch immer an der Wand. Mittlerweile hatte er die Arme vor der Brust verschränkt. Mit eisigem Gesichtsausdruck ließ er seinen Blick durch den Raum schweifen, und auf einen unerfahrenen Beobachter hätte es gewirkt, als interessiere er sich nicht für das, was gesprochen wurde. Faris jedoch wusste es besser. Marian registrierte alles und jeden sehr genau.

Als sein Blick dem von Faris begegnete, grinste er.

»Erste Untersuchungen haben ergeben«, sagte Andersen zu Staatssekretär Friedmann, »dass Kamil Akay kurz vor seinem Tod mit Tetrafentanyl vergiftet wurde. Ein Gas, bei dem es sich um eine Weiterentwicklung von Carfentanyl handelt. Carfentanyl wird eigentlich zur Betäubung von Großwild eingesetzt und hat bei der Geiselnahme im Moskauer Dubrowka-Theater 2002 traurige Berühmtheit erlangt. Tetrafentanyl wurde nie für den medizinischen Einsatz zugelassen, weil es dafür zu potent und auch zu unberechenbar ist. Für Terroristen hat es allerdings eine überaus attraktive Eigenschaft: Es ist relativ leicht herzustellen.«

Während Andersens Ausführungen hatte Ben ein kompliziert aussehendes Molekülmodell auf das Smartboard projiziert, das sich provozierend langsam um seine eigene Achse drehte. »Die auffälligsten Symptome, die Tetrafentanyl hervorruft, wenn man es einatmet, sind schwere Atemnot und

Zyanose«, erklärte er jetzt. »Also blaue Lippen, Finger et cetera. Die Wirkung setzt innerhalb von Sekunden nach der Inhalation ein. Ungefähr zwei Prozent der Opfer sterben nahezu sofort, und zwar an einer Art anaphylaktischem Schock. Das war übrigens mit ein Grund, warum man das Mittel niemals als Anästhetikum zugelassen hat. Bei den restlichen achtundneunzig Prozent der Opfer folgt der Verlauf einem bestimmten, ziemlich genau vorhersagbaren Muster.«

Fassungslos umklammerte Elias das Steuer seines Taxis und starrte der jungen Frau hinterher.

Hatte sie ihm eben tatsächlich mit dieser kleinen silbernen Sprühdose ins Gesicht gesprüht und ihn dann auch noch um sein Geld geprellt? Er verspürte ein unangenehmes Kratzen im Hals und verfluchte sich im Stillen.

Er hatte nur ein harmloses Gespräch in Gang bringen wollen, verdammt! Wenn man die ganze Scheißnacht in einem Taxi hockte und durch die Windschutzscheibe auf die Straße starrte, die einem im Licht der Laternen schon mal vor den Augen zu flimmern begann, dann war man froh über jedes noch so belanglose Gespräch oder einen kleinen Scherz.

»Schicke Jacke«, hatte er darum zu seinem Fahrgast gesagt, als sie an einer Ampel in der Budapester Straße hatten halten müssen.

Sie hatte nur genickt. Dann richtete sie sich etwas auf und schenkte ihm ein winziges Lächeln, das irgendwie gleichzeitig schüchtern und sonderbar mechanisch wirkte.

»Was wollen Sie um fünf Uhr früh am Bahnhof Zoo?«, fragte er. Ihre dunklen Haare leuchteten im Licht der entgegenkommenden Autos an den Spitzen.

»Arbeiten«, sagte sie, zog plötzlich die Hand aus der Tasche und sprühte ihm ohne Vorwarnung irgendein Zeug ins Gesicht.

»Hey!«, schrie er, hatte es aber nicht verhindern können, dass die Frau die Tür aufriss und einfach das Weite suchte.

Jetzt saß er schon seit mindestens zehn Minuten hier wie ein Volltrottel, eine Ladung Tränengas im Gesicht und ohne seine Kohle.

Moment! Tränengas?

Offenbar war das Zeug kein Tränengas gewesen. Seine Augen tränten nicht. Das Einzige, was er spürte, war dieses unangenehme Kratzen im Hals, aber noch bevor Elias sich klar darüber wurde, was er nun tun sollte, verschwand das Kratzen wieder.

Vielleicht war er Opfer eines ziemlich dämlichen Streichs geworden, dachte er. Oder einer Mutprobe. Allerdings hatte die junge Frau nicht ausgesehen, als würde sie sich auf Mutproben einlassen.

Da war etwas Ernstes, fast Grimmiges an ihr gewesen.

Wie bei jemandem, der sich auf einer Mission befand …

»In Phase eins passiert noch nicht viel«, sagte Ben. »Außer dass das Opfer ein starkes Kratzen im Hals verspürt. Wird es in dieser Zeit behandelt, sind seine Überlebenschancen hoch. Phase zwei beginnt, wenn das Kratzen nachlässt und das Husten beginnt.«

Mit einem Anflug von Wut auf die dumme Pute stellte Elias das Taxameter aus. Auf der Skala seiner beschissensten Nächte war diese hier definitiv ganz weit vorn.

Herr Özdem würde ihm schön den Kopf waschen.

Sich von einer Frau übervorteilen lassen.

Scheiße noch mal!

Die Ampel sprang auf Grün, er fuhr los und stellte sich in die Taxischlange direkt vor dem Bahnhofsgebäude. Auf dem Platz vor dem Bahnhof Zoo herrschte um diese Uhrzeit immer etwas Betrieb, vielleicht würde er noch eine letzte Fuhre abgreifen können, bevor er dann endlich Feierabend hatte.

Er nahm sein Handy aus dem Ablagefach zwischen den Sitzen und wählte Jennys Kurzwahl. »Hey«, meldete er sich, als sie ranging. »Ich habe mir gerade vorgestellt, wie ich dir das Höschen auszie…« Ein Hustenanfall überfiel ihn mit solcher Heftigkeit, dass er nicht weitersprechen konnte.

»Nochmal: Vor dem Husten lässt das Kratzen im Hals zunächst nach«, sagte Ben, und Faris verspürte spontan selbst den Impuls zu husten. »Für eine Weile sieht es so aus, als sei alles in Ordnung, aber das täuscht, denn in der Zwischenzeit entfaltet das Gas im Organismus seine verheerende Wirkung.«

»Oh Mann«, sagte Jenny, nachdem Elias' Husten sich einigermaßen beruhigt hatte. »Das war aber nicht sehr erotisch.«

Elias wollte etwas erwidern, aber erneut setzte der Husten ein, heftig und schmerzhaft, sodass er kein einziges Wort hervorbrachte. Auf einmal war ihm schwindelig.

Scheiße, dachte er. Was hatte die Tusse ihm nur ins Gesicht gesprüht?

»Ich …« Seine Stimme versagte. Er wollte Atem schöpfen, aber es ging plötzlich nicht mehr richtig. Die Luft fühlte sich dick und zähflüssig an wie Sirup. Er tastete nach dem Türgriff. Verfehlte ihn.

»Eli?« Jennys Stimme erreichte ihn nur noch wie aus weiter Ferne, er musste das Handy fallen gelassen haben, aber er konnte sich nicht daran erinnern. Endlich fanden seine Finger den Griff, er riss die Tür auf, taumelte aus dem Wagen.

»Grundgütiger!«, rief jemand ganz in seiner Nähe. »Was haben Sie denn?«

Er konnte nicht antworten. Ihn beherrschte nur noch ein einziger Gedanke: Luft! Sein Brustkorb verkrampfte sich anfallartig. Schmerzen rasten ihm durch die Rippen. Er stolperte ein paar Schritte vorwärts.

Ein Ächzen ganz dicht bei ihm. Nur noch am Rande registrierte Elias, dass er jemandem in die Arme gefallen sein musste. Er wurde auf den Boden gelegt.

Luft!, schrie sein Gehirn.

»So tun Sie doch was!«, kreischte eine Frauenstimme.

Der Boden unter Elias war kalt. Seine Lunge hingegen stand in Flammen. In Panik tastete er umher, fand eine Hand, die ihn hielt, er wollte sich an ihr und am Leben festklammern, aber es war zu spät. Nachtschwarze Flecken begannen vor seinen Augen zu tanzen, breiteten sich aus, flossen zusammen, bis da nichts weiter mehr war als ein grelles Licht genau im Zentrum seines Gesichtsfeldes.

Luft!, dachte er noch einmal.

Dann schrumpfte das Licht zu einem stecknadelkopfgroßen Punkt zusammen.

Und erlosch.

Ben tippte auf den Bildschirm des Pultes. »Im Übergang zu Phase drei setzt Benommenheit ein. Das Opfer wird müde, die geistige und körperliche Verfassung verschlechtert sich rapide. Der Brustkorb wird eng und enger, und mit jeder Minute, die ab jetzt vergeht, sinkt die Überlebenschance, selbst wenn das Opfer behandelt und sowohl mit Medikamenten versorgt als auch mit Sauerstoff beatmet wird. Nach ungefähr einer Viertelstunde, das ist abhängig von Konstitution und Stoffwechsel, hat sich der Wirkstoff im Organismus angereichert, sodass die Überlebensrate nur noch bei ein bis zwei Prozent liegt. Vielleicht bei weniger.«

Ein bis zwei Prozent Überlebensrate. Faris hatte das Gefühl, jemand habe das Gas bereits in den Besprechungsraum geleitet. Plötzlich fiel ihm das Atmen schwer.

»Nettes kleines Spielzeug«, murmelte Marian und ließ die verschränkten Arme sinken.

»Die Erkenntnisse unserer Nachrichtendienste legen den Verdacht nahe, dass al-Sadiq mit hoher Wahrscheinlichkeit im Besitz von Tetrafentanyl ist«, sagte Andersen. »Und das Gift in Akays Körper untermauert nun diesen Verdacht. Wir müssen davon ausgehen, dass ein Anschlag mit diesem Gas unmittelbar bevorsteht.«

»Was verleitet uns zu der Annahme, dass schon so bald damit zu rechnen ist?«, fragte Friedmann.

Es war Marian, der die Antwort gab.

»Tempelhof«, sagte er. Seine Stimme war nicht besonders laut, aber trotzdem schaffte er es mit diesem einen Wort, dass sich alle im Raum zu ihm umwandten. Er stand noch immer an die Wand gelehnt. »Der Brandanschlag.«

Faris selbst hatte kaum Erinnerungen an diesen Anschlag, weil er vor einem Jahr auf der Intensivstation gelegen und sich von zwei Schusswunden erholt hatte. Aber natürlich wusste er, was am 21. Februar vor einem Jahr geschehen war: Eine Gruppe betrunkener Neonazis hatte sich nachts in ein Flüchtlingsheim geschlichen, das man am Rande des Tempelhofer Feldes aufgebaut hatte, und hatte Molotowcocktails in drei der dort stehenden Baracken geworfen. Es hatte über ein Dutzend Tote gegeben.

Andersens nächste Worte bestätigten, dass Marian mit seiner Vermutung recht hatte. »Unsere Analysten hielten es schon länger für möglich, dass Sadiq rund um den Jahrestag einen größeren Anschlag plant. Aber bisher hatten wir keinerlei konkrete Hinweise. Bis gestern.«

»Unsere Verhörspezialisten versuchen seit Wochen, aus al-Sadiq, vor allem aber aus Rafik – das ist der, der ihn uns geliefert hat – Details des Plans herauszubekommen«, ergänzte Tromsdorff. »Vor zwei Tagen dann hat sich offenbar Rafiks Gewissen gemeldet. Jedenfalls hat er unsere Befürchtungen bestätigt. In Berlin steht ein größerer Giftgasanschlag unmittelbar bevor. Leider wissen wir weder wann noch wo.« Er starrte blicklos auf Kamil Akays Leiche. »Wir haben Akay den Auftrag gegeben, das in Erfahrung zu bringen, aber leider war er nicht mehr in der Lage, uns Antworten zu liefern.«

»Warum holen wir die Informationen nicht aus Sadiq selbst heraus?«, fragte Friedmann. »Er befindet sich in Karlshorst doch in der Reichweite unserer Möglichkeiten.«

»Unsere Möglichkeiten«, wiederholte Tromsdorff mit einem Anflug von Grimm, »versagen bei Sadiq. Wir haben ihn uns natürlich gleich, nachdem Akays Leiche gefunden wurde, zur Brust genommen. Aber mit rechtsstaatlichen Mitteln ist ihm kaum beizukommen. Er schweigt. Seine Anwälte machen uns die Hölle heiß. Und uns läuft langsam die Zeit davon. Und das ist der Grund, warum wir uns entschlossen haben, zu einem, hm, ungewöhnlichen Mittel zu greifen.« Er wandte sich Faris zu.

Der hob das Kinn. Der Zeitpunkt war gekommen, in dem all die Vorbereitungen der letzten Monate Früchte tragen mussten. Sein Einsatz würde nun beginnen.

In Tromsdorffs Blick flackerte es. Faris dachte daran, wie er ihm in seiner Wohnung nahegelegt hatte, diesen Auftrag abzulehnen. Jetzt jedoch sah er nichts als Entschlossenheit in den Augen seines Chefs. »Wir werden Kommissar Iskander als verdeckten Ermittler in Karlshorst einschleusen«, sagte Tromsdorff.

Mit Kopfschmerzen und im Schlafanzug saß Ira Jenssen an ihrem Küchentisch. Sie hatte schlechte Laune, weil sie vergangene Nacht so gut wie gar nicht geschlafen hatte. Einen ihrer nackten Füße unter den Po gezogen, drehte sie einen Kaffeebecher in den Händen und starrte blicklos auf das kitschige Welpenbild, das darauf abgebildet war. Vielleicht sollte sie sich endlich einmal einen neuen kaufen. Dieser hier war jetzt schon – wie alt? Sie wusste es nicht genau, aber ein paar Jahre mussten es sein. Sie hatte ihn schon gehabt, als sie noch Pastorin an der Passionskirche gewesen war.

Gedankenverloren kratzte sie mit dem Fingernagel über die abgeplatzte Stelle am oberen Rand des Porzellans. Sie hatte den Becher beim Ausräumen der Spülmaschine aus Versehen gegen einen Teller geschlagen, und seitdem musste sie ihn mit der linken Hand benutzen, wenn sie sich nicht die Lippe an der scharfen Kante verletzen wollte.

Sie seufzte.

Dann strich sie sich eine Strähne ihres blonden Haares aus den Augen. Vielleicht sollte sie ins Bad gehen, eine heiße Dusche nehmen und sich anziehen, statt hier rumzusitzen und über das Angebot zu grübeln, das Direktor Lehmann ihr gestern gemacht hatte.

Ihr Fuß auf der Erde wurde kalt, und sie wechselte das Bein. Der Himmel über Berlin war noch dunkel, aber das kümmerte die Menschen offenbar nicht. Ira konnte die Familie in der Wohnung über ihr herumlaufen hören. Irgendwo im Haus rauschte eine Toilettenspülung, und draußen auf der Straße ging die Alarmanlage eines Autos los. Sie jaulte eine ganze Weile, bis sie endlich verstummte.

Ira war gerade dabei gewesen, Feierabend zu machen, als Lehmanns Sekretärin sie gestern angerufen und gebeten hatte, in das Büro des Direktors zu kommen. Verwundert darüber, was er wohl von ihr wollte, hatte sie ihren Mantel wieder weggehängt und war der Aufforderung nachgekommen. Als sie das Büro des Leiters der Justizvollzugsanstalt Karlshorst betreten hatte, war Direktor Lehmann nicht allein gewesen. Dr. Hannah Schmidt, eine der Psychiaterinnen, die für das besondere Therapiekonzept der Anstalt verantwortlich waren, war bei ihm.

»Bitte setzen Sie sich«, hatte Lehmann Ira aufgefordert, dann war er sofort zur Sache gekommen. »Wie lange arbeiten Sie jetzt für uns?«

Ira musste nicht überlegen, um die Antwort zu geben. »Seit drei Monaten.« Sie hatte hier genau einen Tag nach einem gewissen regnerischen Abend in der Trattoria Rossi angefangen.

»Und Sie arbeiten im Moment ehrenamtlich«, ergänzte Lehmann. »Wie viele Stunden in der Woche?«

»Unterschiedlich. Zwei. Manchmal auch drei oder vier. Je nach Bedarf.« Ira sandte einen fragenden Blick in die Richtung von Dr. Schmidt. Gewöhnlich arbeitete sie mit ihr zusammen. Gab es irgendwelche Probleme mit ihrer Arbeit? Hatte die Ärztin sich über sie beschwert?

Dr. Schmidt bemerkte ihre Sorge. Ein schwaches Lächeln hob ihre Mundwinkel, und es sah beruhigend aus.

Und Direktor Lehmanns nächste Worte bestätigten Ira diesen Eindruck. »Dr. Schmidt hat mir erzählt, dass Sie einen guten Draht zu vielen Insassen entwickelt haben.«

Ira nickte vorsichtig. Worauf lief das hier hinaus?

»Dr. Schmidt hat mir auch erzählt, dass Sie früher Pastorin waren und den Dienst aufgegeben haben, weil sie …« Er ließ den Satz in der Luft hängen, eine deutliche Aufforderung, es selbst auszusprechen.

Ira zögerte. »Weil ich mich vom christlichen Glauben zu weit entfernt habe, um ihn vor meiner Gemeinde noch vertreten zu können«, sagte sie noch immer vorsichtig.

»Als evangelische Pastorin sind Sie ausgebildet in Pädagogik und Seelsorge. Und als jemand, der sich von einem Glaubenssystem abgewandt hat, halten Dr. Schmidt und ich Sie für perfekt geeignet, unser Therapeutenteam etwas mehr zu unterstützen, als Sie es bisher getan haben.«

Lehmanns Worte rauschten an Ira vorbei, und sie brauchte einen Moment, um zu begreifen. »Bieten Sie mir hier gerade einen Job an?«

Dr. Schmidts Lächeln vertiefte sich und erreichte nun auch ihre Augen. Wie immer trug sie außer ein bisschen Kajal und Wimperntusche kein Make-up, aber das war auch nicht nötig. Sie hatte eine nahezu perfekte Haut. »Wir dachten zunächst an eine Halbtagsstelle«, bestätigte sie.

Ira verspürte eine Mischung aus Freude und Unbehagen. Eine Anstellung hier in Karlshorst wäre ihr erster fester Job, seit sie ihren Dienst als Pastorin aufgegeben hatte. Gleichzeitig aber war sie sich nicht sicher, ob sie dem gewachsen wäre. Zögerlich murmelte sie: »Ich weiß nicht.«

»Sie müssen sich nicht sofort entscheiden«, warf Lehmann ein. »Was halten Sie davon, wenn Sie Dr. Schmidt einfach morgen bei einer ihrer Therapiestunden begleiten? Dann können Sie sich ein genaueres Bild machen, was wir hier eigentlich tun. Und anschließend können Sie in aller Ruhe entscheiden, ob Sie unser Angebot annehmen. Was meinen Sie?«

Bei der Erinnerung an diese Worte stellte Ira die nackte Ferse ihres rechten Beins auf die Stuhlkante und zog das Knie vor die Brust. Sie hob ihren Kaffeebecher an die Stirn und konzentrierte sich auf die Wärme, die von dem Porzellan ausging. In Lehmanns Büro hatte sie sich noch über das Jobangebot gefreut. Sie hatte eingewilligt, Dr. Schmidt heute zu begleiten.

Aber wenn sie ehrlich zu sich selbst war, war sie im Moment nicht mehr sicher, ob das eine so gute Idee gewesen war.

5. Kapitel

Eine Soldatin heult nicht, dachte sie, und dann wiederholte sie im Kopf das, was Abdu ihr beigebracht hatte.

Es ist Sein Wille.

Es geschieht zu Seiner Ehre.

Sei ohne Furcht.

Es half nicht. Jedenfalls nicht sofort.

Alles an ihr zitterte, und da war ein Bewegungsdrang, so mächtig, dass es sie beinahe zerriss. Aber sie beherrschte ihn. Sie musste wachsam sein, an den richtigen Stellen den Kopf senken, in die richtigen Richtungen schauen. Sie hatte das wieder und wieder geübt. Sie bekam das hin.

Ich helfe, Sein Reich zu errichten.

Mit langen Schritten durchquerte sie das Bahnhofsgebäude, langte nach den schweren Türgriffen, stemmte sich gegen das Gewicht der altertümlichen Tür, die sie auf die Straße an der Rückseite des Bahnhofsgebäudes entließ. Dort wendete sie sich nach rechts.

Sie musste Abstand zwischen sich und den Taxifahrer bringen, das hatte Abdu ihr eingebläut. Sie hielt ihren Verstand im Zaum, der ihr vorkam wie ein einziges kreischendes Etwas.

Sein ist das Reich der Himmel und der Erde und alles, was in ihnen ist.

In ihrem Innersten saß etwas, das sie nicht zu deuten wusste. Sie war erfüllt von Stolz und gleichzeitig zu Tode entsetzt.

»Wenn es getan ist«, hallte Abdus Stimme in ihr wider, »dann sammele dich. Bete zum Barmherzigen und denke daran: Du hast wohlgetan in Seinen Augen.«

Sammele dich!

Rechts von ihr befand sich die Unterführung, die Abdu ihr gezeigt hatte. Keine Menschenseele war dort zu sehen. Die Soldatin betrat sie, lehnte sich an den grauen Granit. Saugte Luft in ihre Lunge, so tief sie konnte.

Plötzlich konnte sie sich kaum noch bewegen. Gerade noch schaffte sie es, die Sprühdose, die sie die ganze Zeit in ihrer Hand verborgen hatte, in der Tasche zu verstauen. Dann begann sie, leise vor sich hin zu murmeln: »Preis sei Dir, o Herr, und Lob sei Dir, und gesegnet ist Dein Name, und hoch erhaben ist Deine Herrschaft, und es gibt keinen Gott außer Dir.«

Ein paar Sekunden lang war es totenstill im Raum.

»Wie bitte?«, murmelte Shannon.

»Wir brauchen jemanden, den wir zu al-Sadiq nach Karlshorst reinschicken können«, sagte Tromsdorff. »Jemanden, der eine Chance hat, kurzfristig an ihn ranzukommen, um uns die nötigen Informationen über den bevorstehenden Anschlag zu beschaffen.«

»Shit. Das ist nicht dein Ernst, oder?« Shannon deutete auf das Whiteboard, auf dem noch immer die Bilder von Akays Leiche zu sehen waren. »Ein VE im Gefängnis? Das ist doch Selbstmord!«

Tromsdorff sah Faris in die Augen. »Kommissar Iskander wird seit mehreren Monaten für genau so einen Fall vorbereitet«, erklärte er den Umstehenden.

»Bei seinem Einsatz vor einem Jahr …« Andersens Blick wanderte zu Tromsdorff, und er schluckte. »… hat die Öffentlichkeit Herrn Iskander mit einem Sprengstoffgürtel um die

Hüfte vor dem Brandenburger Tor stehen sehen. Diesen Umstand haben wir in den letzten Monaten für unsere Zwecke genutzt. Er hat Kontakt zur islamistischen Szene hier in Berlin aufgebaut und bewegt sich einigermaßen ungehindert in ihr.«

Faris straffte die Schultern. Er erinnerte sich gut an die Augenblicke am Brandenburger Tor, von denen Andersen da gerade sprach. Die Augenblicke, in denen er auf dem Pflaster gelegen hatte und an seinem eigenen Blut fast ertrunken war. Er wollte Tromsdorff anschauen, aber er konnte es nicht. Es war Tromsdorffs Kugel gewesen, die Faris niedergestreckt hatte. Eine Tatsache, über die beide nicht sprachen.

»Faris!«, beschwor Shannon ihn. »Du kannst diesen Einsatz ablehnen! Es ist zu gefährlich, im Gefängnis …«

Andersen schnitt ihr das Wort ab. »Wir haben natürlich sämtliche anderen Maßnahmen ergriffen, die möglich waren. Ermittlerteams vom BND und von uns arbeiten unter Hochdruck, um rauszufinden, wo der Anschlag stattfinden wird. Sämtliche Streifenpolizisten haben Befehl, auf verdächtige Vorkommnisse zu achten. Darüber hinaus wurden die DekonV-Abteilungen der Feuerwehr informiert und angewiesen, sich auf einen Anschlag durch Tetrafentanyl vorzubereiten.« *DekonV* stand für *Abteilung für Dekontamination von Verletzten,* eine speziell ausgebildete Truppe der Berliner Berufsfeuerwehr, die für das Verhalten im Giftgasfall geschult war.

Während Andersens Ausführungen spürte Faris Tromsdorffs Blick auf sich ruhen.

Shannon hatte natürlich recht, und Tromsdorff selbst hatte es in Faris' Wohnung ja auch bereits angesprochen. Ein VE-Einsatz in der geschlossenen Welt eines Gefängnisses barg ein sehr hohes Risiko.

Die Worte hallten in ihm wider.

Denk daran, dass du den Einsatz ablehnen kannst, wenn er dir zu heikel erscheint.

Ein leichtes Prickeln entstand in Faris' Genick, rann von dort aus seinen Rücken hinunter und über seine Arme. Er spürte ihm nach.

In seinem Kopf tanzten Bilder von Lilly. Lilly auf Anisahs Arm. Lilly, die ihn über die Straße hinweg ernst anblickte. Lilly, die nicht in einem Kinderheim versauern musste, weil er diesen Deal mit dem Innensenator eingegangen war. Er sah die Zerrissenheit in Tromsdorffs Augen, das flackernde Schuldgefühl. Sein Chef war derjenige gewesen, der vor einem Jahr vorgeschlagen hatte, Faris eine Legende als Islamist zu bauen.

Scheiße, dachte Faris.

»Wie genau sieht euer Plan aus?«, hörte er sich fragen.

Tromsdorff zögerte kurz. Dann erteilte er Ben das Wort.

Der atmete einmal tief durch. »Wir haben Kommissar Iskanders Legende ziemlich komplex angelegt. Zunächst hat das LKA in einer Pressekonferenz behauptet, dass sein Einsatz auf dem Pariser Platz eine Undercoveraktion war. Natürlich hat sich die Presse darauf gestürzt, und es gab recht schnell Spekulationen, dass die Polizei zu vertuschen versucht, dass einer aus den eigenen Reihen zum Islamisten geworden ist. Diese Spekulationen haben wir genutzt und geschickt geschürt. Parallel haben wir Beweise fingiert, die belegen, dass Faris in den vergangenen zwölf Monaten mehrmals in Syrien gewesen ist. Seiner Legende nach sind bei dem Anschlag auf Tempelhof Freunde von ihm gestorben. Die Daten wurden von unserer Abteilung entsprechend manipuliert: Aktenvermerke in der DigAA, Daten und Informationen im Internet und im Darknet und so weiter. Alles Details, die schlüssig machen …«

Mit den Fingerspitzen aller Finger rieb Faris sich die Schläfen. Im Geiste hörte er das gequälte Keuchen Akays bei seinem letzten Telefonanruf. Und auf einmal konnte er die Qualen des Mannes am eigenen Leib spüren. Er glaubte zu fühlen, wie sein Herz raste, erlebte die Atemlosigkeit, bevor ihn die Schmerzen überwältigten, die er empfunden hatte, als vor einem Jahr die Kugeln in seinen Leib eingeschlagen waren. Plötzlich bekam er keine Luft mehr, ertrank an dem Blut, das seine Lunge füllte. *Die Qualen bei jedem Atemzug. Das Gewicht des Todes auf seinem Brustkorb …*

»Faris?« Wie von fern drang Tromsdorffs Stimme zu ihm durch, und erst als ihn Shannon am Ellenbogen berührte, merkte er, dass er offenbar schon die ganze Zeit über die Narbe neben seiner Brustwarze rieb.

Die Blicke der anderen brannten auf seinem Gesicht. Er musste mehrfach blinzeln, um vollständig zurück in die Gegenwart zu gelangen. Marians Blick klebte an ihm, ebenso wie der von Julia und die aller anderen Anwesenden.

Im Stillen verfluchte Faris jeden Einzelnen von ihnen.

»Wir haben Sadiq in Gewahrsam«, wandte er sich an Tromsdorff. »Warum isolieren wir ihn nicht einfach und kriegen aus ihm raus, wo dieser Anschlag stattfindet?«

»Wie gesagt, er schweigt beharrlich«, antwortete dieser. »Außerdem gibt es noch ein weiteres Problem.«

Auf seinem Platz neben der Kaffeemaschine pfiff Marian die ersten paar Töne von *Spiel mir das Lied vom Tod.* »Jetzt kommt's«, murmelte er und hielt den ärgerlichen Blicken mehrerer Anwesender gelassen stand.

Tromsdorff gab Ben einen Wink.

Der presste die Lippen zusammen. »Scheiße«, sagte er leise und vermied es dabei, Faris anzusehen. Dann warf er mit sichtlich schlechtem Gewissen ein Bild an die Wand.

Ein ausgebranntes Haus war darauf zu sehen. Drei verkohlte Leichen, die nebeneinander auf Bahren lagen. Eine der Leichen war nur halb so groß wie die anderen.

Ein Kind.

In Faris spannte sich alles. Der Gedanke an Lilly schnitt durch sein Bewusstsein wie ein Peitschenschlag. Faris presste sich die Spitzen von Daumen und Zeigefinger in die inneren Augenwinkel, bis auf der Innenseite seiner Lider rote Funken aufflackerten.

»Das ist die Familie von Polizeihauptmeisterin Stefanie Augmann«, hörte er Andersen sagen. »Zu Tode gekommen durch einen Brandanschlag auf ihr Haus, nachdem Frau Augmann sich uns gestellt und offenbart hat, dass sie mehrere Monate lang im Auftrag al-Sadiqs Ermittlungsergebnisse vernichtet und Ermittlungen behindert hat. Sadiq hat sie unter Druck gesetzt, indem er ihr drohte, ihrer Familie etwas anzutun, wenn sie sich weigerte, für ihn zu arbeiten. Eine Weile hat sie sich einschüchtern lassen, aber irgendwann konnte sie es mit ihrem Gewissen nicht mehr vereinbaren und bat uns um Hilfe. Wir haben die Familie unter Polizeischutz gestellt.«

Faris öffnete die Augen wieder. Fahle Flecken hatten die Funken abgelöst und tanzten in seinem Blickfeld.

Andersen sah müde und um Jahre gealtert aus, und Faris wusste um die Vorwürfe, die er sich machte, weil der Polizeischutz ganz offensichtlich versagt hatte.

»Hey!« Jemand berührte ihn am Ellenbogen. Es war wieder Shannon. Mit schiefem Lächeln reichte sie Faris einen Kaffee. Er nahm ihn, aber mehr, um sich die kalten Finger am Becher zu wärmen, als um ihn zu trinken.

Er war unfähig, den Blick von der Kinderleiche abzuwenden. »Mir ist nicht ganz klar, was das mit meinem Einsatz zu tun haben soll«, sagte er.

»Durch Frau Augmann wissen wir, dass al-Sadiq Beamte in der Hand hat«, sprach Andersen weiter. »Und zwar sowohl in Karlshorst als auch bei uns hier. Wir konnten bisher allerdings nicht rausfinden, wer dazugehört. Alles, was wir wissen, ist, dass sämtliche Ermittlungen, die al-Sadiq und *El-Gehad* zum Ziel haben, zäh verlaufen. Es gibt Fehler und Ermittlungspannen. Informationen verschwinden oder finden niemals den Weg in die DigAA. Der Einzige, den wir dank Frau Augmanns Aussagen bisher sicher als Sadiqs Helfershelfer identifizieren konnten, ist dieser Mann.« Er wartete, bis Ben das Bild eines etwa vierzigjährigen Mannes mit indischem Aussehen und sorgsam gepflegtem lackschwarzem Bart aufgerufen hatte. »Das ist Justizvollzugsobersekretär Raghav Davinder. Er sorgt dafür, dass Sadiq in der Anstalt die nötigen Annehmlichkeiten und Freiheiten genießt. Wir wissen nicht genau, womit Sadiq ihn erpresst. Vielleicht steht er auch ganz offiziell auf seiner Gehaltsliste.«

»Dann verhaften Sie ihn«, schlug Faris vor.

Andersen schüttelte sachte den Kopf. »Das haben wir schon mit genug anderen Mitgliedern der Gruppe getan. Von keinem von ihnen haben wir brauchbare Informationen erhalten. Und darum dachten wir uns, wir nutzen Davinder auf andere Weise für unsere Zwecke.« Er grinste düster. »Er wird Sie zu al-Sadiq führen, Herr Iskander. Bis Sie für Sadiq interessant genug sind, dass er Sie in seine Zelle zitieren lässt.«

Er redet, als hätte ich längst zugestimmt, dachte Faris. Sein Blick wanderte wieder zu der verkohlten Kinderleiche. Vor seinem geistigen Auge verwandelte sich das verschrumpelte geschwärzte Kindergesicht in das von Lilly. Dennoch war seine Stimme ruhig, als er sagte: »Wenn ich da reingehe, brauche ich Tage, wenn nicht Wochen, bis Sadiq mich sehen will. Ich wüsste nicht, wie er in so kurzer Zeit Interesse für mich entwickeln sollte, egal wie gut ihr meine Legende bis hierher gebaut habt.«

»Und hier komme ich ins Spiel«, sagte der Anzugträger mit den dürren Beinen und dem Medizinballbauch, dessen Name Faris nicht kannte. Der Mann trat vor und reichte ihm die Hand. »Werner Lehmann. Leitender Direktor der JVA Karlshorst.« Er lächelte breit und irgendwie elektrisiert.

Und in diesem Moment wusste Faris, dass er das, was nun folgte, lieber nicht hören würde.

Marian zog an seiner Zigarette und behielt den Rauch mehrere Sekunden lang in der Lunge. Das verdammte Nikotin tat seinen verflixten Job schon lange nicht mehr. Vielleicht war es an der Zeit, mit dem Rauchen aufzuhören, bevor ihn das elende Zeug noch umbrachte.

Mit einem sarkastischen Schnauben ließ er den Rauch durch die Nase ausströmen. Warum machte er sich überhaupt Sorgen um seine Gesundheit? Wenn er sich nicht bald einen neuen Job suchte, würden die Zigaretten ohnehin keine Zeit mehr haben, ihn unter die Erde zu bringen!

Nachdem dieser Sonderling Lehmann Faris den Einsatzplan auseinandergesetzt hatte, hatte Andersen die Besprechung unterbrochen, um Iskander die Gelegenheit zu geben, über alles in Ruhe nachzudenken. Und weiß Gott: Diese Zeit brauchte der Mann auch bei dem, was man hier von ihm verlangte.

Von Shannon hatte Marian erfahren, dass Iskander eine kleine Tochter hatte, deretwegen er nach seinen schweren Schussverletzungen mit dem Gedanken gespielt hatte, den Dienst zu quittieren. Warum er es nicht getan hatte, warum er – ganz im Gegenteil – sogar zugestimmt hatte, undercover zu gehen, war dem halben Team ein Rätsel. Marian jedoch nötigte es auf gewisse Weise Respekt ab. In seinen Augen war Iskander nur konsequent. Nach dem, was dieser Mann im Dienst bereits alles durchgemacht hatte, war er mit ziemlicher Sicherheit für ein normales Leben untauglich.

Einmal Soldat, immer Soldat, dachte Marian grimmig und starrte missmutig auf die Pflanzenkübel aus Waschbeton, die zwischen den einzelnen Parkplätzen standen. Um diese Jahreszeit wirkte das Gestrüpp darin wie tot, aber jemand hatte viel Zeit und Mühe darauf verwendet, die braunen, etwa hüfthohen Stängel zu Büscheln zusammenzubinden, die Marian an die Frisuren somalischer Frauen erinnerten.

Idiot!

Warum ertappte er sich neuerdings immer häufiger dabei, dass er an Somalia dachte? Fehlte nur noch, dass er anfing, Mogadischu als Sehnsuchtsort zu sehen!

Wütend über sich selbst, schüttelte er den Kopf.

Die Begegnung mit Iskander steckte ihm in den Knochen, die Art vor allem, wie der Kerl ihn ein paarmal angesehen hatte. Dieses brennende Nichts in seinen Augen.

Marian nahm einen tiefen Zug von der Zigarette, sodass sie bis auf den Filter herunterglomm. Dann drückte er den Stummel an der Wand des metallenen Aschenbechers aus und warf ihn fort.

Durch das Glas der Hintertür konnte er einen Blick ins Innere des Polizeigebäudes werfen. Iskander kam den Gang entlang. Die Art, wie er ging – jede seiner sparsamen Bewegungen –, zeigte seine Anspannung.

Du kämpfst, dachte Marian. *Jede einzelne verdammte Sekunde deines Scheißlebens kämpfst du gegen diese Finsternis in deinem Innersten, und du fragst dich, wann die Kraft versiegt.*

Um nicht länger in einen Spiegel seiner selbst zu blicken, griff er nach der Zigarettenpackung in seiner Hemdtasche. Iskander trat durch die Tür und sah sich um. Als er Marian entdeckte, verhärtete sich die Linie seines Unterkiefers so sehr, dass es trotz seines sorgsam gepflegten Bartes deutlich zu erkennen war. »Marian«, sagte er mit einem knappen Nicken.

Marian zündete sich eine neue Zigarette an, nahm einen Zug. »Und?«, fragte er. »Machst du es?«

Iskander fuhr sich mit gespreizten Fingern durchs Haar. »Ich überlege noch.«

Nein, dachte Marian. *Du hast dich längst entschieden. Du willst es nur noch nicht wahrhaben!*

Er hielt Iskander die Zigarettenpackung hin. »Auch eine?«

Iskander schüttelte den Kopf.

Mit einem Achselzucken schob Marian die Packung in seine Hemdtasche zurück. »Du gehst ein ganz schönes Risiko ein, wenn du das durchziehst«, sagte er. Der Rauch kratzte in seiner Kehle.

Iskander lehnte sich gegen die Hauswand. »Kann sein.«

Es ist ihm egal, erkannte Marian. Oder falsch: Es war ihm nicht nur egal. Auf eine gewisse Art und Weise *brauchte* Iskander dieses Risiko, und Marian hatte mehr als eine Ahnung davon, warum das so war.

»Es nimmt dir die Entscheidung ab, nicht wahr?«

Iskander zog fragend die Augenbrauen zusammen.

»Dieser Einsatz: Er nimmt dir die Entscheidung ab, die du jeden Tag zu treffen hast. Aufgeben oder weitermachen? Wo hast du sie? Deine Knarre, meine ich. Ich wette, du hast sie ganz oben in deinem Kleiderschrank liegen. In einer dieser grauen Schachteln, in denen sie die Dinger hinter dem Bahnhof Zoo verkaufen.«

Ein Funke blitzte in Iskanders Augen auf. Er verriet Marian, wie sehr er ins Schwarze getroffen hatte. Gleichzeitig jagte er ihm einen Höllenschrecken ein.

»Du weißt gar nichts von mir«, sagte Iskander.

»Nein.« Marian hob die Zigarette an den Mund, ließ sie aber wieder sinken. »Das stimmt wohl.«

Iskander wartete schweigend.

Marian konnte nicht verhindern, dass ihn ein unerwartet heftiger Anflug von Sympathie für diesen Mann überkam.

Er wartete ebenfalls. Die Zigarette brannte herunter, und er drückte auch sie an dem Aschenbecher aus. Diesmal jedoch behielt er den Stummel in der Hand. Das hielt ihn davon ab, sich sofort die nächste anzuzünden. »Wenn du es machst, werden das Team und ich dir helfen, so gut wir können.«

Iskander stieß sich von der Wand ab. »Am meisten hilfst du mir, wenn du mir nicht im Weg rumstehst.« Ohne ein weiteres Wort wandte er sich ab und machte Anstalten, wieder reinzugehen.

»Wie oft hast du die Knarre schon im Mund gehabt?«, rief Marian ihm nach.

Iskander blieb stehen. Langsam drehte er den Kopf und fixierte Marian. Mehrere Sekunden lang bohrte sich sein Blick in dessen Augen. Dann grinste er. Es sah sardonisch aus. »Weißt du was?«

Marian wartete.

»Leck mich!«, sagte Iskander. Und öffnete die Tür.

Andrea Roth stand in ihrem Büro und schaute auf den Innenhof hinunter, wo Faris und Marian miteinander sprachen. Als Marian Faris eine Zigarette anbot, zog sie ihr Handy hervor und wählte.

Wie immer, wenn sie anrief, meldete sich Ludger nur mit »Ja?«.

»Iskander?«, fragte sie. »Ist das dein Ernst?«

»Ich habe doch gesagt, ich kümmere mich um die Sache mit der SERV. Wir schicken Iskander nach Karlshorst rein und lassen ihn dort ermitteln. Bis wir mit unserem Plan starten, ist das hier vielleicht längst ausgestanden. Es ändert nichts.«

»Schon. Aber hältst du das Ganze wirklich für eine gute Idee? Ich meine, ausgerechnet Iskander? Und ausgerechnet nach Karlshorst?« Andrea legte eine Hand an den Fensterrahmen. Unten im Hof starrten Iskander und Marian sich schweigend in die Augen.

»Wir waren uns einig, dass wir die SERV auf al-Sadiq ansetzen«, sagte Ludger. »Iskander ist nur ein weiterer Mann, der sich auf die Jagd nach *El-Gehad* begibt. Und er wird seit Monaten auf so einen Einsatz vorbereitet. Wenn ich mich geweigert hätte, ihn zu aktivieren, wäre das aufgefallen.«

»Schon. Aber was ist, wenn er statt Sadiq uns …«

»Er wird mehr als genug mit Sadiq beschäftigt sein. Und mit sich selbst. Er wird uns nicht in die Quere kommen.«

»Vielleicht. Aber er hat in der Vergangenheit schon öfter bewiesen, dass man ihn besser nicht unterschätzt.«

»Ich weiß.« Ludger schwieg eine Weile. »Für den Fall haben wir immer noch unsere Leute da drinnen, die dafür sorgen, dass er nicht zum Problem wird.«

»Natürlich, aber …«

»Was, aber?«

Unten im Hof wandte Faris sich zum Gehen, aber Marian rief ihm etwas nach. Andrea konnte nicht hören, was er sagte, aber an der Art, wie Faris zusammenzuckte, konnte sie erkennen, dass Marian einen wunden Punkt getroffen haben musste.

Wunde Punkte.

»Mir ist wohler, wenn ich das selbst in der Hand habe.« Mit dem Handy am Ohr ging Andrea zu ihrem Schreibtisch. Sie nahm ihre Handtasche vom Fußboden, stellte sie auf ihren Schreibtisch und nahm eines der beiden Lederarmbänder heraus.

»Wie du willst«, sagte Ludger.

Andrea kehrte ans Fenster zurück. Mit dem Daumen fuhr sie über das Armband in ihrer Hand. »Iskander kommt wieder hoch. Ich muss Schluss machen.« Und ohne eine Antwort abgewartet zu haben, legte sie auf.

»Hast du eine Minute?«

Die Stimme von Andrea Roth hielt Faris auf der Treppe zum *War Room* zurück. Er legte die Hand an die Wand zu seiner Rechten, weil er das Gefühl hatte, jedes bisschen Halt gebrauchen zu können. Die feinen Körnchen des Rauputzes bohrten sich in seine Fingerspitzen.

Andrea stand in der Tür eines Büros im zweiten Stock, und wie immer, wenn er sie sah, war da sofort wieder dieser Impuls in ihm. *Lass mich in Ruhe!* Er hatte sie nach dem Fall des Kruzifixbombers kennengelernt und seitdem gefühlt eine Million Therapiestunden bei ihr durchgestanden.

Wenn den Auftrag anzunehmen bedeutete, danach wieder seine Therapie bei ihr aufnehmen zu müssen, dann wäre das ein guter Grund dafür, jetzt dort hochzugehen und klar und deutlich zu sagen: *Leckt mich am Arsch!*

Natürlich bemerkte sie seine Abwehr. Es kümmerte sie nicht ein bisschen. »Du kannst ihn nicht leiden«, sagte sie.

»Wen meinst du?« Er ließ den Blick über ihre schlanke Gestalt wandern, über ihr geschäftsmäßiges Outfit mit der schmalen Hose und dem Blazer. Sie sah blass aus. Eine Hand hatte sie in der Tasche des Blazers versenkt. Und eine ihrer langen blonden Locken kringelte sich in ihre Stirn.

Sie blies dagegen. »Marian.« Mit dem Kopf deutete sie in den Raum hinter sich. »Ich habe euch vom Fenster aus gesehen. Ihr habt unten im Hof miteinander gesprochen.«

Er nickte nur.

»Du magst ihn nicht«, wiederholte sie.

Wie er es hasste, dass sie stets wusste, was er empfand! Er hatte den Geschmack von Kupfer auf der Zunge und den Geruch von Marians verflixten Zigaretten in der Nase. Er zuckte die Achseln. »Und wenn?«

Andrea lächelte schmal. Als sei völlig klar, dass er ihr folgen würde, wies sie in ihr Büro und ging selbst voraus.

Mit einem finsteren Grummeln folgte er ihr, blieb aber auf der Türschwelle stehen.

Ihr Büro war knapp zwanzig Quadratmeter groß und mit einem Aktenschrank, einem Schreibtisch und einem Drehstuhl schlicht und funktional eingerichtet. Ein paar Kunstdrucke von Miró und Dalí hingen an der Wand. In Faris' Augen irgendwie nichtssagendes Zeug.

Andrea trat hinter ihren Schreibtisch. Mit den Blicken verfolgte er ihre Bewegungen, und als er das Lederarmband mitten auf der leeren Tischplatte entdeckte, erstarrte er.

»Nimm doch Platz«, forderte Andrea ihn sanft auf.

Ohne den Blick von dem Armband zu wenden, gehorchte Faris. »Kannst du mir sagen, was zum Teufel das soll?«

Andrea setzte sich, behutsam, als fürchte sie, der Stuhl könne unter ihr plötzlich nachgeben. Schweigend legte sie beide Hände flach auf die Tischplatte. Das Armband lag einfach da, zwischen ihren Händen. Faris hätte es an sich nehmen können, wenn er gewollt hätte.

Er rührte sich nicht.

Seine Gedanken sprangen wie bei einem defekten Filmprojektor von Szene zu Szene. Er sah sich selbst in der Altstadt von Kairo stehen und dabei zusehen, wie der Kunsthandwerker seinen und Lauras Namen in das helle Leder einbrannte. *Laura hing an seinem Arm. »Du musst dir aber auch noch eins machen lassen«, befahl sie. »Mit Laura und Faris drauf!«* Dann sprang die Szene ein paar Jahre in die Zukunft. *Er stand mit Laura vor ihrem Haus. Er trug sein Armband, aber sie hatte ihres vor langer Zeit abgelegt. Lilly saß in einem Buggy und schaute zu ihm auf.* Damals hatte er noch nicht gewusst, dass sie nicht die Tochter von dem Mistkerl war, der ihm Laura weggenommen hatte, sondern seine eigene. Wieder ruckelte der Film in seinem Kopf, *und er saß mit Laura in der Hotelbar. »Ich verlasse Christian«, sagte sie und spielte demonstrativ an dem Lederarmband herum, das sie wieder trug.*

Faris schloss die Augen, um die Erinnerungen wegzuschieben, aber alles, was er erreichte, war, dass das nächste Bild nur noch greller wurde.

Laura auf dem zerwühlten Hotelbett. Blut an ihrem Kopf. Blaue Male an ihrem Hals und an ihren Handgelenken. An ihren nackten Handgelenken.

Ihr Lederarmband war fort.

Mitgenommen von ihrem Mörder.

Und seitdem nicht wieder aufgetaucht.

Von irgendwoher erklang das Ticken einer Uhr und holte Faris in die Realität zurück. Er sah sich um und entdeckte einen silbernen Reisewecker auf der Fensterbank. Das stetige, kaum hörbare Geräusch vermischte sich mit dem Rhythmus seines Herzens.

Er lehnte sich nun doch vor und griff nach dem Armband. Eine Weile drehte er es schweigend in der Hand, las die eingebrannten Namen.

Laura und Faris.

»Du hast es mir weggenommen, als ich im Krankenhaus lag«, murmelte er.

Andrea nickte. »Ich wollte dich vor dir selbst schützen.«

Vor den Vorwürfen, die er sich machte, weil er Lauras Tod nicht hatte verhindern können.

»Warum willst du es mir ausgerechnet jetzt zurückgeben?«, fragte er. Seine Stimme klang ein wenig heiser, und noch immer drehte er das Armband zwischen den Fingern. Sehr aufmerksam beobachtete Andrea ihn, und als sie kaum merklich lächelte, runzelte er irritiert die Stirn.

»Ich dachte mir, es ist ein guter Zeitpunkt.«

»Warum ausgerechnet jetzt?«, wiederholte er.

Sie schwieg.

Das Leder fühlte sich schmerzhaft vertraut an, sehr glatt, ein bisschen seifig, getränkt mit Schweiß und den Schuldgefühlen zu vieler schlafloser Nächte. Was sollte er jetzt sagen, tun?

»Menschen könnten getötet werden«, meinte Andrea. »Und das schließt dich selbst ein, das weißt du, oder?«

So langsam bekam er eine Ahnung, worauf das hier hinauslief. »Versuchst du, mich von dem Einsatz abzuhalten, Andrea?«

Sie sah ihm direkt in die Augen. »Andersen hat mich um meine Meinung gebeten. Er wollte wissen, ob du dieser Sache gewachsen bist.«

»Was hast du ihm geantwortet?«

»Die Wahrheit. Dass ich nicht sicher bin. Er wollte, dass ich in Karlshorst ein Auge auf dich habe.«

In ihrer Eigenschaft als Polizeipsychiaterin hatte sie so oft in der JVA zu tun, dass sie dort ein eigenes Büro besaß. Das wusste Faris.

Andrea legte die Hände auf die Armlehnen ihres Stuhles und umklammerte sie so fest, dass er die Sehnen auf ihren Handrücken sehen konnte. Ihr Blick war bohrend. »Es ist dir noch immer egal, ob du lebst oder stirbst«, sagte sie ihm auf den Kopf zu.

Er ließ das unkommentiert, überlegte aber, ob sie nicht recht hatte. *Wie oft hast du die Knarre im Mund gehabt?*, hatte

Marian ihn gefragt. Eine Antwort darauf lautete: seit Lilly bei Anisah lebte, gar nicht mehr.

»Was, wenn du einen Fehler machst?«, fragte Andrea. »Was, wenn Sadiq dich enttarnt und ihr dadurch alle Chancen, etwas über den Anschlag herauszufinden, erst recht verspielt?«

Ihre Worte waren ein Springmesser in seinem Magen, das in diesem Moment aufschnappte. Er parierte ihren Blick, aber er konnte nicht ergründen, was in ihr vorging. Behutsam legte er das Armband auf die Kante des Schreibtisches.

Sie wartete.

Er stand auf, ging zur Tür, griff nach der Klinke.

»Wirst du den Auftrag annehmen?«, fragte Andrea.

Da wandte er sich um, sah ihr in die Augen, und wieder war es ihm unmöglich, die Emotionen zu deuten, die er darin erkennen konnte. Irgendwas trieb sie um, genau wie ihn. Dieser Gedanke ließ ein verblüffend warmes Gefühl in seinem Innersten keimen. Plötzlich wollte er dankbar dafür sein, dass sie auf seiner Seite stand. Doch er verschloss sich gegen diesen Wunsch.

»Entschuldige mich«, sagte er. »Ich habe zu arbeiten.«

Dann ging er. So leise wie möglich zog er die Tür hinter sich ins Schloss.

Nachdem die Tür hinter Faris zugefallen war, öffnete Andrea ihre Handtasche und nahm das zweite Lederarmband heraus.

»Faris, Faris«, sagte sie leise.

Im Besprechungsraum standen die anderen vor dem Smartboard und verfolgten eine Nachrichtensendung, die Ben eingeschaltet hatte, als Faris mit Marian unten im Hof gewesen war.

»… sieht es beinahe so aus, als sei der Mann an irgendetwas erstickt«, sagte gerade eine dralle Blondine in ein puscheliges

Mikrofon. *»Das hier ist ein Handyvideo, das einer der Augenzeugen uns exklusiv zur Verfügung gestellt hat. Seiner Aussage nach ist der Mann darauf kurz zuvor aus seinem Taxi gestiegen.«* Es folgte ein Einspieler mit einer verwackelten Filmaufnahme, auf der ein noch recht jung wirkender Mann quer über den Platz vor dem Bahnhof Zoo taumelte und dann in den Armen eines Angestellten von der Stadtreinigung zusammenbrach. In Todesangst rang der junge Mann nach Luft.

»Tun Sie doch was!«, schrie eine Frau den Müllmann an, der jedoch völlig hilflos zu sein schien. Alles, was er machen konnte, war, den Taxifahrer festzuhalten, während der sich jetzt verzweifelt aufbäumte. Und dann übergangslos erschlaffte.

»Krass, Mann!«, sagte eine jugendliche Stimme aus dem Off, die des Handybesitzers, wie Faris vermutete. *»Ist der eben wirklich krepiert?«* Die Kamera zoomte ran, und ganz kurz war das Gesicht des Toten bildfüllend zu sehen.

Blasse Haut. Blaue Lippen.

Faris presste die Finger der linken Hand gegen seine Schläfe. Sein Herz krampfte, als wollte es sich von innen nach außen kehren und den ganzen Schutt darinnen durch seine Kehle nach oben befördern.

»Sieht so aus, als hätte es bereits begonnen«, sagte Ben dumpf. Er schaltete die Nachrichtensendung auf stumm, sodass nicht mehr zu hören war, was die blonde Moderatorin nun sagte. *Rätselhafter Todesfall vor dem Bahnhof Zoo* war schräg hinter ihrer Schulter in dunkelroter Schrift eingeblendet worden.

»Wir brauchen eine Entscheidung von Ihnen, Herr Iskander«, verlangte Andersen.

Faris zögerte. Am liebsten hätte er Nein gesagt und wäre gegangen. Der Gedanke, zu Anisah und Lilly zu fahren – einfach so, jetzt, auf der Stelle –, erschien ihm plötzlich unendlich verlockend. Doch noch während er dieser unverhofften Regung nachspürte, meldete sich auch wieder dieses andere in seinem Innersten, dieses Düstere. Und gleichzeitig rann ihm ein Adrenalinschauer über den Rücken.

Er sah Tromsdorff an, dann Shannon und Ben.

Sein Team.

»Ich fasse das gern noch mal für dich zusammen«, sagte Marian trocken, als Faris noch immer schwieg. »Scheißhohes Risiko und minimale Aussicht auf Erfolg.«

Faris starrte auf das Smartboard, auf dem Ben nun die Nachrichtensendung weggeklickt hatte. Das kompliziert wirkende Molekül des Giftes kam wieder zum Vorschein. Es drehte sich noch immer langsam im Kreis, als wollte es sie alle verhöhnen. Der Krampf in Faris' Herz wurde stärker.

»Herr Iskander?«, hakte Andersen nach, und dann, nachdem weitere Sekunden verstrichen waren, befahl er Ben: »Spielen Sie das Szenario ab!«

Ben ächzte leise.

»Muss das sein?«, fragte Tromsdorff.

Andersens Kiefermuskeln zuckten. »Tun Sie, was ich Ihnen sage, Herr Schneider!«

Ben runzelte finster die Stirn, aber er gehorchte. »Wir haben das mal durchgespielt. Je nachdem, wo der Anschlag stattfindet, könnte es von einer Handvoll bis zu Hunderten Toten geben. Wenn al-Sadiq sich zum Beispiel ein vollbesetztes Theater aussucht und es schafft, das Gas in das dortige Lüftungssystem einzuspeisen, müssen wir uns auf einen Schlag auf Opferzahlen im hohen drei- oder sogar vierstelligen Bereich einstellen.« Er ließ eine Präsentation laufen, die den idealisierten Plan eines Theatersaales zeigte. An jeder seiner Ecken entstanden zunächst kleine rote Punkte, breiteten sich aus und füllten innerhalb weniger Sekunden jeden Winkel. Es war ein lautloser

Vorgang, im Grunde wenig spektakulär, aber jeder im Raum wusste, was die rote Farbe zu bedeuten hatte. Einsetzen der Wirkung nach einigen Sekunden. Atemnot. Herzrasen. Zyanose. Letalitätsrate nach fünfzehn Minuten bei mindestens 98 Prozent.

Vor Faris' geistigem Auge erschien erst das Gesicht des Giftopfers von eben, dann das Bild der verkohlten Kinderleiche.

»Können wir auf Sie zählen, Herr Iskander?«, drängte Andersen.

Habe ich eine Wahl?, dachte Faris. Sein Herz hatte aufgehört zu krampfen. Schlug es überhaupt noch?

Er hielt inne, fixierte den mittlerweile vollständig roten Grundriss des Theaters.

Geschätzte Opferzahl: 400–1000, je nach Saalgröße, las er, und er musste an einen tiefen, finsteren Abgrund denken. Vor einem Jahr hatte er schon einmal dicht davorgestanden. Und war mit Freuden hineingesprungen.

»Ja«, sagte er.

Nachdem die Soldatin ihr improvisiertes Gebet beendet hatte, war ihr Herz ruhig geworden.

Sie konnte jetzt wieder handeln. Nur handeln. Nicht denken.

Der Erbarmer wachte über sie.

Er sah mit Wohlwollen, was sie tat.

Nicht denken.

Sei ohne Furcht.

Sie straffte ein weiteres Mal die Schultern. Kurz fragte sie sich, wo Tarik jetzt wohl war, und sie sah ihn wieder vor sich, wie er auf dem Dach der Einkaufsmall stand und in die Ferne wies. Heimlich hatten sie sich dort hochgeschlichen, denn natürlich war es verboten. Außer den Rohren der Klimaanlage und ein paar Tauben, die sie aus hässlich kalten Augen anblickten, befand sich dort oben nichts als weiter Himmel, und genau das war es, was sie geliebt hatte, als sie noch Amira gewesen war und noch nicht Seine Soldatin. Sie hatte auch die Begeisterung geliebt, mit der Tarik erzählt hatte: »Irgendwann, Amira, werde ich nicht mehr in dieser Baracke im Flüchtlingsheim wohnen, sondern dort hinten.« Er hatte auf den im Dunst verschleierten Fernsehturm gedeutet, hinter dem sich der Prenzlauer Berg befand. »Und dann werde ich eine deutsche Frau haben und Kinder und eine Wohnung, in der Stuck an den Decken ist.«

Die Erinnerung war schmerzhaft, darum verbot die Soldatin sie sich. Stattdessen beugte sie sich über die Tasche. Und nahm einen kleinen Schlüssel heraus, der zu einem Schließfach im Bahnhof Zoo gehörte.

Ihre Mission war noch nicht beendet.

Teil 2

Sie sehen den Horizont nicht.

6. Kapitel

Er war ein Soldat.

Wieder und wieder sagte er sich das. Der Zorn in seinem Innersten machte es leicht, es zu glauben.

Wo sich Amira in diesem Moment wohl befand?

Er wusste es nicht. Als er Abdu gefragt hatte, welche Aufgabe für seine Zwillingsschwester vorgesehen war, hatte Abdu nur sanft den Kopf geschüttelt und gesagt, dass es besser war, wenn Seine Kämpfer so wenig wie möglich voneinander wussten.

»Für den Fall, dass einer von euch der Polizei in die Hände fällt«, hatte Abdu gesagt.

Der Soldat schulterte die Tasche, die Abdu ihm gegeben hatte. Sie sah genauso aus wie die von Amira, aber der Soldat wusste, dass ihre etwas anderes enthalten musste, denn seine Tasche war schwer. Viel zu schwer für die zarte und hübsche Amira.

Der Soldat biss sich bei diesem Gedanken auf die Unterlippe. Dann machte er sich auf den Weg, zu seinem Ziel, das Abdu ausgewählt hatte, als wüsste er von den verbotenen Treffen der Geschwister auf dem Dach des Einkaufszentrums. Und von seinem kindischen Traum von einer Wohnung am Prenzlauer Berg mit Stuck an den Decken.

Allein das zu denken, bemerkte der Soldat, schürte den Zorn in ihm bis kurz vor die Weißglut. Er atmete tief durch und rollte mit den verkrampften Schultern.

Die Gasflaschen in seiner Tasche stießen mit einem leisen Klirren aneinander.

»Na, Iskander, geht dir schon der Arsch auf Grundeis?« Einer der beiden Kollegen vom Sonderfahrteam schlug mit der flachen Hand gegen das Gitter der kleinen Transportzelle, in der Faris saß.

Faris kannte den Mann. In seiner eigenen Zeit beim SEK hatte er kurz mit ihm zusammengearbeitet, aber er wusste nicht viel über ihn, außer dass er Tom Krombusch hieß und – relativ ungewöhnlich für einen SEKler – seit fast zehn Jahren glücklich verheiratet und Vater von zwei Kindern war. Eine Tatsache, die Faris umso mehr verwunderte, da Krombusch ein kantiger, lauter Kerl war, dessen Kehle das Tattoo eines Adlers mit ausgebreiteten Schwingen zierte. Nicht eben das klassische Klischee eines treusorgenden Ehemanns und Familienvaters.

Durch das Gitter seiner Transportzelle hindurch suchte Faris Julias Blick. »Bin ja nicht so eine Muschi wie du«, antwortete er dann auf Krombuschs Frage.

Julia lachte.

Das übliche Harte-Jungs-Geplänkel.

Faris konzentrierte sich auf seine Atmung. Ein. Aus. Wieder ein. Alles unter Kontrolle.

Der Bart, den er sich im Laufe der letzten Monate hatte wachsen lassen, juckte. Faris wollte sich kratzen, aber die Hand- und Fußfesseln, die er trug, hinderten ihn daran. Seinem Status als gefährlicher Terrorist entsprechend, hatte Julia ihm Bodycuffs angelegt, Fesseln, die seine Hand- und Fußgelenke durch eine um den Bauch geschlungene Kette verbanden und ihn nahezu bewegungsunfähig machten.

Das volle Programm, hatte Andersen verlangt: Einlieferung mit dem Sonderfahrteam, Einzeltransport im Gefangenenbus.

Vollständige Fesselung. Alles Anzeichen, die jedem in der Anstalt auf den ersten Blick verraten würden, dass hier ein ganz gefährlicher Kerl kam.

Alles Teil seiner Legende.

Der Gefangenenbus fuhr von Alt Moabit aus in Richtung Osten, und Krombusch schien fasziniert von der Tatsache, dass sie Faris zu einem Undercovereinsatz fuhren. Er hatte jetzt schon zweimal versucht, ein Gespräch in Gang zu bringen, aber zweimal hatte Faris ihn abblitzen lassen.

»Jetzt erzähl doch mal!«, versuchte Krombusch es erneut. »Was genau haben sie dir angedichtet?«

»Lies meine Akte!« war Faris' einzige Antwort.

Krombusch gab achselzuckend auf. Betont gleichgültig grinste er. »Warst schon immer ein Arschloch.«

Faris blickte schweigend geradeaus. Als er vor ungefähr zehn Monaten begonnen hatte, sich in der Islamistenszene zu bewegen, war er zunächst regelmäßig in einer einschlägigen Moschee in Kreuzberg gewesen und hatte peu à peu dafür gesorgt, dass sein Name in der Szene bekannt wurde. Er hatte eine Menge Gespräche geführt, in denen er immer deutlicher hatte durchblicken lassen, dass er mit dem Gedanken spielte, Rache zu nehmen für den Tod seiner beiden Freunde auf dem Tempelhofer Feld. Und er hatte schließlich ein Internetvideo veröffentlicht, bei dessen Erstellung ihm natürlich Ben und seine Kollegen geholfen hatten. In diesem Video kündigte Faris einen selbstmörderischen Vergeltungsschlag an.

Nachdem nun vorhin die Entscheidung gefallen war, ihn so kurzfristig nach Karlshorst zu schicken, hatten sie eine Weile debattiert, wie sie plausibel machen konnten, dass er dort eingeliefert wurde. Eine Untersuchungshaft kam nicht infrage, weil in Berlin die meisten Untersuchungshäftlinge in Moabit untergebracht wurden. Außerdem waren die Begegnungsmöglichkeiten zwischen Untersuchungshäftlingen und normalen Gefangenen nur sehr gering. Ein gemeinsamer Hofgang zum Beispiel, der Faris eine Gelegenheit zur Kontaktaufnahme bieten könnte, wäre nicht möglich gewesen.

Aus diesem Grund hatten Ben und die anderen ITler ein paar Dateien in seiner Polizeiakte und auch zwei, drei Zeitungsberichte und Interneteinträge in einschlägigen Foren gefakt, denen zufolge Faris schon seit zwei Monaten – unter anderem wegen terroristischer Verschwörung sowie Planung und Durchführung eines islamistisch motivierten Mordes – in Moabit einsaß. Dieser Akte nach wurde er verlegt, weil er eingewilligt hatte, sich einer speziellen Deradikalisierungstherapie zu unterziehen, die es in Karlshorst gab. Ben hatte einen eiligen Check aller einschlägigen, in der JVA einsitzenden Islamisten durchgeführt. Er war sich relativ sicher, dass keiner von ihnen Kontakt zu den Kreisen gehabt hatte, in denen Faris sich die letzten Monate bewegt hatte. Das Risiko, dass er also wegen dieses Widerspruchs in seiner Legende auffliegen würde, erschien gering.

Aber eben auch nicht völlig ausgeschlossen.

»Alles okay?«, fragte Julia mitten in Faris' Gedanken hinein. Sie musterte ihn schon seit geraumer Zeit, das konnte er wie ein schwaches Kribbeln auf der Haut spüren.

Er hatte nur eine halbe Minute mit ihr unter vier Augen sprechen können, nachdem er die Entscheidung zu diesem Einsatz gefällt hatte und bevor er in die JVA Moabit gefahren worden war.

Es waren dreißig lange, unbehagliche Sekunden gewesen, denn er hatte nicht gewusst, was er sagen sollte. Was war ihrer sonderbaren Beziehung angemessen?

Tut mir leid, ich hätte das vorher gern mit dir besprochen?

Das wäre eine Lüge gewesen. Er wollte ihre Meinung nicht

hören. Als sie sich mit ihm eingelassen hatte, hatte sie gewusst, dass er früher oder später in einen solchen Einsatz gehen würde.

Aber was sagte man sonst?

Mach dir keine Sorgen um mich?

Das wäre ein Satz gewesen, den er vielleicht an eine andere Frau gerichtet hätte. Diese andere Frau jedoch hatte er vor noch gar nicht so langer Zeit nach einer gemeinsamen Nacht buchstäblich im Regen stehen lassen.

Tromsdorffs Worte stiegen in seiner Erinnerung auf.

Ira arbeitet in Karlshorst. Seit einiger Zeit schon.

Während der Gefangenentransporter erst am Landeslabor Berlin-Brandenburg und dann am Hauptbahnhof vorbeifuhr, zählte Faris die verstreichenden Minuten.

Vier.

Fünf.

Sechs.

Rechter Hand musste jetzt kurz der Fernsehturm zwischen den Häusern auftauchen. Faris konnte ihn durch das winzige vergitterte Fenster nur erahnen. Irgendwann bog der Transporter ab und gab Gas. Sie passierten die Hochhaustürme an der Frankfurter Allee, und wenige Minuten später tauchten die Mauern der JVA Karlshorst endlich vor ihnen auf. Faris rief sich den Anblick des Gefängniskomplexes in Erinnerung. Grauer Beton, acht Meter hoch. Gekrönt von NATO-Draht. Seine Bauchmuskeln verkrampften sich.

Der Transporter rollte langsam auf das Gefängnistor zu. Faris hörte das mahlende Geräusch, das das Tor auf seiner Laufschiene machte, als es begann, sich zu öffnen. »Okay«, hörte er in der gleichen Sekunde Bens Stimme in seinem Ohr. »Das Team wäre dann on. Die Verbindung steht und ist safe, wie ich gesagt habe.«

Ben hatte noch im *War Room* Faris mit einem In-Ear-Gerät der neuesten Generation ausgestattet. »Die Dinger sind *le dernier cri*«, hatte er gesagt, als er das kaum erbsengroße Ding in Faris' Gehörgang gepflanzt hatte. »Scheißteuer, darum kriegst nur du so einen. Akkulaufzeit von mehreren Wochen. Mit den normalen Mobilfunkfindern, die in Karlshorst verwendet werden, nicht zu orten, und, was noch besser ist …« Er hatte ein paar Minuten lang an Faris' Ohr herumgefummelt. »Anders als bei der Generation davor ist es von außen nicht zu sehen, weil es ganz dicht vor dem Trommelfell sitzt.« Er war zu seinem Computer gegangen, hatte ein paar Einstellungen vorgenommen. »Ich brauche 'ne Weile, um alles so zu initialisieren, dass das Ding von den Kollegen nicht geortet werden kann. Aber ich zeige dir schon mal, wie du damit umgehen musst.« Und er hatte Faris die verschiedenen Einstellungsmöglichkeiten erklärt: Einzelverbindungsaufbau zu jedem innerhalb der SERV sowie Konferenzschaltung mit allen. Er hatte Faris auch gezeigt, wie er jeweils durch mehr oder minder starken oder langen Druck von außen auf seine Ohrmuschel die verschiedenen Verbindungen aktivieren oder zwischen den Leitungen umschalten konnte. Und was für Signaltöne ihm anzeigten, wer gerade versuchte, ihn zu erreichen.

»Da du gefesselt sein wirst, habe ich für's Erste die Konferenzschaltung aktiviert«, hatte Ben grinsend gesagt. »Also pass auf, was du von dir gibst: Es können alle zuhören!«

Dass das wirklich der Fall war, erkannte Faris, als sich nun auch Marian mit beißendem Spott in der Stimme meldete.

»Und! *Geht* dir schon der Arsch auf Grundeis?«

Es war natürlich absichtlich dieselbe Frage, die Krombusch ihm vorhin gestellt hatte, und Faris stieß einen leisen arabischen Fluch aus.

Marian lachte trocken.

»Das war eine Beleidigung, oder?«, erkundigte sich Ben.

Julia grinste. Als Teamführerin der mit dieser Sache betrauten SEK-Gruppe trug sie ebenfalls einen In-Ear, durch den sie die Gespräche der SERV mithören konnte.

»Er sagt, er liebt uns alle von Herzen«, übersetzte Marian.

Faris entspannte sich willentlich. Es tat gut, das Team zu hören, die kleinen Frotzeleien, die zwischen ihnen hin und her flogen. Er genoss das Wissen, dass die anderen da waren und er sich auf sie verlassen konnte.

»Okay, Leute. Sie sind gleich drin.« Ben klang gut gelaunt. Faris konnte ihn förmlich vor sich sehen, mit einem Headset auf dem Kopf, auf seinem Drehstuhl zurückgelehnt und umgeben von Monitoren, von denen einer ihm die GPS-Daten des Gefangenentransporters anzeigte.

Er blinzelte und brummte etwas Unverständliches in seinen Bart. Als das Gefängnistor ganz aufgegangen war, fuhr der Transporter mit einem Ruck wieder an.

»Lasst, die ihr eingeht, alle Hoffnung fahren«, murmelte Krombusch.

»Was ist das eigentlich für ein Komiker bei dir?«, erkundigte sich Ben.

»Das ist nur Krombusch«, antwortete Julia ihm. »Der hält sich für Shakespeare.«

Dante, verbesserte Faris sie in Gedanken. *Das Zitat ist von Dante.*

Er straffte sich, als der Transporter erneut anhielt.

»Sie sind angekommen«, verkündete Ben den anderen. »Schluss mit den gelehrten Reden. *Showtime!*«

»Faris?« Tromsdorffs Stimme füllte Faris' Kopf mit ihrem ruhigen, besonnenen Klang. »Direktor Lehmann hat mich gerade angerufen. Er hat sich wie besprochen darum gekümmert, dass ein paar vertrauenswürdige Beamte Kontakt zu dir aufnehmen. Uwe Stein ist einer davon. Und Lehmann hat auch dafür gesorgt, dass Raghav Davinder Dienst in der Kammer hat. Du wirst ab jetzt also deine Rolle spielen müssen. Wir schalten die Konferenzverbindung gleich ab, damit du dich nicht aus Versehen verrätst. Aber Ben überwacht dich. Er geht auf *oneway* und bleibt auf jeden Fall bei dir, um im Notfall einzugreifen, hast du verstanden?«

»Verstanden«, bestätigte Faris.

Julia schwor Krombusch darauf ein, dass er von nun an so tun musste, als sei Faris ein gefährlicher Krimineller. Krombusch grummelte etwas, das mehr wie eine Beleidigung klang als wie eine Bestätigung.

Julia ging darüber hinweg. Faris wusste, dass sie sich auf Krombusch hundertprozentig verließ. Sie hatte jeden einzelnen Mann in ihrem Team sorgfältig ausgesucht. Zwischen ihr und ihren Leuten waren nur wenige Worte notwendig.

Mit einer aufreizend federnden Bewegung sprang Krombusch von seinem Sitz auf, schob den Schlüssel in das Schloss der Transportzelle und schloss auf.

»Okay«, sagte Tromsdorff. »Ganz ruhig bleiben.« Dann war es schlagartig still in Faris' Kopf. Ebenso schlagartig fühlte er sich verwaist.

Krombusch zog die Zellentür auf und grinste ihm ins Gesicht. »Endstation«, sagte er. »Bitte alle aussteigen.«

Er griff nach der Kette, die zwischen Faris' Händen und Füßen verlief, und öffnete das Schloss in der Mitte. Mit einem Rasseln schlängelte sich die Kette aus der metallenen Öse und landete als kleiner Haufen zu Faris' Füßen. »Raus mit dir!«, befahl Krombusch, und Faris gehorchte.

Wegen der Ketten konnte er nur kleine Schritte machen, und darum hüpfte er reichlich ungeschickt aus dem Transporter auf den Asphalt des Gefängnishofes. Obwohl die Sonne nicht schien, blendete ihn das Licht. Er blinzelte.

Dann sah er sich um.

Der Innenhof war nicht vollständig quadratisch, sondern besaß an einer Seite eine halbrunde Ausbuchtung. Eine dunkelgrün angestrichene Stahltür führte ins Innere des hoch aufragenden Gebäudes. Auf den Betonstufen davor standen zwei JVA-Beamte in dunkelblauen Uniformen. Beide hatten sie die Hände auf dem Rücken verschränkt, und beide blickten sie Faris mit ausdruckslosen Gesichtern entgegen. Selbst wenn er zuvor kein Foto von ihm gesehen hätte, hätte Faris Raghav Davinder sofort erkannt. Dessen schlanke Gestalt, die dunklen Haare und der typische Teint wiesen ihn unverkennbar als Inder aus.

Krombusch und Julia traten rechts und links neben Faris und eskortierten ihn zu den beiden JVA-Beamten. Während der wenigen Schritte bis zur Treppe bekam Faris Gelegenheit, sich genauer umzusehen. Das Rolltor, durch das sie gekommen waren, fiel gerade wieder ins Schloss. Das Geräusch klang innerhalb der hohen Mauern dumpf und hallend.

Lasst alle Hoffnung fahren, wiederholte Faris in Gedanken.

Einer der Zellenblocks ragte links von ihm auf. Im Erdgeschoss und auf Höhe des ersten Stockwerks hatte er keine Fenster, aber in der Etage darüber befanden sich zwei lange Reihen kleinmaschiger Gitter.

Hinter einigen dieser Gitter konnte Faris undeutlich blasse Gesichter ausmachen.

Er reckte mit einem möglichst arroganten Gesichtsausdruck das Kinn empor. Als Krombusch nach seinem Ellenbogen fasste, um ihm beim Erklimmen der Betonstufen behilflich zu sein, riss er den Arm weg und starrte ihm zornig ins Gesicht. »Fass mich nicht an, *Kāfir*«, brauste er auf und hoffte, dass die Worte in den Zellen zu hören waren.

Krombusch wirkte erstaunt. Die aggressive Reaktion überraschte ihn, und leicht verunsichert schaute er zu Julia.

Die fand besser in ihre Rolle. Betont grob packte sie Faris am Oberarm und stieß ihn vorwärts.

Über ihren Köpfen trommelte jemand mit einem Gegenstand aus Blech gegen die Gitter. *»Ya akhi, inta ma'ana?«*, kam es aus derselben Richtung. *Bist du einer von uns, Bruder?* Die Worte waren im syrischen Dialekt gesprochen, wiesen jedoch einen harten und deutlich hörbaren deutschen Akzent auf.

Faris suchte die Reihe der Gitterfenster ab, bis er glaubte, den Urheber der Frage gefunden zu haben. Allerdings war alles, was er erkennen konnte, ein blonder Haarschopf und fünf Finger, die sich in dem Draht vor dem Fenster festgekrallt hatten.

Rings herum setzten jetzt Getrommel und Geschrei ein. »Wer ist der Kerl?«, brüllte ein anderer Gefangener. »Warum ist er gefesselt?« Seine Worte jedoch gingen fast unter in dem Lärm, den die anderen Insassen machten.

Faris biss die Zähne zusammen und hoffte, dass man es von oben nicht sehen konnte.

»Überführung aus Moabit«, sagte Julia, als sie vor den Kollegen von der JVA stehen geblieben waren. »Der Gefangene Faris Iskander.« Sie gab Davinder einen blauen Ordner. Faris' Strafakte.

Die Akte, die Ben in der Kürze der Zeit hoffentlich so wasserdicht wie möglich zusammengestrickt hatte.

Davinder warf einen Blick auf das oberste Blatt, dann musterte er Faris. Die Streifen auf seinen Schulterklappen wiesen ihn, wie Andersen erwähnt hatte, als Justizvollzugsobersekretär aus. A7. Unterste Besoldungsgruppe, in die man direkt nach Beendigung der Ausbildung einsortiert wurde.

Faris versuchte, einen Blick auf das Namensschild des zweiten Beamten zu erhaschen, aber dessen Uniformjacke schlug eine unvorteilhafte Falte über seinem dicken Bauch und verbarg den Namen vor seinen Augen. Also beobachtete Faris stattdessen Davinder, während der das oberste Blatt der Akte umschlug und die zweite Seite überflog.

Davinder wirkte gelassen und freundlich, nicht im Mindesten wie jemand, der sich freiwillig dazu entschied, bei einer Terrororganisation wie *Kataaeb el gehad* mitzumachen.

Endlich klappte er die Akte zu und nickte. »Wir übernehmen ab hier.«

Krombusch und Julia ließen Faris los und wandten sich ab. Davinders Kollege öffnete die grüne Stahltür. Julia warf noch einmal einen Blick über die Schulter, und Faris glaubte, eine für sie völlig ungewöhnliche Regung in ihrer sonst so toughen Miene zu erkennen.

Bleib am Leben!, bedeutete ihr Blick.

Faris nickte ihr unmerklich zu. Vorbei an einem sonderbaren Kunstwerk, einem Graffito unter Glas, das eine mit einem rosafarbenen Kopftuch verschleierte Frau zeigte, führten die Beamten ihn in das Gebäude.

Und gleich darauf stand er in einem großen Raum mit grün gestrichenen Wänden, in dem es stark nach Desinfektionsmittel und ganz leicht nach Erbrochenem roch.

7. Kapitel

»Idiot!« Marian musste kräftig auf die Bremse steigen, weil ihn ein weißer Lieferwagen mit der Aufschrift *Paul's Tattoostübchen* schnitt. Er tippte die Hupe an, dann warf er Shannon, die neben ihm auf dem Beifahrersitz des zivilen Einsatzfahrzeugs saß, einen kurzen Seitenblick zu. Sie hatte sich zurückgelehnt und einen schlanken Tablet-PC auf ihrem Schoß angeschaltet.

Gleich nachdem Faris in diesen scheiß Kamikazeeinsatz eingewilligt und die Nerds aus der IT und der Sonderabteilung für Undercovereinsätze sich seiner bemächtigt hatten, hatten Marian und Shannon entschieden, sich den Tatort anzusehen, an dem der Taxifahrer gestorben war. Um die wenige Zeit, die sie bei diesem Fall hatten, effektiv nutzen zu können, hatte Shannon sich von Ben das Tablet geben lassen, mit dem sie sich auch von unterwegs in die DigAA einloggen konnte. Sie würden die Fahrt nutzen, um sich mit Kamil Akays Fall vertraut zu machen.

»Also gut.« Shannon rief Akays Mordakte auf. Wie es bei Morden an Polizisten üblich war, war der erste Eintrag darin ein Querverweis auf seine Dienstakte. »Der hat eine ganz normale Karriere gemacht«, murmelte Shannon. »Abitur, dann Ausbildung für den gehobenen Polizeidienst, Studium, danach als Kriminalkommissar eingestellt und zum Beamten auf Probe ernannt. Seit 2009 als verdeckter Ermittler in verschiedenen Einsätzen. Das war ungefähr zu der Zeit, als Tromsdorff die SERV gegründet hat.« Sie las weiter, hob erstaunt die Augenbrauen. »Er hat maßgeblich dabei mitgeholfen, den Anschlag auf den Flughafen Tegel vorletztes Jahr zu verhindern.«

Marian musste an einer roten Ampel an der Gneisenaustraße halten. Durch das Fenster, das er eine Handbreit runtergekurbelt hatte, wehte der Geruch von fettiger Pizza herein, und er fragte sich, wer um diese Tageszeit schon solches Zeug aß. Ein Penner wankte vor ihm über die Straße, in der einen Hand eine Flasche, deren Etikett Marian nicht entziffern konnte, in der anderen eine Plastiktüte von Aldi, in der sich, der Form nach zu schließen, weitere Flaschen befanden.

»Alleinstehend«, las Shannon weiter aus Akays Lebenslauf vor. »Einzelkind. Seine Eltern leben in einem Dorf bei Bonn, die Kollegen, mit denen er zusammengearbeitet hat, geben an, dass er nur sporadisch Kontakt zu ihnen hatte.« In kurzen Worten fasste sie den Rest der Informationen für Marian zusammen.

Akay befand sich seit über einem Jahr im Einsatz gegen *El-Gehad.* Er hatte Kontakt zu al-Sadiqs Organisation aufgebaut, indem er zunächst eine Wohnung ganz in der Nähe der Moscheegemeinde bezogen hatte, die als Versammlungsort von al-Sadiqs Leuten galt. Dann hatte er sich regelmäßig beim Freitagsgebet sehen lassen und es binnen eines halben Jahres geschafft, Zutritt zu dem erweiterten inneren Zirkel zu bekommen.

Marian fuhr weiter. Der Pizzageruch blieb zurück, dafür wehte jetzt der Rauch einer Zigarette durch das Fenster herein und weckte in ihm die Sehnsucht, sich selbst eine anzuzünden.

Scheißsucht.

Er schloss das Fenster.

Shannon scrollte durch die Mordakte. »Sieht so aus, als hätten sie sein Handy nicht bei der Leiche gefunden«, murmelte sie. Dann tippte sie auf einen Link, der die Aufzeichnung von Akays letztem Anruf bei Tromsdorff abspielte.

»Es ist alles ganz … anders«, drang die gequälte Stimme aus den Lautsprechern. *»Al-Sadiq hat … Der Anschl…«* Pause. Dann *»Nicht …«* und ein mühevolles Atemholen, bei dem sich Marians eigenes Zwerchfell verkrampfte.

Schließlich: *»Hi…«*

Dann Stille.

Und die Stimme von Timo Herdmann, die befahl: *»Lassen Sie das Telefon fallen.«*

Shannon lauschte mit schräg gelegtem Kopf. »Klingt wirklich, als sei Herdmann der Mörder, oder?«

Marian wusste, dass Shannon eine der besten Fallanalytikerinnen war, die das Berliner LKA hatte. Sie hatte deutsche Eltern, war aber in den USA geboren, hatte Organisationssoziologie und Psychologie studiert und mehrere Jahre beim FBI gearbeitet, bis Tromsdorff sie zum Berliner LKA geholt hatte.

»Ich frage mich die ganze Zeit, was ein V-Mann aus der rechten Szene mit einem Undercoverermittler bei den Islamisten zu tun hat«, meinte Marian.

»Tja.« Shannon verschränkte die Arme vor der Brust und trommelte mit den Fingerspitzen beider Hände auf ihre gut ausgeprägten Oberarmmuskeln.

Wie viele Pfund sie wohl stemmen konnte? Marian hegte die unangenehme Vermutung, dass es mehr waren, als er schaffte.

»Ich sehe da irgendwie überhaupt keinen Zusammenhang«, sagte sie. »Warte mal.« Sie scrollte ein Stück nach oben. »Die Kollegen von der 114ten führen die Mordermittlung durch.« Sie nahm ihr Handy heraus, wählte eine Nummer und schaltete auf Lautsprecher. Sie musste es lange klingeln lassen, und als sich jemand mit einem ziemlich genervten »Kriminalkommissarin Winkler!« meldete, waren im Hintergrund Straßengeräusche zu hören.

Winkler war so heiser, dass Marian schon allein vom Zuhören Halsschmerzen bekam.

»Oh«, rutschte es ihm heraus. »Eine Grippe erwischt?«

»Witzbold! Was wollen Sie?« Es klang, als führe hinter ihr eine Straßenbahn entlang. Kurzzeitig war sie nur schlecht zu verstehen.

»SERV. Shannon Starck«, stellte Shannon sich vor. »Wir müssten wissen, ob ihr Timo Herdmann schon ausfindig gemacht und befragt habt. In der DigAA steht noch kein entsprechender Vermerk.«

Drei, vier Atemzüge lang schwieg Winkler. Das Quietschen von Zugbremsen war zu hören, und Marian ahnte, wo sie sich befand. Wenn er sich nicht täuschte, würden sie sie am Tatort vor dem Bahnhof Zoo antreffen.

»Sonst noch was?«, krachzte Winkler. »Glaubst du, wir können hexen?« Dann hustete sie so heftig, dass der kleine Lautsprecher von Shannons Handy nur eine kratzende Lautexplosion übertrug.

Marian nahm eine Hand vom Steuer, klemmte seinen Nasenrücken zwischen allen fünf Fingern ein und drückte zu. Obwohl er das Bedürfnis hatte, einen zynischen und nicht besonders schmeichelhaften Spruch zu machen, erwiderte er völlig sachlich und mit mehr als einem Anflug von Empathie in der Stimme: »Natürlich nicht. Und es tut uns auch leid, dass wir Druck machen müssen, aber wir haben Grund zu der Annahme …«

»… dass Akays Tod in Zusammenhang steht mit einem möglicherweise bald bevorstehenden Terroranschlag, ich weiß!« Wieder hustete Winkler. Wieder klang es, als würde der Lautsprecher dabei zerbröseln. »Glaubt mir, das haben sie uns mehr als einmal gesagt.«

»Und?«, hakte Marian nach.

»Und wer bist du, wenn ich fragen darf?«

Er verdrehte die Augen. »Marian. Ebenfalls SERV.«

»Oh. Klasse. Da kann Berlin ja ganz beruhigt sein, wenn die hochwohlgeborene SERV sich mit voller Manpower der Sache annimmt.« Winkler schnaubte hörbar, dann riss sie sich zusammen. »Wir sind an Herdmann dran.«

»In der Akte steht, dass ihr bei Akays Leiche kein Handy gefunden habt. Irgendeine Vermutung?«

»Der Täter wird es mitgenommen und entsorgt haben.«

»Was bedeuten könnte, dass sich darauf wichtige Hinweise befinden.«

»Bingo! Ich wusste ja, dass nur Genies für die SERV arbeiten dürfen.«

Bevor Winkler ihnen eine weitere bissige Bemerkung um die Ohren hauen konnte, unterbrach Shannon die Verbindung. »Blöde Kuh!«, schimpfte sie.

Marian grinste. »Wetten, die sagt gerade sowas Ähnliches? *Scheiß-SERV* oder so?« Der Weg geradeaus durch die Kleiststraße war versperrt, weil ein LKW in zweiter Reihe Ladung entlud, also bog Marian rechts ab in die Potsdamer und gleich darauf links in die Kurfürstenstraße.

Währenddessen spielte Shannon die Aufnahme von Akays Anruf erneut ab. Wieder verursachte Akays hörbare Atemnot Marian Beklemmungen. Verdammt, er brauchte jetzt langsam wirklich eine Zigarette!

»Was glaubst du, was er sagen wollte?«, fragte Shannon.

»*Der Anschl…* heißt ganz sicher *Anschlag*. Aber *Hi?* Das kann alles Mögliche bedeuten. Hilfe. Hilde. Himalaja. Himbeereis …«

Shannon unterbrach ihn mit einem scharfen Blick. »Unsinn hilft uns nicht weiter!«, mahnte sie.

Marian zuckte die Achseln und tastete in der Tasche seines

Hemds nach der Zigarettenpackung. Hoffentlich waren sie bald da, damit er endlich eine durchziehen konnte!

Bei dem Raum, in den sie Faris gebracht hatten, handelte es sich um die sogenannte *Kammer.* Hier würde die gesamte Aufnahmeprozedur stattfinden. Neben Davinder und dem zweiten Uniformierten von eben war noch ein weiterer Beamter anwesend, eine Frau. Sie war noch jung, und die Abzeichen an ihrer Uniform wiesen sie wie Davinder als Justizvollzugsobersekretärin aus. Die Uniform stand ihr nicht, fand Faris. Sie ließ ihren Hintern und ihre Oberschenkel unvorteilhaft dick aussehen. *M. Deubner* konnte er auf dem Schild an ihrem Revers lesen. Wie sie wohl mit Vornamen hieß? Ihm wurde bewusst, dass er sie länger musterte als die anderen Anwesenden im Raum, und er besann sich auf seine Rolle als Islamist. Er wandte den Blick von Deubner ab und ließ ihn so desinteressiert wie möglich durch die Kammer schweifen.

Die beiden Wartezellen rechts von ihm waren leer. Bei beiden stand die Tür eine Handbreit offen.

Der Beamte, der zusammen mit Davinder draußen auf der Treppe auf ihn gewartet hatte, trat vor ihn hin, sodass Faris nun sein Namensschild lesen konnte. *U. Stein.*

Einer der Kontaktmänner, die Lehmann ihm durch Tromsdorff angekündigt hatte.

Faris suchte Steins Blick, aber der ließ mit keinem Wimpernzucken erkennen, dass er wusste, warum Faris hier war. Er war einen ganzen Kopf größer als Faris und mindestens hundertdreißig Kilo schwer. Sein Hals quoll ihm über den Kragen seiner Uniform, und alles an ihm wirkte irgendwie weich. So, als sei er in der letzten Zeit sehr schnell sehr viel dicker geworden. Er hatte rotes Stoppelhaar, helle Augen, die zwischen

Grün und Grau pendelten, und ein rundes Gesicht mit einer zu kleinen Nase und aufgeworfenen Lippen.

Faris beschlich das unangenehme Gefühl, Stein von irgendwoher zu kennen, und er runzelte die Stirn. Auch der Name sagte ihm etwas. Dann fiel ihm ein, dass er das erste Jahr auf der Polizeiuniversität zusammen mit einem Uwe Stein studiert hatte. Er forschte in Steins Gesicht nach einer Ähnlichkeit mit dem athletischen jungen Mann von damals, der zur Verblüffung aller weder Fußball noch Handball gespielt hatte, sondern Golf. Vergeblich. Nur die Augen kamen ihm tatsächlich bekannt vor. Was hatte Stein wohl dazu gebracht, das Studium bei der Polizei abzubrechen und stattdessen in den Justizvollzug zu gehen? Die Frage geisterte durch Faris' Kopf, als Stein seine Akte in die Hand nahm und aufschlug.

Stein stand als Justizvollzugshauptsekretär eine Besoldungsstufe über Davinder und Deubner. Er studierte die Akte ebenfalls schweigend. Als er damit fertig war, musterte er Faris bestimmt eine Minute lang von Kopf bis Fuß. »Iskander«, murmelte er dann.

Faris versuchte, sich daran zu erinnern, wie sein Verhältnis zu Stein auf der Uni gewesen war, aber vergeblich. Alles, was er noch wusste, war, dass sie nicht besonders viel gemeinsam gehabt und auch nicht viel Zeit miteinander verbracht hatten. Kein besonders beruhigendes Gefühl angesichts der Tatsache, dass er sich hier und jetzt auf Stein verlassen musste.

Endlich schüttelte Stein den Kopf. »Iskander«, wiederholte er und wandte sich an Davinder. »Weißt du was? Ich habe mir schon damals, als der den Kruzifixbomber abgeknallt hat, gedacht, dass er nicht ganz koscher ist.«

»Mag sein«, gab sein Kollege zurück. Seine Miene blieb ausdruckslos, aber es war nicht schwer zu erraten, dass er Stein nicht leiden konnte.

Vielleicht war Lehmanns Entscheidung, Stein als seinen Kontaktmann einzusetzen, gar nicht so schlecht gewesen, dachte Faris.

Stein studierte wieder die Akte, reichte sie dann an Deubner weiter. »Iskander und ich kennen uns von früher«, erzählte er ihr und gab Faris damit die Gewissheit, dass auch er sich an die gemeinsame Zeit an der Uni erinnerte.

Deubner starrte auf den Ordner. Sie machte einen patenten, eifrigen Eindruck, aber in diesem Augenblick sah sie nicht so aus, als wüsste sie, was sie mit der Akte tun sollte.

»Lesen Sie vor!«, forderte Stein sie auf. »Und dann erklären Sie mir, was einen Mann wie ihn dazu bringt, sich einen Sprengstoffgürtel umzuschnallen!«

Du hast nicht auf den Auslöser gedrückt!, hallte plötzlich ein Echo aus der Vergangenheit in Faris nach, und er sah seine Schwester Anisah vor sich, ihre verstümmelte Hand, einen abgetrennten Finger mit rot lackiertem Nagel. Die Narbe auf seiner Brust sandte einen stechenden Schmerz aus, und er wusste nicht, ob diese Empfindung real war oder bloß eine Erinnerung.

Manche Menschen bringen einen dazu, Dinge zu tun, die man niemals für möglich gehalten hätte, dachte er dumpf.

Mit hängendem Kopf beobachtete er unter seinen zu langen Haaren hervor, was Deubner nun tat. Sie klemmte die Zungenspitze zwischen die vorderen Zähne, blätterte in der Akte vor und zurück. Dann schaute sie auf, blickte ihm direkt in die Augen.

Faris sah haarscharf an ihrem Kopf vorbei in die Ferne. Er wusste natürlich, was Ben in seine Akte geschrieben hatte.

Schwere Verwundung bei Bombenexplosion im Klersch-Museum im November 2013, die erste Spuren bei ihm hinterlassen hatte. Dann der Einsatz am Brandenburger Tor. Die Schussverletzungen. Danach Reha, während der zwei seiner besten Freunde bei dem Brandanschlag auf das Flüchtlings heim in Tempelhof umgekommen waren. Das hatte eine Sicherung bei ihm durchbrennen lassen. Er war mehrere Male für einen jeweils kurzen Zeitraum in Syrien gewesen, mit der Absicht, sich in den Terrorcamps ausbilden zu lassen. Den Plan hatte er jedoch nie umgesetzt, denn er hatte schlussendlich begriffen, dass der IS ihm nach seiner deutschen SEK-Ausbildung nichts beibringen konnte. Also hatte er sich in einen Einzeltäter, einen *Lone Wolf,* verwandelt.

»Es kann einen verrückt machen, wenn denen was passiert, die man liebt«, sagte Deubner leise.

Faris entging der Blick nicht, den sie dabei Davinder zuwarf.

Davinder jedoch bemerkte es nicht. Er war damit beschäftigt, seinen Gefangenen nachdenklich zu mustern, und Faris ahnte, dass er ihn nicht überzeugt hatte.

Sie hatten bereits befürchtet, dass er gezwungen sein würde, sich zu beweisen.

Verdammt!

Faris biss die Zähne zusammen. Schwieg. Unter seinem Bart juckte es.

Ein ekelig kalter Wind trieb ein paar Regentropfen vor sich her und klatschte sie in Marians Gesicht, als er vor dem Bahnhofsgebäude am Zoologischen Garten aus dem Wagen stieg. Eine kleinere Menschentraube drängte sich um das rot-weiße Polizeiabsperrband, mit dem die Kollegen einen Teil des Hardenbergplatzes umgeben hatten. Mehrere Streifenpolizisten in Uniform standen herum und achteten darauf, dass niemand den Tatort betrat. Keiner von ihnen wirkte sonderlich begeistert, bei diesem Wetter hier zu sein.

Marian unterdrückte den Nikotinjieper. Seite an Seite steuerte er mit Shannon auf einen der Kollegen zu und zückte im

Gehen seinen Dienstausweis und seine Marke. Beides präsentierte er dem Beamten, der ihnen am nächsten stand.

»Marian. SERV. Wir müssen uns den Mist hier ansehen.«

Der Beamte betrachtete den Ausweis so lange, dass Marian schon der Verdacht kam, er könne gar nicht lesen. Dann endlich zuckte der Mann die Achseln. »Kommissarin Winkler ist da hinten!« Er deutete auf eines der gläsernen Wartehäuschen in der Mitte des Platzes. Dort stand eine schlanke blonde Frau, die einen schwarzen Mantel trug und sich mit einem Mann in einem sandfarbenen Anzug unterhielt. Der Mann stieg ungeduldig von einem Bein auf das andere und schüttelte immer wieder wütend den Kopf.

Shannon bedankte sich bei dem Kollegen. Zusammen gingen sie und Marian auf Winkler zu.

»Ich danke Ihnen, Herr Risse«, sagte diese gerade, als sie in Hörweite kamen. »Die Kollegen haben Ihre Personalien aufgenommen. Wenn wir noch weitere Fragen an Sie haben, melden wir uns.«

Der Mann nickte grimmig. »Tun Sie, was Sie nicht lassen können«, grummelte er. Dann machte er schwungvoll auf dem Absatz kehrt und eilte in Richtung Bahnhofsgebäude davon.

Winkler starrte ihm missmutig hinterher.

»Der sah aus, als hättest du ihm einen wichtigen Termin vermasselt«, sagte Marian statt einer Begrüßung.

Sie zuckte tatsächlich zusammen. Dann erst wandte sie sich zu ihm um. Sie wirkte blass, ihr Haar war strähnig, und ihre Augen tränten. Ihre Nase sah schmerzhaft gerötet aus. Sie hatte wirklich eine fette Erkältung erwischt, dachte Marian und stellte sich vor.

»Ah«, machte Winkler. »Die Ritter in der weißen Rüstung. Na, dann kann ich ja wieder beruhigt schlafen.«

Marian unterdruckte ein Seufzen. »Hör mal«, sagte er und

musste sich beherrschen, nicht selbst ironisch zu werden, »wir sind auf eurer Seite. Wir wollen nur Informationen, die uns helfen, den Anschlag …« Er unterbrach sich, weil Winkler den Mund aufmachte.

Ohne etwas zu sagen, klappte sie ihn jedoch wieder zu und winkte ab. »Klar«, meinte sie nur. Sie zog ein Taschentuch aus dem Mantel und schnäuzte sich. »Womit kann ich euch helfen?«

»Zuerst«, bat Shannon, »würden wir uns gern die Leiche ansehen.«

Der Name des Toten war Elias Coers, das erfuhren sie, als sie sich zusammen mit Winkler unter dem Absperrband hindurchduckten und auf einen unter einem weißen Tuch liegenden Körper zugingen.

Zwei Kollegen vom Erkennungsdienst waren noch zugange, aber sie hatten die Leiche selbst bereits freigegeben, sodass Marian und Shannon ungehindert das Tuch anheben und sie sich ansehen konnten.

Elias Coers war noch jung gewesen.

»Einundzwanzig«, erklärte Winkler. »Der war gerade alt genug, um Taxi fahren zu dürfen.«

Coers lag in der für ein Erstickungsopfer typischen verkrampften Haltung da. Seine Haut war wächsern, die Lippen dafür leuchtend blau, und auch die Spitzen der Finger, die gekrümmt waren wie Klauen, hatten eine bläuliche Färbung.

»Der hatte kein angenehmes Ende«, murmelte Marian und kniete sich neben dem Toten nieder.

»Gibt es Zeugen?«, erkundigte sich Shannon bei Winkler.

»Einige, die den Mann haben sterben sehen.« Winkler deutete auf eine kleine Traube von Menschen, die sich unter dem Vordach des Bahnhofs zusammengedrängt hatten und offenbar darauf warteten, dass sie von zwei Beamten in Zivil befragt wurden. »Aber den vermutlich wichtigsten Augenzeugen haben wir in dem Einsatzfahrzeug da hinten.«

Direkt neben dem Taxistand, bei einem Taxi, das ebenfalls weiträumig mit Absperrband umgeben war, stand ein Kastenwagen der Polizei, dessen Hintertüren weit offen standen. In seinem Inneren saß ein großer Mann in der orangefarbenen Kleidung der Berliner Stadtreinigungswerke. Er hatte die Arme auf den kleinen Tisch vor sich gestützt und das Gesicht in den Händen vergraben.

»Der Mann ist ihm direkt in die Arme gefallen und gestorben«, sagte Winkler und hustete. »Ist ein bisschen von der Rolle, der Gute.«

»Können wir mit ihm sprechen?«, bat Shannon.

Wie sich herausstellte, war der Name des Müllmannes Werner Heisenberg. Winkler grinste, als sie ihnen das sagte.

»Herr Heisenberg?« Marian klopfte ans Dach des Transporters, bevor er hineinkletterte. »Dürfen wir Sie kurz sprechen?«

Heisenberg hob den Kopf. Sein Blick hatte etwas Panisches an sich, seine Augäpfel zuckten umher, als würde er in jeder Ecke eine tödliche Gefahr vermuten. »Sie sind von der Seuchenstelle, ne?«

»Seuchenstelle?« Hinter Marian kletterte nun auch Shannon in den Transporter. Um sie vor dem Nieselregen und dem kalten Wind wenigstens ein bisschen zu schützen, schob sie die Tür halb zu. Winkler, die in der Nähe blieb, runzelte die Stirn.

»Na, wegen der Seuche, die der Typ hatte. Was ist es? SARS? Ebola? Wie viel Zeit bleibt mir noch?«

Jetzt begriff Marian, weshalb der arme Mann so in Panik war. Fast hätte er gelacht, doch dann wurde ihm bewusst, dass Heisenbergs Vermutungen nicht so weit hergeholt waren. Sie selbst waren nur nicht auf die Idee gekommen, dass Coers an einer Seuche gestorben sein könnte, weil sie schon längst an dem Tetrafentanyl dran waren. Aber wie sollte er dem Mann seine Angst nehmen, ohne ihn gleich erneut aufs Tiefste zu beunruhigen?, fragte er sich.

Das hier ist keine Seuche, es ist ein islamistischer Terroranschlag, erschien ihm nicht die beste aller möglichen Antworten.

»Herr Heisenberg«, sagte er darum so sachlich wie möglich. »Ich verspreche Ihnen, dass wir es hier nicht mit einer Seuche zu tun haben. Ihnen droht nicht die geringste Gefahr!«

Der letzte Satz kam ihm leicht über die Lippen, auch wenn er im Grunde gelogen war. Aber dieser Mann hier stand so unter Schock, dass er sich vermutlich die nächsten Tage in seinem Bett verkriechen und nicht das Tageslicht sehen würde. Bis er wieder auf die Beine kam, hatten sie hoffentlich die Bedrohungslage beseitigt.

»Sie lügen doch!«, sagte Heisenberg ihm auf den Kopf zu.

»Nein, Herr Heisenberg«, schaltete sich Shannon ein. »Sie sehen aus wie ein Mann, der sich mit Seuchen auskennt.«

Heisenberg nickte.

»Der Tote dort draußen wies weder die Symptome von SARS auf noch die von Ebola oder irgendeiner anderen tödlichen Seuche, oder?«

Wieder nickte Heisenberg, zögerlich diesmal.

Vielleicht bist du doch nicht so ein großer Experte, wie du meinst, dachte Marian. Die Paranoia des Kerls war vermutlich dem Internet geschuldet. Er seufzte. »Also gut. Was können Sie uns über den Vorfall erzählen, Herr Heisenberg?«

Heisenberg stützte wieder den Kopf in die Hände, aber nur kurz. Dann setzte er sich kerzengerade hin. Von seiner orangefarbenen Kleidung ging ein leichter Müllgeruch aus, das fiel Marian erst jetzt auf.

Er begann, flach durch den Mund zu atmen.

»Er ist mir einfach in die Arme gefallen und gestorben! Ich konnte nichts tun.«

»Marian?« Winkler zog die Tür des Einsatzwagens auf.

Fast war Marian froh über die Unterbrechung. Brauchbare Informationen aus Heisenberg herauszubekommen war, wie mit einem aufgebogenen Kleiderbügel Termiten aus einem Bau zu angeln.

»Ich glaube, ihr solltet euch mal anhören, was diese Zeugin hier zu sagen hat.« Winkler trat einen Schritt zur Seite und deutete auf eine Frau in den Dreißigern. Sie trug einen knallbunten Regenmantel, dessen überdimensionierte Kapuze trotzdem nur die Hälfte ihrer Haare bedeckte. Feuchte knallrote Locken ringelten sich ihr sehr apart in die Stirn.

Marian verabschiedete sich von Heisenberg, kletterte aus dem Wagen und stellte sich und Shannon vor.

»Maria Denz.« Sie schüttelte seine Hand, dann die von Shannon. »Ich habe gesehen, wie diese Frau aus seinem Taxi gestiegen ist.«

Zusammen traten sie ein Stück zur Seite, bis sie unter einem der gläsernen Bushäuschen standen, wo sie wenigstens ein bisschen vor dem Regen geschützt waren.

»Was für eine Frau?«, fragte Shannon.

Maria Denz deutete in Richtung Hardenbergstraße. »Ich bin da an der Kreuzung gestanden«, erzählte sie, und die Formulierung ließ ihren leicht bayerischen Zungenschlag deutlich hervortreten. »Das Taxi stand direkt neben mir. Ich erinnere mich daran, weil der Fahrer mir zugezwinkert hat, als ich über die Straße bin. Ich habe nur von ferne gesehen, wie er gestorben ist, aber ich war ganz schön geschockt. Er war so jung!« Sie besann sich, kratzte sich an der Stirn. »Die Frau saß auf dem Beifahrersitz neben ihm. Ein Fahrgast, vermute ich.«

»Als das Opfer hier am Taxistand angehalten hat, war keine Frau in seinem Wagen«, fügte Winkler an. »Wir haben seine Kollegen befragt. Einer von ihnen erinnert sich genau, weil er Mitleid mit dem Opfer hatte. Das Geschäft lief im Moment wohl nicht so gut bei ihm.«

Marian dachte an die Leiche unter dem weißen Tuch. *Nein,* stimmte er zu. *Irgendwie nicht.*

»Die Frau muss also zwischen der Kreuzung an der Hardenbergstraße und dem Taxistand ausgestiegen sein.« Im Geiste überschlug er, wie lange es dauern mochte, von dem einen Punkt zum anderen zu fahren. Je nachdem, wie lange die Ampelphase gedauert hatte, maximal eine Minute. Lange genug allerdings für das Gas, seine Wirkung zu entfalten.

Er tauschte einen Blick mit Shannon. »Können Sie uns die Frau beschreiben?«

Maria Denz nickte. »Jung. Auf jeden Fall nicht älter als Anfang zwanzig. Dunkle Haare. Sah irgendwie arabisch aus.« Sie schaute unglücklich bei dieser Information. »Eine hellblaue Jacke hatte sie an.«

Marian und Shannon versuchten noch eine Weile lang, weitere Informationen aus der Zeugin herauszubekommen, aber die Frau hatte ihnen alles gesagt, was sie wusste.

Was, genaugenommen, mehr war, als die meisten Zeugen lieferten, dachte Marian. Maria Denz schien eine Frau zu sein, die genau hinsah. Und sich Dinge merkte.

Mit einem freundlichen »Wenn wir noch Fragen haben, melden wir uns« verabschiedete er sich von ihr und sah ihr hinterher, als sie in Richtung Hardenbergstraße davonging.

Shannon nahm mittlerweile Kontakt mit Ben auf. »Ben? Ich habe was zu tun für dich.« Sie legte den Kopf in den Nacken und schaute nach oben, weil ihr von der Kante des Bushäuschens ein dicker Regentropfen genau auf die Nase gefallen war.

Vorsorglich trat sie einen Schritt zurück. »Check sämtliche Kameras an der Ecke Hardenbergstraße/Hardenbergplatz. Wir suchen nach einer dunkelhaarigen Frau in einer hellblauen Jacke. Arabisches Aussehen. Anfang zwanzig. Sie muss an der Ampel aus Coers' Taxi gestiegen sein, nur Minuten bevor er gestorben ist.« Sie lauschte. »Keine Ahnung, ob sie unsere Täterin ist. Vielleicht nur eine weitere Zeugin.« Wieder hörte sie zu. »Ja. Okay. Melde dich, wenn du was hast!« Sie legte auf.

Dann streckte sie ihren Rücken. »Ich glaube, ich brauche jetzt einen Kaffee«, murmelte sie.

Und ich eine Zigarette, dachte Marian.

Nachdem sie den Polizisten alles gesagt hatte, was sie wusste, und gehen durfte, schaute Maria Denz auf die bunte Armbanduhr an ihrem Handgelenk. Zu ihrem Proseminar würde sie jetzt sowieso zu spät kommen, also konnte sie auch gleich wieder nach Hause fahren.

Der Wind fuhr unter ihren Mantel, und sie fröstelte. Mit nichts hatte dieser Tag heute Morgen angedeutet, dass er sie mit dem Tod konfrontieren würde! Sie beschloss, statt des Seminars eine längere Meditationseinheit zu absolvieren, um ihre Seele von dem zu reinigen, was ihr widerfahren war.

»Darf ich Sie kurz sprechen?« Eine auffällig tiefe Männerstimme sprach sie von der Seite her an.

Sie wandte den Kopf. Ein Reporter von RS-X, einem kleinen Regionalradiosender, den sie wegen des sanften Jazz, den sie dort spielten, recht gern hörte, hielt ihr ein Mikrofon unter die Nase.

Sie wich einen Schritt zurück.

Der Reporter lächelte entschuldigend und nahm das Mikro herunter. »Ich habe gesehen, dass Sie mit den Polizisten gesprochen haben. Darf ich erfahren, was Sie ihnen erzählt haben?«

Maria wusste nicht, was sie sagen sollte. Sie ahnte, dass es besser gewesen wäre, einfach den Kopf zu schütteln und weiterzugehen. Aber sie war nicht der Mensch, der andere unhöflich stehen ließ. Ihr Karma war für heute sowieso schon verdunkelt genug. Also beschloss sie, dem Reporter eine Antwort zu geben, die nichts verriet, aber ihn befriedigen würde.

»Kann sein, dass ich eine Zeugin des Mordes gesehen habe«, antwortete sie und wollte schon weitergehen.

Aber sie hatte nicht mit der Hartnäckigkeit des Reporters gerechnet.

Als sie ein paar Minuten später in die Hardenbergstraße einbog, glühte ihr Gesicht, weil sie sich hatte überrumpeln lassen. Der Reporter hatte so geschickt nachgefragt, dass er ihr fast alle Informationen aus der Nase gezogen hatte, die sie eigentlich nicht hatte preisgeben wollen. Immerhin: Dass die Frau in dem Taxi arabisch ausgesehen hatte, hatte sie für sich behalten. Sie hatte sich schon vorhin gegenüber den Polizisten bei dieser Äußerung unwohl gefühlt. Immerhin war sie keine Rassistin.

Sie seufzte.

Ihr gesamter Geist war in Aufruhr.

Es wurde jetzt definitiv Zeit für eine Meditation.

»Man ist ja heutzutage gleich Nazi, wenn man das sagt, aber ich finde eben, dass es so nicht geht!«

Die Frau am Nachbartisch des kleinen Cafés, in das die Soldatin sich zurückgezogen hatte, trank ihren Latte macchiato in schnellen, zornigen Schlucken. Die Soldatin hörte ihr jetzt schon eine Weile zu. Dabei, wie sie über ein Flüchtlingsheim redete und über einen Zeitungsartikel, in dem der Redakteur die Beschwerden der Flüchtlinge über die hygienischen Zustände in diesem Heim beschrieben hatte.

»Wenn ihre Klos dreckig sind, sollen sie sie doch putzen!«,

sagte die Frau, und die Soldatin dachte an eines ihrer Treffen mit Tarik.

In der Eisdiele hatten sie gesessen, damals, als sie es noch nicht für eine Sünde gehalten hatte, dass Männer dabei zusehen konnten, wie sie etwas aß. Sie hatte einer Frau hinterhergeschaut, die mit fünf oder sechs Plastiktüten an ihnen vorbeigeeilt war.

»Wusstest du, dass all diese Tüten aus Erdöl gemacht werden?«, hatte Tarik sie gefragt. Seit ihrem ersten Besuch auf dem Dach der Mall waren Monate vergangen, und sein Gemüt war zu diesem Zeitpunkt schon verdunkelt gewesen wie die gelbe Erde von den Fliegenschwärmen. All die Dinge, die Tarik ihr dann erzählte – von Amerika und Saddam Hussein, von Assad und von Regierungen, die gesteuert wurden von der Gier nach Öl und Geld –, hatte sie kaum verstanden.

Eins aber hatte sie sehr wohl begriffen.

»Du bist wütend«, hatte sie gesagt. Er hatte schon zum dritten Mal eines dieser unbezahlten Dreimonatspraktika gemacht, in der vergeblichen Hoffnung, anschließend einen Ausbildungsplatz zu bekommen.

»Du wirst eines Tages deine Wohnung mit Stuckdecken haben«, hatte sie ihm damals gesagt.

Wie die Frau am Nachbartisch wohl lebte? Sie sah aus, als könnte sie sich eine Wohnung am Prenzlauer Berg leisten. Sie winkte jetzt der Kellnerin, um zu bezahlen, und als die Frau aufstand und sich von ihrer Freundin verabschiedete, bezahlte auch die Soldatin. Die Kellnerin schien froh zu sein, dass sie endlich ging. Sie hatte sich seit Stunden an zwei Tassen Tee festgehalten und in ihren Erinnerungen verloren.

Die Soldatin lächelte die Kellnerin an. Sie erhielt kein Lächeln zurück, also nahm sie ihre Jacke von der Stuhllehne, es war die rote, die sie aus dem Schließfach geholt hatte. Die hellblaue hatte die Soldatin zu dem Mantel in ihre Tasche gelegt.

Als sie der Frau aus dem Café folgte, hörte sie noch ein paar Fetzen der Nachrichten, die im Radio hinter dem Tresen liefen.

»… geht die Polizei offenbar aktuell von einem Anschlag auf den Taxifahrer aus«, sagte eine auffallend tiefe männliche Moderatorenstimme. *»Gesucht wird nach einer jungen Frau mit langen braunen Haaren, die eine hellblaue Jacke trägt. Möglicherweise handelt es sich hierbei um eine Zeugin …«*

Mehr hörte die Soldatin nicht mehr, weil die Ladentür sich hinter ihr schloss und die Stimme abschnitt.

Fröstelnd zog sie den Kragen der Jacke zusammen. Dann schob sie die Henkel ihrer Tasche höher auf die Schulter.

Und folgte der Frau, die gerade mit schnellen Schritten den Ku'damm überquerte. Es war leicht, sie nicht aus den Augen zu verlieren, denn der Mantel, den sie trug, war von leuchtend grüner Farbe.

8. Kapitel

»Irgendwas, mit dem wir was anfangen können?«, fragte Marian einen der Männer vom Erkennungsdienst, einen Typen mit schiefen Zähnen und einem spillerigen Pferdeschwanz, der bereits die Kapuze seines weißen Schutzanzugs vom Kopf gestreift hatte.

Nachdem sie sich am Hardenbergplatz von Winkler verabschiedet hatten, hatten sie beschlossen, einen Blick in Kamil Akays Wohnungen zu werfen, in der Hoffnung, hier auf etwas zu stoßen, das sie weiterbrachte. Das kleine Einzimmerappartement mitten in Kreuzberg, in dem Akay während seiner Zeit undercover gelebt hatte, hatte sich dabei als wenig ergiebig herausgestellt. Aus diesem Grund waren sie zu Akays Privatwohnung gefahren.

Und hier standen sie nun an der Tür. Die Kollegen vom Erkennungsdienst – neben dem Typen mit dem Pferdeschwanz noch ein weiterer Mann und eine Frau – waren gerade dabei, ihre Sachen zusammenzupacken.

Pferdeschwanz schüttelte den Kopf. »Nichts, was uns zum jetzigen Zeitpunkt irgendeinen sachdienlichen Hinweis geben könnte. Akay hat mehrere PC-Spiele gespielt. World of Warcraft und Counterstrike und so. Eine Textverarbeitung hatte er, mit der er offenbar ziemlich selten gearbeitet hat. Das letzte Dokument, das er geschrieben hat, war ein Brief ans Finanzamt, aber das ist fast ein Jahr her.«

Seit einem Jahr, das wusste Marian, ermittelte Akay undercover bei al-Sadiq. Profane Dinge wie eine Steuererklärung wurden vermutlich nebensächlich bei einem Job wie seinem.

»Sein Internetbrowserverlauf?«, fragte Shannon.

Pferdeschwanz blies die Wangen auf. »Hat er offenbar regelmäßig gelöscht. Wir konnten fürs Erste nur seine letzten Suchanfragen bei Google erfassen.«

»Wonach hat er gesucht?«, fragte Marian.

»Könnt ihr euch selber angucken.« Mit dem Daumen deutete Pferdeschwanz in Richtung der offen stehenden Schlafzimmertür, durch die Marian ein Stück eines Bettes mit glänzenden schwarzen Satinlaken und die Ecke eines IKEA-Schrankes mit Spiegeltüren sehen konnte. Pferdeschwanz deutete auf eine schwarze Tasche zu seinen Füßen. »Wir haben die Festplatte gespiegelt, ihr könnt euch an dem Ding also nach Belieben austoben.«

»Danke.« Shannon deutete auf die Kisten voller Beweismittel in durchsichtigen Plastik- und braunen Papiertüten, die Pferdeschwanz' beide Kollegen gerade zur Tür trugen. »Können wir eine Liste von dem haben, was ihr alles mitnehmt?«

Pferdeschwanz nickte. »Schicke ich dir per Mail.«

Shannon gab ihm ihre E-Mail-Adresse, dankte dem gesamten Team, und dann warteten Marian und sie, bis die drei Kollegen die Wohnung verlassen hatten. Erst danach machten sie sich daran, sich umzusehen.

Die Wohnung besaß einen langen Flur, hohe Räume und uralte Heizkörper, die irgendjemand dunkelrot angestrichen hatte. Auf dem Flur stand ein teures Rennrad in mattschwarzer Lackierung. Die Küche, die sich gleich rechter Hand befand, war penibel aufgeräumt und blitzsauber. In einem offenen Regal über dem Herd standen beschriftete Gläser mit allerlei exotischen Gewürzen, von denen Marian zum Teil noch nie etwas gehört hatte.

In einem Drahtkorb lagen ein großes Bündel Mangold, mehrere Paprika, eine Aubergine und ein paar Kartoffeln. Auf dem Tisch, der dem Herd gegenüber an die Wand geschoben war, hatte Akay ein gutes Dutzend Kochbücher aufgereiht. Allesamt befassten sie sich mit veganer Küche.

Das Wohnzimmer war ein kahler Raum. Weiß gestrichene Wände, hellgraues Laminat, ein weißes Sofa und ein Glastisch davor. Sonst enthielt der Raum nicht viel, außer einem riesigen Flachbildfernseher und davor einer Reihe von Trainingsgeräten: Hanteln, ein teuer aussehendes Spinning-Rad. Und – Marian musste einen spöttischen Kommentar unterdrücken – eine Yogamatte aus dicker weißer Schafswolle.

Im Schlafzimmer gab es außer dem Bett und dem Schrank nur noch einen kleinen Schreibtisch mit einem Regal daneben, in dem sich ebenfalls hauptsächlich Fitness- und Ernährungsbücher befanden.

Marian trat vor den Schreibtisch und betrachtete den PC, der aussah wie ein Raumschiff – mattschwarz, mit Rippen, die wie Schuppen eines Urzeittieres seine Vorderseite bedeckten, und mit einer ganzen Batterie von Lämpchen, die jedoch allesamt nicht leuchteten. Ein Gamer-PC der neuesten Generation.

»Das Ding sieht aus wie die Enterprise«, brummelte er.

Shannon, die sich der Schublade in Akays Nachtschrank zugewandt hatte, warf einen Blick über die Schulter. »Wenn schon, dann die Serenity.«

»Serenity? Was soll das heißen?«

Shannon grinste. »Das heißt, mein Lieber, dass deine Film- und Fernsehgewohnheiten aus dem letzten Jahrhundert stammen.«

»Hm«, machte Marian nur. Ein Gedanke kratzte unangenehm an der Innenseite seines Schädels, eine Empfindung von

Zorn und Entschlossenheit, die ihm nur zu vertraut war. Er hatte sie jedes Mal, wenn ein Kollege im Einsatz umkam.

Nach einem tiefen Seufzen beugte er sich zu dem Computer hinab. Die Kollegen vom Erkennungsdienst hatten das Ding wieder heruntergefahren. Marian brauchte einen Moment, bis er zwischen den Lämpchen und dem ganzen martialischen Gedöns den Einschaltknopf gefunden hatte. Als er ihn drückte, erwachte der Computer mit einem tiefen Brummen zum Leben. Eine ganze Kaskade von bunten Lampen sprang an, und Marian erkannte, dass Teile der schwarzen Verkleidung durchsichtig waren. So summend und an allen Ecken und Enden leuchtend, sah das Ding jetzt noch mehr aus wie ein Raumschiff.

Enterprise, dachte er trotzig, dann machte er sich an die Arbeit.

Als der Computer hochgefahren war, rief Marian den Browser auf und klickte auf die Schaltfläche, die ihm den Verlauf anzeigte. Wie Pferdeschwanz gesagt hatte, gab es nur eine Handvoll Einträge. Die meisten davon führten auf eine Seite mit veganen Rezepten. Einer jedoch dokumentierte eine Google-Suche.

Marian pfiff ein paar Töne der *Miss Marple*-Filmmusik.

Shannon, die unterdessen in einem Buch blätterte, das sie aus dem Regal genommen hatte, sah verwundert auf.

Marian wies auf die beiden Wörter, die Akay gegoogelt hatte. »*Hiob*«, las er vor. »Und *Organisation.*«

Das Buch in Shannons Hand war kein Kochbuch, sondern ein Krimi irgendeines Autors mit amerikanisch klingendem Namen, von dem Marian noch nie gehört hatte. Mit dem Roman in der Hand trat Shannon an seine Seite. »Hiob. Meinst du, *das* war das letzte Wort, das Akay Tromsdorff sagen wollte?«

»Möglich. Himbeersauce wäre zwar schöner gewesen, aber …«

Shannon versetzte ihm einen Stoß mit dem Ellenbogen. »Sieht aus, als hätte Akay versucht rauszufinden, ob es eine Organisation mit dem Namen *Hiob* gibt.«

Marian war derselben Meinung.

»Sonderbar«, murmelte Shannon und stellte den Roman wieder ins Regal. In dieser Sekunde gab ihr Handy ein leises *Pling* von sich, das anzeigte, dass Pferdeschwanz' Liste angekommen war. Shannon rief sie auf und scrollte mit dem Zeigefinger durch. Diesmal pfiff sie leise vor sich hin, ebenfalls die *Miss Marple*-Melodie.

»Was hast du?« Marian reckte den Hals, aber das Display des Handys war zu klein. Er konnte nicht lesen, was Shannon offenbar so faszinierte.

»Die Kollegen haben ein Buch mitgenommen, das Akay auf dem Nachttisch liegen hatte. Guck dir an, wie es heißt.« Sie drehte das Telefon, sodass er den Titel lesen konnte.

Sein Blick zuckte zu der Anzeige im Browserverlauf, dann wieder auf das Handy, und zu dem Zorn und der Entschlossenheit, die er empfand, gesellte sich noch ein weiteres Gefühl: Die Genugtuung darüber, dass sie endlich eine Spur hatten.

Hiob hieß das beschlagnahmte Buch. Und der Untertitel: *Die Frage von Schuld und Verantwortung in der Theodizee-Debatte.*

Die Frau mit dem grünen Mantel bog vom Ku'damm ab und marschierte die Uhlandstraße entlang, als würde sie ahnen, dass sie verfolgt wurde. Die Soldatin jedoch war sicher, dass das nicht der Fall war. Sie hielt sich zurück, blieb auf Abstand. Der grüne Mantel, der zwischen all den anderen Menschen aufleuchtete, leitete sie.

Im Gehen schob die Soldatin die Hand in ihre Tasche, umklammerte die Sprühdose.

»Dein zweites Opfer«, hatte Abdu gesagt, »musst du in einer größeren Menschenmenge stellen, damit die Wirkung deiner Tat einen größeren Effekt hat.«

Die Soldatin schluckte. Sie hatte nicht gesehen, wie der Taxifahrer gestorben war, aber sie fragte sich, ob sie fähig war, noch einmal auf den Knopf der Sprühdose zu drücken.

Was, wenn nicht? Was, wenn sie in der Menschenmenge geschnappt wurde?

Sei ohne Furcht.

Der allwissende Gott hat dich für diese Aufgabe ausersehen, und was auch immer geschieht, es geschieht in Seinem Namen.

Die Soldatin verspürte den Drang, stehen zu bleiben. Den Drang, sich zu übergeben.

Sei. Ohne. Furcht!

Die Frau im grünen Mantel steuerte auf eine Menschenmenge am Eingang zum Ku'damm-Karree zu. Ein Straßenkünstler stand dort und spielte mit einer in einen Frack gekleideten großen Marionette. Die zarte Melodie eines Klarinettenstücks ertönte vom Band und hatte viele Menschen zum Stehenbleiben animiert, sodass sich auf dem Bürgersteig eine Menschentraube gebildet hatte. Die Soldatin beobachtete, wie ein kleines Kind sich fasziniert der Marionette näherte und sie ansah, als sei sie lebendig.

Die Frau im grünen Mantel drängte sich an der Menge vorbei. Jetzt war die Gelegenheit günstig. Sämtliche Zuschauer waren völlig gebannt von der Interaktion des Puppenspielers mit dem kleinen Kind.

Die Soldatin schloss zu der Frau im grünen Mantel auf … und wurde von einem fetten Mann angerempelt, der sich aus der Gegenrichtung seinen Weg durch die Menge bahnte wie Moses, der das Rote Meer teilte.

»Pass doch auf, dumme Kuh!«, zischte der Mann.

Die Soldatin starrte zu ihm auf. Sein Gesicht war gerötet. Sie konnte nicht sagen, ob vor Zorn oder vom Laufen. Etwas Herablassendes flackerte in seinen Augen, verursachte ihr einen Kloß im Hals.

»Entschuldigung«, murmelte sie.

»Will ich auch meinen! Decksaraberpack!« Der Mann stapfte weiter, und das wütende Schimpfwort rief in der Soldatin Erinnerungen wach, gegen die sie sich nicht wehren konnte.

Plötzlich war sie wieder in der Deutschstunde, vier oder fünf Monate nachdem sie in dieses Land gekommen war, voller Freude darüber, dass Frau Kurtz, die Lehrerin, ihr ein deutsches Buch zum Lesen geschenkt hatte. Stolz war sie darauf, so stolz, dass sie es überall mit sich herumtrug und es schließlich auch ihrem Lehrer in der Schule zeigte. Ein richtiger Lehrer war er, einer, der das Unterrichten nicht freiwillig machte, so wie Frau Kurtz, sondern der sich tagtäglich vor die Klasse stellen musste und dem der Ärger darüber aus den Augen quoll wie Blut.

Schund, hatte dieser Lehrer das Buch genannt und gemeint, sie solle lieber etwas Vernünftiges lesen. Aber als sie dem Rat dann gefolgt war, als sie die Kurzgeschichten, die er vorgeschlagen hatte, gelesen und danach angefangen hatte, ihren Bleistift mit einem Messer anzuspitzen, vorsichtig, um nichts von der kostbaren Mine zu verschwenden, weil ein Bleistift ja der größte Schatz war, so wie für den Mann in dem Gedicht, der Inventur machte, da hatte dieser Deutschlehrer sie angebrüllt. Was sie denn glaubte, wo sie war? Das hier war schließlich ein zivilisiertes Land, und überhaupt, ein Messer! In der Schule! Zweieinhalb Stunden lang hatte sie vor dem Büro des Direktors gesessen, aber das Schlimmste war gewesen, dass der dann nicht mit ihr geschimpft hatte, sondern mit dem Lehrer.

Weil der doch Verständnis haben müsste, dafür, dass Amira es schließlich nicht besser wusste, denn ein Mädchen mit ihrer Geschichte, *Sie wissen schon, Herr Kollege …*

Die Soldatin riss sich aus ihren Erinnerungen, suchte nach der Frau im grünen Mantel, konnte sie aber nirgends mehr entdecken. Einen leisen Fluch murmelnd, schaute sie sich um.

Wie konnte sie nur so unaufmerksam sein?

Der fette Mann fiel ihr ins Auge. Er war noch nicht weit gekommen, weil er gerade eine Mutter anmotzen musste, deren Kind ihm vor die Füße gelaufen war.

Die Soldatin umfasste die Sprühdose fester. Und machte auf dem Absatz kehrt.

Mit zusammengebissenen Zähnen hakte Uwe Stein einen Schlüssel von seinem Gürtel ab, kniete sich hin und öffnete Faris' Fußschellen.

Faris stand bewegungslos, auch dann noch, als Stein sich mit einem Ächzen erhob und die Handschellen löste. Das Blut schoss ihm kribbelnd in die Finger, und er unterdrückte den Impuls, sich die Handgelenke zu reiben.

Mit einer ruppigen Bewegung des Kinns wies Stein auf eine schmale Tür im hinteren Teil des Raumes. »Da reingehen! Ausziehen!«

Faris gehorchte.

Der Raum, den er nun betrat, war keine zwanzig Quadratmeter groß. An seiner Stirnseite befand sich ein schlichter Tisch aus grauem Stahl mit einer grauen Plastikkiste darauf, ganz ähnlich wie jene, in die man bei der Sicherheitskontrolle am Flughafen seinen Tascheninhalt leeren musste. Keine Stühle. Kein Fenster. Nur noch eine weitere Tür auf der gegenüberliegenden Seite, auf der *Kleiderkammer* stand. Außerdem eine Kamera unter der Decke und ein Schild über dem Tisch. Der

Text auf dem Schild informierte in großen Blockbuchstaben: *Sie werden video- und audiotechnisch überwacht.* Die gleichen Worte standen darunter noch einmal in englischer und einmal in arabischer Sprache.

Der arabische Text enthielt zwei Fehler.

Saubere Leistung für nicht mal eine Handvoll Worte.

Faris musste mehrere Minuten lang warten, bis endlich die gegenüberliegende Tür aufschwang. Ein schlanker Mann in einem weißen Arztkittel kam herein. Obwohl er – seinem jugendlichen Gesicht nach zu urteilen – kaum länger als zwei Monate aus der Uni raus sein konnte, hatte er eine Halbglatze. Der nur wenige Zentimeter breite Haarkranz, der ihm geblieben war, schimmerte grau und war auf militärische drei Millimeter gekürzt.

Faris wurde unter hellen Wimpern hervor aufmerksam angeschaut.

»Mein Name ist Dr. Jesper«, sagte der Arzt. In der Hand hielt er ein Klemmbrett. Kurz überflog er die wichtigsten Daten darauf. »Herr Iskander, ist das korrekt?«

Faris nickte.

Jesper blickte von dem Papier auf.

»Ja«, sagte Faris.

Der Arzt blätterte die oberste Seite der Akte um. »Verurteilt wegen terroristischer Verschwörung sowie Planung und Durchführung eines islamistisch motivierten Mordes in Tathergang mit illegalem Waffen- und Sprengstoffbesitz. Und Volksverhetzung. Wirklich beeindruckend.« Er warf einen Blick auf die Kamera in der Ecke, dann zog er einen Kugelschreiber aus seiner Brusttasche und schrieb etwas in die Akte. Mit dem Rücken zur Kamera gewandt, drehte er anschließend das Klemmbrett so, dass Faris das Geschriebene lesen konnte.

Direktor Lehmann schickt mich, stand dort auf einer der noch leeren Seiten der Akte. *Ich bin hier, um Ihnen zu helfen.*

Beinahe hätte Faris genickt. Gerade noch rechtzeitig besann er sich auf die Kamera und ließ seinen Blick über Jespers Schulter davonschweifen, als wäre er gelangweilt.

Jesper riss die Seite heraus, stopfte sie in die Kitteltasche. Dann legte er die Akte auf den Tisch, direkt neben die graue Kiste.

»Bitte ziehen Sie zunächst Hemd und Hose aus«, bat er.

Faris gehorchte. Jesper nahm beides an sich, faltete es und legte es in die Kiste. Dann begann er, Faris' Schädel abzutasten. Faris musste den Mund öffnen und die Zunge in verschiedene Richtungen bewegen. Mit einem Otoskop leuchtete Jesper in seine Ohren, und als er den In-Ear entdeckte, pfiff er leise durch die Zähne. »Nettes Spielzeug«, hörte Faris ihn murmeln, so leise, dass die Mikrofone es nicht aufzeichnen konnten.

Nach der Untersuchung seines Kopfes befahl Jesper Faris, nun auch das Unterhemd auszuziehen. Sein Blick wanderte über die alte, inzwischen stark verblasste Brandnarbe an Faris' Brust und Oberarm. »Das sieht sehr übel aus«, sagte er mit ehrlichem Bedauern. »Wie ist das passiert?«

»Eine schiefgegangene Bombenexplosion«, antwortete Faris denkbar knapp. An dem Blick, den Jesper ihm von unten herauf zuwarf, konnte er ablesen, dass der Arzt genau wusste, wie er sich diese Brandwunde zugezogen hatte.

»Warum machen Sie das?«, fragte Jesper. Sein Blick verriet Faris, dass er von diesem Einsatz sprach, nicht von irgendwelchen islamistischen Anschlägen.

Faris wusste nicht, was er antworten sollte, ohne sich zu verraten. Im Stillen verfluchte er die Kamera.

»Ich kenne den Grund für diese Verletzung, Herr Iskander. Sie sind kein Unbekannter in dieser Stadt, und ich schaue fern und lese Zeitung. Ich weiß, dass Sie diese Wunde im Polizeieinsatz davongetragen haben. Damals im Klersch-Museum, und ich frage mich natürlich, wie jemand mit Ihrer Vorgeschichte plötzlich zum islamistischen Attentäter wird.«

Faris sah ihm in die Augen und begriff, dass Jesper seine Rolle spielte. Und er tat das wirklich gut. In seinem Blick lag ehrliches, wissenschaftliches Interesse an der Beantwortung seiner Frage.

Faris beschloss, auf Nummer sicher zu gehen. Er zog sich gleichfalls auf seine Rolle zurück und begann, eine Koransure zu zitieren. Das Arabisch kam ihm leicht von den Lippen, was daran lag, dass er im Zuge seiner Vorbereitung auf diesen Einsatz größere Passagen des Korans neu auswendig gelernt hatte. Die Koranschule, in der er das als Kind schon einmal getan hatte, lag eine Weile zurück.

»Bitte unterlassen Sie das«, sagte Jesper für die Kamera. An seinem Gesicht konnte Faris ablesen, was er dachte.

Klingt glaubwürdig, aber ich bin auch nur ein deutscher Arzt.

Faris wusste, er würde in absehbarer Zeit Männern gegenüberstehen, die nicht leicht zu täuschen waren. Sadiqs Männern, die nicht nur den Koran von vorn bis hinten auswendig kannten und bereit waren, für die Einführung eines islamischen Gottesstaats mitten in Westeuropa ihr Leben zu lassen, sondern die darüber hinaus eine gehörige Portion Paranoia mit sich herumschleppten.

Brandgefährliche Männer, denen er weismachen musste, dass er einer der ihren war.

Jesper nahm ein Stethoskop aus der Tasche seines Kittels, hörte Faris' Herz und seine Lunge ab. »Stein hat mir gesagt, dass Davinder noch skeptisch ist«, flüsterte er beinahe lautlos. »Er hat sich etwas einfallen lassen, um ihn zu überzeugen, aber ich fürchte, das wird nicht angenehm werden. Wenn er Sie provoziert, lassen Sie sich auf sein Spiel ein, okay?«

Faris blinzelte zum Zeichen, dass er verstanden hatte.

Jesper legte den Kugelschreiber weg. Mit einem fast bedauernden Blick deutete er auf Faris' Boxershorts. »Tut mir leid, aber jetzt kommen wir zu dem wirklich unangenehmen Teil«, sagte er und zog ein Paar Latexhandschuhe aus der Kitteltasche.

»Sieht aus, als habe sie es eilig, oder?«, fragte Ben in die Runde.

Er hatte die Überwachungskameras kontrolliert, die sich rund um den Bahnhof Zoo befanden, und er war dabei tatsächlich auf eine junge Frau gestoßen, die aus Coers' Taxi ausgestiegen und in Richtung Bahnhofsgebäude davongegangen war.

Nun stand er am Steuerpult des Smartboards im Besprechungsraum, auf das er die Aufnahmen für die Ermittler der Abteilung 5 geworfen hatte. Andersen war bei ihm. Tromsdorff ebenfalls.

Wie alle anderen starrten sie auf die Bilder an der Wand.

Die Frau auf dem Video trug eine helle Jacke. Ob sie blau war, ließ sich nicht mit Sicherheit sagen, da die Kameraaufzeichnungen schwarz-weiß waren. Aber definitiv sah die Frau so aus, als habe sie es eilig. Mit gesenktem Kopf lief sie auf das Bahnhofsgebäude zu.

»Sieht man irgendwo ihr Gesicht?«, fragte einer der Männer aus Abteilung 5.

»Leider nicht.« Ben fügte weitere Kameraansichten hinzu. Schritt für Schritt konnten sie so den Weg der Frau quer über den Hardenbergplatz, dann durch das Bahnhofsgebäude und schließlich hinaus auf die Jebensstraße verfolgen. Auf keinem einzigen der Videos war ihr Gesicht zu erkennen. Wenn sie den Kopf aufrecht hielt, war die Auflösung der Kamera zu schlecht. Und wenn sie in den Erfassungsbereich einer höher auflösenden Kamera kam, von denen es auf ihrem Weg nur zwei gab, dann hielt sie den Kopf gesenkt, sodass ihre langen Haare ihre Züge verbargen.

»Die weiß doch, wo die Kameras sind!«, murmelte Andersen.

Ben stimmte ihm zu. »Denke ich auch.«

Irgendwo im Raum klingelte ein Telefon. Jemand nahm ab.

Obwohl die Frau auf dem Video mit beschleunigten Schritten ging, schien sie Herrin der Lage zu sein. Ihre Bewegungen wirkten kontrolliert, jedenfalls soweit man das auf den teilweise verschwommenen, ruckeligen Bildern beurteilen konnte.

Sie hat das geübt, dachte Ben, und ein Schauer lief ihm den Rücken hinunter. Sein Kopf fuhr zu dem Ermittler herum, der eben den Anruf angenommen hatte und der in diesem Augenblick auflegte.

Plötzlich wusste Ben, was der Mann sagen würde. »Es gibt einen zweiten Toten«, murmelte er.

Und er täuschte sich nicht.

Der Ermittler hatte noch die Hand am Hörer. Er hielt den Kopf gesenkt. »Wir haben eine zweite Leiche«, rief er. »Auf dem Ku'damm ist ein Mann an den Folgen einer Gasvergiftung gestorben.«

Zu Faris' Erleichterung fand die Untersuchung seiner unteren Körperöffnungen hinter einer spanischen Wand statt, für die Kamera nicht einsehbar. Auf diese Weise musste er sie nicht wirklich über sich ergehen lassen. Jesper geleitete ihn einfach hinter den Sichtschutz, und dann standen sie zwei, drei Minuten nebeneinander und taten nichts.

»Das war es. Ich danke Ihnen für Ihre Kooperation«, sagte der junge Arzt anschließend, trat als Erster wieder hinter der

Wand vor und zog dabei seine Handschuhe aus. »Sie können sich jetzt wieder anziehen.«

Wäre Faris wirklich völlig nackt gewesen, er hätte gerade genug Zeit gehabt, seine Boxershorts wieder anzuziehen, bevor Stein und Davinder den Raum betraten.

Auf Steins Gesicht lag ein verächtlicher und gleichzeitig hämischer Ausdruck. »Na? Hast du deinen Spaß gehabt?«

Faris legte so viel Verachtung in seinen Blick, wie er nur konnte.

Stein lächelte überheblich. »Habe ich da etwa einen wunden Punkt getroffen?« Er brachte das Gesicht so dicht an das von Faris, dass dieser seinen Atem riechen konnte. »Vielleicht war ja einer deiner Freunde vom Tempelhofer Feld dein Lover, wie? Oder sogar beide?«

Es war eine sehr bewusste Provokation. Faris dachte an Dr. Jespers Worte.

Wenn er Sie provoziert, lassen Sie sich auf sein Spiel ein.

Er war sich der Gegenwart von Davinder mehr als bewusst.

Okay.

Er ballte die Fäuste, biss die Zähne zusammen, als habe er größte Mühe, sich zu beherrschen. Und dann, nach einem mehr oder weniger genau bemessenen Augenblick, ließ er die Wut in seinen Augen zu blankem Hass werden.

Einen weiteren Sekundenbruchteil später warf er sich auf Stein. Er landete zwei Fausthiebe in dessen Magen, bevor irgendjemand im Raum auch nur mit der Wimper zucken konnte.

Mit einem überraschten Ächzen klappte Stein zusammen.

Davinder sprang nach vorne, packte Faris und riss ihn zurück, Deubner, die sich noch im Nachbarraum aufhielt, kam ebenfalls herbeigeeilt. Zusammen mit Davinder hielt sie Faris davon ab, sich erneut auf Stein zu stürzen.

»Ich mache dich fertig!« Faris wand sich im Griff der beiden

Beamten. »Wenn ich dich kriege, mache ich dich fertig!« Sein Atem ging schnell und schwer, als ihm beide Arme auf den Rücken gedreht wurden.

Stein richtete sich auf, seine Wangen waren fahl, und die Überraschung in seinem Gesicht war diesmal nicht gespielt. »Du warst schon früher völlig unberechenbar, du verdammtes Arschloch!«, keuchte er.

Faris wehrte sich gegen Davinders und Deubners Griff, versuchte, sich erneut auf Stein zu werfen.

»Wenn Sie sich nicht auf der Stelle beruhigen«, sagte Davinder kalt, »dann lasse ich Sie fesseln!«

Faris hielt inne.

Mit einer groben Geste versuchte er, Deubner seinen Arm zu entziehen. Natürlich vergeblich. »Nimm die Finger von mir, Schlampe!«, stieß er hervor. Deubners Antwort war ein scharfer Schmerz in seinem Handgelenk, das bis kurz vor die Belastungsgrenze überstreckt wurde.

Er schrie auf. Und wehrte sich nicht länger.

Dr. Jesper blies Luft durch die zusammengepressten Lippen. »Nun«, sagte er. »Wir wären dann hier vermutlich fertig.«

Er lieferte Stein einen kurzen Bericht über die Untersuchung. »Er kann jetzt in seine Zelle gebracht werden«, ordnete er an, steckte das Stethoskop wieder in die Tasche und verließ den Raum.

Nicht ohne Faris einen letzten konsternierten Blick zugeworfen zu haben.

Faris blieb mit den drei Beamten allein zurück, und da er nach wie vor nur seine Boxershorts trug, fühlte er sich in mehrfacher Hinsicht ausgeliefert. Er atmete tief durch und hoffte, es würde als Versuch aufgefasst werden, seinen Zorn zu zähmen. Dann zwang er einen kühlen, überlegenen Ausdruck auf sein Gesicht.

Stein deutete wortlos auf die Tür zur Kleiderkammer.

Die Vorstellung, gleich Hosen, T-Shirts und vor allem Unterwäsche anziehen zu müssen, die vor ihm bereits andere Männer angehabt hatten, bereitete Faris Unbehagen. Trotzdem machte er so gelassen wie möglich einen Schritt auf die Tür der Kleiderkammer zu. Stein ließ ihm den Vortritt. Und dann, kurz vor Erreichen der Tür und damit genau in dem Moment, in dem Faris sich im toten Winkel der Kamera befand, geschah es.

Ein schwerer Stiefel trat ihm von hinten gegen den Knöchel. Er verlor das Gleichgewicht. Eine Hand wurde ihm zwischen die Schulterblätter gerammt, sodass er auf die Knie ging und gegen die Tür prallte. Er fing seinen eigenen Schwung ab, aber einen Sekundenbruchteil später packte die Hand in sein Haar und donnerte sein Gesicht gegen den Türrahmen. Schmerz jagte von seinem Jochbein bis unter die Schädeldecke. Seine Unterlippe platzte auf.

»Hoppla«, sagte Stein. Mit nur einer Hand zwischen Faris' Schulterblättern hielt er ihn fest und brachte seinen Mund ganz dicht an sein Ohr. »Etwas weniger hart hätte es auch getan«, wisperte er.

Faris wusste, dass er auf die Boxhiebe anspielte. »Ich sollte mitspielen«, wisperte er zurück.

Steins Griff wurde kurzzeitig härter, dann packte er Faris an den Schultern, zog ihn zurück in den Erfassungsbereich der Kamera. »Ein bisschen ungeschickt, was?«, sagte er laut. »Dein Glück, dass ich dich aufgefangen habe, du hättest dir wer weiß was tun können.«

Faris schmeckte Blut. Mit der Zunge fuhr er sich über die Schneidezähne. Alle unversehrt. Seine Wange pochte. Bewusst langsam drehte er sich um. Ohne den Blick von Stein abzuwenden wischte er sich mit dem Handrücken über den Mund. Er wusste, dass sein Gegenüber den Zorn als hitziges Flackern in seinen Augen sehen konnte, und hoffte, dass die Kamera es ebenfalls aufzeichnete.

»Ist was?«, fragte Stein herausfordernd.

Faris schüttelte den Kopf. »Nein. Alles okay. Ich bin einfach nur über meine eigenen Füße gestolpert.«

Davinder schnaufte kaum hörbar. Faris versuchte, seinen Blick einzufangen, und als es ihm gelang, sah er eine so tiefe Wut in den Augen des Mannes, als sei dieser selbst das Opfer von Steins Attacke gewesen. Davinders Kiefer mahlten, seine Nasenflügel bebten sichtbar.

Sehr gut.

Als Shannon und Marian zurück im *War Room* waren, kam ihnen Tromsdorff entgegen.

»Wir hatten ein zweites Giftgasopfer«, informierte er sie, und dann berichtete er, dass auf dem Ku'damm ein weiterer Mann an den Folgen einer ganz ähnlichen Attacke gestorben war wie der Taxifahrer. Die Tat war in einem Engpass an einer Baustelle geschehen, aber obwohl es Dutzende Zeugen gab und Winkler und ihr Team sofort vor Ort gewesen waren, hatten sie diesmal noch keine Beschreibung des mutmaßlichen Täters.

»Es hat auch niemand eine Frau in einer blauen Jacke gesehen«, sagte Tromsdorff.

Marian ging zu seinem Schreibtisch, setzte sich jedoch nicht. »Vermuten wir inzwischen, dass die Frau in der blauen Jacke nicht nur eine Zeugin ist?«

Tromsdorff nickte. Dann erzählte er von den Aufnahmen der Überwachungskameras am Bahnhof Zoo, die sie gesichtet hatten. »Es macht den Eindruck, als wüsste die Frau genau, wo die Kameras sind.«

Shannon kratzte sich nachdenklich an der Schläfe. »So verhält sich niemand, der nur Zeuge ist. Haben wir irgendwas Brauchbares von dem neuen Tatort?«

»Dutzende Zeugenaussagen. Das meiste davon widersprüchliches Zeug.«

Marian seufzte. »Also alles wie immer.« Er folgte Tromsdorff aus dem *War Room* in den nebenliegenden Besprechungsraum, der mittlerweile zum Hauptquartier einer sogenannten BAO, einer *Besonderen Ablauforganisation,* umfunktioniert worden war. Irgendein Scherzkeks hatte mit dickem Edding die Worte *BAO Heiliger Krieg* auf ein DIN-A3-Blatt geschrieben und wie eine Namensbezeichnung an die Tür geheftet. Andersen stand mit Staatssekretär Friedmann in einer Ecke. Bei ihnen war ein weiterer Anzugträger, den Marian aus dem Fernsehen zu kennen glaubte.

Sein Blick glitt über das Chaos in dem Raum. In aller Eile hatte man Schreibtische aufgebaut und mit Computern bestückt, deren Kabel unordentlich und provisorisch mit schwarzem Panzerband befestigt auf dem Boden verlegt waren. Mehrere fast altmodisch anmutende Whiteboards waren herbeigeschafft und auch bereits zur Hälfte mit allerlei Listen und Karten behängt worden. Ermittlerteams, die, soweit es Marian erkennen konnte, allesamt zur Abteilung 5 gehörten, standen in Gruppen herum. Es wurde diskutiert, telefoniert und auch gestritten. Ein Ermittler verschränkte geschlagen die Hände im Nacken und hielt sich mit den Ellenbogen die Ohren zu, während er auf ein Foto ihrer neuen Leiche starrte.

Auf einem Fernseher in der Ecke lief eine Nachrichtensendung von berlin2day, und der Text in der roten Schrift, die am unteren Rand durchs Bild lief, lautete:

+++ Offenbar zweites Opfer bei Giftgasattentat gestorben +++ Bisher keine Hinweise auf den Täter +++

Die Schlagzeile hatte zumindest etwas Gutes, dachte Marian mit einem Anflug von schwarzem Humor. Immerhin waren die Medien noch nicht auf den Trichter gekommen, dass es sich bei den Anschlägen um Terrorakte handelte. Die Frage war nur, wie lange das noch so bleiben würde.

»Schöne Bescherung, nicht wahr?«

Marian zuckte zusammen. Er hatte nicht bemerkt, dass Andersen sein Gespräch mit den Politikern beendet hatte und hinter ihn getreten war, um ebenfalls einen Blick auf den Fernseher zu werfen. Er wandte sich zu ihm um.

Das Gesicht des Direktors wirkte grau, seine Wangen eingefallen, und der Schlafmangel der vergangenen Nacht hatte seine Augen gerötet.

»Bei dem zweiten Opfer handelt es sich offensichtlich um Günther P., einen Mann, der für eine Berliner Versicherungsgesellschaft gearbeitet hat und der Frau und zwei Kinder zurücklässt«, sagte der Moderator im Fernsehen.

Marians Blick huschte zu einem der Whiteboards, an das jemand den Namen des zweiten Opfers geschrieben hatte.

Günther Posch.

»Woher wissen die Fernsehfritzen so was immer so schnell?«, grummelte er.

Andersen zuckte die Achseln. »Es wurde mittlerweile bestätigt, dass Posch genauso wie Coers an Tetrafentanyl gestorben ist.«

»Also rennt da draußen tatsächlich einer von al-Sadiqs Männern rum und sprüht Menschen das Zeug ins Gesicht.«

Andersen rieb sich das Kinn. »Nur dass dieser Mann mit großer Wahrscheinlichkeit eine Frau ist.«

Zusammen mit Tromsdorff trat Shannon zu ihnen. Sie hatte am Kaffeetisch zwei Becher eingeschenkt und reichte einen davon an Marian weiter. »Gibt es schon ein Bekennervideo?«

»Nein.« Tromsdorff wies auf eine Gruppe von Ermittlern, die sich inzwischen vor dem Whiteboard mit den Opferfotos versammelt hatten. »Wir haben eine zweite Sonderkommission eingerichtet. Leute aus der Fünften. Sie werden Winkler helfen, die Spur von dieser unbekannten jungen Frau zu verfolgen. Sie haben den Auftrag, sich eng mit ihr und ihren Leuten abzustimmen.«

Marian versuchte sich vorzustellen, was die Kommissarin von der Tatsache halten mochte, dass man ihr jetzt auch noch eine SoKo der Abteilung 5 vor die Nase gesetzt hatte. *Wir sind die verdammte Homeland Security,* dachte er und trank einen Schluck von seinem Kaffee, der sehr heiß, aber für seinen Geschmack viel zu lasch war. »Was machen wir jetzt?«, erkundigte er sich. »Sollen wir uns um diese *Hiob*-Sache kümmern?«

Andersens Kopf ruckte herum. »Was für eine *Hiob*-Sache?«

Marian erzählte von Akays Suche im Internet und von dem Buch auf seinem Nachttisch.

Andersen runzelte die Stirn.

»Das kann ein reiner Zufall sein«, warf Tromsdorff ein. »Die Bücher, die ich auf meinem Nachtschrank liegen habe, haben gewöhnlich nichts mit meiner Arbeit zu tun. Und meine Internetrecherchen zu Hause auch nicht.«

»Eine Organisation namens *Hiob*«, murmelte Andersen.

»Wir fragen uns, was das sein könnte«, sagte Shannon. »Ein Ableger von *El-Gehad* möglicherweise. Und wir glauben, dass es das war, was Akay als Letztes zu dir sagen wollte, Robert. *Hi* wie Hiob.«

Tromsdorff schüttelte den Kopf. »Hiob ist eine christliche Figur, ich glaube nicht, dass das zu *El-Ge…*«

»Stimmt nicht ganz«, fiel Shannon ihm ins Wort. »Er kommt auch im Koran vor. Seine Geschichte dort ist der in der Bibel ganz ähnlich.«

Tromsdorff rieb sich über den Mund, aber bevor jemand von ihnen noch etwas sagen konnte, winkte einer der Ermittler der neuen SoKo zu Andersen hinüber.

»Herr Direktor? Haben Sie kurz Zeit?«

Andersen bedeutete ihm, dass er gleich kommen würde. »Also gut«, sagte er dann an Marian und Shannon gewandt. »Bleiben Sie an der *Hiob*-Spur dran. Aber verbeißen Sie sich nicht darin, wenn Sie das Gefühl haben, es führt zu nichts.« Er nickte knapp in die Runde, dann ging er zu den anderen Ermittlern.

Marian warf Tromsdorff einen Blick zu.

Der stand mit gerunzelter Stirn da und schwieg.

Die Fassade der riesigen Einkaufsmall ragte vor ihm auf, und er legte den Kopf in den Nacken, um an ihr hochzusehen.

Im ersten Stock stand eine Puppe im Schaufenster. Sie war fast nackt, nur ein knappes Fähnchen aus sehr dünnem Stoff bedeckte notdürftig Busen, Bauch und Hüften. *Ich bin ein Soldat,* dachte er und senkte rasch den Blick. Er durfte sich von nichts ablenken lassen.

»Allmächtiger, vergib mir!«, murmelte er. Dann umfasste er die Henkel seiner Tasche fester. Das raue Material schnitt ihm in die schweißnasse Handfläche, und er wechselte die Last auf die andere Seite.

Tief atmete er durch.

Nur wenige Minuten später war er mit den Rolltreppen in den dritten Stock der Mall gefahren. Und er hatte es geschafft, all der nackten Haut, die ihm hier drinnen von allen Seiten ins Gesicht zu springen schien, keinen weiteren Blick mehr zu schenken. Erleichtert streckte er die Hand nach der unscheinbaren Tür aus, die vom öffentlichen Teil der Ladenpassage in die Wartungs- und Technikräume führte.

Er spürte einen Blick in seinem Rücken und wandte sich um. Tatsächlich stand eine Frau an der Kasse ihres kleinen Schmuckladens. Sie sah ihn an, und er war froh darüber, dass Abdu ihm befohlen hatte, sich umzuziehen, bevor er aufgebrochen war.

Die rote Aufschrift auf seinem grauen Overall – *Technischer Wartungsdienst* – wies ihn als jemanden aus, der die Berechtigung besaß, durch diese Tür zu gehen. Er lächelte der Verkäuferin zu, und sie lächelte zurück. An der Nasenspitze konnte er ihr ablesen, was sie dachte.

Hübscher Kerl!

Verlegen wandte er den Blick ab.

Er war Soldat. Ein Soldat des höchsten Richters.

Er öffnete die Tür und ging hindurch. Aus den Augenwinkeln las er die Aufschrift auf der Tür.

Zentrale Gebäude-Klimaanlage.

Die Tasche wog schwer in seiner Hand.

9. Kapitel

»Wir haben dafür gesorgt, dass du zu einem Gefangenen namens Halim Zengin kommst«, informierte Stein Faris, als er ihn von der Kleiderkammer zu seiner Zelle brachte. »Andersen denkt, dass Zengin zumindest zeitweilig zu *El-Gehad* gehörte. Der Junge sieht harmlos aus, aber lass dich von ihm nicht täuschen. Das ist eine ganz miese kleine Ratte. In den Verhören ist es Andersens Leuten nicht gelungen, irgendwelche sinnvollen Informationen aus ihm rauszubekommen. Ich vermute deswegen ja, dass er nur so tut, als sei er Teil des inneren Zirkels, aber Andersen scheint das anders zu sehen. Vielleicht hast du ja mehr Glück als die Kollegen.« Er grinste finster. »Wenn Halim deine Tarnung frisst.«

Faris nickte schweigend und hielt die wenigen Dinge fest, die sie ihm gegeben hatten: ein dünnes Kopfkissen aus Schaumstoff, zwei Garnituren Unterwäsche zum Wechseln, ein weiteres Hemd, eine Hose und einen kleinen Plastikbeutel mit einem Stück Seife, einer Zahnbürste und einer kleinen Zahnpastatube. Er hatte alles sorgsam aufeinandergestapelt, aber trotzdem musste er darauf achten, dass ihm nicht irgendwas aus den Armen rutschte und zu Boden fiel.

»Diese kleine Scharade eben«, sagte er und fuhr mit der Zunge über die Wunde an seiner Lippe, die genauso pochte wie die Prellung an seinem Jochbein. »Wozu genau diente die?«

Stein warf ihm einen missmutigen Blick zu, in dem Faris

lesen konnte, dass seine Rippen noch immer schmerzten. »Davinder weiß, dass ich schon zweimal wegen unangemessener Gewalt gegen Muslime belangt wurde. Jesper und ich dachten, wenn ich dich für echt halte, wird Davinder das ebenfalls glauben.«

»Ah.« Faris war sich nicht sicher, ob die Szene ihren Zweck erfüllen würde, aber er hoffte es. Stein machte auf ihn den Eindruck, als habe ihm die Misshandlung eine tiefe Befriedigung verschafft. Entweder war er ein verflixt guter Schauspieler, oder aber er empfand tatsächlich so. Wie auch immer: Davinder war gleich nach Beendigung von Faris' Aufnahmeprozedur verschwunden. Faris vermutete, dass er genau in diesem Moment Bericht bei al-Sadiq erstattete.

Stein führte ihn einen Gang entlang, in dem es vom Mittagessen noch leicht nach gebratenen Zwiebeln roch, und langsam kroch das Wissen darum, wo er sich befand, tiefer in Faris' Gefühlswelt. Die Wände um ihn schienen näher zu kommen, sobald er nicht hinsah. Er verspürte einen Anflug von Beklemmung, weil er hier drinnen keine zehn Meter weit kommen würde, ohne vor einer verschlossenen Tür zu stehen. Und im Gegensatz zu dem einen oder anderen früheren Besuch, den er in Ausübung seines Jobs in Karlshorst gemacht hatte, standen diesmal die meisten Beamten hier drinnen nicht auf seiner Seite.

In Begleitung von Stein erreichte er die vergitterte Zwischentür am Ende des Ganges. Im vorgeschriebenen Abstand von drei Metern blieb er davor stehen, und sein Blick fiel auf die Kanzel, die Überwachungszentrale, die sich genau im Kreuzungspunkt aller drei Trakte befand. Mit ihren getönten, nur von innen durchsichtigen Scheiben und den Wänden aus matt gebürstetem Metall sah die Kanzel aus wie ein Raumschiff, das aus Versehen in dieser Anstalt gelandet war.

Stein hatte schon seine Schlüsselkarte gezückt, die an einer Kette an seinem Gürtel befestigt war, als er den Putztrupp bemerkte, der sich in dem Gang vor ihnen befand. »Okay«, sagte er. »Denen gehen wir besser aus dem Weg.« Er wandte sich ab, um ein Stück des Weges zurückzugehen, den sie gekommen waren.

Faris warf einen Blick durch die Gittertür.

Der Putztrupp bestand aus drei Männern, die allesamt die Ärmel hochgekrempelt hatten und damit eine Menge blauer und schwarzer Tattoos an Unterarmen und Bizeps enthüllten. Auf die Entfernung erkannte Faris Runen und Totenköpfe. Keine Hakenkreuze. Das Zurschaustellen von verfassungswidrigen Symbolen war hier drinnen ebenso verboten wie in der Öffentlichkeit. Während die Anstaltskleidung, die Faris erhalten hatte, von einem verwaschenen Grau war, trugen diese drei Insassen schwarze Hosen und Hemden.

»Die Gegenfraktion«, erklärte Stein unaufgefordert. »Neonazis vom Feinsten.« Mit dem Kinn wies er auf den Mittleren der drei, einen Typen, der nur von durchschnittlicher Größe war, von dem jedoch etwas Aggressives ausströmte wie Wärme von einem glühenden Ofen. »Der da sitzt, weil er so lange auf einen jungen Syrer eingeprügelt hat, bis von ihm nicht mehr viel mehr übrig war als ein blutiger Fleck auf dem Asphalt. Wenn du dem im Dunkeln begegnest, hast du besser eine Knarre bei dir. Jetzt komm. Wir gehen einen anderen Weg.«

Er führte Faris durch eine Seitentür und hinaus auf den Hof zwischen den Gefängnistrakten.

Ein unangenehm kalter Wind trieb Faris ein paar Regentropfen entgegen, und er fröstelte. Er folgte Stein quer über den Hof und betrat den C-Trakt durch eine ähnliche Tür wie die, durch die sie ins Freie getreten waren.

Die Luft drinnen kam Faris plötzlich stickig vor.

Unbehaglich bewegte er die Schultern.

Die Nähte der Anstaltskleidung scheuerten in seinem Nacken.

»Wenn du in deiner Zelle bist, hast du Gelegenheit, mit dem Team Kontakt aufzunehmen«, sagte Stein. »Zengin ist gerade bei einem der Psychologen und sitzt seine *Wellness-Stunde* ab.« Er betonte den Ausdruck auf eine Art, die deutlich machte, was er von dem Therapiekonzept der JVA hielt.

Faris rief sich ins Gedächtnis, was er in dem Briefing-Papier über die Anstalt gelesen hatte.

Nach diesem Papier war die JVA Karlshorst nach einer tief greifenden Reform des deutschen Justizwesens ins Leben gerufen worden, bei der auch die Entscheidung gefallen war, zwei Bundesgefängnisse einzurichten, um Kräfte zu bündeln und Gelder zu sparen. Karlshorst war als erstes dieser Bundesgefängnisse fertiggestellt worden. Zunächst hatte man hier nur rechtsradikal motivierte Straftäter aufgenommen und mit ihnen nach verschiedenen Deradikalisierungskonzepten gearbeitet. Weil das ziemlich erfolgreich gewesen war, hatte der Senat vor zwei Jahren den Plan entwickelt, die Anlage um einen Trakt zu erweitern, in dem islamistische Gefangene untergebracht wurden. Außerdem wurde der Entschluss gefasst, an den Insassen einen neuen Therapieansatz auszuprobieren. Der Methode eines gewissen Richard Kerners folgend, einem Professor für Psychologie und Soziologie an der Humboldt-Universität, wurden in Karlshorst daraufhin unter bestimmten Voraussetzungen je ein Rechtsradikaler und ein Islamist unter Anleitung eines Therapeuten zu einem sogenannten Tandem zusammengespannt und gemeinsam therapiert.

Was für eine bescheuerte Idee!, dachte Faris, während Stein eine weitere Zwischentür vor ihm aufschloss.

»Ich glaube, das wäre es dann für heute.« Dr. Hannah Schmidt lehnte sich in dem cremefarbenen Sessel vor, in dem sie die vergangenen sechzig Minuten gesessen und ihre Therapiestunde abgehalten hatte. Sie strich ihre hellgraue Bluse glatt, die sie nur vorn in die Jeans gesteckt hatte. Ihr Mund war zu einem Lächeln verzogen, das im Gegensatz zu den Mienen ihrer beiden Patienten freundlich und offen wirkte.

Ira ließ den Blick über die beiden jungen Männer schweifen, mit denen die Psychiaterin bis eben gearbeitet hatte. Der eine von ihnen, Kevin Brauer, war ein breitschultriger, finster blickender Kerl, der verzweifelt versuchte, cool und erwachsen zu wirken, hinter dessen Fassade aber jede Sekunde der verwirrte Teenager durchschimmern konnte. Ira kannte ihn schon von ihrer Arbeit als ehrenamtliche Seelsorgerin hier in der Anstalt. Kevin saß ein, weil er einen Brandsatz gebastelt und auf ein Flüchtlingsheim geschleudert hatte. Zwei Menschen waren bei diesem Anschlag gestorben.

Der andere Insasse hieß Halim Zengin. Anders als Kevin hatte er es bisher nicht geschafft, seinem Körper Muskeln anzutrainieren. Er wirkte schlaksig, auf seine eigene Weise aber ebenso unbeholfen wie Kevin auch. Seine dunklen Locken waren zu lang und hingen ihm in die Augen. Augen, deren Blick Ira versuchte zu meiden, weil sie sie zu sehr an die von Faris erinnerten …

Sie konzentrierte sich auf das, was sie in der vergangenen Stunde über Halim erfahren hatte. Viel war es nicht, weil in dem Gespräch hauptsächlich Dr. Schmidt und Kevin geredet hatten. Aber immerhin wusste sie, dass Halim hier war, weil er sich einer ausländischen terroristischen Vereinigung angeschlossen hatte.

Als Dr. Schmidt sich jetzt erhob, sprang der junge Muslim

mit einer solchen Geschwindigkeit auf die Füße, als habe er nur auf eine Gelegenheit zur Flucht gewartet. Sein Blick irrte zu Kevin und gleich weiter in Richtung Fenster.

Die Psychiaterin wandte sich an ihn. »Danke, dass Sie Kevin so aufmerksam zugehört haben«, sagte sie. Das Lächeln klebte noch immer in ihren Mundwinkeln, aber jetzt kam es Ira ein wenig angestrengt vor.

Halim nickte. Er sah dabei genauso abwesend aus, wie er die ganze Stunde über gewirkt hatte.

Ira hätte über die Ironie der Situation grinsen mögen, wäre sie nicht so ernst und vor allem absurd gewesen. Dieser Therapieansatz von Karlshorst, Islamisten und rechtsmotivierte Täter zu gemeinsamen Gesprächen zu zwingen, war ihr schon immer seltsam vorgekommen. Ihn jetzt selbst miterlebt zu haben hatte diesen Eindruck nicht gemildert.

Dr. Schmidt reichte Halim die Hand. Er nahm sie nach einem winzigen Zögern, schüttelte sie. Dann ließ er sich von dem JVA-Beamten abführen, der kurz zuvor den Raum betreten hatte.

Nachdem die Ärztin auch Kevin verabschiedet und er ebenfalls den Raum verlassen hatte, ließ sie ihr Lächeln verblassen. Sie blies sich gegen die Haare und stieß Luft durch die Nase aus. Dann erst wandte sie sich an Ira.

»Und?«, fragte sie. »Was meinen Sie?«

Ira war darauf vorbereitet gewesen, ihre Meinung zu dieser Art von Therapie äußern zu müssen. Sie hatte einen Teil der vergangenen Stunde damit zugebracht zu überlegen, was sie sagen sollte.

»Nun«, murmelte sie. »Ich denke …«

»Sie finden es dumm und albern.« Dr. Schmidt ließ sich zurück in den Sessel fallen. Sie streckte die Beine von sich und fuhr sich mit allen zehn Fingern durch die Haare. Nicht zum ersten Mal bewunderte Ira sie dafür, wie sorglos die Frau mit ihrem Aussehen umging. Und wie wenig das ihrer natürlichen, fast makellosen Ausstrahlung schadete. Dr. Schmidt wirkte in Jeans und einfacher Bluse weitaus besser angezogen als sie selbst in ihrem Rock und der teuren Strickjacke, die sie sich erst kürzlich gekauft hatte.

»So würde ich das nicht ausdrücken«, widersprach Ira. »Ich …«

Dr. Schmidt winkte ab. »Schon gut. Direktor Lehmann hat mich gebeten, darauf hinzuwirken, dass Sie die Stelle annehmen. Aber ich glaube, es ist egal, was ich sage.« Wie von einer inneren Unruhe angetrieben, sprang sie zurück auf die Füße. »Überlegen Sie es sich einfach, ja?«

Ira sah ihr in die Augen. »Das werde ich«, versprach sie.

Ekelhaftes Wetter!, dachte Andrea, als der Wind Regentropfen wie Nadeln an ihre Scheibe prasseln ließ. Eine Weile folgte sie der Spur eines dieser Tropfen auf seinem Weg in Richtung Boden. Dann klingelte ihr Handy.

Ludger war dran.

»Iskander ist jetzt in Karlshorst«, erklärte er. »Aber wir haben ein Problem: Die SERV hat in Akays Wohnung Indizien für die Existenz von *Hiob* gefunden.«

Die Worte trafen Andrea wie ein Schlag in den Magen. »Wie ist das möglich?«

»Keine Ahnung. Vielleicht hatte Akay schon länger einen Verdacht, nicht erst seit gestern Nacht. Jedenfalls hat er uns gegoogelt.«

Erleichtert atmete Andrea auf. »Dann besteht keine Gefahr. Wir bewegen uns nicht im Internet.«

Der Wind schleuderte einen neuen Regenschwall gegen das Fenster des Büros.

»Was hast du jetzt vor?«, fragte Andrea ins Handy.

Ludger schwieg einen Moment. »Um die SERV kümmere ich mich schon. Konzentrier du dich auf Iskander, wie wir es besprochen haben. Sorge dafür, dass er so schnell wie möglich zu Sadiq kommt. Es hat mittlerweile den zweiten Giftgastoten gegeben.«

Andrea knirschte mit den Zähnen. Das alles entwickelte eine Dynamik, die niemand hatte vorhersehen können. »Was, wenn Iskander sich mit dem Team abstimmt und anfängt, auch da drinnen rumzuschnüffeln?«

»Warum sollte er? Die SERV hat keine Hinweise darauf, worum es geht.«

»Und wenn sie welche finden?« Andrea presste den Daumenballen auf ein Auge, weil sich dahinter plötzlich ein dumpfer Schmerz ausbreitete.

»Hör auf, dir wegen Iskander Gedanken zu machen. Wenn es hart auf hart kommt, können wir immer noch den Auslöser drücken. Wir sind bereit, jederzeit loszuschlagen.«

»Irgendwie habe ich das Gefühl, es wäre besser, wenn ich vor Ort wäre. Und wenn ich gegen Iskander ein Druckmittel in der Hand hätte.«

Ludger schwieg einen Moment. »Was hast du vor?«

»Wir wissen, dass man ihn dazu kriegen kann zu spuren, wenn es um die Menschen geht, die er liebt.« Sie dachte daran, was er vor einem Jahr alles auf sich genommen hatte, um seine Schwester Anisah aus den Händen ihres Entführers zu befreien. »Ich glaube, ich habe eine Idee. Lass mich mal machen.«

»Gut. Melde dich, wenn du meine Hilfe brauchst.«

Andrea versprach es, dann legte sie auf.

Das Gesicht einer schmalen blonden Frau erschien vor ihrem inneren Auge.

»Ira«, murmelte sie und strich mit der Spitze ihres Zeigefingers über die kalte Fensterscheibe.

Wie gut, dass sie all das hier von langer Hand geplant hatten!

Die Zelle war leer, genau wie Stein es versprochen hatte.

Der Beamte wartete, bis Faris in die Mitte des winzigen Raumes getreten war. »Halt den Kopf oben«, sagte er, dann zog er die Tür ins Schloss. Ein leises Summen zeigte an, dass die Tür automatisch verriegelt wurde. Faris rührte sich nicht, bis die Klappe wieder geschlossen wurde und sich Steins Schritte draußen auf dem Flur entfernten.

Eine Zeile aus einem alten Metallica-Song kam ihm in den Sinn.

»No release from my cryonic state«, murmelte er.

Die Zelle war sehr viel länger als breit. Je ein Bett stand rechts und links von der Tür an der Wand, dahinter kamen zwei schmale Ablagen, die wahlweise als Ess- oder Schreibtisch dienen konnten. Zwei unbequem aussehende Stühle standen davor. Über den Ablagen waren Schränke aus mattem Metall an die Wand geschraubt. Hinter den Schränken eine brusthohe Trennwand aus etwas, das auf den ersten Blick aussah wie Mattglas, sich bei genauerem Hinsehen jedoch als Hartplastik herausstellte. Die Wand verbarg die sanitären Einrichtungen – ein WC aus Edelstahl, ein ebensolches Waschbecken und darüber ein Spiegel, der zu Faris' Verwunderung aus echtem Glas – vermutlich irgendeinem unzerbrechlichen Verbundglas – bestand.

Jenseits davon kam nur noch die Wand mit einem hoch angebrachten vergitterten Fenster.

Vierzehn Quadratmeter Beklemmung und bohrende Langeweile.

Das rechte der beiden Betten hatte bereits einen Besitzer. Ein besticktes Kissen mit einem kitschigen rotbraunen Dackel darauf lag auf der dünnen Steppdecke. Die etwas laienhafte Ausführung der Stickerei ließ Faris an ein ganz ähnliches Kissen denken, auf dem jedoch kein Dackel abgebildet war, sondern ein nicht weniger kitschiger Sinnspruch.

Gott ist barmherzig.

Er presste die Lippen zusammen, weil die Erinnerung an einen regnerischen Abend in seinem Kopf aufflackerte. Er glaubte wieder den Geschmack von Knoblauch auf der Zunge zu spüren und das säuerliche Aroma von Rotwein, den er nur trank, wenn … Ira bei ihm war.

Seine Gedanken stolperten an dieser Stelle, und in seinem Herzen regte sich etwas, das winzige Widerhaken in seinem Fleisch hinterließ.

Er hatte es in den letzten Wochen und Monaten geschafft, kaum an Ira zu denken, verdammt! Warum nur kam sie ihm ausgerechnet jetzt in den Sinn?

Um dem Schmerz auszuweichen, der ihn bei der Erinnerung an sie immer noch durchfuhr, legte er seine Sachen auf das freie Bett. Dann setzte er sich auf dessen Kante und knöpfte sein Hemd auf. Es war eine Wohltat, das Hemd von den Schultern zu streifen, denn seine Haut im Nacken war durch die kratzigen Nähte bereits aufgescheuert. Er hatte keine Ahnung, wie viel Zeit ihm noch blieb, bis sein Zellennachbar von seiner Sozialstunde kommen würde, also beeilte er sich besser. Mit einem leichten Druck auf den äußeren Ohrknorpel schaltete er seinen In-Ear auf Zweiwegekommunikation. »Ben?«, fragte er. »Kannst du mich hören?«

»Die ganze Zeit über«, kam es als Antwort. »Das klang schmerzhaft vorhin in der Kammer. Bist du okay?«

Faris betastete seine aufgeplatzte Unterlippe, dann seine pochende Wange. »Alles okay, ja.«

»Gut. Leute, Faris ist on!«, rief Ben dem Rest des Teams zu.

Gleich darauf ging auch Tromsdorff wieder online. »Faris. Wie geht es dir? Bist du allein?«

Faris bejahte die zweite Frage. Über die erste ging er hinweg.

»Wie ist die Lage?«, erkundigte sich Tromsdorff.

»Ich weiß nicht, wie viel Zeit ich habe, darum sollten wir schnell machen.« Er erzählte von seinen Begegnungen mit Davinder, Stein und Dr. Jesper.

»Ja«, hörte er seinen Chef sagen. »Stein und Jesper wissen beide Bescheid.«

»Sind sie wirklich vertrauenswürdig?« Faris dachte an sein ungutes Gefühl bei Stein. Die Tatsache, dass er sich an sein Verhältnis zu dem Mann auf der Uni kaum erinnern konnte, nagte an ihm.

»Wir haben beide auf Herz und Nieren gecheckt«, antwortete Ben.

»Thorsten Jesper ist ein guter Bekannter von mir«, fügte Tromsdorff hinzu.

»Was weißt du über ihn?«, fragte Faris.

»Er ist Mitglied im Vorstand der evangelischen Kirche in meinem Viertel und verbringt jedes Jahr einen Teil seines Urlaubs bei Ärzte ohne Grenzen.«

Diese wenigen Fakten, vor allem aber das Vertrauen, das Tromsdorff in den Mann hatte, beruhigten Faris weitaus mehr als Bens Versicherung, die beiden überprüft zu haben. »Okay«, sagte er. »Ich bin nicht sicher, ob wir Davinder schon überzeugen konnten.«

»Hmhm.« Er hörte, wie Ben auf irgendeiner Tastatur herumklapperte. »Wartet. Also. Wie es aussieht, hat Davinder deine Akte aufgerufen, kurz nachdem du aus der Kammer raus bist. Er scheint sie ziemlich gründlich studiert zu haben, jedenfalls der Zeit nach zu urteilen, die er sie offen hatte.«

War das gut oder schlecht?

Faris kratzte sich die aufgescheuerte Stelle in seinem Genick.

»Ich will dich nicht zusätzlich unter Druck setzen«, sagte Tromsdorff, »aber wir haben hier draußen offenbar eine Serie von Attentaten.« Er erzählte von einem weiteren Toten, der auf dem Ku'damm an den Folgen einer Tetrafentanyl-Vergiftung gestorben war. »Anscheinend rennt da jemand durch die Stadt und vergiftet wahllos Menschen. Die Kollegen suchen nach einem jungen Mädchen, das sich am Bahnhof Zoo auffällig verhalten hat. Bisher aber ohne Erfolg.«

Faris wollte etwas darauf erwidern, aber plötzlich hörte er, wie sich draußen auf dem Gang Schritte näherten. Er packte sein Hemd und streifte es über. Wer auch immer sein Zellengenosse war: Er musste seine zahlreichen Narben nicht sofort sehen.

»Und noch was«, fuhr Tromsdorff fort. »Akay hat versucht rauszufinden, was es mit einer Organisation namens *Hiob* auf sich hat. Wir vermuten auch, dass *Hiob* das letzte Wort war, das er mir kurz vor seinem Tod sagen wollte. Klingelt da irgendwas bei dir?«

»Hiob? Keine Ahnung. Was soll das sein?«

Mit einem Summen entriegelte die Zellentür.

Die Zeit wurde knapp.

»Das wissen wir noch nicht«, sagte Tromsdorff. Im selben Moment wurde die Tür aufgestoßen und ein junger Mann hereingeführt.

Ein sehr junger Mann.

Kaum älter als neunzehn oder zwanzig Jahre. Olivfarbene Haut, glänzende schwarze Locken und braune Augen, groß wie Untertassen.

»Ihr neuer Bettgenosse«, sagte der Beamte, der den Jungen begleitet hatte. Faris konnte sein Namensschild nicht lesen.

»Wir versuchen, mehr Infos zu *Hiob* zu bekommen«, hörte Faris Tromsdorffs Stimme. »Dein Zellengenosse hatte Kontakt mit al-Sadiq. Krieg irgendwas aus ihm raus, Junge, bevor hier draußen noch mehr Menschen an diesem Scheißgift sterben!«

»Hmhm«, machte Faris. Er neigte den Kopf, als der Blick seines Zellengenossen ihn erstmals streifte. Unauffällig hob er die Hand ans Ohr, tat, als würde er sich den Bart kratzen, und unterbrach dabei seine Verbindung zu Tromsdorff und den anderen.

Im *War Room* hatte Marian seinen In-Ear ebenfalls angeschaltet und das Gespräch von Tromsdorff und Iskander verfolgt, während er selbst geistesabwesend mit der Maus spielte.

Als Iskander die Verbindung unterbrach und Tromsdorff zurück nach nebenan in die Leitstelle der BAO ging, beobachtete Marian noch eine Weile lang Ben dabei, wie dieser zwischen seinen insgesamt drei Monitoren hin und her wechselte. Er hatte keine Ahnung, was genau Ben da tat. Nur dass sein Kollege die Überwachungsaufnahmen rund um ihren zweiten Tatort durchforstet hatte, das wusste er. Und er wusste auch, dass auf keiner davon eine Frau in einer hellblauen Jacke zu sehen gewesen war. Nebenan im BAO-Raum wurde eifrig darüber diskutiert, ob das bedeutete, dass es mehrere Attentäter gab oder ob die junge Frau vielleicht doch nur ein unschuldiger Fahrgast gewesen war.

»Kann auch sein, dass sie sich einfach umgezogen hat, Leute!«, rief Ben jetzt. Er übertrug die Bilder einer Frau mit heller Jacke an das Smartboard über seinem Kopf. Sie stand vor einem der Schließfächer im Bahnhof Zoo und zog gerade ein in eine Plastiktüte eingewickeltes Paket heraus. »Sie verlässt den Bahnhof damit«, erklärte er in Marians und Shannons Richtung. »Aber leider verliere ich sie auf dem Weg Richtung

Ku'damm.« Er wirkte von dieser Tatsache geradezu persönlich beleidigt. »Ich versuche, sie wiederzufinden«, versprach er, »aber das kann dauern.«

Marian nickte. Dann stand er auf und unterrichtete die Kollegen im Nachbarraum von dieser neuen Entwicklung. Mittlerweile war ihm klar, warum Andersen darauf bestanden hatte, die BAO direkt neben dem *War Room* einzurichten.

Kurze Dienstwege waren überaus praktisch, wenn die Zeit knapp war.

Zurück im *War Room* setzte er sich wieder an den Computer, auf dem er vor Iskanders Anruf begonnen hatte, Akays Google-Suche nachzugehen.

Hiob und *Organisation* hatte er in das Suchfeld eingegeben, die Ergebnisliste war fast 70 000 Einträge lang. Sie begann mit einem Wikipedia-Artikel über eine schweizerische Hilfsorganisation und der Website eines Fördervereins für den Aufbau Osteuropas. Weiter unten folgten Berichte einer Tagung der evangelischen Kirche, etliche Hinweise auf Sachbücher und ein Haufen Treffer, bei denen auf Anhieb nicht ersichtlich war, warum sie bei einer Suche dieser Art überhaupt auftauchten.

Marian seufzte. Alles in allem würde er ungefähr eine Million Jahre brauchen, alles zu sichten.

»Das bringt gar nichts«, murmelte er, wandte sich an Shannon und fragte, was sie bei der Recherche nach der Funktion Hiobs im Koran gefunden hatte.

Sie lehnte sich zurück und fuhr sich mit allen zehn Fingern durch die raspelkurzen Haare. »Wenn ich es richtig sehe, wird der Name Hiob, oder *Ayyub,* wie er im Islam genannt wird, im Koran zehnmal erwähnt. Anders als im Christentum gilt Hiob den Muslimen als Prophet, er ist ein Nachkomme Noahs. Mehrere Suren greifen ihn auf, um fromme Muslime daran zu erinnern, dass sie Gott ergeben bleiben sollen, auch wenn es grade mal nicht so toll läuft.« Sie schnaufte. »Dann gibt es da eine vom feministischen Standpunkt aus schwer erträgliche Passage über Rutenschläge für Hiobs Frau.« Sie griff nach ihrer Maus und scrollte an die entsprechende Stelle. »Demnach hat Hiob geschworen, seine Frau mit hundert Rutenstreichen zu bestrafen, weil sie auf die Einflüsterungen des Teufels gehört habe. Als Gott ihn wieder gesund macht, bereut er diesen Schwur, und Gott sagt ihm, er solle seine Frau mit einem Bündel aus hundert Palmblättern einmal schlagen. So würde er ihr nicht wehtun und seinen Schwur trotzdem halten.«

»Tja.« Marian grinste. »Ein Mann muss tun, was ein Mann eben tun muss.« Dann wurde er wieder ernst. »Hilft uns irgendwas davon weiter?«

»Nope«, sagte Shannon.

An seinem Platz hob Ben den Zeigefinger in die Luft. »Euer Bücherkram nicht, aber das hier vielleicht. Das ist gerade reingekommen.« Er warf einen Bericht mit der Signatur des Gerichtsmedizinischen Instituts auf das Smartboard. Es war der endgültige Obduktionsbericht von Kamil Akay. Demzufolge war Akay an dem Kopfschuss gestorben, hatte aber die bereits zuvor festgestellten Anzeichen einer Gasvergiftung gezeigt. Die verbindliche Analyse des Gases lief noch, aber die Gerichtsmedizinerin bestätigte vorläufig, dass alle Symptome auf Tetrafentanyl hindeuteten.

Das alles wussten sie schon.

Eine weitere Information im Bericht war jedoch weitaus interessanter: In Akays Magen waren nicht nur Überreste seiner letzten Mahlzeit gefunden worden – offenbar hatte er Hummus und Brot gegessen –, sondern darüber hinaus auch ein von Speichel und Magensäure zusammengebackener Fladen, der sich bei genauerer Untersuchung als Ausriss von einem DIN-A4-Blatt entpuppt hatte. Die Gerichtsmedizinerin schrieb, dass das Stück Papier augenscheinlich ursprünglich beschrieben gewesen war, und zwar mit blauer Tinte. Aktuell arbeite das Labor gerade daran, die Schrift lesbar zu machen, was etwas Zeit in Anspruch nehmen würde.

»Immerhin etwas.« Marian rieb sich die Augen. Dann griff er nach der Kaffeetasse neben seiner Tastatur und trank den letzten Schluck. Der Kaffee war kalt und ekelig und gesellte sich zu dem, den Marian vorhin im Krisenraum getrunken hatte. Beide zusammen vollführten sie in seinem Magen eine Art Tango. Er unterdrückte ein Rülpsen. Sein Verlangen nach Nikotin meldete sich. »Was dagegen, wenn ich kurz eine rauchen gehe?«, fragte er Shannon.

»Mach ruhig«, sagte sie nur.

Als er nach zwei hastig inhalierten Zigaretten in den *War Room* zurückkehrte, telefonierte Tromsdorff gerade. »Was heißt das, er ist nicht aufzufinden?«, rief er in den Hörer. Dann schwieg er kurz. »Gut. Danke für die Info.« Er legte auf und wandte sich an das Team. »Das war Kommissarin Winkler. Die Kollegen, die Timo Herdmann befragen sollten, können ihn nirgendwo finden. Er scheint wie vom Erdboden verschluckt.«

»Scheiße«, murmelte Marian.

»Kann man so sagen.« Tromsdorff nickte. »Sie haben ihn zur Fahndung ausgeschrieben.«

10. Kapitel

Mit dem schon vertrauten Summen rastete die Tür ein, und Faris und Halim waren allein. Die Schritte des Beamten entfernten sich. Eine der Zwischentüren wurde geöffnet und wieder geschlossen.

Dann: Stille.

Faris wartete. Der Junge wartete ebenfalls. Die Schultern hatte er hochgezogen. Er war schmal. Schmal und schlaksig auf diese besondere Art, die Faris als Jugendlicher an sich selbst gehasst hatte, weil es unmöglich war, sich auch nur ein paar Muskeln anzutrainieren, egal wie viel man pumpen ging. Die Blicke des Jungen schweiften umher, sein vorgeschobenes Kinn und die zusammengepressten Lippen sollten wohl aggressiv aussehen.

Eine miese kleine Ratte, hörte Faris Stein sagen.

Schwer vorstellbar.

»Wie lange willst du da noch rumstehen?«, fragte er. Es fiel ihm schwer, seiner Stimme einen herablassenden Tonfall zu verleihen. Plötzlich war er sich wieder seines Bartes bewusst, und er widerstand der Versuchung, sich am Kinn zu kratzen.

Der Junge trat einen Schritt näher. Faris hätte ihn berühren können. Er bewegte sich nicht. Wortlos sah er zu, wie Halim sich auf das gegenüberliegende Bett fallen ließ und sich dann mit dem Rücken an die Wand lehnte.

In einer der Nachbarzellen schrie jemand »Ritter, du Sau! Ich mach dich alle!«. Er erhielt keine Antwort.

Eine Zwischentür wurde geöffnet. Geschlossen.

»Ritter!«, kreischte der Kerl nebenan.

Faris streckte das linke Bein aus und winkelte stattdessen das rechte an.

Halim musterte ihn. »Du bist also der Neue.«

Bis eben hatte Faris einfach gewartet, was geschah, aber nun kehrte er in seine Rolle zurück. »Hat dir dein Vater keinen Respekt beigebracht?«, fuhr er den Jungen an. »Wie redest du eigentlich mit mir?«

Kurz flammte Trotz in dessen Augen auf, dann besann er sich. »Entschuldige, Alt… Entschuldige! Ich …« Er holte Luft. Es klang aufsässig und unsicher zugleich.

Faris wusste, wie es in seinem Gegenüber aussah. Er kannte dieses Gefühlsgemenge aus eigener Erfahrung: den brennenden Wunsch, lässig zu wirken, damit niemand merkte, dass man sich vor Schiss im Grunde am liebsten in die Hose gemacht hätte. Und diesen Zorn. Den Zorn auf alles und jeden, der einen von innen heraus aushöhlte und der sich in reiner Aggression entlud, wenn man es irgendwann nicht mehr schaffte, ihn zu kontrollieren.

Als er selbst so empfunden hatte, war er allerdings einige Jahre jünger gewesen als Halim.

Er spürte, wie die Maske des autoritären Arschlochs ins Rutschen geriet, und biss die Zähne zusammen. Er selbst war nicht in einer autoritären Familie aufgewachsen, in der das Wort des Vaters sakrosankt war und der Widerspruch zwischen dessen innerfamiliärer Befehlsgewalt und seiner außerfamiliären Machtlosigkeit einen zerreiben konnte. Mit einer beherrschten Bewegung legte er den Unterarm auf das angewinkelte Knie. »Dein Name ist Halim, nicht wahr?«

»Ja.« Das eine Wort klang aus dem Mund des Jungen wie eine Anklage.

»Bist du aus der Türkei?«

Halim schüttelte den Kopf. »Aus Berlin.« Seine dunklen Locken waren zu lang, sie gerieten ihm ins Gesicht. Er schien es nicht einmal zu bemerken. Seine Augen hatten etwas Brennendes, das Faris lieber nicht so genau anblickte.

»Hier geboren?«

Halim nickte.

»Aber deine Eltern stammen aus der Türkei.«

Nicken.

»Warum sitzt du ein?«

Erneut ein Nicken. Dann erst bemerkte Halim, dass er die Frage nicht mit Ja oder Nein beantworten konnte. Sein Adamsapfel ruckte, und plötzlich überfiel Faris die Erinnerung an einen anderen Jungen, an einen früheren Fall. Er hatte damals versucht, diesen Jungen davon abzubringen, sich selbst in die Luft zu sprengen. Vergeblich. Allein bei dem Gedanken daran schnürte es Faris die Kehle zu. Er stieß eine leise arabische Verwünschung gegen sich selbst aus.

Halim rutschte bis in die Ecke seines Bettes. Er war groß genug, um mit dem Scheitel an die Kante des Hängeschrankes zu stoßen. »Ist doch egal, aber du! Mann! Du bist noch nicht mal einen Tag hier, und schon reden alle über dich. Ich …«

»Warum bist du hier, Halim?«, wiederholte Faris. Ganz sanft diesmal und gleichzeitig unmissverständlich: *Wir sprechen hier bestimmt nicht über mich, Junge!*

»Wegen Mitgliedschaft in einer ausländischen terroristischen Vereinigung.« Halim grinste, aber es sah so unecht aus wie das Lächeln einer der Billignutten auf der Kurfürstenstraße.

Paragraf 129b also. In Verbindung mit Paragraf 129a bedeutete das mindestens drei Jahre Knast.

Dir geht der Arsch gehörig auf Grundeis, dachte Faris.

Laut sagte er: »Du warst in Syrien.«

Halim nickte. Er sah verwirrt aus, so, als überlege er noch, ob er stolz oder beschämt sein sollte. Es dauerte ein paar Sekunden lang, dann entschied er sich für Stolz. Seine Augenbrauen zogen sich zusammen, als er Faris' Blicken begegnete – herausfordernd diesmal.

»Ich auch«, sagte Faris. »Warum bist du zurückgekommen?«

Es war nicht das, was ihn eigentlich interessierte. Viel lieber hätte er erfahren, warum der Junge überhaupt losgefahren war. Was genau hatten ihm die Scharfmacher, die ihn zu dieser Entscheidung getrieben hatten, ins Ohr geflüstert? Natürlich konnte er diese Frage unmöglich stellen, denn er musste die Fassade aufrechterhalten. Im Moment war *er* einer dieser Scharfmacher, das durfte er nicht eine Sekunde lang vergessen.

»… ist das falsch von mir gewesen? Glaubst du, dass Allah mich dafür strafen wird?« Halims Fragen hingen im Raum und machten Faris klar, dass er dem Jungen eine Weile lang nicht zugehört hatte.

»Warum bist du zurückgekommen?«, wiederholte Faris seine Frage.

»Wegen Fatima.« Halims Adamsapfel hüpfte heftig. »Meine … Freundin.« Er schien jetzt den Augenkontakt vermeiden zu wollen. Röte schoss in seine Wangen. »Sie ist … schwanger. Ich … ich wusste nicht … ich dachte, ich muss mich um sie kümmern, aber vermutlich hätte ich … Abdu hat gesagt, sie ist eine miese kleine Schlampe, weil sie vor der Ehe mit mir … Du weißt schon …«

Zorn kochte hoch in Faris. Am liebsten hätte er Halim gesagt, dass es in Ordnung war, dass er sich wie ein guter, verantwortungsbewusster Mann verhalten hatte, als er Fatimas wegen zurückgekehrt war. Der innere Konflikt des Jungen bereitete ihm beinahe körperliches Unbehagen, denn er hatte eine Vorstellung davon, wie es in Halim aussah.

Zumindest eine vage.

Auch bei ihm zu Hause war das Thema Sex vor der Ehe ein Streitpunkt gewesen.

»In Allahs Augen ist es Sünde, vor der Heirat bei einer Frau zu liegen«, hatte Faris' Vater oft gesagt, und Faris hatte dann gelacht über diese altertümliche Ausdrucksweise.

»Schwachsinn!«, hatte er dagegengehalten und sich gefreut, wenn sein Vater rot angelaufen war.

Sein Vater lief immer rot an, wenn er sich über einen seiner Söhne ärgerte, und in Faris brodelte genug Zorn, um diesen Ärger wieder und wieder zu provozieren. Er brauchte den Schmerz, den er dem alten Mann und damit auch sich selbst zufügte, auf eine perverse, fast masochistische Art. Er half ihm, sich lebendig zu fühlen.

»Ich dachte, ich hätte dir Respekt und Toleranz beigebracht«, hatte sein Vater mindestens ebenso oft gesagt. »Du hast deine Meinung, ich habe meine. Es ist nicht edel, die Meinung eines anderen Mannes als Schwachsinn zu bezeichnen.«

Faris hatte nur höhnisches Schnauben für ihn übrig. »Du redest, als würden wir noch im Mittelalter leben!« Im Grunde seines Herzens jedoch wünschte er sich, dass sein Vater ihn endlich einmal zurechtweisen würde, so, wie die Väter seiner Freunde ihre Söhne zurechtwiesen. Mit der flachen Hand ins Gesicht oder gar mit dem Stock.

Dann hätte er endlich eine Rechtfertigung gehabt für den Hass, den er in sich zu spüren glaubte. Dann hätte er sich nicht mehr wie der niedrigste Schuft fühlen müssen, weil er diesen alten Mann ohne Grund hasste.

Sein Vater faselte von Edelmut und Respekt, und dennoch kam er Faris weibisch und blutleer vor. Wie sollte er Respekt haben, wenn sein Vater es ihm nicht einbläute? Was musste er noch tun, um sich den körperlichen Schmerz zu verdienen, der doch so viel leichter zu ertragen gewesen wäre als der Schmerz der Scham, zu dem sein Vater ihn verurteilte?

»Du bist zu mir gekommen und hast mich nach meiner Meinung zu diesem Thema gefragt«, erinnerte sein Vater ihn einmal. »Nun missfällt es dir, was ich dir gesagt habe. Was hast du denn erwartet?«

Faris schüttelte den Kopf. Diese rhetorischen Fragen seines Vaters widerten ihn an. Natürlich hätte er ihn auch dann verachtet, wenn er Sex vor der Ehe gutgeheißen hätte. In diesem Fall hätte er ihn einfach der Unfrömmigkeit beschuldigt. Er wusste, dass er ungerecht war, und auch dafür hasste er seinen Vater.

»Scheiße!«, platzten all die wirren Gefühle und Gedanken aus ihm heraus.

Der Blick seines Vaters wurde weich. »Ich habe meine Meinung. Du wirst die deine finden, da bin ich sicher.«

Und da hatte Faris die Hände in die Hüften gestemmt und seinen Vater angefunkelt. »Gut! Dann gehe ich jetzt Esra ficken.«

Resignation hatte sich angesichts des derben Wortes auf die Gesichtszüge seines Vaters geschlichen, aber er hatte nichts mehr gesagt.

Damals war Faris ungefähr sechzehn gewesen.

Heute wusste er, wie glücklich er sich schätzen konnte, dass sein Vater ihm gestattet hatte, seinen eigenen Weg zu suchen und zu finden. Er musste sich nur Halim ansehen, um das zu begreifen, und als er das tat, wurde ihm bewusst, dass er geraume Zeit nicht zugehört hatte. Verständnislos hob er die Augenbrauen.

»Hast du wen?«, wiederholte Halim die Frage, die er offenbar schon mehr als einmal gestellt hatte. Er wies in Richtung Fenster. »Da draußen, meine ich. Gibt es jemanden, den du liebst?«

Die Frage traf Faris mitten ins Herz, überwand den Schutzschild, den er um sein Herz gebaut hatte und der heute schon zweimal zuvor durchbrochen worden war.

Plötzlich befand er sich wieder mit Ira in der Trattoria *Rossi.* Plötzlich war es wieder dieser eine, dieser verdammte regnerische Abend. Die Erinnerung bestand aus Bruchstücken, winzigen Splittern nur, gemacht aus Bildern und Emotionen. Die Wärme des Pizzaofens, die das kleine Lokal erfüllte. Iras Lachen. Das Funkeln in ihren Augen, wenn sie ihn über den Tisch mit der rot-weiß karierten Decke hinweg direkt ansah. Sein eigenes Herz, das von innen nach außen gewendet wurde, sobald er ihrem Blick länger als eine Sekunde standhielt. Dieser Schmerz, den sie ihm zufügte, ohne es zu wollen, und den er auskostete, bis er bitter schmeckte. Später an diesem Abend – sehr viel später – war Ira allein in den Regen hinausgetreten, und dann …

Die Bilder zersprangen, und Faris tauchte auf wie aus einem tiefen Meer.

Halim musterte ihn mit riesengroßen Augen. »Es gab jemanden, oder? Früher. Eine Frau? Du hast sie verloren, nicht wahr? Darum bist du geworden, was du heute bist!«

Plötzlich war Faris' Mund trocken, sodass er schlucken musste.

Halim nickte eifrig. »Es gab jemanden!« Er schien jetzt völlig überzeugt.

Und da neigte Faris den Kopf zu einem Nicken. »Ja«, sagte er. »Es gab da mal jemanden.«

»Bestimmt ist sie in Allahs Paradies«, murmelte Halim.

Ira in Allahs Paradiesgarten!

Faris stieß die bittere Ironie, die er bei diesem Gedanken empfand, als Schnauben durch die Nase. »Nein«, sagte er. »Nein. Das ist sie mit Sicherheit nicht.«

Ira stand am Rand einer Kleingartenanlage im Schatten der JVA und starrte nachdenklich vor sich hin. Die Äste einer alten Kastanie reichten ihr bis fast auf den Scheitel, und ab und an, immer wenn ein Windstoß aufkam, strichen sie ihr leicht über die Haare. Ihre Hände waren so kalt, dass sie schmerzten, also schob Ira sie in die Taschen ihres Mantels. Vor ein paar Minuten hatte es endlich aufgehört zu nieseln. Sie hatte es mit Erleichterung registriert. Die frische Luft half ihr dabei, klarer zu denken.

Überlegen Sie es sich, hatte Dr. Schmidt gesagt.

Und das würde sie tun, auch wenn sie tief in ihrem Innersten bereits spürte, dass dieser Job nichts für sie war. Sie hatte die Abwehr und den Zorn in den Augen von Halim und Kevin gesehen und diese besondere Anspannung in ihren Zügen, die von ihrer fanatischen Weltsicht herrührte. Und aus irgendeinem Grund musste sie seitdem an ihre eigene Zeit als Pastorin der Passionskirche denken. Sie hatte den Dienst dort nicht ohne Grund quittiert. Sie hatte die Nase voll gehabt von Menschen, die voller Inbrunst auf Knien beteten und sich kurz darauf vor der Kirche das Maul über andere zerrissen. Sie hatte es einfach nicht mehr ausgehalten in der Nähe von Leuten zu sein, die irgendwelche Worte aus einem zweitausend Jahre alten Buch für wichtiger hielten als eine helfend gereichte Hand.

Sie zog die Schultern hoch, weil ein kalter Windstoß sie im Rücken traf. Dann endlich riss sie sich aus ihrer Erstarrung und machte sich auf zu einem Spaziergang. Vielleicht würde das helfen, eine Antwort zu finden.

Zwei Jogger kamen ihr entgegen, sie trugen dunkelrote Trikots mit einem Logo, das Ira nicht entziffern konnte. Als die beiden Männer an ihr vorbei waren, sah sie ihnen nach, bis sie aus ihrem Gesichtsfeld entschwunden waren. Irgendwo tief in ihr regte sich die Sehnsucht, auch einfach davonzulaufen.

Raus aus Berlin. Irgendwohin, wo es warm war. Wo die Sonne sich nicht seit Wochen hinter grauen Wolken versteckte und, wenn sie überhaupt einmal zum Vorschein kam, eher einem Mond ähnelte, der ihr im nächsten Moment auf den Kopf zu fallen drohte.

Mit einem spöttischen Schnauben wunderte sie sich über sich selbst. Was machte sie sich eigentlich vor? Der wahre Grund, warum sie sich die Arbeit mit Männern wie Halim nicht vorstellen konnte, war nicht der Zorn in dessen Gesicht.

Der wahre Grund dafür war, dass sie an Faris hatte denken müssen, jedes Mal, wenn sie Halim auch nur angesehen hatte.

Reiß dich zusammen, mahnte sie sich. *Er hat dich damals nicht wieder angerufen. Komm damit klar!*

Sie seufzte.

Gleich morgen früh würde sie sich bei Direktor Lehmann melden und ihm sagen, dass sie die Stelle nicht wollte. Sie blieb stehen. Ihre Finger waren noch immer nicht warm geworden, obwohl sie sie so tief in die Manteltaschen geschoben hatte, wie es nur ging.

Vielleicht wurde es Zeit, nach Hause zu gehen.

Sie hatte sich gerade umgewandt, um zu ihrem Wagen auf dem Parkplatz der JVA zurückzukehren, als ihr Handy zu klingeln begann. Sie nahm es heraus. Das Display zeigte die Nummer von Andrea Roth.

Verwundert hob Ira die Augenbrauen.

Sie hatte Andrea einige Male getroffen, damals, als Faris mit seinen Schussverletzungen im Krankenhaus gelegen hatte. Aus irgendeinem Grund hätte Andrea sich gern mit ihr angefreundet, das war deutlich zu spüren gewesen. Sie hatte sogar dafür gesorgt, dass Ira ehrenamtlich in Karlshorst arbeiten konnte. Aber weil die Frau Faris' Therapeutin war, hatte Ira ihr schließlich deutlich gemacht, dass sie an mehr als einer losen Bekanntschaft nicht interessiert war, und irgendwann hatte Andrea tatsächlich aufgegeben. Genau genommen war das nach dem Abend mit Faris in der Trattoria *Rossi* gewesen, ging Ira nun auf.

Sie stieß einen leisen Fluch aus.

Dann drückte sie den Anruf weg.

Faris wollte Halim nach Abdu fragen, den dieser vorhin erwähnt hatte, aber das Maghrib-Gebet kam ihm dazwischen, an das ein eingestellter Alarm an Halims Armbanduhr sie erinnerte.

Um seine Tarnung nicht zu gefährden, führte Faris die rituellen Waschungen durch. Er betete, dann erhob er sich wieder und gab den schmalen Platz in der Mitte zwischen ihren beiden Betten frei für Halim. Faris nutzte die Gelegenheit, um seinen In-Ear auf Zweiwegekommunikation zu stellen. Er wartete darauf, dass Ben sich meldete, aber das geschah nicht. Stattdessen beendete Halim sein Gebet, und Faris nahm das Gespräch wieder auf. »Du hast vorhin einen Mann namens Abdu erwähnt.«

Halim öffnete die Tür seines Schrankes, nahm einen MP3-Player heraus und begann, dessen Kabel zu entwirren. »Abdu ist al-Sadiqs rechte Hand da draußen.« Im Gegensatz zu vielen anderen sprach er den Namen richtig aus – ohne das L.

Abwartend lehnte Faris sich gegen das Kopfende seines Bettes. Er verspürte schon jetzt einen immensen Bewegungsdrang. Keine Ahnung, wie er das hier mehr als ein, zwei Tage aushalten sollte, ohne irre zu werden.

»Wissen wir längst«, ließ sich Ben in diesem Moment vernehmen. »Abdu – Nachname unbekannt – ist ein Phantom. Niemand weiß, wie er aussieht oder wo er sich aufhält, aber er gilt als Computergenie.«

Fast hätte Faris bei seinen Worten genickt. Natürlich war auch ihm der Name Abdu ein Begriff, ebenso wie er wusste, dass ein weiterer Handlanger Sadiqs ebenfalls zurzeit in Karlshorst einsaß, ein Mann namens Ibrahim Mustafe Moussa. Was er hoffte, war, bei Halim genügend stark auf den Busch zu klopfen, um an neue Informationen zu gelangen.

»Du hast gesagt, du kennst ihn«, meinte er zu Halim.

»Kennen ist zu viel gesagt. Ich habe ihn ein-, zweimal getroffen.« Halim hatte jetzt das Kabel entwirrt und steckte sich einen der Stöpsel ins Ohr. In seinen Augen glomm leichtes Misstrauen. »Warum interessiert dich das?«

Faris bewegte sachte die Schultern. Das Hemd scheuerte in seinem Nacken.

Der Junge musterte ihn einige Sekunden lang. Faris konnte die Intelligenz sehen, die hinter seiner Anspannung hervorblitzte. *Du bist nicht dumm,* dachte er.

»Du willst Kontakt mit al-Sadiq aufnehmen, stimmt's?«

Alles andere als dumm.

Faris lächelte nur.

»Vergiss es! Sadiq ist hier drinnen so was wie eine Legende. Den kann man nicht treffen, normalerweise vergibt der Audienzen. Wenn *er dich* sehen will, lässt er bitten.«

»Irgendeine Idee, wie ich es schaffe, *dass* er mich sehen will?«

Halims Zunge erschien in seinem Mundwinkel. »Was willst du von ihm?«

Faris wiegelte ab. »Vielleicht will ich ihm nur mal die Hand schütteln. Er ist eine Legende, hast du selbst gesagt.«

Der Junge schüttelte den Kopf. »Alter, du hast vor, mit al-Sadiq zusammenzuarbeiten, hab ich recht?«

Faris verzichtete auch jetzt wieder auf eine Antwort.

Halim überlegte. »Wir müssen heute noch duschen«, sagte er nach einer Weile. »Al-Sadiq wirst du dabei allerdings nicht begegnen.«

»Warum nicht?«

»Rote Karte.«

Faris hob fragend die Augenbrauen.

»Er hat eigentlich immer eine rote Karte an seiner Zellentür stecken. Das heißt, dass er alleine duschen muss und auch alleine Hofgang hat, weil er keinen Kontakt zu anderen Gefangenen haben darf.«

Logisch, dachte Faris. Natürlich tat man alles dafür, dass al-Sadiq keine Gelegenheit hatte, seine terroristischen Fäden aus dem Knast heraus zu ziehen.

Er sah Halim mit dem zweiten Ohrstöpsel seines MP3-Players spielen und beschloss, einen Schuss ins Blaue zu wagen. »Ich habe Gerüchte gehört, dass al-Sadiq mächtig genug ist, um auch JVA-Leute für sich arbeiten zu lassen.«

Halim ließ den Stöpsel fallen. »Sadiq ist fast so mächtig wie Allah.« Er schauderte.

»Was ist mit diesem Abdu?«

»Warum interessiert der dich so? Er ist draußen, du bist hier drinnen!«

Wieder hob Faris die Schultern zu einem vagen Achselzucken. »Nur so. Ich habe gehört, er besucht regelmäßig eine geheime Moschee.«

»Du meinst die in Kreuzberg?« Halims Augen verengten sich minimal. Instinktiv ahnte Faris, dass der Junge ihm eine Falle stellte.

»Ich weiß von keiner geheimen Moschee in Kreuzberg«, behauptete er und hoffte dabei, dass Ben ihn nicht im Stich ließ.

Das tat er nicht.

»Gut geraten«, informierte er Faris. »Wir haben nur Kenntnis über eine von diesen Moscheen in Neukölln. Warte: Sie befindet sich in einer Wohnung in der Morusstraße.«

Faris drehte sich etwas mehr zu Halim hin. »Ich kenne nur

die in der Morusstraße«, sagte er. »Das ist in Neukölln, nicht in Kreuzberg.«

Ein leises Lächeln glitt über Halims Gesicht, so, als sei er mit der Antwort zufrieden.

Du musst dringend an deinem Pokerface arbeiten, dachte Faris.

»Ich habe Abdu da mal getroffen«, erzählte der Junge, und nahezu gleichzeitig riet Ben:

»Versuch rauszufinden, wie Abdu aussieht. Vielleicht können wir ihn dann irgendwie in der Moschee abgreifen.«

Faris streckte sich lang auf dem Bett aus. *Alles völlig entspannt.* »Erzähl mir von ihm«, bat er Halim.

Aber der steckte sich nun auch noch den anderen Stöpsel ins Ohr. Offenbar war das Gespräch für ihn beendet.

»Dann eben nicht«, murmelte Faris.

Ben schnaufte. »Wir gucken mal, ob wir damit trotzdem was anfangen können. Das war doch für den Anfang gar nicht so schlecht!«

Faris war sich da nicht sicher. Aber was hätte er sagen können, ohne aufzufliegen? Also schwieg er einfach und hörte der Musik zu, die dumpf aus Halims Kopfhörern drang. Irgendwas Hartes, viel Gitarre und aggressiv klingender Gesang.

Er beugte sich vor, machte Halim dadurch auf sich aufmerksam und wies auf die Kopfhörer. »Was hörst du?«, fragte er, als Halim einen der Stöpsel aus den Ohren gezogen hatte.

Ein Ausdruck von Schuldgefühl flog über dessen Gesicht. »Limp Bizkit.«

»*Endless Slaughter* und so?«

Halim schaltete den Player aus, ließ aber den zweiten Stöpsel in seinem Ohr. »Wieso kennt ein Gläubiger wie du *Endless Slaughter?*« Schon wieder flackerte Misstrauen in seinen Augen, und Faris wurde klar, dass er aus der Rolle gefallen war.

Blöder Idiot!

»Ich war nicht immer gläubig«, versuchte er die Situation zu retten. »Ich habe früher viel Metallica gehört. Und Helloween.«

»Früher.« Halim rümpfte die Nase. Das Misstrauen war nicht vollständig aus seinem Blick gewichen.

Himmel!, dachte Faris. Plötzlich kam ihm ihr gesamter Plan absurd vor. Niemals würde er es schaffen, vor al-Sadiq seine Rolle erfolgreich zu spielen. Der Mann würde ihm in die Augen sehen und Bescheid wissen.

Abdu saß im Schneidersitz auf seinem Schreibtischstuhl, wie es seine Angewohnheit war. Mit leichten Schaukelbewegungen drehte er den Oberkörper hin und her, während er auf den Monitoren vor sich die Wege seiner Soldaten durch Berlin verfolgte.

Tarik hatte, wie befohlen, drei der Gasflaschen an dem dafür vorgesehenen Ort deponiert und wartete auf das Signal zum Zuschlagen.

Amira fuhr kreuz und quer durch die Stadt. Auch sie wartete. Darauf, dass es dunkel wurde.

Die anderen vertrieben sich die Zeit bis zu ihrem Einsatz mit Schlafen und Beten.

Alles lief perfekt nach Plan.

Abdu gestattete sich ein Lächeln, ließ es jedoch schnell wieder verblassen. *Nur nicht in Hochmut verfallen,* ermahnte er sich, strich über seinen langen blonden Bart und wandte sich dem Laptop zu, der ganz rechts auf seinem Schreibtisch stand und auf dem das eingefrorene Bild von al-Sadiq zu sehen war. Sadiq hatte sich vor einer schwarzen Wand aufgebaut, an die mit silberner Farbe die Worte *Kataaeb el gehad* gesprüht waren. Der Videobeitrag war beinahe fertig und konnte demnächst online gehen.

Abdu griff nach der Maus, schob den Regler unter dem Video ein Stück nach links und ließ das Video ablaufen. Al-Sadiqs weiche, warme Stimme erfüllte den Raum.

»... dient der Demonstration von Allahs Macht und der von Kataaeb el gehad. *Ihr werdet uns nicht stoppen. So sicher sind wir uns, dass dies hier Allahs Wille ist, dass wir euch die Hölle ankündigen, in die wir euch schicken werden. Alles, was bisher geschehen ist, war nur ...«*

Abdu stoppte die Aufnahme. An dieser Stelle war im Hintergrund das Geräusch eines Motorrads zu hören. Er regelte es weg. Dann ließ er die Stelle erneut ablaufen.

Besser!

Er streckte sich. Der Muezzinruf seines Handys rief ihn zum Gebet. Sollte er in die Moschee gehen? Sie lag nur ein Stockwerk unter seiner Wohnung. Die Zeit würde er erübrigen können, und es würde Allah wohl gefallen, dass er auch in den Zeiten des Kampfes seine heiligen Pflichten nicht vernachlässigte. Das Klingeln seines Handys hielt ihn jedoch davon ab, weiter über diese Idee nachzudenken.

Er ging ran.

»Al-Sadiq will, dass du was für ihn tust.«

Moussas Stimme.

Abdu richtete sich kerzengerade auf. »Natürlich!«

»Hier drinnen ist heute ein Typ aufgetaucht«, erklärte Moussa. »Sein Name ist Faris Iskander. Al-Sadiq will, dass du ihn bis auf die Knochen durchleuchtest.«

Abdu entflocht die Beine und setzte sich richtig hin. Wenn al-Sadiq sich meldete, dann hatte man besser festen Boden unter den Füßen. »Wonach genau suche ich?«

»Nach allem, was uns verrät, was für ein Typ Iskander ist. Wir haben den Verdacht, dass die Polizei ihn undercover hier reingeschickt hat.«

»In Ordnung.« Abdu fuhr sich mit der Zunge über die Lippen. »Ein Undercoverpolizist? Ausgerechnet jetzt!«

»Ja«, sagte Moussa. »Mir gefällt das auch nicht.«

»Warum stellst du ihn nicht einfach kalt?«

»Würde ich, aber al-Sadiq lässt mich nicht. Der Typ interessiert ihn. Ich vermute, dass er Iskander für jemanden von Hiob hält und rausfinden will, was die vorhaben.« Moussa schwieg einen Moment. »Außerdem spielt al-Sadiq gern, das weißt du.«

Abdu senkte den Kopf, so tief, dass seine Nackenwirbel knackten. Er wusste es, ja.

»Ich werde Iskander zu gegebener Zeit selbst ein bisschen auf den Zahn fühlen. Liefere du mir was, mit dem ich al-Sadiq überzeugen kann. Oder finde Beweise, dass Iskander sauber ist.«

Abdu versprach es.

»Sind die Soldaten unterwegs?«

»Natürlich«, bestätigte Abdu.

»Gut. Melde dich, wenn du was hast!« Ohne Verabschiedung legte Moussa auf.

Abdu blickte in al-Sadiqs schwarze Augen, die ihn von seinem Laptop aus anzustarren schienen.

Mit einem gemurmelten *»Bismillah«* öffnete er einen Internetbrowser und machte sich an die Arbeit.

Wie Halim gesagt hatte, wurden sie gegen 19 Uhr zum Duschen abgeholt, und zwar von Davinder.

Faris nahm ein Handtuch, frische Unterwäsche und das Stück Seife, das er in der Kammer erhalten hatte, und trat auf den Gang hinaus. Dort warteten schon andere Häftlinge aus den Nachbarzellen.

Faris blickte in neugierige Gesichter, die ihn musterten – manche wohlwollend, aber sehr viele auch misstrauisch.

Er richtete den Blick auf die Wand und hob das Kinn leicht an, um unnahbar und arrogant zu wirken. Halim stellte sich neben ihn und blieb auch in seiner Nähe, nachdem der Befehl zum Abmarsch gegeben worden war.

Auf dem Weg zu den Duschen gesellte sich Davinder an Faris' Seite. »Moussa ist im Duschraum«, raunte er ihm zu. »Er will dich sehen, Bruder.«

Faris hielt den Kopf gesenkt. Er wusste, dass Ben mithören konnte.

»Sehr gut«, sagte Ben. »Die sind wirklich neugierig auf dich, wir haben offenbar in den letzten Monaten ziemlich gute Arbeit geleistet. Aber Moussa ist ein sadistischer Irrer. Pass bloß auf dich auf, ja?«

Davinder ließ sich ans Ende ihrer kleinen Prozession zurückfallen.

Faris biss die Zähne zusammen. Zu wissen, dass er gleich einem von al-Sadiqs ranghöchsten Männern gegenüberstehen würde, und zwar an einem der wenigen Orte hier drinnen, die nicht von Kameras überwacht werden durften, ließ die Muskeln in seinem Genick brennen. Kopfschmerzen meldeten sich wie eine stumme Warnung.

»Wir sind in ständigem Kontakt mit Direktor Lehmann«, hörte er Ben sagen. »Wenn es brenzlig wird, holen wir dich sofort da raus.«

Der Umkleideraum vor den Duschen war erfüllt von Turnhallenmief. Viel Männerschweiß, ein bisschen Seife. Es war feucht und heiß. Faris' Blick glitt über Metallspinde mit vierstelligen Zahlenschlössern, über niedrige, dunkelrot gestrichene Holzbänke.

Die meisten Gefangenen verteilten sich auf diese Bänke und begannen sofort damit, sich auszuziehen. Andere dealten. Faris sah ein kleines Päckchen von Hand zu Hand wandern, das in rosafarbene Kondome verpackt war. Und auch eine illegale Klinge wechselte den Besitzer.

Faris zog sich langsam aus.

Halim fiel ihm auf. Der Junge stand abseits und hielt den Kopf gesenkt wie ein kleines Tier, das hoffte, nicht aufzufallen. Als er sein Handtuch auf die Bank legte, sah Faris, dass seine Hände zitterten. Es war überdeutlich zu erkennen, dass er Angst hatte.

Bevor Faris die Gelegenheit hatte, zu ihm zu gehen und zu fragen, was los war, kam ein schlanker Araber auf ihn zu, dessen Muskeln an Armen und Schultern aussahen wie gemeißelt. Mit einer Mischung aus Misstrauen und Interesse starrte er Faris direkt in die Augen.

»Neu hier«, sagte er auf Arabisch. Er hatte einen deutlich hörbaren Kairoer Akzent.

Moussa.

Faris neigte den Kopf »Ja. *As-sālamu 'alaikum.*« Er trug nur noch seine Unterhose, und er empfand es als unangenehm, dass Moussa die Brandnarbe und die beiden Schusswunden an seinem Oberkörper taxierte. Ebenfalls auf Arabisch erklärte er, wie er hieß.

Ein Lächeln hob Moussas rechten Mundwinkel. »Ah. Alexandria!« Faris entdeckte eine schmale Narbe an seiner Unterlippe.

»Nein. Berlin«, sagte er auf Deutsch.

»Dein Vater kommt aus Alexandria.«

Faris nickte. »Ist '81 vor Sadat geflohen.« Das war nur die halbe Wahrheit. Tatsächlich hatte sein Vater 1981 Ägypten den Rücken gekehrt, allerdings war er nicht vor Sadat geflohen. Obwohl er zu den linken Oppositionellen im Land gehört hatte, hatte er sich nicht verfolgt gefühlt, sondern war aus weitgehend persönlichen und familiären Gründen nach Berlin gekommen. Faris wusste jedoch, dass Moussa aus dem Gesagten seine Schlüsse ziehen würde. Schlüsse, auf die er mit seinen Worten auch abgezielt hatte.

Und er täuschte sich nicht.

»Dein Vater gehörte zur *al-'iḫwān al-muslimún?*«, fragte Moussa.

»Ja«, log Faris. 1981 war unter anderem auch das Jahr gewesen, in dem Sadat über 1500 Oppositionelle hatte verhaften lassen, die meisten davon Anhänger der sogenannten Muslimbruderschaft.

»Hier drinnen geht das Gerücht um, dass du einen *Kāfir* erschossen haben sollst.«

Oha, dachte Faris. *Du kommst schnell zur Sache.*

Er lächelte und hoffte, dass es bescheiden aussah.

Moussa lachte leise. »Iskander«, sann er. »Wieso trägst du den Namen eines Ungläubigen?«

Faris erwiderte seinen Blick. Das Brennen seiner Nackenmuskeln wandelte sich in einen schmerzhaften Krampf, der überraschend kam, obwohl er eine solche Frage erwartet hatte.

Iskander war arabisch für *Alexander* und unter Kopten, den Christen Ägyptens, ein weit verbreiteter Name. Als Faris mit seinen Kollegen diesen Einsatz hier durchgesprochen hatte, war auch die Möglichkeit zur Sprache gekommen, dass einer von al-Sadiqs Männern von dieser Tatsache wusste. Sie hatten entschieden, in einem solchen Fall so eng wie möglich an der Wahrheit zu bleiben.

»Mein Großvater war Kopte«, antwortete er darum nun. »Er konvertierte zum wahren Glauben, als er ein junger Mann war.«

Dass sein Großvater das nur getan hatte, um eine junge Frau heiraten zu können, und dass er niemals wahrhaft gläubig gewesen war – jedenfalls nicht in dem Sinne, in dem Moussa es verstand –, verschwieg Faris.

Moussa hielt den Kopf schief, als betrachte er ein Kunstwerk, dessen Sinn er nicht durchschaute.

Faris hielt seinem Blick stand. Die Tatsache, dass er fast nackt war, zerrte zunehmend an seinen Nerven. Plötzlich war er froh über die Hitze im Raum. So erregte es keinen Verdacht, dass ihm der Schweiß aus allen Poren brach. Er wollte gerade den Mund aufmachen, als aus den Duschen zu seiner Rechten ein dumpfer, schmerzvoller Schrei ertönte.

Wie viele Stunden war sie jetzt unterwegs?

Die Soldatin hatte jegliches Zeitgefühl verloren. Sie fühlte sich müde, ausgelaugt, was auch an den Tabletten lag, die sie vorhin geschluckt hatte, um die Erschöpfung zu bekämpfen. Zwar unterdrückten die Tabletten die ständigen Erinnerungen, doch sie konnten nicht verhindern, dass die Bilder über die Soldatin hereinbrachen, als ihr in einer U-Bahn für ein paar Minuten die Augen zufielen.

Plötzlich befand sie sich wieder auf diesem Boot im Meer. Neben ihr saßen Tarik und ihr Vater, und gleich darauf war da Wasser im Boot, und dann war das Boot fort und das Wasser kalt, so kalt, dass es ihr den Lebensmut raubte, bevor Hände sie packten, sie in ein anderes Boot zerrten, ihr eine warme Decke umlegten und irgendwas Warmes einflößten. Doch die Flüssigkeit rann ihr wie Säure die Kehle hinunter, weil ihre Augen über den Rand der Tasse hinweg mit ansehen mussten, wie ihr lebloser Vater aus dem Wasser gezogen wurde. Blau waren seine Lippen, und die Helfer versuchten, ihn zurückzuholen, jemand drückte auf seinen Brustkorb, so lange und heftig, dass Amira schreien wollte: *Hört auf!* Und dann hörten sie auf, und sie wollte kreischen: Macht weiter!, und die Tasse glitt ihr aus den Fingern …

Mit einem Ruck fuhr die Soldatin aus dem Traum in die Höhe. Ein alter Mann schaute sie mitleidig an.

»Geht es Ihnen nicht gut?«, fragte er.

Die Soldatin beruhigte ihn. »Doch, doch. Alles in Ordnung.« Dann stand sie auf und stieg an der nächsten Haltestelle aus.

»Wenn du die zweite Tat ausgeführt hast, warte ein paar Stunden«, hatte Abdu ihr befohlen. »Fahre kreuz und quer durch die Stadt, ganz egal wohin. Und dann, wenn es dunkel geworden ist, suchst du dir den Nächsten aus. Sorge dafür, dass das Opfer wohlgefällig ist.«

Genau das tat sie jetzt.

Sie streifte langsam durch die Menge vor dem Cinemaxx-Kino in der Potsdamer Straße. Die Menschen hatten die Köpfe wegen der Kälte in ihre Kragen gezogen. Aber sie lachten und rauchten und tranken Bier aus Flaschen. Die Soldatin spürte, wie sich in ihr etwas wand.

Früher hatte sie auch manchmal hier gestanden.

Sie hatte gelacht und getrunken und sich auf die Filme gefreut, die sie sich angesehen hatten. Lange bevor sie zum Herrn gefunden hatte, war das gewesen. Heute wusste sie, dass sie damals verdammt gewesen war.

Jetzt war sie nicht mehr verdammt.

Jetzt schaute der Barmherzige mit wohlwollenden Augen auf sie.

Weil sie Seinen Willen erfüllte.

Ihre Hand tastete in der Tasche nach der Sprühdose.

Sie erfüllte Seinen Willen.

Wohlgefällig sollte das dritte Opfer sein. Sie sah sich um. Eine Gruppe junger Leute stand unter den Bäumen vor dem Eingang. Einer der Männer lehnte mit dem Rücken an einem Baumstamm, ein anderer erzählte gerade irgendeine Geschichte, die offenbar sehr witzig war. Die anderen johlten.

Die Soldatin verstand kein Wort, denn in ihren Ohren kreischte es jetzt. Sie umklammerte die Dose fester.

Sie würde den Willen des Allmächtigen erfüllen.

Sie war Seine Soldatin.

Ihre Hand zitterte. Sie wollte sich schon für den Geschichtenerzähler entscheiden, als sie das Gefühl befiel, dass er nicht der Richtige war.

»Vertraue«, hatte Abdu ihr geraten. »Der Allmächtige wird dir zeigen, welches Opfer sein Wohlgefallen hat.«

Und tatsächlich. Plötzlich meinte sie, eine Stimme zu hören.

Geh nach drinnen!

Sie war sich sicher: Es war wirklich ihr Herr, der zu ihr sprach.

Sie gehorchte.

Im Foyer des Kinos war es voll, lange Schlangen standen an den Kassen und auch an den Getränke- und Snackständen. Ein junger Mann eilte durch die Menge auf die Soldatin zu, offenbar wollte er nach draußen. Er sah gut aus. Wohlgefällig.

Die Soldatin traf innerhalb eines Sekundenbruchteils ihre Entscheidung. Die Sprühdose war in ihrer Hand fast unsichtbar, der Sprühnebel glitzerte für eine Sekunde in der Luft, dann verteilte sich das Gas, seine Konzentration verflüchtigte sich, sodass es niemandem mehr schaden konnte.

Nur der junge Mann war stehen geblieben, wie vor eine Mauer gerannt. Er hatte blaue Augen, bemerkte die Soldatin noch, und da brach der Mann auch schon zusammen. Direkt in ihre Arme fiel er.

Falsch!

So sollte es nicht sein.

»Sie gehen weiter und merken erst nach einigen Minuten, was geschehen ist«, hatte Abdu gesagt. »Dann bist du längst fort.«

Aber das stimmte nicht. Dieser Mann klammerte sich an sie, stieß eine Art Gurgeln aus. Dann fing er an zu zucken, als stünde er unter Strom.

Sie hörte jemanden schreien und merkte erst nach einigen Sekunden, dass sie selbst es war.

Ganz falsch!

Eigentlich sollte sie schon weg sein.

Die Finger des Mannes krallten sich in ihre Oberarme. Dann erschlafften sie. Noch einmal zuckte der Mann. Gleich darauf lag er still. Einen Herzschlag lang war es ganz ruhig um die Soldatin. So ruhig wie unter der kalten Wasseroberfläche des Meeres.

Dann setzte Panik ein.

Halim!

Faris erstarrte, als er begriff, wer da nebenan in der Dusche geschrien hatte. Sein Blick zuckte zu Moussa, er sah den gelinden Ausdruck von Amüsement darin.

»Lasst mich!« Halims Stimme erreichte Falsett-Höhe, kippte.

»Du hast Allahs Gesetz gebrochen«, sagte eine tiefe Stimme auf Arabisch zu ihm. »Dafür wirst du bestraft!«

Faris wappnete sich. Jetzt galt es.

Er schob sich an Moussa vorbei und ging durch die Tür, die in den gekachelten Nebenraum führte. Ein riesiger, muskulöser Kerl, dem eine Menge Haare aus Kragen und hochgekrempelten Ärmeln seines Hemdes wucherten, hatte Halim wie ein Karnickel im Genick gepackt und hielt ihn gegen die geflieste Wand gedrückt. Im Gegensatz zu dem Hünen war der Junge vollständig nackt. Verzweifelt wand er sich unter dem festen Griff.

»Hilf mir!«, wimmerte er, als er Faris entdeckte.

Die Gedanken in Faris' Kopf überschlugen sich. Was sollte er jetzt tun? Was?

Er knirschte mit den Zähnen. Er musste handeln. »Was hat er angestellt?«, fragte er.

Moussa lächelte ein feines einseitiges Lächeln, das seinen Mundwinkel in die Breite zog.

»Hilf mir!«, wimmerte Halim erneut. »Faris! Bitte!« Seine Nase blutete. Rote Schlieren zierten die Fliesen.

»Was hat er getan?« Diesmal fragte Faris in die Runde der Männer, die ihm mittlerweile allesamt in den Duschraum gefolgt waren. Der Fette ließ Halim los. Faris spürte mehr, als dass er sah, wie Moussa dicht hinter ihn trat.

»Er hat *liwāṭ* begangen.« Moussa sprach sehr sanft, noch immer lächelnd, und Faris wusste, dass er einer Prüfung unterzogen wurde.

»Liwāṭ.« In Faris' Brust erzitterte etwas. Er wusste natürlich, dass *liwāṭ* die arabische Bezeichnung für Analverkehr war, der unter Gläubigen als Sünde galt. Aber er hatte keine Ahnung davon, was islamische Gelehrte dazu für Rechtsgutachten erstellt hatten.

Er beschloss, Zeit zu schinden. »Stimmt das, Junge?«, fragte er in Halims Richtung.

Zwei, drei Schrecksekunden vergingen. Schrecksekunden, in denen Halim nur leise wimmerte und in denen Faris fürchtete, seine Kollegen verstünden schlicht nicht, dass er ihre Hilfe brauchte. Doch dann hörte er Ben sagen: »Bin dran. Liwaht. Wie schreibt man das?«

»L, I, W, A, T«, buchstabierte Marian. »Scheiße, ich kenne mich damit auch nicht aus! Such nach Analverkehr.«

»Analverkehr?« Ben grunzte. »Ach du gute Güte!«

Faris schickte einen stummen Dank gen Himmel dafür, dass sich Marian im Team befand. Jetzt galt es, Ben die benötigte Zeit für die Recherche zu verschaffen. Betont lässig ging er zu Halim. So dicht wie möglich brachte er sein Gesicht an das des

Jungen, der noch vornübergebeugt stand, so als habe der Fette ihn nach wie vor im Schwitzkasten. »Stimmt es?«, wiederholte er seine Frage.

Halim richtete sich auf. Nickte. Kläglich. »Ja. Aber …«

»Mir hast du erzählt, dass du eine *Frau* geschwängert hast.« Faris betonte das Wort *Frau,* als widerte es ihn an, es auch nur auszusprechen. Gleichzeitig jedoch verabscheute er sich selbst dafür, dass er den Typen hier drinnen diese Information über Halim liefern musste. Aber er wusste nicht, ob der Junge nicht Teil dieses Spiels war. Wenn das der Fall war, dann machte er sich verdächtig, wenn er in dieser Situation die schwangere Freundin nicht ansprach.

»Das … ich …«

»Du hast beide Sünden begangen.« Faris verstärkte den angeekelten Klang seiner Stimme noch.

Der Hüne packte Halim wieder im Genick.

»Ja. Ja! Aber das mit dem … anderen ist Jahre her! Ich bin nach Syrien gegangen, um zu sühnen! Sie haben mir gesagt, dass dadurch die Sünden getilgt sind.« Seine Augen waren weit aufgerissen und voller Panik. Faris konnte das Muster der Fliesen darin gespiegelt sehen. Angesichts der Tatsache, dass Halim vorhin nur schwer seine Gedanken vor ihm hatte verbergen können, war es kaum vorstellbar, dass er jetzt so gut schauspielerte. Dennoch …

Besser war es, auf der Hut zu bleiben.

Einer der anderen Männer schob sich vor. In seinem Gesicht standen Gier und die Hoffnung auf ein Schauspiel, und als Faris den Blick an ihm herabwandern ließ, erkannte er angewidert, dass der Kerl einen Ständer hatte. »Du bist nicht den Märtyrertod gestorben«, sabberte der Kerl. »Die Vergebung ist hinfällig.«

Ben!, flehte Faris im Stillen. *Beeil dich ein bisschen!*

Laut fragte er den Drecksack: »Bist du ein Gelehrter der Schriften?«

Der Kerl glotzte erstaunt.

Wenn er jetzt Ja sagt, dachte Faris, *und wenn es dann auch noch stimmt, dann ist es vorbei.* Dann wäre das Spiel trotz aller Mühen aus.

Zu seiner grenzenlosen Erleichterung jedoch schüttelte der Kerl den Kopf.

Demonstrativ ließ Faris den Blick nach unten zu dessen Geschlecht wandern. »Dann erspar uns besser deinen Anblick.« In seinen Ohren schwirrte es.

Es dauerte, bevor die Verachtung in den Gesichtern der anderen in den Verstand des Mannes sickerte und er begriff, dass er auf sich allein gestellt war. Faris war froh über die Verzögerung. Je länger sein Duell mit diesem Arschloch dauerte, umso mehr Zeit hatte Ben.

Nach Sekunden, die sich wie Kaugummi zu dehnen schienen, senkte Faris' Kontrahent schließlich den Blick und trat zurück in die Reihe der anderen.

Allerdings ergriff nun wieder Moussa das Wort. »Der Koran verlangt, dass man jenen, die *liwāṭ* begehen, Ungemach zufügt.«

»Ja«, erwiderte Faris. »Aber er verlangt auch, dass man von ihnen ablassen soll, wenn sie bereuen und sich bessern.«

Moussa schob sich an ihm vorbei und trat hinter den fetten Hünen. Mit einer herrischen Geste streckte er die Hand aus. Jemand aus der Runde legte ihm einen etwa einen halben Meter langen abgesägten Besenstiel hinein.

Faris' Magen verwandelte sich in einen Eisklumpen. *Scheiße, Ben!,* dachte er, und zu seiner Erleichterung meldete sich dieser endlich.

»Hier steht, dass die Gelehrten sich nicht einig sind über die

Bestrafung bei Homosexualität. Die einen sehen Züchtigung als die richtige Strafe an, die anderen die Steinigung.«

Das war nicht viel, aber Faris hatte jetzt keine Zeit mehr, noch länger auf Input zu warten. Moussa näherte sich Halim bereits. Den Besenstiel wog er prüfend in der Hand. Der Hüne zerrte den Jungen von der Wand weg und zwang ihn dann, sich vorzubeugen. Es schnürte Faris die Kehle zu, als er die körperlichen Anzeichen sah. Halim musste das hier nicht zum ersten Mal ertragen. Darum also war er so panisch gewesen.

Moussa umfasste den Besenstiel fester.Halim zitterte in dem Griff des Hünen wie ein Säugling, den man zum Sterben in den Schnee gelegt hatte. Blut und Rotz liefen ihm über das Gesicht und bildeten einen Faden, der fast bis zu den Fliesen reichte.

Faris beschloss, aufs Ganze zu gehen. »Die Gelehrten sehen eine Steinigung als gerechte Strafe für sein Vergehen an.«

Seine Worte hatten in dem warmen und feuchten Duschraum ungefähr dieselbe Wirkung wie die Explosion einer Handgranate: Schlagartig war es totenstill.

Nur Halim schluchzte und wimmerte weiter, noch verzweifelter jetzt. Das Geräusch allein drehte Faris den Magen um, und er verspürte den Impuls, dem Fetten einfach seine Faust in die Nieren zu rammen. Ihn von dem Jungen wegzuzerren und ihm die Nase zu brechen …

Er riss sich zusammen.

Im *War Room* flog Ben leise murmelnd über seine Rechercheergebnisse. »Die erste Koranstelle, die homosexuelles Verhalten im Koran andeutet, findet sich in der siebten Sure, Verse 80 bis 82. Hier geht es um Lot und sein Volk.« Ben zitierte die entsprechende Stelle, in der von Verbannung als gerechter Strafe für dieses Vergehen die Rede war.

Faris lauschte seinen Worten, während Moussa den Besenstiel von einer Hand in die andere und wieder zurück wechselte und dann fragte: »Ich erinnere mich gerade nicht an den genauen Wortlaut. Könntest du …«

Ein herablassendes Lächeln hob Faris' Mundwinkel. »Du bist ein schlechter Gläubiger, dass du meinst, ich würde so …« Er deutete an seiner halbnackten Gestalt hinab. »… die heiligen Worte in den Mund nehmen.«

»Sehr gut!« In seinem Ohr erklang ein erleichtertes Schnaufen von Ben.

»Der testet ihn wirklich auf Herz und Nieren«, hörte Faris Shannon sagen.

Moussa schien zufrieden mit seiner Reaktion. »Was schlägst du also vor?«

»Da du keine Steine hast, um die einzig wahre Strafe an ihm zu vollziehen, würde ich vorschlagen, du lässt ihn einfach in Ruhe.«

»Warum sollte ich das tun?« Ein Ausdruck war auf Moussas Gesicht erschienen, der Faris eine Gänsehaut über den Rücken rinnen ließ.

Er hatte erwartet, heiligen Furor zu sehen oder auch einfach fanatischen Eifer, gepaart mit dem Wunsch, das Richtige zu tun. Stattdessen fand er jedoch in Moussas Augen nichts als dieselbe Gier und denselben Sadismus wie bei dem Kerl, den er eben gedemütigt hatte. Er holte tief Luft, bevor er sagte: »Weil du nicht besser bist als dieser kleine Pisser, wenn du ihm das Teil reinrammst.« Er ließ das wirken.

Erneut wechselte Moussa den Besenstiel in die andere Hand. »Unterstellst du mir etwa, dass ich das hier mit Vergnügen tue?«

Faris war klug genug, mit seiner ehrlichen Meinung hinter dem Berge zu halten. Er wies auf den Kerl, der vorhin die Erektion gehabt hatte. »Du weißt, was Allah von dir hält, wenn du durch dein Handeln deine Schutzbefohlenen zur Sünde verleitest.«

Hinter Moussas Stirn arbeitete es. Faris sah seine Gedanken rattern, sah, wie sich mit der Erkenntnis, dass er ausgetanzt worden war, Ärger auf seinem Gesicht ausbreitete. Moussa hätte definitiv Vergnügen daran gehabt, Halim mit dem Besenstiel zu vergewaltigen, aber er entschied sich für eine Niederlage in Würde. Der Besenstiel fiel klappernd auf die Fliesen. »Ich danke dir dafür, dass du deine Erfahrung und dein Wissen mit mir geteilt und mich so vor einer Sünde bewahrt hast«, sagte er und neigte den Kopf vor Faris. Seine Stimme allerdings triefte vor Hohn. »Lass den kleinen Bastard los!«, befahl er dann dem Fetten.

Der gehorchte.

Zitternd richtete Halim sich auf. Seine Augen waren weit aufgerissen. Mit dem Handrücken versuchte er sich Blut und Rotz vom Gesicht zu wischen, verschmierte beides aber nur noch mehr.

Faris wandte den Blick ab und sah Moussa in die Augen. Er hatte keine Ahnung, wie viele Sekunden verstrichen, in denen er und Moussa sich gegenseitig stumm anstarrten. Ihm kam es vor wie eine Ewigkeit.

Endlich lachte Moussa auf. Er kam auf Faris zu und legte ihm den Arm um die Schultern. »Weißt du was? Du wirst al-Sadiq mit Sicherheit gefallen.«

»Tja«, hörte Faris Marian sagen, als Davinder ihn zurück in seine Zelle gebracht hatte. »Wie es aussieht, hast du dem kleinen Wichser im wahrsten Sinne des Wortes den Arsch gerettet. Ich bin allerdings nicht so sicher, ob es Moussa so toll findet, dass du ihn vor versammelter Mannschaft bloßgestellt hast.«

Halim war in die Krankenstation gebracht worden, um sein Nasenbluten zu behandeln. Faris begrüßte den Moment der Ruhe. Er warf sich auf sein Bett und bedeckte die Augen mit dem Unterarm. Die nachlassende Anspannung verursachte ein Loch in seinem Magen.

»Ibrahim Mustafe Moussa ist ein sadistischer Irrer«, schaltete sich Ben ein. »Al-Sadiqs Schießhund, wenn man so will. Und seine Exekutive im wahrsten Sinne des Wortes.«

»Du solltest vorsichtig sein«, riet Marian. »Wenn Moussa wirklich so tickt, wie es hier steht, dann ist der Typ gemeingefährlich. Halt dir den Rücken frei, solange er in deiner Nähe ist.«

Faris versprach es. »Danke für deine Hilfe eben, Ben.«

Ben lachte. »Wozu Wikipedia doch gut ist.«

Seine Worte trieben Faris in die Senkrechte. »Du hast mir aus einem Wikipedia-Artikel vorgelesen?«

»Was? Tu nicht so vorwurfsvoll! Ich hatte keine Zeit dafür, mal eben ein Fachbuch über die Scharia durchzuackern.«

»Wikipedia!« Faris schüttelte den Kopf. Hoffentlich hatte der Onlineartikel keine falschen Informationen enthalten, die ihn den Kopf kosten würden! »Okay«, sagte er durch zusammengebissene Zähne und legte sich wieder hin. Trotz des mulmigen Gefühls, das ihn gepackt hatte, verspürte er Dankbarkeit. Dankbarkeit dafür, dass das Team bei ihm war.

Ira saß auf dem Sofa, mit einer Decke über den Beinen und einem Buch in der Hand, aber sie konnte sich nicht auf das geschriebene Wort konzentrieren. Immer wieder wanderten ihre Gedanken zu der Stunde mit Halim und Kevin zurück. Und zu Direktor Lehmanns Stellenangebot.

Als sie vorhin in Karlshorst vom Parkplatz gefahren war, war sie sich sicher gewesen, dass sie den Job ablehnen würde. Jetzt jedoch, einige Stunden später, kamen ihr Zweifel. Faris hatte mehr als genug Einfluss auf ihr Leben gehabt in den Monaten, die sie ihn nun schon kannte. Vielleicht war es endlich an der

Zeit, ihn abzuhaken, sich damit abzufinden, dass er sich nach diesem einen Abend nie wieder gemeldet hatte.

Vielleicht würde die Arbeit in Karlshorst ihr sogar dabei helfen, ihn endlich zu vergessen, dachte sie. Sie schlug das Buch wieder auf, das sie auf ihren Schoß hatte sinken lassen. Bevor sie allerdings die nächste Seite gelesen hatte, klingelte ihr Handy.

Wieder war es Andrea.

Diesmal ging Ira dran.

Andrea hielt den Blick starr auf den großgeblümten Teppichboden zu ihren Füßen gerichtet.

Du liebe Güte. Wer besaß heute noch solche Teppiche?, dachte sie. Als Ira abnahm, meldete sie sich betont fröhlich.

»Hallo, Ira!«

Der beißende Geruch, der in der Luft lag, kratzte hinten in ihrer Kehle. Sie ignorierte es.

Ira erwiderte ihren Gruß, aber ihr war anzuhören, dass sie nicht besonders begeistert war über den Anruf.

Ein Lächeln verzog Andreas Mundwinkel.

Ira versuchte immer noch, sie auf Abstand zu halten.

Kluges Mädchen!

»Ich weiß, es ist spät«, sagte sie, obwohl es gerade einmal kurz nach acht war. »Aber, du, ich habe da ein Problem, und ich hoffe, dass du mir helfen kannst.«

Es gelang Ira tatsächlich, nicht zu seufzen. »Was ist passiert?«

Andreas Lächeln wurde breiter. Es war so einfach, diese dumme Schnepfe zu manipulieren! Man musste sie nur um Hilfe bitten, es entsprechend dringlich machen, und schon war sie zur Stelle.

»Dr. Schmidt hat mir gesagt, dass du die freie Therapeutenstelle in Karlshorst haben willst«, sagte sie.

Ira zögerte. »Hat sie das? Genau genommen habe ich mich nämlich noch nicht entschieden.«

»Nicht?« Es gelang Andrea spielend, völlig überrascht zu klingen. »Das ist aber zu dumm, weil …« Sie brach ab, wartete einen genau bemessenen Moment.

Ira enttäuschte sie nicht. »Was ist, Andrea?«

»Ach. Nichts. Nur … Ich habe morgen früh eine Therapiesitzung in Karlshorst, aber ich kann den Termin nicht wahrnehmen. Ich wollte eigentlich Dr. Schmidt fragen, ob sie mich nicht vertreten kann, aber sie kann leider auch nicht.«

»Wie gesagt, ich habe die Stelle noch nicht angetreten. Ich …«

»Aber du arbeitest schon länger ehrenamtlich in der JVA«, fiel Andrea ihr ins Wort. Der beißende Geruch legte sich langsam. »Du könntest die Stunde übernehmen. Du musst ja keine Therapiesitzung draus machen. Rede einfach mit den Jungs, das hast du doch schon oft gemacht!«

Ira schwieg eine Weile. Andrea konzentrierte sich auf die Geräusche im Hintergrund, aber sie konnte nicht erraten, was Ira gerade tat.

»Warum lässt du die Stunde nicht einfach ausfallen?«, fragte diese. »Die Patienten können dir ja nicht weglaufen.« Sie stieß Luft durch die Nase, wie um zu demonstrieren, dass ihr der eigene Scherz unangenehm war.

»Lehmann hat es nicht gern, wenn Stunden ausfallen. Ich lade dich als Dankeschön auch zum Abendessen ein«, lockte Andrea. Während sie darauf wartete, dass Ira endlich einlenkte – sie lenkte schließlich immer ein –, schob sie die Pistole zurück in ihre Tasche.

Endlich seufzte Ira. »Also gut. Wenn du meinst, dass das keinen Ärger gibt …«

Na also!

»Gibt es nicht, dafür sorge ich.«

»Wann muss ich da sein?«

Andrea gestattete sich ein zufriedenes Grinsen. »Früh schon, fürchte ich«, sagte sie dann betont bedauernd. »Gleich um halb acht.«

Ira seufzte erneut. »Du kannst dich auf mich verlassen«, versprach sie.

»Bist ein Schatz! Ich danke dir!« Andrea legte auf. Ihr Blick wanderte über den furchtbaren Teppich und quer durch den Raum, bis er an der toten Frau in Jeans und Bluse hängenblieb. Kurz betrachtete sie den langsam größer werdenden Blutfleck, der das Blumenmuster rings um die Leiche verdeckte.

Dann verließ sie die Wohnung und zog die Tür hinter sich zu.

Den Namen auf dem getöpferten Türschild – Hannah Schmidt – würdigte sie keines Blickes mehr.

11. Kapitel

»Die Opfer sind nur Männer.« Winklers Stimme war mittlerweile fast völlig weg. Marian konnte sich vorstellen, wie sich ihre Kehle anfühlen musste. Entzündet, und jedes Schlucken so schmerzhaft, als würde man Rasierklingen hinunterwürgen.

»Eigentlich gehörst du ins Bett«, sagte er, und erst als sie ihn von der Seite her anschaute, ging ihm auf, dass man seine Worte durchaus anders verstehen konnte, als sie gemeint waren.

»Danke«, krächzte sie. »Ich lege mich hin, wenn das alles vorbei ist.« Bis eben hatte sie mit Marian vor dem Polizeiabsperrband gestanden, nun hob sie es an, und sie duckten sich beide darunter hindurch.

Das gesamte Foyer des Kinos war geräumt worden. Niemand befand sich in dem riesigen, nach Popcorn und Nachos riechenden Raum – außer den Kollegen vom Erkennungsdienst und der Gerichtsmedizinerin natürlich. Vor der verglasten Fassade draußen in der Dunkelheit drängte sich eine Menschenmenge, und damit die zahlreichen Schaulustigen, die sich ihre Nasen an den Scheiben platt drückten, nichts zu sehen bekamen, hatte man aus zwei Pinnwänden und dem übergroßen Pappaufsteller des neuesten Sherlock-Films eine Sichtschutzwand improvisiert.

Marian warf dem mit verschränkten Armen und herablassend vorgerecktem Kinn dastehenden Robert Downey jr. einen missmutigen Blick zu, dann konzentrierte er sich auf die Leiche.

Wie Winkler gesagt hatte, handelte es sich wieder um einen Mann. Jung. Genau wie Elias Coers. Marian schätzte ihn auf Mitte zwanzig. Er war gut aussehend – durchtrainierte Figur mit schmalen Hüften und breiten Schultern, ein Gesicht mit einem markanten Kinn und blauen Augen, die jetzt weit aufgerissen ins Leere blickten.

»Hübscher Kerl«, murmelte Marian.

Winkler putzte sich schnaubend die Nase. »Stehst du etwa auf Jungs?«, fragte sie durch ihr Taschentuch hindurch.

Marian war zu sehr auf die Leiche fokussiert, um sich auf ein weiteres Geplänkel mit ihr einzulassen. Das Gesicht des Jungen war blass, die Lippen blau. Tetrafentanyl.

Opfer Nummer drei.

Marian bewegte den Unterkiefer seitlich hin und her, um die Verkrampfung zu lösen.

Winkler steckte das Taschentuch wieder weg. »Wo ist eigentlich deine Partnerin? Die mit dem Ringerkreuz?«

»Shannon. Sie ist auf dem Revier geblieben und geht anderen Spuren nach.«

Als sie von dem dritten Opfer erfahren hatten, hatten Marian und Shannon überlegt, ob sie zu zweit fahren sollten, sich dann jedoch dagegen entschieden. Shannon hatte kurz zuvor ein paar der in Akays Wohnung sichergestellten Dinge angefordert – unter anderem das Buch über Hiob, das man auf dem Nachtschrank gefunden hatte. Als Marian zum Tatort aufgebrochen war, waren die Sachen gerade eingetroffen, und Shannon hatte sich sofort an die Lektüre gemacht, in der Hoffnung darauf, irgendwelche Hinweise zu finden, die ihnen weiterhalfen.

»Wissen wir, wer das Opfer ist?«, fragte Marian in die Runde.

Die Gerichtsmedizinerin, eine ältere, herb wirkende Frau mit einer steilen Falte zwischen den Augenbrauen, reichte ihm wortlos eine Plastiktüte, in der sich eine schmale Lederbörse befand. Sie war aufgeklappt eingetütet worden, sodass sowohl der Führerschein als auch der Personalausweis des Opfers zu lesen waren.

»Mirko Tolke«, las Marian. Tolke war fünfundzwanzig Jahre alt gewesen. Er hatte auf dem Bergmannkiez gewohnt, ganz in der Nähe der Markthalle.

Fast ein Nachbar von Iskander, dachte Marian beiläufig.

»Weiß man schon, ob es Verbindungen zwischen den drei Opfern gibt?«

Winkler, die sich schon wieder die Nase putzte, schüttelte den Kopf. »Wir vermuten aber, dass es keine gibt. Die Kollegen von eurer SoKo gehen davon aus, dass die Opfer völlig wahllos aus der Menge gepickt werden. Die Jungs werden übrigens gleich hier sein und übernehmen.« Mit nichts verriet Winklers Tonfall, was sie über die Ermittler aus der Abteilung 5 dachte, die ihr vor die Nase gesetzt worden waren. Trotzdem begriff Marian plötzlich den Grund dafür, warum Winkler ihm gegenüber auf einmal nicht mehr so ungehalten war. Die Kollegen hatten ihn als Feindbild abgelöst!

Er war nicht böse darüber. »Was ist mit Zeugen?«

»Wir haben wieder jemanden, dem der Tote in die Arme gefallen ist«, sagte Winkler. »Eine junge Frau diesmal.«

Marian sah auf. Robert Downey jr. schaute noch immer herablassend, gerade so, als wollte er sagen: *Na? Soll ich ein bisschen Hilfestellung leisten, du Null?*

»Kann ich sie sprechen?«, fragte Marian.

Der Polizist, der auf die Soldatin zukam, sah aus, als hätte er schon sehr viel gesehen. Da war ein Schimmern in seinen grauen Augen, das sie nur zu gut kannte. Viele Männer hatten es, dort, wo sie zu Hause war. Sie hatte immer gedacht, dass nur der Krieg dieses Schimmern verursachte.

Vielleicht war ja dieser Mann auch im Krieg, dachte sie.

Dann zwang sie sich, weiter zu atmen. Sie hatte unwillkürlich damit aufgehört, als die Kommissarin mit dem schlimmen Schnupfen den grauhaarigen Polizisten zu ihr geführt hatte.

»Amira, das ist Kommissar Marian von einer Sondereinheit«, sagte die Kommissarin. »Er möchte Ihnen ein paar Fragen stellen.«

Die Augäpfel der Soldatin fühlten sich merkwürdig an, ganz kalt. Und ein bisschen so, als ob man die oberste Schicht mit einem scharfen Messer entfernt hätte.

»Wenn die Polizei dich erwischt«, hatte Abdu gesagt, »dann sag einfach, du weißt nichts.«

»Ich weiß nichts«, flüsterte sie.

Der Polizist – *Kommissar Marian,* wiederholte sie seinen Namen im Stillen – sah sie mitleidig an. »Es muss sich scheußlich anfühlen«, begann er das Gespräch. »Sie wollten einfach nur einen netten Abend im Kino verbringen, und jetzt stehen Sie hier, und jemand ist in Ihren Armen gestorben.«

Die Soldatin nickte nur.

Ihre Hände zitterten. Sie dachte an die Sprühdose in ihrer Tasche. Was, wenn die Polizisten sie durchsuchten?

Aber Kommissar Marian schien das nicht vorzuhaben. Er hielt sie tatsächlich für eine Zeugin, das wurde der Soldatin klar, als er fragte: »Bevor der Mann Ihnen in die Arme gefallen ist, haben Sie da irgendwas bemerkt? Jemanden?«

Sie schüttelte den Kopf.

»Es ist möglich, dass das Opfer vom Täter angerempelt worden ist, als ihm das Gas ins Gesicht gesprüht wurde«, fuhr der Polizist fort.

Wieder schüttelte die Soldatin den Kopf. »Ich habe nichts gesehen«, flüsterte sie. »Tut mir leid.« Ihre Hand krampfte sich um den Henkel ihrer Tasche, den sie über die Schulter geschlungen hatte.

Sie musste sich dringend entspannen, sonst schöpfte der Kommissar Verdacht.

»Ihr Name ist Amira?«, fragte er jetzt.

Sie nickte.

»Wie weiter?«

»Basma.«

»Sie kommen ursprünglich nicht aus Deutschland, oder?«

Die Kälte strahlte von den Augäpfeln der Soldatin aus, drang tiefer in ihren Schädel vor. Es fühlte sich an, als würde ihr Gehirn gefrieren. Sie war kaum in der Lage, einen klaren Gedanken zu fassen. Langsam schüttelte sie den Kopf.

»Sind Sie als Asylbewerberin hier?«

Gleich hat er mich, dachte sie. *Gleich weiß er Bescheid.*

Fieberhaft versuchte sie, sich eine unverfängliche Antwort auszudenken, aber ihr dummes Gehirn ließ sie völlig im Stich.

»Sag einfach, du weißt nichts«, hatte Abdu befohlen.

»Ich weiß nicht«, flüsterte sie. Etwas tropfte auf ihre Wangen. Sie griff hin und merkte, dass ihr Tränen über das Gesicht rannen.

»Sie hat einen Schock«, hörte sie die Kommissarin sagen, und Kommissar Marian nickte.

Vorsichtig berührte er sie am Ellenbogen. »Wir holen Ihnen erst mal einen Arzt«, sagte er freundlich.

Das offene Parkhausgebäude, in dem Kamil Akay gestorben war, lag still und dunkel da. Die Geräusche der Stadtautobahn waren nur undeutlich zu hören, und für einen Moment kam es Marian so vor, als seien er und Shannon die einzigen Menschen in dieser riesigen Stadt.

Nachdem er den Notarzt gebeten hatte, sich um Amira, ihre Zeugin, zu kümmern, war schnell klar gewesen, dass das Mädchen tatsächlich unter Schock stand. Der Arzt hatte geraten, sie ins Krankenhaus zu bringen, und Winkler hatte Marian versprochen, so bald wie möglich mit ihrer Befragung fortzufahren. Um die Zeit bis dahin nicht zu vergeuden, waren Marian und Shannon anschließend hierher zum Ort von Kamil Akays Ermordung gefahren, in der Hoffnung, mehr Glück zu haben als die Kollegen vom Erkennungsdienst. In der Hoffnung, Akays verschollenes Handy zu finden.

»Shit, ist das kalt!«, fluchte Shannon. Sie stand neben Marian auf der untersten Ebene des offenen Parkhauses, umschlang ihren Oberkörper mit den Armen.

Er musterte sie. Er wusste, dass sie selten fror, aber in diesem Augenblick wirkte sie, als sei ihr nicht nur kalt, sondern als kämpfe sie gegen einen Schüttelfrost an. Ihre Worte wurden von weißen Atemwolken begleitet, die im Licht der Straßenlaternen bläulich schimmerten.

»Wenn sein Handy hier irgendwo wäre, hätten sie es gefunden«, sagte Shannon, dann seufzte sie. »Aber suchen wir das verflixte Ding trotzdem!« Sie nahm eine kleine Lampe aus der Tasche. Als sie sie anknipste, fiel ein stark gebündelter Lichtstrahl in eine Ecke, in der die Bauarbeiter Schutt zu einem kleinen Haufen aufgeschichtet und mehrere prall gefüllte blaue Müllsäcke darauf geworfen hatten.

Natürlich war das Handy nicht dort.

Marian und Shannon berieten sich kurz und entschieden sich dann, die Suche systematisch durchzuführen und dabei am Fundort der Leiche anzufangen. Nachdem auch Marian eine Taschenlampe gezückt hatte, liefen sie gemeinsam die

Treppen bis in das Stockwerk hoch, wo man Kamil Akays Körper gefunden hatte. Dort angekommen, hielten sie auf das Polizeiabsperrband zu, das in dem bläulich-kalten Licht der Straßenlaternen undeutlich zu erkennen war. Shannon leuchtete auf die Stelle. Marian duckte sich unter dem Absperrband hindurch und stand vor dem Kreideumriss eines menschlichen Körpers, der halb auf dem Boden und halb an der hüfthohen Betonwand aufgemalt war.

Er tauschte einen grimmigen Blick mit Shannon.

Kamil Akay war im Sitzen gestorben.

Wegen des kleinen Kalibers der verwendeten Waffe, das keine Austrittswunde verursacht hatte, gab es kaum Blutspuren.

Shannon drehte sich einmal um die eigene Achse, ließ den Strahl ihrer Taschenlampe umherwandern und suchte mit dem Blick das gesamte Parkdeck ab. »Und jetzt? Wollen wir uns aufteilen?«

Marian wusste es nicht. Nur um überhaupt irgendwas zu tun, stellte er sich so hin, wie vermutlich Akays Mörder gestanden hatte, als der Schuss gefallen war. Um sich besser in die Situation hineinversetzen zu können, streckte er den Arm aus und tat so, als sei seine Lampe eine Waffe, die er abfeuerte. Dann bückte er sich, tat, als hebe er Akays Handy auf.

Was für Möglichkeiten gab es, das Ding zu entsorgen? In Gedanken spielte er verschiedene Szenarien durch: Der Täter hatte das Gerät mitgenommen, zerstört und irgendwo in der Stadt in einen Mülleimer geschmissen oder es ins Wasser geworfen.

Wenn das der Fall war, dann war ihre Suche hier vorbei.

Keine Option also.

Während er im Kopf weitere Möglichkeiten durchging, beobachtete er Shannon, die zu einem leeren Fahrstuhlschacht gegangen war, der sich direkt neben dem Durchgang zum

Treppenhaus befand. Der Schacht war mit Holzplanken gesichert, die jemand mit gelbem Absperrband umwickelt hatte.

Marian sah zu, wie Shannon sich über die Planke beugte und den Strahl ihrer Taschenlampe in die Tiefe richtete. »Da unten ist nichts«, verkündete sie, nachdem sie jede Ecke sorgsam ausgeleuchtet hatte.

Sie wandte sich gerade wieder ab, als eine verwaschene Männerstimme aus der Dunkelheit fragte: »Wat suchen'se, kleine Lady?«

Reflexartig leuchtete Shannon in die Richtung, aus der die Stimme gekommen war. Dort stand ein hagerer Mann undefinierbaren Alters mit langen, verfilzten Haaren und mehreren Lagen schmutziger Kleidung. Seine Hose war übersät mit schwarzen Flecken, die sich Marian lieber nicht so genau ansah. Der Mann hatte abwehrend die Hand erhoben, um seine Augen gegen das Licht der Taschenlampe zu schützen.

»He!«, protestierte er. »Nehm'se die Lampe wech!«

Shannon richtete den Lichtstrahl auf den Boden zwischen sich und den Obdachlosen. »Tut mir leid.«

Der Mann brummte etwas Unverständliches. »Sind'se etwa auch vonne Sheriffs wie die anderen, die den ganzen Tag hier rumjegeistert sind?«, fragte er dann. Hinter ihm stand ein alter Einkaufswagen voller Plastiktüten, in denen er seine Habseligkeiten aufbewahrte.

»Sind wir.« Marian trat ein paar Schritte vor, sodass der Obdachlose jetzt auch ihn bemerkte.

»Na sowat«, murmelte der. »Ihr seid heute ja schlimmer als 'ne Rattenplage. Aber keener kümmert sich darum, dat dieser Typ meinen Schlafplatz okkupiert hat. Dit hab ick nämlich Ihren Kollegen och schon jesacht, aber dit war denen ejal.«

Marian interessierten die Schlafplatzrivalitäten des Penners ebenso wenig wie seine Kollegen. Er hatte den Ausflug hierher innerlich schon als blöde Idee abgehakt, trotzdem fragte er: »Wir sind auf der Suche nach einem Handy, das dem Mann gehört hat, der hier ermordet worden ist.« Er legte so viel Schärfe wie möglich in seine Stimme.

Der Obdachlose verstand genau, worauf er hinauswollte. »Ick hab dit Ding nich. Ihre Kollegen haben mich dit och jefragt, und denen hab ich dit jleiche jesacht. Tony klaut keene Handys, och nich von Toten, hab ick jesacht. Ob sie's mir jeglobt haben, wees ick nich. Aber nach dem Kerl, der meinen Schlafplatz okkupiert hat, hätten'se trotzdem mal kieken können, oder? Ick meene: Da is überall so viel Blut, und denn hat der Kerl so komische blaue Lippen. Vielleicht ist der ja jefährlich. Kennt ma doch. Da sieht eener janz still und friedlich aus, und denn hat er 'ne tödliche Krankheit.«

Marian, dessen Aufmerksamkeit bei Tonys Geschwafel schon fast abgedriftet war, fuhr zu ihm herum. »Sagen Sie das noch mal!«, herrschte er ihn an.

Tony wich einen Schritt zurück, und Shannon, die die ganze Zeit schweigend zugehört hatte, schaute Marian verdutzt an. Er konnte ihr ansehen, dass sie das Gleiche dachte wie er.

»Wat … meen'se denn?«, stammelte der Obdachlose.

»Der Mann auf Ihrem Schlafplatz«, begann Marian, doch Tony unterbrach ihn.

»Der pennt da, ja. Seit letzter Nacht schon. Ich hab versucht, ihn wach zu machen, aber dit jing nich. Sieht och'n bisschen matschich aus, der Jute, aber …«

Marian starrte auf die dunklen Flecken an Tonys Hose. Flecken, die plötzlich aussahen, als hätte er dort Blut abgewischt. Marian wechselte einen langen Blick mit Shannon. Dann packte er Tony am Arm, um seinen Redefluss endlich zu stoppen. »Bringen Sie uns da hin!«, befahl er scharf.

Die Fahrstühle in dem Einkaufszentrum am anderen Ende der Straße würden später einmal sehr viel größer sein als die im Parkhaus. Das stellte Marian fest, als er, Shannon und Tony bei dessen Schlafplatz angekommen waren. Die Grundfläche des Schachtes betrug mindestens zwanzig Quadratmeter.

Die Leiche lag auf dem Bauch, ziemlich genau in der Mitte des Schachtes, verdreht und zerschlagen, sodass klar war, dass sie aus großer Höhe in die Tiefe gefallen sein musste. Marian trat ein paar Schritte zurück, legte den Kopf in den Nacken und leuchtete mit der Taschenlampe nach oben. Er zählte acht Stockwerke, die Zugang zu dem Schacht hatten. Dem Zustand der Leiche nach zu urteilen, war der Mann von ganz oben herabgestürzt.

Marian rieb sich mit der flachen Hand über Mund und Kinn. Dann steckte er seine Lampe weg, nahm stattdessen sein Handy heraus und rief Tromsdorff an.

»Ich glaube«, sagte er dumpf, »Shannon und ich haben gerade Timo Herdmanns Leiche gefunden.«

Im Traum befand Faris sich wieder in der Trattoria. Im Traum stellte er Ira diese eine Frage, die er ihr in der Realität nie zu stellen gewagt hätte.

Was treibt uns an weiterzumachen?

Statt zu antworten, führte sie ihn hinaus in den Regen. Im nächsten Moment standen sie gemeinsam in seiner Wohnung, und er fühlte sich, als sei er wieder sechzehn und das Geheimnis der körperlichen Liebe ein einziges riesiges Mysterium.

Iras Augen waren groß und tief, und er fürchtete, in ihnen zu ertrinken.

Zögernd hob er die Hände, umfasste ihren Kopf, seine Finger fuhren in ihr blondes Haar, und als er sich vorbeugte, teilten sich ihre Lippen leicht.

Er küsste sie. Vorsichtig erst. Ängstlich. Und dann heftiger. Sie drängte sich an ihn, schob ihn in Richtung Schlafzimmer und fuhr ihm mit beiden Händen unter den Pullover. Die Wärme ihres Körpers, ihrer Hände brannte auf seiner Haut, er wollte mehr davon. Er ließ ihren Kopf los, seine Finger glitten unter ihre Bluse, unter den Verschluss ihres BHs, unter ihren Slip.

Als sie nackt war, hob er sie auf sein Bett, sie lehnte sich zurück, spreizte leicht ihre Beine.

Und plötzlich hatte er eine Waffe in der Hand und das lüsterne Bedürfnis, ihr damit wehzutun. Ein Abgrund tat sich vor ihm auf. Er hob den Fuß, um einen Schritt nach vorne zu machen, freute sich darauf zu fallen.

»Jeder braucht irgendjemanden«, sagte Ira. Er hasste sie dafür, dass sie ihn vom Fallen abhielt. Hasste sie so sehr, dass er erleichtert war, als sich der Traum erneut wandelte. Ira rannte jetzt durch eine nachtschwarze Gasse vor ihm davon, und das Grauen, von dem er noch eben geglaubt hatte, es könne nicht mehr größer werden, verdoppelte sich, als er sah, dass sie auf eine verzierte Tür zulief. Die Waffe wog Tonnen in seiner Hand. *Nicht!,* wollte er schreien, aber er brachte keinen Ton heraus. Auch nicht, als die Tür explodierte. Feuer und ein Regen aus Holzsplittern erfassten Iras Körper, rasten dann auf ihn zu und hüllten ihn ein. Er spürte keinen Schmerz, bis auf den in seinem Herzen, der so machtvoll war, dass er ihn erst auf die Knie zwang, schließlich auf alle viere. Im Dreck vor ihm lag ein einzelner abgetrennter Finger mit rot lackiertem Nagel …

Senkrecht fuhr Faris in die Höhe. Fahlblaues Halbdunkel umfing ihn. Seine Haut war bedeckt von bitter riechendem kalten Schweiß. Der Geruch seiner eigenen Panik in der engen Gefängniszelle war scharf und unerträglich. Sein Herz musste gegen einen Schraubstock anpumpen.

»Allah!«, stöhnte er.

»Du hast geträumt!« Halim saß aufrecht im Bett. Seine Umrisse wurden von dem Schein der Flutlichtanlage erhellt, aber sein Gesicht lag im Schatten.

Faris ließ sich zurück auf die Matratze sinken und bedeckte die Augen mit dem Unterarm. Hatte er etwa geschrien und den Jungen damit geweckt?

»Weißt du was?«, sagte Halim. »Ich glaube, genau dafür ist Allah da.«

Faris schwieg.

»Damit dir jemand vergibt, wenn du selbst es nicht mehr kannst.« Halim wartete, ob Faris darauf reagierte, und als das nicht der Fall war, fragte er: »Geht es wieder?«

Faris bejahte.

Einschlafen konnte er nicht mehr.

12. Kapitel

Inge Weitershausen bestieg den Bus der Linie 100 mit dem festen Vorsatz, heute zu sterben. Sie hatte genug. Genug von all diesen Arztbesuchen, dem andauernden Auf und Ab zwischen Hoffnung und Enttäuschung, wenn sich irgendwo in ihrem alten Körper wieder neue Metastasen gebildet hatten. Vor allem aber hatte sie genug von den Schmerzen.

Gleich nach dem Aufwachen hatte sie die Tabletten genommen, die der Arzt ihr verschrieben hatte, aber das Medikament hatte die zuvor grellen Flammen in ihrem Leib nur in dumpfes, aber nicht weniger peinvolles Glimmen verwandelt.

Besser, sie beendete das heute ein für alle Mal.

Sie schleppte sich zu einem der wenigen noch freien Sitzplätze. Um diese Zeit war die Linie 100 wie üblich rappelvoll, denn es war Stoßverkehr. Die Menschen wollten zur Arbeit.

Mussten zur Arbeit, verbesserte Inge sich in Gedanken, als sie sich mit einem tiefen Seufzen hinsetzte. Ein missmutig dreinblickender Mann in Windjacke und mit einer dieser Schirmmützen mit Werbeaufdruck fiel ihr ins Auge. Er hatte ein Handy vor der Nase und starrte darauf, als hinge sein Leben davon ab.

Überhaupt: Wie viele Leute heutzutage nur noch auf diese kleinen Bildschirme schauten! Kaum jemand beachtete das, was draußen vor den Busfenstern geschah. Die Leute sahen weder, wie hübsch das Elefantentor durch die regengesprenkelte Scheibe aussah, noch fiel ihnen die Frau mit den beiden Dalmatinern auf, die im Tiergarten den Bürgersteig entlangflanierte. Die Frau trug einen schwarzen Mantel und eine akkurate schneeweiße Frisur. Ihre beiden Hunde waren ein bisschen zu dick, fand Inge, aber das waren vermutlich die meisten Hauptstadthunde.

Inge dachte daran, wie sie früher immer mit den Cockerspaniels ihrer Nachbarn gespielt hatte. Heute hatte kaum noch jemand Cockerspaniels. Schade eigentlich. Inge mochte die fröhlichen kleinen Kerlchen mit ihren langen Ohren, die im Wind flogen, wenn die Hunde begeistert auf einen zugerannt kamen. In einem Hundemagazin, das bei ihrem Onkologen im Wartezimmer lag, hatte sie allerdings neulich gelesen, dass Cocker heutzutage eher problematische Hunde waren. Sie wurden gern einmal aggressiv, hatte in dem Artikel gestanden.

Inge seufzte noch einmal.

»Passen Sie doch auf!«

Eine genervte Männerstimme ließ sie den Kopf wenden. Ein junges Mädchen hatte mit ihrem Rucksack offenbar einen Mann im Anzug angerempelt.

»Entschuldigung«, sagte die Kleine.

»Rucksäcke gehören ja auch abgesetzt«, motzte der Mann.

»Kann man das irgendwie netter sagen?« Inge richtete ihre Frage nicht direkt an den Mann, sondern eher an die Allgemeinheit.

Eine junge Mutter, die ihr Baby in einem rot-grün karierten Tragetuch vor den Bauch gebunden hatte, lächelte sie an.

»Was mischen Sie sich ein?«, schnauzte der Mann.

Inge zuckte nur die Achseln und erwiderte das Lächeln der Mutter.

Täuschte sie sich, oder wurde alles rings um sie herum immer aggressiver? Hunde. Menschen.

Ihr elender Krebs.

Wie würde sie es machen?

Sie hatte noch keine richtige Idee. Als sie heute Morgen aufgestanden war, hatte sie sich überlegt, von einer Brücke in die Spree oder den Landwehrkanal zu springen. Aber das erschien ihr plötzlich viel zu melodramatisch. Sie war schließlich kein junger Hüpfer mehr, der sich aus Liebeskummer ins Wasser stürzte.

Außerdem, und das war wichtig, musste sie bedenken, dass irgendjemand ihre Leiche finden würde. Und aus den Sonntagabendkrimis, die sie so gern schaute, wusste sie, dass Wasserleichen nicht eben einen schönen Anblick boten.

Nein, sie wollte nicht der Grund dafür sein, dass irgendein armer Mensch Albträume bekam.

Womit sämtliche Todesarten, die mit Erschießen oder ähnlich gewalttätigen Handlungen einhergingen, auch ausschieden. Aber das war ja von vornherein klar gewesen. Immerhin war sie nicht James Bond. Sie hatte keine Ahnung, wo sie sich überhaupt eine Pistole hätte besorgen können. Ihr Mann Richard hingegen, ja, der hätte das bestimmt gewusst.

Richard hatte immer Dinge gewusst, über die Inge sich gewundert hatte.

Einmal hatte er ihr erzählt, dass es Fische gab, die sich bei der Paarung ineinander verbissen und dann zusammenwuchsen, sodass sie sich fortan einen Blutkreislauf teilten.

»Woher du das immer alles weißt«, hatte Inge kopfschüttelnd gesagt.

Richard war jetzt schon seit mehr als fünf Jahren tot.

Der Bus hielt am Schloss Bellevue. Die Mutter mit dem Kind stieg aus, dafür setzte sich nun eine ältere Frau auf ihren Platz. Sie ging am Stock, aber sie sah nicht so aus, als würde ihr das viel ausmachen. Sie machte ein Gesicht, als würde sie eben diesen Stock am liebsten zwei jungen Männern mit dunkler Haut über den Schädel ziehen.

Die beiden standen dicht hinter dem Fahrer und unterhielten sich ziemlich lautstark in einer Sprache, die kehlig klang und ein bisschen wie Gewehrfeuer. Es war kein Arabisch, so viel konnte Inge erkennen, aber was es war, fand sie nicht heraus.

Früher hatte sie Englisch und Französisch an einem Gymnasium unterrichtet. Und aus reinem Spaß an der Sache hatte sie sich selbst Portugiesisch beigebracht. Wann hatte sie das letzte Mal in einer anderen Sprache als Deutsch mit jemandem gesprochen? Wann hatte sie überhaupt das letzte Mal mit jemandem gesprochen, der kein Arzt war?

Die neu hinzugestiegenen Fahrgäste mussten sich an den beiden Männern vorbeidrängeln, um weiter nach hinten zu gelangen. Jemand murmelte: »Also echt, ey!«

Ein junger Mann fragte einen anderen, ob er schon von dem Giftgasattentat auf einen Taxifahrer gestern gehört hatte.

»Bitte beachten Sie, dass es im Oberdeck keine Stehplätze gibt«, sagte der Busfahrer über Lautsprecher durch. Dann schloss er die Türen, der Bus fuhr mit einem Ruck wieder an und fädelte sich in den zähen Berufsverkehr ein.

Vielleicht wäre es eine Option, sich die Pulsadern aufzuschneiden, dachte Inge. Sie hatte mal irgendwo gehört, dass das ein recht angenehmer Tod sein sollte. Man schlief irgendwann ein. Schneller ging es offenbar, wenn man dabei in der warmen Badewanne lag.

Aber das würde bedeuten, dass ihre Leiche nackt wäre, wenn man sie fand.

Auch nicht gerade eine angenehme Vorstellung.

Sie schloss seufzend die Augen. Es konnte doch nicht so schwierig sein, eine Todesart zu finden, die keinen Haken hatte!

Jemand stellte sich neben sie, das spürte sie an einer schwachen Berührung am Oberarm. Sie öffnete die Augen wieder. Es war ein Mädchen mit einem riesigen Ranzen, den sie zwischen ihren Füßen abgestellt hatte. Inge betrachtete die rosafarbenen Einhörner und die mit silbern glitzernden Flügeln ausgestatteten Elfen. Ob das Mädchen später Französisch lernen würde?

Früher, als sie selbst so alt gewesen war wie dieses Mädchen, hatte sie Lackbildchen gesammelt. Die mit dem Silberflitter hatte sie immer am schönsten gefunden, aber ihre Mutter hatte sich oft über die Dinger beschwert. »Das Zeug lässt sich einfach nicht wegputzen«, hatte sie gesagt. »Das findet man noch Wochen später überall!«

Am Reichstag leerte sich der Bus merklich. Die beiden dunkelhäutigen Männer stiegen aus. Das Mädchen schob den Ranzen mit dem Fuß weiter nach hinten.

Eine junge Frau mit langen, wunderschönen braunen Locken stieg ein. Und zwei vielleicht zwölfjährige Jungen, die sich aufgeregt über irgendetwas unterhielten, das den Namen *WOW* trug. Den wenigen Worten nach zu urteilen, die Inge von der Fachsimpelei der beiden verstand, musste es wohl ein Computerspiel sein.

Sie seufzte zum wiederholten Male und fühlte sich schlagartig uralt. Ihr Arzt befand sich ganz in der Nähe vom Alexanderplatz. Ein paar Stationen hatte sie also noch vor sich.

Ein junger Mann im Trainingsanzug fiel ihr auf, weil er von einem Bein auf das andere trat. Er hatte eine Sporttasche dabei und strahlte Nervosität aus. Als würde er kurz vor einem wichtigen Spiel stehen, dachte Inge. Der junge Mann hatte hübsche dunkelbraune Augen und kurz geschnittene braune Locken.

Richard hatte auch Locken gehabt.

Sie sah zu, wie der junge Mann seinen Blick durch den Bus schweifen ließ.

Der Bus hielt bei Madame Tussauds. Inge setzte sich ein wenig bequemer hin, weil ihre Hüftgelenke wehtaten. Richard und sie waren einmal bei Madame Tussauds in London gewesen, aber hier in Berlin hatte sie das Wachsfigurenkabinett nie besucht. Vielleicht sollte sie das noch tun, bevor sie ihrem Leben ein Ende setzte.

Vielleicht sollte sie noch ein paar andere Dinge tun.

Früher hatte sie immer gedacht, sie würde irgendwann in ihrem Leben einmal Klavierspielen lernen. Auch daraus war irgendwie nie etwas geworden. Wenn sie jetzt noch damit anfangen würde, dann würde das bedeuten, dass sie den Selbstmord noch eine geraume Weile aufschieben musste.

Die Vorstellung kam ihr plötzlich verlockend vor.

Der junge Mann mit den Locken kaute nervös auf seiner Lippe herum. Dann bückte er sich zu seiner Tasche hinab, zog den Reißverschluss auf. Kramte darin herum.

Als er sich wieder aufrichtete, hatte er ein Telefon in der Hand. Er wählte eine Nummer. Was er zu der Person am anderen Ende der Leitung sagte, konnte Inge nicht verstehen, denn er sprach schnell und hastig.

Sie schluckte. Konnte es sein, dass sie jetzt auch noch eine Erkältung bekam?

Es sah ganz danach aus.

Ihr Hals hatte angefangen unangenehm zu kratzen.

Wie gestern auch schon betrachtete Ira das Bild an der Wand des Therapieraumes mit einem leichten Naserümpfen. Es zeigte die Sandfläche eines Zen-Gartens, auf der jemand drei dunkelgraue Kieselsteine zu einem kleinen Turm geschichtet hatte. Konzentrische Kreise verliefen rund um die Steine herum und sollten vermutlich den Eindruck von Gelassenheit und Harmonie vermitteln. Ira hatte Darstellungen dieser Art schon immer als nervtötend oberflächlich empfunden. Und spätestens seit IKEA solche Bilder in sein Sortiment aufgenommen hatte, taugten sie in ihren Augen überhaupt nicht mehr als Meditationsobjekte.

Was den Innenarchitekten, der sich um die Einrichtung dieses Therapieraumes gekümmert hatte, aber offenbar nicht störte. Er hatte sich der gesamten Palette der Gestaltungselemente einer billigen Yogapraxis bedient, angefangen von den cremefarbenen Sesseln und den in hellem Orange gestrichenen Wänden über den Laminatfußboden, der vorgab, aus altem, mit Kreide behandeltem Olivenholz zu bestehen, bis hin zu den Lamellenvorhängen an den Fenstern, die farblich auf den Wandton abgestimmt waren.

Ira ließ sich auf einem der Sessel nieder und wartete darauf, dass ein JVA-Beamter ihr Kevin Brauer und Halim Zengin brachte.

Das Gespräch kam ihr in den Sinn, das sich gestern zwischen ihr und Kevin entwickelt hatte. Kevin hatte dieses Gespräch mit einer interessanten Aussage begonnen, und er hatte sie direkt an Ira gerichtet, wie um sie zu provozieren.

»Wissen Sie, was ich glaube?«, hatte er gefragt. »Ich glaube, dass Jesus selbstmordgefährdet gewesen sein muss.«

Ira hatte Dr. Schmidt fragend angesehen, aber die hatte nur auffordernd genickt. Also hatte Ira sich in ihrem Sessel zurückgelehnt und die Fingerspitzen aneinandergelegt.

»Das musst du mir erklären«, bat sie.

Kevin schien die unerwartete Bühne zu genießen. Er warf Halim einen triumphierenden Blick zu, dann lehnte er sich gleichfalls zurück, bis ihm auffiel, dass er Ira imitierte. Also beugte er sich wieder vor und stützte die Ellenbogen auf den Knien ab, sodass er sprungbereit und angespannt aussah. »Na ja. So Sätze eben wie *Und es jammerte Jesum.*«

Er fletschte die Zähne, es sollte wohl ein Grinsen sein. »Sie wissen schon!«

»Markus eins?«, fragte Ira.

Halim verdrehte die Augen gen Decke, aber Dr. Schmidt bedeutete ihm zuzuhören.

Kevin hingegen nickte so eifrig, als habe er kurzzeitig vergessen, wer er war, und sich in einen Konfirmanden zurückverwandelt, der einzig darauf aus war, Ira zu gefallen. »Die Heilung des Aussätzigen. *Es jammerte ihn,* bedeutet doch, dass Jesus sich von dem Leid der Menschen hat berühren lassen, oder?«

In Iras Brust wurde es eng, weil sie ahnte, worauf er hinauswollte. »Es ist mehr als Mitleid«, stimmte sie zu und schaute in Halims Richtung. »Mitleid bedeutet, dass der Leidende dem Mitleidenden unterlegen ist. Aber Jesus ist eins geworden mit dem Leiden der Menschen. Er hat es für sie auf sich genommen. Da ist keine Hierarchie, kein Abstand.«

Kevin sog die Wangen zwischen die Zähne. Die Geste ließ ihn sehr viel jünger aussehen, als er in Wirklichkeit war. Jünger und verletzlicher. Ira ahnte, wie sehr ihn diese Vorstellung überforderte, und sie empfand für einen kurzen Moment so etwas wie Seelenverwandtschaft mit ihm. Ging es ihr nicht ganz ähnlich?

»Eben«, sagte er endlich. »Und das konnte doch nicht gut gehen! Ich meine: das Leid von so vielen Menschen tragen? Ich glaube, er muss froh gewesen sein, als sie ihn endlich gekreuzigt haben.«

Ira hatte sich gerade noch davon abhalten können, den Kopf zu schütteln. »So habe ich das noch nie gesehen.« Sie wartete eine Weile, und als Kevin nicht weitersprach, fragte sie sanft: »Du hältst Mitleid also für dumm?«

Halim verschränkte die Arme vor der Brust, aber er konnte

nicht verhindern, dass Ira ihm anmerkte, wie sehr ihn das Gespräch zu interessieren begann. Sie sah Dr. Schmidt lächeln.

Diesmal schwieg Kevin sehr viel länger als sie. Während er überlegte, konnte Ira hören, wie draußen auf dem Gang irgendein Wagen vorbeigeschoben wurde. Gummiräder machten ein quietschendes Geräusch auf dem Linoleumfußboden.

»Ich habe gemerkt, dass es keine gute Sache ist«, antwortete Kevin endlich.

»Auch das musst du mir erklären.«

Er blies die Wangen auf. Dann kratzte er sich am Kopf, wo die ehemals kurz geschorenen Haare inzwischen zehn oder zwanzig Millimeter lang waren. »Mitleid!« Er stieß das Wort fast durch die Nase. »Das ist doch ein Fass ohne Boden! Ich meine: Wo sollen wir denn anfangen und wo damit aufhören? Gucken Sie sich doch mal all diese Flüchtlinge an, die zu uns kommen.« Er warf einen Blick in Halims Richtung, besann sich. »Oder nein, das ist kein gutes Thema …« Er hielt inne, schluckte schwer und verlor sich in seinen Gedanken.

Ira wartete. Sie war sich ziemlich sicher, dass Kevin in diesem Augenblick an die beiden Menschen dachte, die er auf dem Gewissen hatte.

Sie suchte Dr. Schmidts Blick, aber die lächelte nur, als wolle sie sagen: *Machen Sie ruhig weiter!*

Ira wurde bewusst, dass die Psychiaterin sie testete.

»Ich gebe einem Obdachlosen einen Euro«, meinte Kevin nach einer halben Ewigkeit. »Das gibt mir vielleicht für den Moment ein gutes Gefühl, aber nur, bis mir der nächste begegnet. Und dann der nächste und nächste. Ich kann aber nicht jedem einen Euro geben, weil ich irgendwann selbst nichts mehr habe.«

Ira hatte sich gezwungen, weiterhin zu schweigen, denn sie hatte geahnt, dass noch mehr kam. Und Kevin hatte sie nicht enttäuscht.

»Ich kann also nur entweder alles weggeben, was ich habe, oder aber ich entscheide irgendwann, dass jetzt genug ist. Der nächste Obdachlose kriegt eben keinen Euro mehr. Und das hat zur Folge, dass ich mich mies fühle. Weil ich ja noch welche hätte … Verstehen Sie, was ich meine?«

Ira nickte. »Natürlich.« Mit einem leichten Heben des Kinns bedeutete sie ihm weiterzusprechen.

»Da bin ich doch lieber von Anfang an gleich gar nicht mitleidig«, schloss er.

In Halims Miene war so etwas wie Überraschung erschienen. Ira hatte das Gefühl, dass ihm manche von Kevins Gedanken nicht ganz fremd waren.

Dr. Schmidt schlug die Beine übereinander. »Das bedeutet, du verschanzt dich hinter deiner Härte«, mischte sie sich jetzt ein.

Kevin rieb sich über beide Augen. »Ich kann doch nicht wie dieser Heilige sogar meine Klamotten mit denen teilen!«

»Sankt Martin«, sagte Ira.

»Hm. Der. Echt, Gutmenschen wie der machen einen doch stinksauer! Weil man selbst nicht so ist, so gut und … mitleidig.«

Dr. Schmidt umfasste ihr Knie mit beiden Händen. »Und du bist lieber stinksauer, als ein schlechtes Gewissen zu haben, weil der Gutmensch in deiner Nachbarschaft einen Euro mehr gegeben hat als du.«

Darauf antwortete Kevin nicht.

»Und am Ende warst du so sauer, dass du diesen Brandsatz gebastelt hast.«

Wie eine Barrikade hatten danach ihre Worte mitten im Raum gestanden.

Kevins Kinn hatte gezittert, kaum sichtbar zwar, aber Ira hatte es trotzdem bemerkt. »Echt«, hatte der Junge in Richtung seiner Füße gewispert. »Ich sag's Ihnen: Jesus kann nur selbstmordgefährdet gewesen sein. Scheißmitleid! Ehrlich, Mann! Bringt doch echt gar nichts!«

Als sich nun die Tür des Therapieraumes mit einem Summen öffnete, kehrte Ira aus der Vergangenheit zurück. Kurz war sie desorientiert, brachte das Gestern und das Heute nicht überein. Ein Beamter führte Kevin herein. »Der Islamistentyp will nicht«, sagte er mit einer Stimme, die gleichgültig klang und trocken wie Papier.

»Halim Zengin?« Ira runzelte die Stirn.

Der Beamte ließ sich von dem offensichtlichen Unmut in ihrer Frage nicht beeindrucken. »Ja. Der. Hat gesagt, wenn Dr. Schmidt nicht da ist, nimmt er nicht teil.«

»Danke.« Ira zuckte die Achseln. Der Beamte nickte knapp, dann zog er die Tür hinter sich zu. Kevin blieb einfach mitten im Raum stehen.

Sie wies auf den gegenüberliegenden Sessel und setzte sich so, dass sie ihm geradeaus ins Gesicht blicken konnte.

Er setzte sich.

»Also«, sagte Ira mit einem Lächeln. »Worüber unterhalten wir uns heute?«

Faris wurde durch ein Geräusch aus dem Schlaf gerissen, das er im ersten Moment nicht zuordnen konnte. Es dauerte eine Weile, bis er wusste, wo er sich befand. Sein Unterbewusstsein hatte das hartnäckige Piepsen in seinem In-Ear in einen Traum eingebaut, an den er sich sofort nach dem Aufwachen nur noch vage erinnern konnte. Alles, was er noch wusste, war, dass er mit einem nagenden Gefühl von Beklemmung durch ein Labyrinth gelaufen war, dessen Wände aus blutroten Fingernägeln bestanden.

Leise setzte er sich auf und aktivierte die Verbindung. Weil Halim ihm den Rücken zugewandt und Faris auf diese Weise nicht sehen konnte, ob er noch schlief, meldete er sich nur mit einem unbestimmten Brummen.

Tromsdorff war dran. »Es gibt einen dritten Toten, im Cinemaxx beim Sony Center. Und gerade eben ist in der Nähe vom Brandenburger Tor in einem Bus eine Giftgasbombe hochgegangen.«

»Fuck!« Der Fluch war Faris rausgerutscht, bevor er es verhindern konnte. Eilig schwang er die Beine aus dem Bett, beugte sich vor und hielt sich den Kopf, als habe er Schmerzen.

Halim regte sich unter seiner Decke, bevor er sich umdrehte und die Augen aufschlug. Im Schein der Flutlichtanlage sah seine Haut künstlich aus.

»Wir hatten die DekonV relativ schnell da.« Tromsdorff atmete durch. »Tut mir leid, Junge«, fuhr er fort. »Aber das Ganze beschleunigt sich offenbar ziemlich. Ich fürchte, wir müssen Plan B starten.«

Faris richtete sich kerzengerade auf, und mit einem Mal war da wieder dieses Bild in ihm. Das Bild, das er seit Monaten überwunden zu haben geglaubt hatte und das seit gestern wieder allgegenwärtig schien. Der Abgrund. Und er selbst, der mit steigender Geschwindigkeit auf ihn zuraste.

»Du wirst gleich abgeholt«, hörte er Tromsdorff sagen. »Dann erklären wir dir alles.«

Als sei das Ganze eine hundertfach geprobte Aufführung, summte genau in diesem Moment die Zellentür und wurde aufgezogen.

»Der Gefangene Iskander?« Ein Beamter trat ein, den Faris zuvor noch nicht gesehen hatte.

Er hob die Hand.

»Mitkommen!«, befahl der Beamte. »Direktor Lehmann will Sie sehen.«

Direktor Lehmann hatte ein Büro im oberen Stock des Traktes, in dem auch die Therapieabteilung untergebracht war. Der Raum, in den Faris nun geführt wurde, sah ein bisschen so aus, als hätte man einem Innenarchitekten den Auftrag gegeben herauszufinden, was passierte, wenn man afrikanische Kunst mit Bauhausstil kombinierte.

Die Möbel bestanden aus Metall und Glas und Leder, aber der Boden war mit einem Teppich aus Sisal ausgelegt, und an den Wänden hingen afrikanische Masken in schreiend bunten Farben.

Direktor Lehmann sah trotz der frühen Morgenstunde bereits zerknittert aus. Er hatte die Krawatte gelockert und seine Anzugjacke ausgezogen, wodurch sein Kugelbauch noch deutlicher hervortrat. Sein Gesicht glühte, und wenn es Faris bis zu diesem Augenblick noch nicht klar gewesen wäre, dass es jetzt erst richtig ernst werden würde, er hätte es beim Anblick seines Gegenübers begriffen.

Er wandte den Kopf.

Andrea saß auf einem von mehreren Sesseln in der Ecke, die durch die Tür verdeckt gewesen war. Sie wirkte ernst. Ihre Augen schienen dunkler als sonst zu sein.

»Danke«, sagte Lehmann zu dem Beamten, der Faris hergebracht hatte. »Wir kommen jetzt allein klar.« Nachdem der Mann sich zurückgezogen hatte, blies Lehmann die Wangen auf. »Hat Ihr Vorgesetzter Sie informiert, was geschehen ist?«

Faris nickte. »Ein Anschlag auf einen Bus. Wie viele Tote hat es gegeben?«

Lehmann wies auf die Sitzecke. Er wartete, bis Faris sich neben Andrea auf der Kante eines Sessels niedergelassen hatte. Faris' Blick streifte eine graue Schachtel in der Mitte des gläsernen Couchtisches. Eine graue Schachtel, genau wie die in seinem Schrank.

Er biss die Zähne zusammen.

»Das ist noch nicht bekannt.« Lehmann setzte sich ebenfalls. Er sah so angespannt aus, wie Faris sich fühlte. »Der Attentäter ist an der Haltestelle *Unter den Linden* eingestiegen und hat das Gas freigesetzt, kaum dass der Bus losgefahren war.«

Faris versuchte, seine Kiefer zu lockern. »*Der* Attentäter?«, hakte er nach.

»Ein junger Mann. An der Staatsoper hat er den Bus wieder verlassen und ist dann zusammengebrochen. Mehr weiß ich leider nicht.«

Ich will dich nicht zusätzlich unter Druck setzen, hatte Tromsdorff gesagt.

Faris rieb sich die Stirn. Die Kopfschmerzen, die er Halim vorhin nur vorgegaukelt hatte, meldeten sich jetzt tatsächlich, und er begrüßte sie, denn sie überdeckten den Abgrund in seinem Innersten.

Er streckte die Hand nach der Schachtel auf dem Tisch aus. Sein Verstand wollte ihn davon abhalten, wollte ihn dazu bringen aufzuspringen, umherzulaufen. Wegzulaufen. »Okay.«

Lehmann schien erstaunt über diese Reaktion.

»Ähm, Faris«, mischte Andrea sich ein. »Sollten wir nicht zuerst mal in Ruhe darüber sprechen, ob wir das wirklich so durchziehen?«

Ohne die Schachtel an sich zu nehmen, lehnte Faris sich zurück.

Gestern am Columbiadamm hatte das Team mögliche Schritte durchgespielt, falls Sadiq nicht schnell genug auf Faris' Anwesenheit ansprang. Auch Andrea war dabei gewesen. Ben und die anderen Spezialisten hatten Faris einen Plan unterbreitet – Plan B –, und alles, was Faris dabei hatte denken können, war gewesen:

Hoffentlich wird das niemals nötig werden!

Tja, dachte er jetzt. *Pech gehabt.*

»Uns läuft die Zeit davon«, sagte er zu Andrea. »Wir brauchen also einen Knall, der al-Sadiq dazu bringt, mich zu sich zu zitieren.«

Lehmann schüttelte den Kopf. »Einen Knall«, wiederholte er.

Herausfordernd sah Faris ihm in die Augen.

Lehmann seufzte. »Also gut. Für Ihren Block beginnt gleich der Hofgang.«

Er schob die Schachtel in Faris' Richtung.

In Faris' Magen war plötzlich ein schwarzes Loch. Er legte die Hände flach auf die Glasplatte des Tisches, um zu verbergen, dass sie begonnen hatten zu zittern.

Andreas Blick ruhte auf ihm, schwer wie ein Tonnengewicht. »Bist du sicher, dass du das hinkriegst?« Ihre Stimme war warm und voller Besorgnis, und genau das reizte ihn mehr, als er sich eingestehen mochte. Plötzlich war er zornig, und er wusste nicht genau, worauf.

»Sind die anderen Beteiligten instruiert?«, fragte er so gelassen wie möglich.

»Das sind sie.« Lehmann ächzte leise. »Ihr Signal ist die Klingel. Ihr Ton kündigt den Gefangenen an, dass die Hälfte der Freistunde rum ist.« Er schauderte. »Das Ganze birgt ein hohes Risiko, das ist Ihnen hoffentlich klar.«

»Ist es«, sagte Faris und hob den Deckel der Schachtel.

Gegen ihren Willen verspürte Andrea Bewunderung für Faris. Sie hatte vermutet, dass er vor Anspannung zitterig sein würde. Aber das war er nicht.

Er wirkte völlig ruhig, fast arrogant gelassen.

Andrea ertappte sich dabei, dass sie ihn sexy fand. *Scheißkerl!,* dachte sie und sah zu, wie er in die Schachtel griff und einen geladenen Revolver herausnahm.

Direktor Lehmann fuhr sich mit der Zunge über die Lippen. »Also gut. Die Männer um Sadiq sind allesamt erfahrene Waffenbenutzer, darum ist die erste Kugel in der Trommel echt, um einen möglichst realistischen Effekt zu erzielen. Bitte erschießen Sie mir damit also nicht einen meiner Männer.«

Faris ließ die Trommel aufschnappen und betrachtete die Patronen darin.

»Dann kommen vier Platzpatronen«, fuhr Lehmann fort. »Ich wiederhole: Vier! Drei für den Neonazi, den wir für diese Sache gewinnen konnten, einen für unseren Beamten. Sein Name ist Martin Winterfeld. Ein großer Mann mit kurzen blonden Haaren und breiten Schultern. Die letzte Patrone ist dann wieder echt. Merken Sie sich das! Wenn Sie Winterfeld und Golzer *getroffen* haben, werden Sie freies Schussfeld haben, um noch eine echte Kugel in die Wand zu feuern, sollten Sie es für nötig halten.«

Faris hörte schweigend zu, während er die Kugeln einzeln aus der Trommel nahm, sie kontrollierte und wieder einsetzte. »Golzer?«, fragte er, ohne aufzusehen. »Rainer Golzer?«

»Nein. Dennis. Sein jüngerer Bruder, wenn ich recht informiert bin.« Er legte Faris das Foto eines jungen Mannes mit einer Menge Tatoos vor.

Faris betrachtete es. »Wie haben Sie ihn dazu gebracht, mitzumachen?«

Lehmanns Lippen verzogen sich zu einem finsteren Lächeln. »Das volle Programm: Hafterleichterung, Verlegung in die Anstalt, in der sein Bruder sitzt. Aussicht auf vorzeitige Entlassung wegen guter Führung. Aber vermutlich hat bei ihm am meisten die Tatsache gezogen, dass er dabei mithelfen kann, einen Anschlag arabischer Terroristen auf *deutsche Bürger* zu verhindern.« Er setzte mit den Fingern die beiden Worte in Anführungszeichen. »Um Ihre Motivation zu rechtfertigen, lassen wir nach Ihrer Tat durchblicken, dass Golzer einer der Angreifer auf das Flüchtlingsheim war, in dem ihre Freunde ums Leben kamen.«

»Gut«, sagte Faris, klappte die Trommel zu und ließ sie einrasten. »Dann kann es ja losgehen.« Er hob den Kopf. Mit einer Bewegung, die tausendfach geübt aussah, steckte er die Waffe hinten in seinen Hosenbund und ließ das Hemd darüberfallen. In seinen Augen stand ein unheilvolles Flackern, doch als er Andreas Blick begegnete, lächelte er schwach.

Scheißkerl!, dachte sie erneut.

Nicht der Beamte, der Faris in Lehmanns Büro geführt hatte, brachte ihn zurück in seine Zelle, sondern Uwe Stein.

Faris war froh darüber, denn so konnte er für ein paar Minuten länger seine Maske unten lassen.

»Du hast echt Eier«, sagte Stein, während sie die drei Treppen ins Erdgeschoss hinunterstiegen. Von der Seite her musterte er Faris und revidierte seine Meinung. »Oder aber du bist total durchgeknallt.«

Sie erreichten die untere Etage, in der auch die Therapieräume lagen. Stein hatte sich schon nach rechts gewandt, um eine Zwischentür aufzuschließen, die in Zellentrakt C führte. Aus den Augenwinkeln nur sah Faris, dass sich von hinten jemand näherte.

Wie vorgeschrieben, stand er etwas von der Tür entfernt, während Stein sie entriegelte. Und er war gerade hindurchgegangen, als ihn eine Stimme zur Salzsäule erstarren ließ.

»Faris? Was machst du denn hier?«

Fast hätte sie ihn nicht erkannt.

Der Bart, der die Hälfte seines ungewöhnlich blassen Gesichts bedeckte, stand ihm nicht. Das Veilchen und die aufgeplatzte Unterlippe allerdings noch viel weniger. In seinen Augen flackerte ein Ausdruck, als habe man auf ihn geschossen.

Ira umklammerte mit beiden Händen die Gitterstäbe der Tür, die zwischen ihnen wieder zugegangen war. Sie suchte Faris' Blick, forschte nach irgendeinem Funken, der ihr zeigte, dass er sich freute, sie zu sehen, aber da war nichts. Nichts außer Bestürzung und Schrecken.

Dieselbe Bestürzung und derselbe Schrecken, die sie auch empfand. Nie im Leben hätte sie damit gerechnet, ihn hier zu treffen, schon gar nicht in der Kleidung eines Häftlings. Grau trug er. Grau wie die Islamisten. Herr im Himmel!

Sie fühlte sich wie im freien Fall.

Dann jedoch sah sie, dass sich zu der Bestürzung in seinen Augen noch etwas anderes gesellte.

Abwehr.

Es fühlte sich an, als habe Gott seinen gewöhnlich schon harten linken Haken mit einem Schlagring aufgerüstet.

»Ira!« Faris trat einen Schritt auf sie zu. Der dickliche Beamte, der bei ihm war, hinderte ihn nicht daran, und er hinderte ihn auch nicht, ganz an das Gitter heranzutreten, obwohl es gegen die Vorschriften war. Faris umfasste einen anderen Gitterstab als sie. »Ich hatte gehofft, dich nicht hier zu treffen.«

Ira hörte die Kälte in seiner Stimme, aber sie sah auch diesen Ausdruck in seinen Augen. Diesen flackernden, schmerzlichen Blick, den sie nur allzu gut kannte.

Mehrere Sekunden lang fochten sie einen stummen Kampf miteinander aus.

Einen Kampf, den er verlor. Er schloss die Augen, kurz nur, aber es reichte, um ihrem Sieg einen bitteren Beigeschmack zu verleihen.

Plötzlich konnte Ira nur noch flüstern. »Ich hoffe, du bist undercover hier.« Sie hatte sich noch keinen Millimeter bewegt.

Faris' Blick huschte zu dem Beamten, der Ira begleitete. Der Mann schaute irritiert zu Stein, aber der hatte das hier mit einem stummen Nicken abgesegnet. Faris atmete tief ein. Wieder aus. Nicht wieder ein. Seine Stimme klang gepresst, als er sagte: »Du musst auf der Stelle die Anstalt verlassen!«

Sie wollte den Kopf schütteln, wollte ihn anschreien. Ihm eine scheuern.

Er stand einfach da und hatte aufgehört zu atmen.

»Gott im Himmel, Faris!«, flüsterte sie.

Ich kann dich hier jetzt nicht gebrauchen! Ich kann das nicht durchziehen, wenn ich weiß, dass du hier bist!

Faris wollte das sagen. Er wollte Ira an sich ziehen, festhalten. Und gleichzeitig wollte er, dass sie so viel Abstand wie nur möglich zwischen sich und ihn brachte.

Die Waffe hinten in seinem Hosenbund schien ihn in eine bodenlose Tiefe ziehen zu wollen, und ohne dass er auch nur das Geringste dagegen tun konnte, schnurrten seine Gedanken zu diesem einen Abend zurück.

Der Abend in der Trattoria *Rossi*.

Der regnerische Abend.

Der Taxifahrer, dessen Wagen sie sich hatten teilen wollen, hatte einen anzüglichen Spruch gemacht.

»Nun jeh'n Se schon mit ihm hoch, Lady! Sieht ja ein Blinder mit Krückstock, dass Sie spitz auf ihn sind!«

Und gleich darauf hatten sie im Flur von Faris' Wohnung gestanden und dann in seinem Schlafzimmer, und wie in ihrer allerersten gemeinsamen Nacht hatte er sich auch diesmal verzweifelt an Ira geklammert. Er hatte sie hinterher im Arm gehalten, und er hatte nicht gewusst, warum sie weinte, aber als sie unter Tränen hervorgestoßen hatte: »Gott, wie ich dich liebe«, da fühlte er sich für einen sehr kurzen Moment vollständig.

Eine Stunde später hatte sie angezogen neben seinem Bett gestanden.

Geh nicht, wollte er sagen. *Lass mich nicht allein. Lass mich nie wieder allein!* Aber er hatte geschwiegen und mit der Zerrissenheit in seiner Brust gekämpft, die mehr schmerzte als jede Kugel, die ihn je getroffen hatte. Schließlich hatte er sich selbst durch zusammengebissene Zähne fragen hören, ob er ihr ein Taxi bestellen solle.

»Ich kann von hier aus sehr gut mit der U-Bahn fahren«, hatte sie gesagt. Und dann war sie gegangen.

Und er war ihr gefolgt.

In einigem Abstand war er hinter ihr hergegangen zur U-Bahn-Station Hallesches Tor.

Die beiden Kerle waren plötzlich da gewesen. Schmächtige Schatten mit schmutzigen Jeanshosen und zu langen Kapuzenpullovern. Sie folgten Ira mit den Blicken, als sie an ihnen vorbeiging. Schweigend verständigten sie sich miteinander, dann glitten sie aus ihrer Ecke. Raubtiere in Lederjacken und Stiefeln, die ihr Opfer auserkoren hatten.

»Ich würde sie in Ruhe lassen.« Faris' Stimme war leise gewesen, denn er wollte nicht, dass Ira aufmerksam wurde.

Die beiden Typen waren zu ihm herumgewirbelt. Er hatte ihre drogenvernebelten Blicke gesehen und die verzweifelten Versuche abzuschätzen, ob sie es mit ihm aufnehmen oder lieber das Weite suchen sollten.

Schließlich hatten sie das Weite gesucht, während Ira, die von allem nichts mitbekommen hatte, in die Bahn eingestiegen war. Kleine Kiezganoven, hatte er sich eingeredet. Nichts weiter. Vermutlich hätten sie Ira lediglich das Portemonnaie abgenommen und wären dann abgehauen. Aber die Vorstellung, die beiden hätten ihr etwas antun können, hatte seine Nerven noch im Nachhinein flattern lassen …

»Faris?« Die Eindringlichkeit von Iras Stimme machte ihm klar, dass er sich in seinen Erinnerungen verloren hatte, dass er noch immer vor dieser beschissenen Gittertür stand.

Wie viel Zeit war vergangen?

Es konnten höchstens Sekunden gewesen sein.

»Bitte geh!«, murmelte er und hörte selbst, dass er distanziert klang. Doch es war nötig. Er musste sich auf seinen Job konzentrieren. Er würde es ihr später erklären müssen. Wenn er noch die Gelegenheit dazu haben würde. »Verlass Karlshorst auf schnellstem Wege!«

In Iras Augen stand Kummer. Sie rückte von ihm ab. »Es wird irgendwas passieren, nicht wahr? Wird *dir* etwas passieren, Faris?«

In ihm rang der Wunsch, sie zu beschützen, mit der Erkenntnis, dass er sie nicht täuschen würde, wenn er jetzt Nein sagte.

»Hey«, meinte er darum und lächelte sie an. »Du weißt, dass ich ein zäher Hund bin.«

Ihre Augen glänzten sehr hell. »Kannst du mir einen Gefallen tun?«

Er wartete.

Durch die Gitterstäbe hindurch berührte sie seine aufgeplatzte Lippe mit den Fingerspitzen. »Bitte pass gut auf dich auf!«

Er wollte ihr nichts versprechen, was er vielleicht nicht würde halten können, also schwieg er.

13. Kapitel

In seiner Zelle, in der Faris zusammen mit Halim darauf wartete, dass die Freistunde begann, fühlte er sich wie auf Autopilot. Die Begegnung mit Ira hatte ihn in seinen Grundfesten erschüttert. Früher hatte er sich unmittelbar vor einem gefährlichen Einsatz manchmal gefühlt, als befände er sich im freien Fall.

Jetzt jedoch kam es ihm eher so vor, als sei er auf eine schiefe Ebene geraten. Er rutschte auf einen Abgrund zu, und es gab nur wenig Halt, an den er sich klammern konnte.

Herrgott noch mal!

»Bist du dir wirklich sicher, dass du das durchziehen willst?«, fragte Tromsdorff ihn über den In-Ear noch einmal, und in diesem Moment hätte er beinahe Nein gesagt.

Aber Halim saß ihm gegenüber, und so blieb ihm nichts anderes übrig, als zu schweigen. Er war sich relativ sicher, dass er es auch getan hätte, wenn er frei hätte reden können.

Tromsdorff schien auf irgendein Zeichen von ihm zu warten. Als es nicht kam, seufzte er. »Also gut.«

Der Freiganghof war angelegt wie eine kleine Parkanlage, mit Rasenflächen, mehreren geschwungenen Kieswegen, Bänken und einer Menge niedriger Büsche. Es war saukalt. Ein böiger Wind hatte eingesetzt und trieb Gerüche aus der Küche heran. Sauerkraut und Würstchen. Faris' Magen zog sich zusammen, und er war froh, dass er heute noch nichts gegessen hatte.

Ein zweiter Freiganghof lag direkt nebenan, genauso angelegt wie der, auf dem Faris sich befand, nur seitenverkehrt. Zwischen beiden ragte ein vier Meter hoher Maschendrahtzaun empor, der oben mit NATO-Draht gesichert war. Eine Gruppe Männer in schwarzer Gefängniskleidung hatte dort Hofgang. Ein massiger JVA-Beamter mit blonden Haaren nahm Blickkontakt mit Faris auf und nickte kaum merklich.

Martin Winterfeld.

Faris erwiderte das Nicken ebenso unauffällig.

Winterfeld begann mit seinem Kontrollgang über den Hof. Bei einem jungen Mann mit kurz geschorenen schwarzen Haaren, dem etliche bunte Tattoos aus dem Kragen ragten und den Hals hinaufliefen, blieb er kurz stehen.

Dennis Golzer.

Auch Golzer suchte Faris' Blick, aber ihm wich Faris aus. Er wusste nicht, wie gut der Mann spielen konnte. Zu groß war das Risiko, dass sie sich durch irgendetwas verrieten.

Mit ein paar kreisenden Bewegungen versuchte er, seine Schultern zu lockern.

Ihr Signal ist die Klingel, hörte er Lehmann sagen.

Er schielte auf die große Bahnhofsuhr, die über dem Eingang zu seinem Gefangenentrakt hing.

Noch mehr als zwanzig Minuten.

Sein Blick wanderte umher. Die Sekunden verstrichen, wurden zu Minuten, während Faris die Häftlinge Mann für Mann ins Auge fasste.

Es wurde Zeit, eine Wahl zu treffen.

Er kam sich vor wie auf eine Streckbank gespannt. Das Gewicht des Revolvers schien mit jeder Minute zuzunehmen, und gleichzeitig wuchs sein Bedürfnis, das Ding zu ziehen und diese ganze verdammte Sache endlich hinter sich zu bringen.

»Das war eine Scheißidee«, murmelte er durch zusammengebissene Zähne und für das Team im *War Room* bestimmt.

»Du schaffst das!« Bens Stimme. »Egal, wen du aussuchst: Du musst nur ein paar Sekunden lang dicht bei ihm stehen können. Um den Rest kümmert sich Stein.«

»Wenn du es sagst!« Er wollte noch etwas hinzufügen, als über den Hof plötzlich Klavierklänge wehten.

Für Elise.

Aus irgendeinem Grund jagte Faris das Lied einen eisigen Schauer über den Rücken.

»Ist das Beethoven, was ich da höre?«, fragte Ben.

Statt ihm zu antworten, sah Faris sich um.

Die Musik kam von einem altmodischen Gettoblaster, der auf einer Bank am Rand der Freigangzone stand. Neben dem Gerät saß ein älterer Mann mit kurzen ergrauten Haaren und ungesund blasser Haut. Er sah Faris entgegen, als habe er von der ersten Minute an damit gerechnet, dass sie sich unterhalten würden. Eines seiner Augen war dunkelbraun, das andere hatte eine verwaschene graugrüne Färbung. Es verlieh dem Mann etwas Unangenehmes, fand Faris.

»Wusstest du, dass niemand genau weiß, wer Elise war?«, fragte der Mann. Er hatte den unverkennbaren Singsang eines schwäbischen Dialekts, auch wenn er Hochdeutsch sprach, und beim Sprechen bildete sich eine kleine Spuckeblase in einem seiner Mundwinkel, die gleich darauf platzte.

»Nein, wusste ich nicht«, sagte Faris. Instinktiv wollte er die Nähe dieses Mannes meiden, doch er musste jetzt endlich eine Entscheidung treffen. Es galt, dafür zu sorgen, dass niemand sich fragte, woher er eigentlich die Waffe in seinem Hosenbund hatte. Der Mann legte die Arme auf die Rückenlehne der Bank. Dann gähnte er, schaute nach rechts und links auf seine Hände, nahm die Arme schließlich herunter und rückte ein Stück zur Seite.

Halim tauchte am gegenüberliegenden Ende des Hofes auf. Er war in Gesellschaft von zwei jungen Männern, die beide einen zauseligen Islamistenbart züchteten und sich verhielten, als gehöre ihnen die Welt. An den Blicken, die sie in seine Richtung warfen, konnte Faris erkennen, dass sie über ihn sprachen.

Seine Bauchmuskeln zogen sich zusammen. Die Uhr über der Tür zum Gefangenentrakt zeigte noch dreizehn Minuten bis zum Klingeln. Er musste sich beeilen.

»Ich kenne dich«, sagte der Mann mit den zweifarbigen Augen. Erneut bildete sich ein Bläschen in seinem Mundwinkel. Diesmal platzte es nicht von selbst, und der Mann wischte es mit dem Knöchel seines Zeigefingers fort. »Du bist Iskander, stimmt's?«

Faris behielt den Hof im Auge. Halim war mit seinen beiden Begleitern inzwischen ein ganzes Stück näher gekommen. »Olympiastadion«, hörte Faris einen von ihnen sagen.

Er biss die Zähne zusammen.

Der Mann mit den verschiedenfarbigen Augen grinste. »Sie reden alle über dich. Aber sie sind dabei nicht alle so auffällig.«

In diesem Moment traf Faris seine Entscheidung.

Dieser Kerl hier war so gut wie jeder andere auf diesem Hof dafür geeignet, den Eindruck zu vermitteln, er habe ihm eine Waffe zugesteckt.

Faris setzte sich neben den Mann.

Für Elise war zu Ende und begann sofort wieder von vorn. Ein Windstoß trieb die Klavierklänge über den Hof. Der Gestank nach Sauerkraut und Würstchen war abgelöst worden von etwas, das nach Kupfer und Erde roch.

»Faris, was ist das für Musik?«, fragte Tromsdorff über seinen In-Ear. Er klang gestresst.

Im Hintergrund diskutierten Shannon und Marian miteinander, aber Faris verstand nicht, worum es ging. Er legte die

Arme über die Rückenlehne der Bank, genauso wie der Mann es tat.

Noch zwölf Minuten.

Er fröstelte.

»Nadler«, sagte der Mann.

Faris runzelte die Stirn. »Was?«

»Mein Name. Nadler.«

»Ist der Kerl wichtig, dass du mit ihm redest?«, fragte Ben.

Ja, dachte Faris. *Er gibt mir gerade die Waffe, du Pappnase.* Er suchte den Blick von Winterfeld, der bestätigend nickte. Und fragte an Nadler gewandt: »Warum bist du hier drinnen?«

Nadler zuckte gleichgültig die Achseln. »Sagen wir, ich hatte ein Problem damit, dass meine Frau sich von einem anderen hat vögeln lassen.« Das zarte Klavierstück aus dem Gettoblaster bildete einen unangenehmen Kontrast zu seinen derben Worten.

Der Zeiger der Uhr sprang eine Minute weiter.

»Ach du Scheiße!«, hörte Faris Ben zischen, aber bevor ihm jemand sagen konnte, was los war, sprach Nadler bereits weiter.

»Als ich gehört habe, dass sie dich hier eingeliefert haben, wollte ich dich unbedingt treffen.«

»Warum?«, fragte Faris.

»Weil ich mich bei dir bedanken muss.«

Faris' Blick wanderte zu dem gegenüberliegenden Freiganghof, wo der Beamte Winterfeld sich nun schon seit Minuten in direkter Nähe zu Dennis Golzer aufhielt.

Nadler packte Faris am Arm. »Du bist der Typ, der damals den Kruzifixbomber davon abgehalten hat, im Olympiastadion die Bomben hochzujagen, nicht wahr?«

Faris machte sich los und stand auf.

Nadler lächelte ein sanftes Lächeln. »Ich war dort. Wenn du nicht gewesen wärst, wäre ich draufgegangen.«

»Shit!«, fluchte nun auch Shannon, und als könnten sie ihn hören, dachte Faris: *Leute, redet Klartext!*

Zu Nadler sagte er: »Schön für dich.« Dann wandte er sich ab, ging ein paar Schritte davon. Dicht vor der Wand des C-Traktes blieb er stehen und legte eine Hand an das Mauerwerk.

»Was ist los?«, flüsterte er.

Noch zehn Minuten.

»Verrate es ihm nicht!«, hörte er Shannon drängen.

Tromsdorff und Ben schwiegen.

Etwas krallte sich in Faris' Nacken, etwas Kaltes, Brennendes, das direkt aus den Untiefen seines Unterbewusstseins heraufzusteigen schien. Sein Atem beschleunigte sich.

Und dann folgte die Erkenntnis wie ein Tritt in die Kniekehlen. Er musste sich an der Mauer festhalten.

»*Sebastian* Nadler?«, keuchte er.

Tromsdorff ächzte leise. »Faris …«

»Scheiße!«, fluchte Marian im Hintergrund. »Du musst abbrechen, Robert! Faris packt das nicht! Nicht nachd…«

»Sebastian Nadler!«, wiederholte Faris. Hinter seinen Lidern drehten sich blutrote Räder, sobald er blinzelte.

Sebastian Nadler war ein Serienvergewaltiger und Frauenmörder. Die Kollegen hatten ihn im vergangenen Herbst gefasst, nachdem er erst seiner Frau aus Eifersucht den Schädel eingeschlagen hatte und danach innerhalb weniger Wochen insgesamt elf junge Mädchen entführt, vergewaltigt und ermordet hatte. Er hatte ihnen durchsichtige Plastiktüten über den Kopf gezogen und sich daran aufgegeilt, dabei zuzusehen, wie seine Opfer erstickten. Die Gerichtsmediziner hatten nicht bei allen Opfern feststellen können, ob sie ante oder post mortem vergewaltigt worden waren.

Wie in Zeitlupe hob Faris den Kopf und schaute auf die Uhr.

Noch fünf Minuten.

Wenn du nicht gewesen wärst, wäre ich draufgegangen.

Faris stützte sich mit beiden Händen an der Wand ab, lehnte die Stirn gegen den kalten Beton. Er glaubte, höhnisches Gelächter zu hören, das aus dem Abgrund in seinem Innersten zu ihm emporstieg.

Und dann explodierte es blendend weiß hinter seiner Stirn.

»Faris!«, hörte er Tromsdorffs Stimme, doch sie erreichte ihn nur noch wie durch einen Schleier. »Faris, wir brechen auf der Stelle ab, hörst du mich? Abbruch!«

Er reagierte nicht.

Sein Körper übernahm jetzt die Kontrolle.

Wut schoss in ihm hoch, verwandelte sich in grenzenlosen Zorn, der ihn überschwemmte, der seinen Blick schärfte und die Welt zu einem winzigen Ausschnitt zusammenschrumpfen ließ.

Einen Ausschnitt, in dessen Zentrum sich Nadler befand. Nadler. Nicht Dennis Golzer.

Das Blut rauschte in seinen Ohren. *Für Elise* begann von vorne.

»Abbruch!«, schrie Tromsdorff noch einmal.

Faris' Hand zuckte zu seinem Ohr, dann zu dem Revolver in seinem Hosenbund.

Er zog ihn.

Sein Arm bewegte sich nach oben.

Die Welt ringsherum war plötzlich scharf konturiert. Sein Herz dröhnte.

Er riss den Körper herum.

»Golzer!«, schrie er und erkannte seine eigene Stimme nicht mehr. »Du Hund! Das ist für *sie*.« Und er wusste nicht, ob er seine beiden erdachten toten Freunde vom Tempelhofer Feld meinte oder die elf ermordeten Frauen.

Er drückte ab.

Eine Kugel.

Zu hoch.

Der Schuss dröhnte überlaut in seinen Ohren, und das Sirren des Querschlägers klang so zornig, wie er sich fühlte.

Dann drei Kugeln. Schnell nacheinander. Etwas brach purpurn aus Golzers Brustkorb. Blut, das in die Luft stob, beängstigend realistisch. Viel zu viel, viel zu rot.

Schreie übertönten Beethoven.

Eine Gestalt kam in sein Sichtfeld. Martin Winterfeld.

Faris' Hand verkrampfte sich.

Dann schoss er ein fünftes Mal.

Hatte er getroffen? Etwas trübte seinen Blick. Er glaubte ein Kind weinen zu hören, eine Stimme drang an sein Ohr, eine Stimme, die gequält aufschrie, und dann erst begriff er, dass es seine eigene war. Sein Blick stellte sich wieder scharf. Alles um ihn herum lief plötzlich unfassbar langsam ab.

Er wollte herumwirbeln, aber auf einmal konnte er sich nur noch mühevoll bewegen. Er sah Nadler dasitzen, die Augen geweitet von Schrecken und Faszination.

Eine Kugel hatte er noch, oder?

Er wusste es nicht genau.

Dort saß dieser Kerl, der elf Menschen getötet hatte. Hatte töten können, weil er, Faris, sein Leben gerettet hatte. Faris' Finger suchte den Druckpunkt des Abzugs. *Für Elise* schrillte in seinen Ohren.

Allah, warum richtest du …

Sein Herz trieb zwei weitere Schläge durch seinen Körper.

… mich zugrunde?

Er glaubte Tromsdorff rufen zu hören, verstand aber nicht, was er sagte. Er wollte seinen Chef beruhigen, wollte ihm versichern, dass alles gut war, dass er die Kontrolle hatte, die

Kontrolle über den Abgrund in seinem Innersten, die Kontrolle über alles. Am Lauf der Waffe entlang fixierte er Nadlers Stirn. Nadler lächelte. Dieser Scheißkerl! *Und wir machten die einen von euch zur Versuchung der anderen,* dachte Faris, und in diesem Moment erklang die Klingel, die eigentlich sein Signal hätte sein sollen. Die Welt beschleunigte sich wieder. Er krümmte den Finger, der Schlagbolzen löste sich, seine Hand zuckte zur Seite, und er jagte den letzten Schuss in den Gettoblaster.

Stille!

Sein Herz schlug einmal, zweimal. Dann rammte ihm etwas mit der Kraft eines Dampfhammers gegen den Rücken. Er wurde vorwärtsgerissen. Ein Tonnengewicht schien auf ihm zu landen, presste ihm die Luft aus den Lungen.

»Liegen bleiben!«, schrie eine Stimme.

Davinder, dachte Faris benommen. Und: *Gut.*

Es war geschafft. Er war am Leben.

Er fiel in die Finsternis.

Die Erkenntnis ertrank im Jaulen einer Sirene, als endlich Alarm gegeben wurde.

14. Kapitel

Sie rissen ihn vom Boden hoch, entwanden ihm den Revolver. Sie fesselten seine Hände mit Handschellen auf dem Rücken. Und sie brachten ihn in eine Sicherungszelle irgendwo im Untergeschoss von Trakt C.

Die Tür fiel hinter ihm ins Schloss, und die Stille brach über ihm zusammen wie ein einstürzendes Gebirge aus Splittern und Dornen. Mit den Händen auf dem Rücken und hängendem Kopf stand er in der Mitte der Zelle, wusste nicht, ob Minuten oder Jahre vergingen. In seinen Ohren rauschte es noch immer. Dann: Stimmen. Der Sinn der Worte blieb ihm verborgen, aber er spürte, dass jemand bei ihm war. Ihn berührte. Ihm die Handschellen abnahm.

Mit ihm sprach.

»Kommissar Iskander?«

Er hob den Kopf.

Direktor Lehmann stand vor ihm, eine Hand auf Faris' Bizeps. Faris' Wahrnehmung kehrte zurück, mit einer Wucht, als sei sie an einem Gummiband in unendliche Ferne gerückt gewesen und jetzt zurück in seinen Körper geschnellt.

Er keuchte.

»Kommen Sie«, sagte Lehmann und erhöhte den Druck seiner Finger, sodass Faris sich fügte und sich auf den Rand des unbezogenen Bettes niederdrücken ließ. Jetzt erst wurde ihm bewusst, dass er und Lehmann nicht allein waren. Dr. Jesper befand sich ebenfalls im Raum, sein Blick erfüllt von Schrecken und Mitleid.

Der Arzt telefonierte, und anhand der knappen Sätze, die er hervorstieß – »Es geht ihm gut. Wir kümmern uns um ihn!« –, vermutete Faris, dass er mit Tromsdorff sprach. Sein In-Ear war deaktiviert – wann hatte er das getan? –, und noch fehlte ihm die Kraft, den Arm zu heben und ihn wieder anzuschalten.

Jesper legte auf. »Sehen Sie mich an!«, befahl er.

Faris gehorchte. Jespers Gesicht schwebte unscharf vor ihm.

»Er hat einen Schock«, hörte er Lehmann sagen. »Kein Wunder! So eine Aktion ist doch der reine Wahnsinn!«

Jesper beugte sich über ihn, Faris verspürte einen kurzen Schmerz am Oberarm. »Was war das?«, fragte er, und nach seinen Empfindungen kehrte nun langsam auch sein Verstand zurück in seinen Körper.

In Dr. Jespers Hand lag eine leere Kanüle.

»Was haben Sie mir gegeben?«

Der Arzt steckte die Spritze in seine Tasche. »Nur ein leichtes Stärkungsmittel.«

In Faris' Kopf setzten sich die Splitter zu einem Bild zusammen. Er schloss die Augen und sah erst Dennis Golzer von seinen drei Schüssen getroffen herumwirbeln und in einer Blutlache zu Boden gehen, dann Winterfeld.

»Was für ein Schmierentheater!«, ächzte er. Er hob beide Hände, rieb sich damit über das Gesicht und durch die Haare. Das Mittel, das Jesper ihm gespritzt hatte, begann zu wirken. Körperlich ging es ihm von Sekunde zu Sekunde besser, nur in seinem Kopf blieb alles verschoben. Kein Gedanke, kein Gefühl saß mehr am richtigen Platz.

Schwerfällig hob er die Hand zum Ohr, aktivierte die Verbindung zur SERV. »Ich bin okay, Robert«, sagte er.

»Gott sei Dank!« Tromsdorffs Stimme. »Scheiße, Faris! Wenn ich Abbruch sage, dann meine ich das!«

Faris ignorierte ihn einfach. Fragend sah er Lehmann an. »Geht es Golzer und Winterfeld gut?«

Der Gefängnisdirektor nickte. Er sah ausgepumpt aus. »Sie wurden von ein paar vertrauenswürdigen Leuten sofort abgeschirmt. Niemand konnte sehen, dass das Blut nicht echt ist. Und Dr. Jesper hat sie noch auf dem Hof für alle hörbar für tot erklärt.« Er lächelte schief. »Golzer wurde in eine Einzelzelle im hintersten Winkel der Anstalt gebracht. Und Winterfeld ist auf dem Weg nach Hause, wo er so lange stillhalten wird, bis wir Entwarnung geben. Und auch um Sebastian Nadler haben wir uns gekümmert. Er wurde isoliert, sodass er niemandem verraten kann, dass er Ihnen keine Waffe gegeben hat.«

Faris sah zu, wie Jesper eine Blutdruckmanschette aus einer Tasche holte und sie ihm anlegte.

»Wir sorgen wie gesagt dafür, dass alle erfahren, dass Ihr Attentat ein Racheakt für den Tod Ihrer beiden Freunde war«, fuhr Lehmann fort. »Al-Sadiq nutzt jetzt hoffentlich sein kleines Netzwerk hier und nimmt Kontakt zu Ihnen auf.«

Jesper war fertig mit der Messung. Er ließ Blutdruckmanschette und Stethoskop in der Tasche verschwinden, aber er verzichtete darauf, den gemessenen Wert zu verkünden. Stattdessen sagte er: »Ich konnte von Direktor Lehmanns Büro aus zusehen, wie Sie geschossen haben. Wie haben Sie es hinbekommen, dass es so echt aussieht? Sie haben tatsächlich gewirkt, als seien Sie in absolute Raserei verfallen.«

Faris schluckte, schwieg.

»Erzähl ihm ruhig, was für ein durchgeknallter Drecksack du bist«, sagte Marian in seinem Ohr. »Mann, Mann, das hätte so was von in die Hose gehen können, ist dir das eigentlich klar?«

Faris nickte, obwohl sein Kollege das natürlich nicht sehen konnte. Er wollte erklären, was in diesen wenigen Sekunden in ihm vorgegangen war, aber wie sollte er das anstellen? Keine Sprache der Welt hätte Worte dafür gehabt. »Hat doch genau gepasst«, murmelte er darum.

»Gott noch mal!«, rutschte es Tromsdorff heraus, und Marian kommentierte trocken: »Du tickst nicht ganz richtig, Kumpel, weißt du das?«

Faris beschloss, darauf lieber nichts zu erwidern.

»Fühlen Sie sich ein bisschen besser?«, fragte Jesper.

»Ja.« Das Adrenalin verließ langsam seinen Körper, und er musste gegen das Zittern ankämpfen, das es zurückließ. Plötzlich waren da Stimmen in seinem Hinterkopf. Stimmen, die er seit Monaten nicht mehr gehört hatte. Ein weinendes Kind. Eine Frau, die kreischte: *»Was haben Sie getan?«* Sein toter Partner Paul, der sagte: *»Du hast nicht auf den Auslöser gedrückt!«*

»Wir lassen Sie jetzt allein«, hörte er Lehmann durch das Gewirr hindurch nur undeutlich sagen. »Damit Sadiq Gelegenheit hat, mit Ihnen Kontakt aufzunehmen. Versuchen Sie, sich ein bisschen zu entspannen.«

»Entspannen?«, fragte Marian spöttisch. »Was ist das denn für ein Komiker?«

Faris stützte die Ellenbogen auf den Knien ab und ließ den Kopf hängen. Die Stimmen verstummten wieder, nur das Weinen des Kindes hallte noch nach, und er war sich nicht sicher, ob es nicht das von Lilly war.

»Ich weiß nicht, ob er in der Lage ist weiterzumachen«, murmelte Jesper.

Faris hob den Kopf wieder, starrte an die verdammte Zellenwand. Es fühlte sich an, als rücke sie Stück für Stück näher und raube ihm die Luft zum Atmen.

»Faris!«, sagte Tromsdorff eindringlich. »Bist du sicher, dass du das schaffst?«

Faris knirschte mit den Zähnen. »Nein«, murmelte er. »Wenn ich ehrlich bin, bin ich nicht sicher.« Das Weinen verstummte nun ebenfalls.

»Wenn Sie wollen, bleibe ich bei Ihnen.« Jesper war vor Faris hingetreten.

Faris blickte zu ihm auf. Er presste die Fingerspitzen gegen die Schläfen, in dem Versuch, seine rasenden Gedanken zu bändigen. *Du kannst nicht alles immerzu nur mit dir allein ausmachen,* hörte er Ira sagen. Das Kerzenlicht in der Trattoria hatte zwei helle Punkte in ihre Pupillen gemalt. Er hatte den Blick nicht abwenden können. *Du streckst nicht die Waffen, wenn du dir helfen lässt.*

»Okay«, sagte er leise zu Jesper. »Für 'ne Weile vielleicht.«

Vielleicht wurde es wirklich langsam Zeit, die Waffen zu strecken.

Marian krampfte die Finger um die Kante des Schreibtisches. Wenn das so weiterging, dann würde er noch an diesem Tag an Nikotinentzug sterben!

Oder an einem Adrenalinschock.

Als sich herausgestellt hatte, dass es Sebastian Nadler war, mit dem sich Iskander da kurz vor seinem Einsatz unterhielt, war ihnen allen hier im *War Room* das Adrenalin bis in die Haarspitzen geschossen. Tromsdorffs zunehmend verzweifelter werdende Befehle, den Einsatz sofort abzubrechen, hallten noch in Marian wider, ebenso dessen gebrülltes »Fuck!« und das Krachen, mit dem er die geballte Faust gegen die Wand gerammt hatte, nachdem Iskander die Verbindung einfach unterbrochen hatte.

Dieser Kerl war der verrückteste Hund, dem Marian je begegnet war. Und er hatte es durchaus mit einigen Durchgeknallten zu tun gehabt, damals in Somalia.

Er blinzelte, weil die Umgebung vor seinen Augen verschwamm.

Er hatte die ganze Nacht über kein Auge zugetan.

Nachdem sie Herdmanns Leiche in dem Fahrstuhlschacht gefunden hatten, hatte er zunächst dabei mitgeholfen, Tony zu befragen, dessen schnapsduselige Aussage allerdings wenig hilfreich gewesen war. Danach hatten Winkler und das Team von der Abteilung 5-SoKo übernommen, und Marian und Shannon waren zu Herdmann nach Hause gefahren, um sich dort ein wenig umzusehen.

Herdmanns Wohnung hatte sich als eine Art Nazi-Devotionalien-Museum herausgestellt. An den Wänden hingen schwarz-weiß-rote Fahnen und Bilder sowohl von verschiedenen grafisch gestalteten Hakenkreuzen als auch von führenden NSDAP-Politikern, allen voran Adolf Hitler. Der Einrichtungsstil passte dazu: eine Menge dunkelbraunes Eichenholz und grünes Leder. Hätte im Wohnzimmer nicht eine moderne Unterhaltungsanlage mit Flachbildfernseher, Blu-ray-Player und mehreren großen Boxen gestanden, man hätte glatt denken können, in die frühen Vierzigerjahre des vergangenen Jahrhunderts zurückgebeamt worden zu sein.

»Und so einen haben wir für seine Dienste bezahlt?« Shannon blieb mitten im Wohnzimmer stehen und streifte sich Handschuhe über. Dafür, dass sie eigentlich vorschriftswidrig hier waren – immerhin hätten sie den Erkennungsdienst abwarten müssen –, wirkte sie überaus gelassen, und Marian überkam ein Anflug von Sympathie sowohl für sie als auch für das gesamte Team. Er war erst seit Kurzem dabei, aber er konnte bereits jetzt nachfühlen, was Shannon ihm an einem ihrer ersten gemeinsamen Abende im *Hassle*, der SERV-

Stammkneipe, erzählt hatte: dass sie eine eingeschworene Gemeinschaft waren. Familie. Vielleicht mehr als das.

Marian, der seine Handschuhe schon trug, seit sie die Wohnung betreten hatten, schob den Vorhang zur Seite und schaute aus dem Fenster auf einen Vorgarten, der im Wesentlichen aus Rasen und dem obligatorischen Rosenbeet bestand. »V-Leute eben. So angenehm wie ein Pickel am Arsch. Und meistens auch genauso nützlich.« Er ließ den Vorhang wieder fallen und wandte sich Herdmanns Schreibtisch zu. Eine mit Notizen und Kritzeleien verzierte Schreibtischunterlage von einem Autohaus aus Brandenburg bedeckte den größten Teil davon. Ein paar in schwarzes Leinen eingebundene Bücher standen von zwei Messingadlern gehalten auf einer Ecke des Schreibtisches, eine unordentliche Kiste mit Papieren, die Herdmann wohl irgendwann hatte abheften wollen, auf der anderen.

Marian begann, die Papiere durchzublättern, aber das, was sie suchten, fand er nicht darin. Er fand es, als er von dem Stapel in seinen Händen aufblickte. Verblüfft pfiff er durch die Zähne.

Shannon, die in der Zwischenzeit Herdmanns Schränke inspiziert und dabei ein kitschiges Kaffeeservice mit Veilchendekor und mehrere Aktenordner in Augenschein genommen hatte, drehte sich zu ihm um.

»Schau dir das mal an.« Marian legte die Papiere weg und deutete auf ein gerahmtes Foto, das auf einem Bücherbord über dem Schreibtisch stand. Es zeigte eine jüngere Version von Timo Herdmann. Und neben ihm stand ein Mann, der unschwer als Dr. Jesper zu identifizieren war. Das Gesicht auf dem Foto war um einiges jünger als auf den Bildern, die Ben ihnen bei Jespers Hintergrundcheck gezeigt hatte. Aber der Arzt aus der JVA Karlshorst war auf dem Bild trotzdem eindeutig zu erkennen.

Marian grinste. Ein leises Kribbeln erfasste sein Genick und rann von dort aus nach unten, so wie immer, wenn er auf etwas Vielversprechendes stieß.

Shannon schien ähnlich erfreut. Sie ballte eine Faust, aber bevor sie triumphierend damit in die Luft hieb, bremste sie sich selbst. »Herdmann ist mit dem Arzt befreundet, der Verbindungsmann zu Faris in der JVA Karlshorst ist.«

»Tja. Ich würde sagen, da haben wir unsere Spur.« Marian sah sich in dem altmodischen und spießigen Zimmer um. Auf ihn wirkte es so, als wohne Herdmann noch immer mit den Möbeln seiner Eltern oder vielleicht sogar Großeltern. Schon von außen hatte das kleine Reihenhäuschen mit seiner Sechzigerjahre-Architektur, dem Jägerzaun und den Rosenbeeten ihm diesen Eindruck vermittelt.

Shannon trat ans Fenster und warf einen Blick hinaus. »Der Erkennungsdienst kommt bestimmt gleich.«

Marian nickte. Er hatte, was er wollte. Es war Zeit, von hier zu verschwinden, bevor die Kollegen anrückten und es Ärger gab. »Lass uns abhauen!«, schlug er vor.

Sie hatten das Spießbürgerhaus verlassen. Draußen auf der Straße waren sie übereingekommen, dass sie beide versuchen wollten, wenigstens ein paar Stunden zu schlafen, um wieder einen klaren Gedanken fassen zu können. Aber zu Hause hatte Marian sich im Bett nur ruhelos hin und her gewälzt. Also war er noch vor dem Morgengrauen wieder aufgestanden, hatte geduscht und sich angezogen. Und beinahe zeitgleich mit Shannon war er wieder beim *War Room* eingetroffen – genau in dem Augenblick, in dem dort das Chaos ausbrach, weil die Nachricht von einem Busattentat auf der Linie 100 reinkam.

Die erste Hälfte der knappen Stunde, die seitdem verstrichen war, hatten Shannon und Marian so gut es eben ging dafür genutzt herauszufinden, was es mit der Verbindung zwischen Jesper und Herdmann auf sich hatte. Was nicht einfach gewesen war, weil sich nebenan im BAO-Raum alles um den neuen Giftgasanschlag drehte und dementsprechend die Hölle los war. Dann hatten sie atemlos Faris' Kamikazeaktion in Karlshorst verfolgt – und auch, wie ausgerechnet Jesper sich angeboten hatte, bei Faris in der Zelle zu bleiben.

Marian lachte grimmig.

Und da wunderte er sich, dass er sich mit fiesem Schwindelgefühl und verschwommenem Blick an der Tischkante festklammern musste!

Eine Weile lang blieb er genauso sitzen. Iskanders Worte kreisten in seinem Kopf, und die Schüsse, die er abgegeben hatte, schienen sich in Dauerschleife zu wiederholen. Mit den Fingerspitzen rieb Marian sich das Ohr.

»Hey!« Shannon stand plötzlich hinter ihm. Sie zögerte, aber dann legte sie ihm eine warme Hand auf die Schulter. »Alles okay?«

Er wusste nicht genau, was er antworten sollte. Er wollte eine rauchen, verdammt! Aber noch mehr wollte er zu Iskander nach Karlshorst fahren und nachsehen, ob er ihm helfen konnte. Er rührte sich nicht. Sein Computermonitor schien ihn höhnisch anzugrinsen.

In zwei knappen Sätzen informierte er Faris über den Zusammenhang zwischen Jesper und Herdmann. »Finden wir eine Verbindung zwischen Herdmann und diesem beschissenen Arzt«, murmelte er dann an Shannon gewandt.

Nachdem Lehmann gegangen war, saßen Faris und Jesper sich gegenüber, Faris auf dem schmalen Bett und der Arzt auf dem einzigen Stuhl der Zelle.

Jesper schwieg einige Minuten, vermutlich, um Faris die Gelegenheit zu geben, von sich aus ein Gespräch zu beginnen.

Als das aber nicht geschah, fragte Jesper schließlich behutsam: »Möchten Sie reden?«

»Worüber?« Faris' Kehle war rau.

»Zum Beispiel darüber, was es mit Ihnen macht, den Hass spielen zu müssen, den Sie eigentlich bekämpfen sollen.«

Psychogequatsche. Klasse.

Möglicherweise war es ja ein Fehler gewesen, Jesper zu bitten zu bleiben. *Er und Herdmann auf einem Bild.* Was steckte dahinter? Faris lehnte den Kopf gegen die Wand. Der Beton war nicht völlig glattgeschmirgelt worden, und er konnte eine feine Kante spüren, die die Verschalungsbretter hinterlassen hatten. Er presste den Schädel dagegen.

Warum haben wir das Bedürfnis, alte Wunden mit neuem Schmerz überdecken zu müssen?

Die Frage schimmerte in seiner Erinnerung auf, aber er konnte sich nicht mehr entsinnen, wer sie gestellt hatte. Ira? Vielleicht auch seine Schwester Anisah.

Es dauerte, bis er sich eine passende Antwort zurechtgelegt hatte. »Hauptsächlich frage ich mich, woher dieser Hass kommt. Was treibt junge Männer wie Halim dazu, Menschen töten zu wollen, die ihnen rein gar nichts getan haben?«

Jesper schien über diese Frage ernsthaft nachzudenken. Er fixierte über Faris' Schulter hinweg die Wand und grub dabei seinen Eckzahn in die Unterlippe. »Oftmals stecken mangelndes Selbstwertgefühl und Frustration dahinter, würde ich vermuten.«

»Oder eine gehörige Portion Scheiße im Hirn«, meldete sich Ben zu Wort. Sein Kommentar erinnerte Faris daran, dass er noch immer mithörte, und ließ ihn ein höhnisches Schnauben ausstoßen.

Jesper lächelte schmerzlich. »Ich bin zwar kein Psychologe, aber ich habe über dieses Thema einiges gelesen. Diese jungen

Menschen leiden unter den autoritären Strukturen in ihrer Familie. Der Vater ist eine Art Übermensch, dem sie zu gehorchen haben und der ihnen das Gefühl gibt, wertlos zu sein, wenn sie sich nicht unterordnen. Dann kommen sie hierher, und plötzlich ist ihr als allmächtig empfundener Vater Hartz-IV-Empfänger und taugt nicht mehr als Vorbild. Manche suchen sich dann eben ein neues und landen in den Fängen der Islamisten.«

Das war ziemlich verknappt dargestellt, dachte Faris, aber im Grunde brachte es das Problem auf den Punkt. Er kannte sämtliche Theorien über die Gründe für die Radikalisierung junger Muslime und auch deren Komplexität. Sein Schwager Samir arbeitete als Sozialarbeiter mit jungen Männern, die er vor dem Abdriften in Gewalt und Selbstmordbereitschaft zu bewahren versuchte. Eine Weile hatte Faris ihm dabei geholfen, bevor er als verdeckter Ermittler in den Untergrund gegangen war. Es kam ihm vor, als sei das in einem anderen Leben gewesen, und im Grunde war es das auch.

»Eigentlich hatte ich meine Frage rhetorisch gemeint«, sagte er.

»Tut mir leid.«

Faris nickte. Die Betonkante grub sich tiefer in seine Kopfhaut, und er schloss die Augen. Plötzlich fühlte es sich an, als liege ein Tonnengewicht auf seinem Nacken.

Jesper hüstelte. »Was hilft Ihnen, mit diesem ganzen Dreck umzugehen?«

Faris ließ die Augen geschlossen.

Jesper stieß Luft durch die Nase. »Haben Sie Familie? Eine Freundin?«

Faris konzentrierte sich auf den scharfen Druck der Kante. Mit dem Daumennagel kratzte er an seiner aufgeplatzten Lippe herum. »Keine Freundin«, sagte er, dachte dabei an Ira, nicht an Julia, und fühlte sich wie ein Arsch. Am liebsten hätte er Ben gebeten, für eine Weile die Verbindung zu unterbrechen.

Er öffnete die Augen wieder und wandte Jesper den Kopf zu.

Der Arzt sah den Widerwillen in seiner Miene. Er wich zurück. »Schon gut! Ich versuche nur, ein unverfängliches Gespräch in Gang zu bringen.«

Dann rede über das Wetter!

Faris lehnte den Kopf wieder an. »Meine Tochter.«

»Was meinen Sie?«

»Die Antwort auf Ihre Frage. Was mir hilft, mit diesem ganzen Dreck umzugehen: Meine kleine Tochter.«

»Ich wusste nicht, dass Sie ein Kind haben.«

Irgendwo ganz in der Nähe summte eine der Zwischentüren, dann war es wieder still.

»Wie ist ihr Name?«, fragte Jesper.

Alles in Faris fühlte sich sonderbar verschoben an. Er hätte schreien mögen. Jesper hing irgendwie in der Sache mit Akays Tod drin. Er wollte ihn fragen, wie, aber er wusste nicht, ob das seine Mission gefährden würde. Also beantwortete er stattdessen Jespers Frage. »Lilly.« Das Medikament, das der Arzt ihm gespritzt hatte, schien auch seine Emotionen zu vernebeln.

»Lebt sie bei ihrer Mutter?«

»Ihre Mutter wurde ermordet. Meine Schwester und mein Schwager kümmern sich um sie.«

Jesper brauchte ein paar Sekunden, um das zu verdauen. »Verstehe. Ihr Beruf …«

Er konnte Lilly nicht zu sich nehmen, weil er diesen Job hier machte. Und er machte diesen Job, damit Lilly ihre Kindheit nicht in einem Heim verbringen musste.

Etwas spreizte sich in Faris' Brust. »Es ist kompliziert«, murmelte er und hätte beinahe gelacht bei dieser verharmlosenden Zusammenfassung seines ganzen beschissenen Dilemmas.

Seine Gedanken wanderten zu der grauen Schachtel in seinem Kleiderschrank.

Es hatte schon Nächte gegeben, in denen er im Traum die Knarre genommen und Innensenator Fischer damit erschossen hatte.

»Es gibt nicht viel in Ihrem Leben, das nicht kaputt ist, oder?« Die Worte waren Jesper rausgerutscht, jedenfalls vermutete Faris das, als sich Schuldbewusstsein auf Jespers Miene stahl. »Entschuldigen Sie!«, murmelte der Arzt.

Faris nickte erneut. »Schon gut.«

Du hast ja recht, dachte er. Und dann: *Wie steckst du in dem allen hier drin?* Die Wände schienen in den letzten Minuten ungefähr einen halben Meter auf ihn zugerückt zu sein.

Und sie schlossen sich noch enger um ihn, als die Zellentür sich öffnete und Moussa hereinkam.

15. Kapitel

»Sie können draußen warten«, sagte Moussa zu jemandem in Beamtenuniform, von dem Faris durch den Türspalt nur ein Stück der Schulter sehen konnte.

Als wäre er der Boss hier und kein Insasse, dachte Faris.

Laut sagte er: »Willkommen in meinem bescheidenen Zuhause.« Um Gelassenheit zu demonstrieren, stellte er den Fuß auf die Kante des Bettes und legte locker den Arm auf sein Knie.

Hinter Moussa betrat ein zweiter Mann die Zelle. Es war der Hüne, der gestern Abend in der Dusche Halim im Schwitzkasten gehabt hatte.

Jesper, der bereits bei Moussas Eintreten von seinem Stuhl aufgesprungen war, blickte hektisch von einem zum anderen. Liebenswürdig lächelnd wandte Moussa sich an ihn. »Ich würde vorschlagen, Sie gehen jetzt besser.«

Jespers Blick blieb an Faris hängen. Faris begegnete ihm ruhig und versuchte ihm zu bedeuten, dass er gehen konnte. Gehen musste. Dies hier war genau der Augenblick, für den sie dieses ganze Theater aufgeführt hatten.

Der Arzt begriff, schluckte schwer. »Sie dürften eigentlich gar nicht hier sein«, meinte er lahm und an niemanden konkret gerichtet.

Demonstrativ trat Moussa zur Seite und wies ihm – noch immer lächelnd – die Tür.

Jetzt gehorchte Jesper. An Moussa vorbei ging er nach draußen.

»Doktor?«, rief Moussa ihm nach.

Jesper drehte sich noch einmal um.

»Sie haben uns hier nie gesehen, verstanden?«

Faris sträubten sich die Nackenhaare.

Noch einmal schluckte der Arzt. »Verstanden«, murmelte er.

Dann verschwand er.

Hauptkommissar Patrick Mohn, Kommandoführer eines SEK-Teams, saß hinter dem Steuer seines Einsatzwagens und starrte durch die getönten Scheiben auf eines der Hochhäuser in der Morusstraße. Im Laufe der letzten halben Stunde waren mindestens sechs oder sieben Männer in Djellaba und mit Häkelmütze durch die Eingangstür verschwunden.

Besucher der konspirativen Moschee, die sie in dem Haus vermuteten.

»Warum noch mal gehen wir nicht einfach rein, schnappen uns, wen wir finden, und holen aus ihm raus, was wir wissen müssen?« Tore Brandenburg, Mohns Stellvertreter und gleichzeitig sein heimlicher Liebhaber, hockte auf dem Beifahrersitz, die langen Beine gegen das Handschuhfach gestemmt, die Sturmhaube so nach unten gezogen, dass sie lose um seinen Hals hing. In einer Hand hatte er eine dieser kleinen arabischen Gebetsketten, die aussahen wie zu kurz geratene Rosenkränze. Wieder und wieder ließ er sie um seine Finger wirbeln, und Mohn war schon mehrmals kurz davor gewesen, sie ihm wegzunehmen.

»Weil wir das nur mit ausreichendem Anfangsverdacht dürfen«, antwortete er.

Tore warf ihm einen sonderbaren Seitenblick zu. Er musste nichts sagen – Mohn wusste, was er dachte: Das Gleiche, was die anderen sieben Männer dachten, die sich im hinteren Teil des Wagens befanden und auf seinen Einsatzbefehl warteten.

Das Gleiche, was er im Grunde auch dachte.

Sie hatten es mit Dreckskerlen zu tun, die bereit waren, Dutzende, vielleicht sogar Hunderte von Menschen in den Tod zu reißen. Und trotzdem durften sie nicht einfach dort reingehen und den Typen die Scheiße aus dem Leib prügeln.

Weil die Menschenrechte auch für Verbrecher galten. Egal, wie viele Leute umgebracht werden sollten.

Und weil sich unter den Betenden in der Moschee auch Unschuldige befanden.

Mohn schnaubte höhnisch.

Unschuldige.

Von wegen! Radikale waren das, die ihre Frauen zu Hause einsperrten und sie zwangen, mit einem Betttuch über dem Kopf rumzulaufen, sobald sie das Haus verließen.

Es gab Tage, da hätte Mohn einfach nur kotzen können, wenn er daran dachte, dass Sadiqs Männer sich heimlich ins Fäustchen lachten. Demokratie und Menschenrechte.

Bullshit, verdammter!

Diese Typen hielten das doch für Schwäche. Und vielleicht war es das auch.

»Wir würden ja keinen umbringen«, murmelte Tore. »Ein paar blaue Flecke haben doch noch niemandem geschadet. Aber dafür retten wir vielleicht Hunderte Menschenleben.«

»Hmhm«, machte Mohn.

Abgesehen davon, dass es nicht bei blauen Flecken bleibt, wenn du hinlangst. Ein paar gebrochene Rippen, blutende Platzwunden oder ausgerenkte Kiefer hatte es schon des Öfteren zu beklagen gegeben, wenn Tore einen Verdächtigen verhaftet hatte. Dass die Verdächtigen, die seine Fäuste zu spüren bekamen, nie Deutsche waren, darüber war Mohn bisher hinweggegangen. Er wusste allerdings nicht so recht, wie lange ihm das noch gelingen würde.

Tore Brandenburg stand auf der Abschussliste, das hatte Direktor Andersen persönlich Mohn erst vor ein paar Tagen mitgeteilt.

Und es ärgerte Mohn mehr, als er sich eingestehen wollte. Weil es ein Loyalitätsproblem verursachte, auf das er nur allzu gern verzichtet hätte. Ihm war klar, dass er, sollte Tore wirklich abgeschossen werden, es ihm persönlich sagen musste. Aber wie erklärte man dem Kerl, der jede Nacht neben einem im Bett lag, dass er gefeuert war? Vor dem Sex oder besser danach? Und vor allem: Was würde aus ihrer Beziehung werden, wenn er Tore wirklich feuerte? Mohn hasste es, sich mit solchen Fragen herumschlagen zu müssen. Aber vielleicht kam es ja auch gar nicht so weit.

Tore war schließlich ein guter Mann. Vielleicht Mohns bester. Wenn er an seiner Seite in ein Gebäude ging, dann fühlte er sich sicherer als bei den anderen Jungs. Tore passierten so gut wie keine Fehler.

Wenn man davon absah, dass er seine Fäuste nicht immer ganz im Griff hatte, jedenfalls.

Mohn seufzte, und seine Gedanken wanderten zu Iskander. Was dieser Typ jetzt wohl gerade tat? Mohn hatte von Andersen erfahren, dass Plan B gestartet worden war, die große Legende, die mit Knall und Rauch und Pulverblitz untermalt wurde, für die nur Geld und Ressourcen da waren, wenn es wirklich hart auf hart kam. Mohn hätte zu gern gefragt, was genau Iskander zu tun hatte, aber natürlich hatte er die Klappe gehalten. Musste schließlich niemand erfahren, dass er sich für diesen verrückten Hund mehr interessierte, als normal gewesen wäre.

Mohn warf einen Seitenblick auf Tore.

Du schon gar nicht, fügte er in Gedanken hinzu.

»Worauf warten wir eigentlich?«, fragte einer der Männer von hinten mitten in seine Gedanken hinein. »Wir stehen jetzt schon mehr als drei Stunden hier.«

Mohn verbannte die Gedanken an Iskander und seine schmalen Hüften aus seinem Kopf. *Ja,* dachte er. Und davor hatte ein anderes Team vor dem Haus gestanden – die ganze Nacht lang, aber in einer Querstraße, damit es nicht so auffiel.

»Darauf, dass irgendjemand uns einen Hinweis liefert, wie dieser Abdu aussieht«, sagte er. »Und darauf, dass er hier aufkreuzt.«

Im Stillen allerdings fügte er hinzu: *Wir sind nichts weiter als beschissene, zum Warten verdammte Statisten. Die Action geht ganz woanders ab.*

In Faris' Hinterkopf schrillte eine Alarmglocke. Irgendetwas war gerade sonderbar gewesen. Aber er kam nicht darauf, was es war, und er konnte auch nicht weiter darüber nachdenken, denn nun schloss der Hüne die Tür, baute sich schweigend daneben auf und ließ die Arme neben seinen fetten Oberschenkeln baumeln. Nur der kleine Finger seiner linken Hand zuckte in regelmäßigen Abständen und bewies, dass er keine in Stein gehauene Statue war.

Moussa trat in die Mitte des Raumes. Auf einmal war nicht mehr genug Luft zum Atmen da.

»Wer ist da gekommen?«, fragte Ben. In seiner Stimme zitterte Anspannung, und als Faris nicht sofort antwortete, hakte er nach: »Faris?«

Ruhig hob Faris den Kopf. »Was verschafft mir die Ehre, Moussa?«

Ben ächzte leise, dann rief er: »Leute, Moussa ist bei Faris!«

»Eine beeindruckende Vorstellung, die du da eben abgeliefert hast«, sagte Moussa. Seine Stimme klang sanft und freundlich wie schon eben gegenüber Jesper, und wieder richteten sich Faris' Nackenhaare auf. Moussas Blick war in die Ferne gerichtet, und er sah friedlich aus, so als könne er jenseits der Mauer das Meer und einen unendlichen Horizont sehen.

Faris verschränkte die Hände hinter dem Kopf und gähnte demonstrativ.

Der Hüne starrte ihm ins Gesicht. Seine Miene war völlig blank. Unmöglich herauszufinden, wie hell die Kerze in seinem Schädel leuchtete.

Faris grinste ihn an, als ein leises Piepsen in seinem Ohr ihm sagte, dass noch jemand im *War Room* online gegangen war. Dass es Shannon war, erkannte er gleich darauf, als sie sagte: »Wir sind bei dir, Faris.«

Moussa wandte sich ihm zu. »Warum musste dieser Golzer sterben?« Seine Augen waren Löcher in dunklem Samt.

Du prüfst mich immer noch, dachte Faris. Sein Blick bohrte sich in Moussas. »Golzer war einer der Kerle, die meine beiden Brüder umgebracht haben.«

Moussa wartete.

Faris lehnte den Kopf gegen die Wand. Rasch rief er sich die wesentlichen Details seiner Legende ins Gedächtnis. »Ali Resul Said und Nabil Mustafa. Sie starben in den Flammen von Baracke zwei, als Golzer den Brandsatz warf. Nabil hatte eine Frau und eine kleine Tochter, die er aus Libyen nachholen wollte. Nach seinem Tod mussten sie in eines der Schleuserboote steigen. Sie kamen nie an.« Er musste zweimal schwer schlucken, doch nicht aus gespielter Betroffenheit, sondern schlicht aus Zorn. Ali und Nabil hatte es zwar nie gegeben. Aber daran zu denken, dass es mittlerweile Hunderte, sogar Tausende von

Menschen gab, die irgendwo zwischen Afrika und Europa in den Fluten ertranken, entfachte einen Funken kalten Zorns in ihm.

Er schürte ihn, bis er hell brannte.

Moussa starrte ihn ein paar Sekunden lang an. Dann streckte er wortlos die Hand nach hinten aus.

Der Hüne nahm ein Handy aus der Tasche, wählte eine eingespeicherte Nummer und reichte Moussa das Telefon.

»Ali Resul Said und Nabil Mustafa«, sagte der. Dann wartete er, ohne Faris dabei aus den Augen zu lassen. Wenn Faris nicht bereits gewusst hätte, wie mächtig al-Sadiq hier drinnen war, die Existenz dieses Handys hätte es ihm gezeigt. Nur mit wirklich guten Beziehungen kam man im Knast an ein Gerät, das in der Lage war, den Mobilfunkfindern des Aufsichtspersonals zu entgehen.

Faris streckte das rechte Bein aus und winkelte das andere an. Entspannt betrachtete er die Fingernägel seiner linken Hand. »Sag Abdu, dass der Name von Nabils Frau Shadia war. Vielleicht findet er sie dann schneller.«

Mit keiner Regung ließ Moussa erkennen, ob er überrascht darüber war, dass Faris Abdus Namen kannte.

»Moussa telefoniert mit Abdu«, hörte Faris Ben sagen, dann piepste der In-Ear zum zweiten Mal. Tromsdorff, vermutete Faris. Oder Marian.

»Abdu überprüft unsere Story«, sagte Ben. »Himmel noch mal, die sind wirklich misstrauisch. Was muss Faris noch machen, um sie zu überzeugen? Sich selbst in die Luft sprengen, oder was?«

Faris schloss die Augen, öffnete sie aber sofort wieder, um kein Misstrauen zu erwecken.

»Ben«, grummelte Tromsdorff. »Du bist manchmal wirklich ein Idiot. Halt die Klappe und mach deine Arbeit!«

»Was denn? Wenn Abdu nach den Namen sucht, die Faris ihm genannt hat, findet er Facebook-Profile, mehrere E-Mail-Adressen und auch die gezielten Einträge auf einschlägigen Seiten im DarkNet, in denen Faris Rache für ihren Tod ankündigt. Das ist alles wasserdicht! Entspannt euch!«

In der Zelle verstrichen die Minuten träge und zäh wie Sirup, während Moussa auf Abdus Rechercheergebnisse wartete und dann seinen Ausführungen lauschte.

»Gut«, sagte er nach einer gefühlten Ewigkeit zu Abdu. »Für einen Konvertiten bist du wirklich ein guter Kämpfer.« Er legte ohne ein Wort des Abschieds auf. Eines seiner Augenlider zuckte kaum wahrnehmbar, als er sich an Faris wandte. »Abdu hat deine Geschichte überprüft. Sie scheint zu stimmen.«

Faris' Instinkt schlug erneut an. Warum hatte er plötzlich das nagende Gefühl, dass Moussa log?

Im *War Room* ruckte Shannons Kopf hoch.

Ein Konvertit?

Sie starrte in Bens Gesicht, dann in das von Marian, der sich einen Augenblick zuvor zu ihr gesellt und ebenfalls mitgehört hatte. Ein zufriedenes Lächeln lag um seine Mundwinkel, erreichte jedoch nicht seine Augen.

Eilig stellte Shannon ihren In-Ear auf die Leitung des SEK-Teams um, das vor der geheimen Moschee in der Morusstraße stand. »Patrick?«

»Jep?«

»Wir haben gerade erfahren, dass Abdu ein Konvertit ist. Könnte sein, dass er nicht arabisch aussieht.«

Patrick Mohn bestätigte das. Im gleichen Moment marschierte Marian quer durch den Raum zu seinem eigenen Schreibtisch und griff sich seine Jacke, die er über die Stuhllehne gehängt hatte.

»Was hast du vor?«, fragte Shannon.

Er warf sich die Jacke über. »Zwei Fliegen mit einer Klappe schlagen«, sagte er und war im nächsten Augenblick verschwunden.

Hatte Abdu Moussa etwas erzählt, das ihn den Kopf kosten konnte?

Faris bekam keine Gelegenheit, das zu ergründen, denn ein weiterer Araber betrat jetzt die Zelle. Das faltige Gesicht eines Mannes in den Achtzigern. Komplett weiße Haare.

Alles in allem machte der Mann den Eindruck eines gütigen, leicht verwirrten Großvaters.

Ein Eindruck, der gründlich in die Irre führte. Vor Faris stand einer der gefährlichsten Männer, die zurzeit in einem deutschen Gefängnis einsaßen.

Vor ihm stand Muhammad al-Sadiq.

Mohn presste seinen In-Ear fester ins Ohr und lauschte den Informationen, die Shannon ihm gab.

»Okay«, meinte er dann. Er unterbrach die Verbindung zum *War Room* und hörte zu, wie die Einsatzleitung im BAO-Raum grünes Licht für den Einsatz gab. »Leute, wir gehen jetzt da rein!« Er zog die Sturmhaube über das Gesicht, dann stieß er die Wagentür auf und sprang auf die Straße. Tore tat es ihm gleich, und in derselben Sekunde füllte sich der Bürgersteig mit sieben weiteren Gestalten in komplett schwarzer Kampfmontur und voller Bewaffnung. Zwei von ihnen hielten einen kompakten Rammbock in den Händen.

Der Einsatz war im Vorfeld sorgsam geplant und anhand von Gebäudeplänen besprochen worden, darum musste Mohn jetzt keinerlei Anweisungen geben. Es reichte der Hinweis, dass sie nach einem Konvertiten suchten, einem Mann, der möglicherweise Deutscher war. Zwei von seinen Männern liefen los in Richtung Kellerausgang des Hochhauses, um einen eventuellen Fluchtweg abzuschneiden. Die restlichen folgten Mohn zur Haustür. Vor dem Haus standen mehrere hohe Tannen, und das kam ihnen jetzt zugute, weil der Weg bis zur Tür nur auf knapp zehn Metern einsehbar war. Mohn und sein Team überwanden diese zehn Meter und bauten sich unter dem Regenvordach neben dem Klingelbrett auf.

Mohn überflog die Namen auf den Klingeln. Ungefähr die Hälfte davon waren ausländisch. Die Klingel der konspirativen Moschee enthielt nichts weiter als ein leeres weißes Stück Papier. Der Name direkt darüber lautete schlicht *Ali,* der darunter *G. Eisenbarth.*

Leute, die auf ihren Klingeln den Vornamen abkürzten, waren häufig alleinstehende Frauen, das wusste Mohn. Und von dem Briefing, das sie alle im Vorfeld bekommen hatten, wusste er auch, dass das G. für Gerlinde stand. Gerlinde Eisenbarth war tatsächlich alleinstehend und schien nicht besonders viele außerhäusliche Aktivitäten zu haben, außer einem Romméabend ab und zu mit ihrem Wohnungsnachbarn zur Rechten.

Mohn sah seine Männer an, wartete auf deren Nicken. Dann streckte er die Hand aus und klingelte bei Eisenbarth. Tatsächlich meldete sich über die Gegensprechanlage eine dünn klingende Frauenstimme: »Ja, bitte?«

»Paketsendung für …« Mohns Blick huschte von *Eisenbarth* eine Klingel nach rechts. »… Weigert. Würden Sie die freundlicherweise annehmen?«

Frau Eisenbarth stieß ein kleines, missbilligend klingendes Schnaufen aus. »Was hat er denn jetzt schon wieder bestellt? Er hat mir gar nicht Bescheid gesagt, dass was kommt.«

Um den Eindruck zu vermitteln, dass er wirklich nach dieser Information schaute, wartete Mohn eine Sekunde lang. »Ein Paket von Amazon«, erklärte er dann und erwiderte das Grinsen seiner Männer. Für die Ermittler war es ein Leichtes gewesen, in Erfahrung zu bringen, dass Horst Weigert mindestens zwei oder drei Amazon-Päckchen in der Woche bezog. Er war Fan von Helene Fischer, bestellte sich über die Antiquariatsseite des großen Versandhandels Bücher von Konsalik und Simmel, für die er nie mehr als drei Cent bezahlte, und als Letztes hatte er sich neue Staubsaugerbeutel schicken lassen. Er besaß ein Modell der Marke Siemens, aber offenbar war er nicht der größte Putzfanatiker unter der Sonne. Die letzte Staubsaugerbeutelbestellung vor dieser lag fast zwei Jahre zurück.

»Moment, ich mache auf.« Der Türsummer ertönte.

Auf Mohns Nicken hin glitten Tore und ein weiterer seiner Männer an ihm vorbei und sicherten das Treppenhaus.

Mohn überholte sie. Er lief die beiden Treppen hoch, und bevor Frau Eisenbarth so richtig begriff, was geschah, hatte er ihr mit einem »Pst! Polizeieinsatz!« signalisiert, dass sie besser zurück in ihre Wohnung ging.

Nur zwei Sekunden später baute er sich neben seinen Männern vor der Tür der mutmaßlichen Moschee auf.

Abdu blickte nachdenklich auf das Bild, das auf seinem Computermonitor flimmerte.

Eine Aufnahme von Iskanders Verhandlung vor dem Landgericht Berlin.

Ein Passant hatte fotografiert, wie Iskander aus dem Gefangenentransporter stieg, um gleich darauf in das Gerichtsgebäude in der Turmstraße gebracht zu werden. Iskanders Hände waren vor seinem Leib gefesselt, und die Kamera hatte ihn genau in dem Augenblick erfasst, in dem er den Kopf hob und zur Seite schaute. Sein Gesicht war im Halbprofil zu sehen.

Als Abdu das Bild gestern Abend gefunden hatte, hatte es in seinem Magen einen spürbaren Ruck gegeben. Etwas war ihm an diesem Foto seltsam vorgekommen, er wusste nicht genau was. Der Schattenwurf auf Iskanders Gesicht sah echt aus, und auch an den Rändern seiner Gestalt war nirgends eine Ungereimtheit in den Pixeln zu erkennen. Und trotzdem. Es war mehr ein Gefühl als eine Gewissheit, dass mit dem Foto etwas nicht stimmte. Abdu hatte daraufhin die ganze Nacht lang im Internet recherchiert.

Jetzt klickte er ein zweites Foto neben das erste, das er vor wenigen Minuten erst gefunden hatte, kurz bevor Moussa ihn angerufen hatte.

Ein erregtes Frösteln erfasste seine Herzgegend, rieselte nach unten in seinen Leib, und er spürte, wie sich dort etwas regte, was sich nicht hätte regen sollen.

Das zweite Foto zeigte exakt denselben Ausschnitt und Hintergrund wie das erste: den Gefangenentransporter. Das Gerichtsgebäude in der Turmstraße. Der gefesselte Gefangene im Halbprofil vor dem Landgericht.

Nur dass dieser Gefangene nicht Iskander war.

Sondern irgendein jüngerer Kleinkrimineller, der laut Bildunterschrift zu seiner Verhandlung wegen Haschdealens ins Gericht gebracht worden war.

Das Bild mit Iskander war eine Fälschung.

Abdu verspürte den Triumph des erfolgreichen Jägers, der seine Beute nicht nur aufgespürt, sondern auch in die Enge getrieben hatte.

Er war ein guter Kämpfer.

Das hatte Moussa gesagt.

All die Vorbereitungen für ihre Mission am heutigen Tag, all die Arbeit, die er mit Amira, Tarik und den anderen gehabt hatte, um sie auf ihre Aufgabe vorzubereiten, um dafür zu sorgen, dass sie nicht im entscheidenden Moment versagten, war in Moussas Augen selbstverständlich gewesen.

Aber für die Enttarnung von diesem Iskander hatte er ihn gelobt, ihn einen guten Kämpfer genannt.

Lächelnd lehnte Abdu sich auf seinem Stuhl zurück.

16. Kapitel

Andrea saß am Schreibtisch ihres Büros in der JVA und versuchte, sich auf die Akte von al-Sadiq zu konzentrieren, als ihr Handy klingelte.

Ludger war dran. »Marian ist auf dem Weg nach Karlshorst.«

Andrea warf die Akte auf ihren Schreibtisch. »Warum das?«

»Er hat eine Verbindung zwischen Herdmann und Jesper gefunden. Ich glaube, er kommt, um ihn zu befragen.«

»Scheiße!« Andrea schloss die Lider, zählte langsam bis zwanzig. Das war eine Komplikation, die sie im Moment überhaupt nicht gebrauchen konnten. »Was machen wir jetzt?«

»Na, was wohl? Du sorgst dafür, dass Jesper nicht befragt werden kann.«

Andrea kniff sich in die Nasenwurzel. »In Ordnung.«

»Gut. Ich verlasse mich darauf, dass du das regelst.«

»Kannst du.« Andrea legte auf. Mit den Fingerspitzen beider Hände trommelte sie auf die Schreibtischplatte und verfluchte der Reihe nach erst Akay, dann Herdmann, dann die verdammte nervtötende SERV.

Sie stand auf und verließ das Büro. Auf der Damentoilette spritzte sie sich Wasser ins Gesicht, dann atmete sie ein paar Mal tief durch und betrachtete sich dabei im Spiegel.

Gott, was war sie müde!

Okay.

Konzentrier dich!

Hiob war schon einmal mit einer Operation gescheitert, vor einem Jahr, als Faris sich eigentlich auf dem Pariser Platz hätte in die Luft sprengen sollen. Damals war alles völlig aus dem Ruder gelaufen, weil ein Mitglied ihrer Organisation zu früh gestartet war.

Diesmal würde *Hiob* nicht scheitern! Diesmal würde die SERV verlieren, nicht sie.

Willentlich hob Andrea die Mundwinkel zu einem schmalen Lächeln, prüfte im Spiegel, ob es echt aussah, korrigierte es, bis sie zufrieden damit war.

Dann strich sie sich die widerspenstigen Locken aus dem Gesicht und verließ den Raum. Sie packte sich ihre Tasche und lief mit ihr über der Schulter mit energischen Schritten den Gang entlang in Richtung Jespers Büro.

Sie hatte etwas zu erledigen. Probleme waren dazu da, gelöst zu werden.

Faris erhob sich.

Sadiq musterte ihn von oben bis unten, und da die Zelle klein war und Faris wesentlich größer als Sadiq, musste der Alte dafür den Kopf in den Nacken legen. Was der Autorität, die ihn umgab, nicht den geringsten Abbruch tat.

Faris widerstand dem Bedürfnis, Sadiqs Namen zu sagen, nur um die bedrückende Stille zu durchbrechen. Sadiq würde als Erster das Wort ergreifen, alles andere wäre eine grobe Unhöflichkeit gewesen.

»Du bist also Faris Iskander«, sagte Sadiq, nachdem das Universum ungefähr eine Million Jahre älter geworden war.

Faris neigte den Kopf zu einem demütigen Gruß. »*As-sālamu 'alaikum.*«

Sadiq erwiderte die Begrüßung. Dann wies er Faris mit einer knappen Handbewegung an, wieder auf dem Bett Platz zu nehmen. Er selbst wartete, bis Moussa ihm den Stuhl hingestellt hatte, und setzte sich auf dessen äußeren Rand. Seine Finger waren knotig, bei jeder zweiten Bewegung knackte etwas in seinen alten Knochen.

Mit dem Rücken zu Faris beugte sich Moussa zu ihm hinunter und flüsterte ihm etwas ins Ohr. Sadiq verzog keine Miene.

»Ich weiß«, begann er, »dass du von Moabit hierher verlegt worden bist, weil du angeblich an der Deradikalisierungstherapie teilnehmen willst.« Seine Stimme klang weich wie Karamell.

Faris lächelte ein Lächeln, das hoffentlich diabolisch aussah. Anfühlen jedoch tat es sich wie ein Krampf in seinen Wangenmuskeln. »Diese Narren haben keinen Verdacht geschöpft, als ich das behauptet habe.«

»Du wolltest also nichts weiter, als in Golzers Nähe zu sein.«

Faris nickte schlicht.

»Wie hast du es geschafft, an die Waffe zu kommen?«

Faris dachte an die fast schiefgegangene Scharade mit Sebastian Nadler. »Ich habe meine Kontakte.«

Sadiq nickte bedächtig. »Halim hat erzählt, dass du gern Kontakt mit mir aufnehmen wolltest.«

»Das habe ich nie behauptet. Er hat es vermutet.« Faris zuckte die Achseln. »In meiner derzeitigen Lage wäre ich wohl kaum ein Gewinn für dich.«

Sadiq wiegte den Kopf, als sei er da nicht ganz sicher. Faris unterdrückte die Erregung, die mit elektrischen Fingern seine Wirbelsäule hinabkroch.

»Der Mord an den beiden Männern lässt vielleicht anderes vermuten.« Sadiq beugte sich ein Stück zur Seite und zog einen Gegenstand aus der Tasche seiner grauen Gefängnishose. Er verbarg ihn in der Hand, sodass Faris nicht erkennen konnte, was es war. »Weißt du, wie mächtig ich hier drin wirklich bin?«

Du bist eitel, dachte Faris im Stillen, und er wusste, dass seine Kollegen diesen Schluss ebenfalls ziehen würden. Laut sagte er: »Du bist hier bei mir, obwohl ich isoliert sein sollte. Moussa besitzt ein nicht zu ortendes Handy, und eine Handvoll Beamte eskortiert ihn und dich nach Belieben von Zelle zu Zelle. Um deine Frage zu beantworten: Als ich herkam, wusste ich es nicht. Jetzt schon.«

Sadiq lächelte.

»Er schmeichelt ihm«, hörte Faris Ben sagen.

»Wissen wir«, brummte Shannon. »Halt die Klappe und hör zu!«

»Du scheinst ein Mann zu sein, der bereit ist, seinen Zorn in Taten umzuwandeln«, sagte Sadiq und lehnte sich zurück.

Das Kribbeln rechts und links von Faris' Wirbelsäule verstärkte sich. »Worauf willst du hinaus?«

Sadiq legte den Gegenstand in seiner Hand auf seinen Bauch und verschränkte die Finger darüber. Die Haut an seinem Hals war genauso faltig wie die in seinem Gesicht. Nur undeutlich konnte Faris eine alte, stark verblasste Narbe an seiner Kehle erkennen. »Sagen wir, ich bin immer auf der Suche nach Männern, die bereit sind, für Allah ihr Leben zu lassen.«

»Ja!«, triumphierte Ben. »Komm schon!«

»Maul halten!«, mahnte Shannon, während etwas in Faris die Kontrolle übernahm. Sein Instinkt, der ihn schon früher in brenzligen Situationen ungewöhnlich, letztendlich aber meistens erfolgreich hatte handeln lassen. »Für Allah oder für deine eigenen politischen Ziele?«, fragte er.

Im *War Room* zog jemand erschrocken Luft durch die Zähne.

»Faris!«, zischte Shannon. »Was soll das?«

Faris konnte ihren Schrecken verstehen. Den alten Mann zu beleidigen schien auf den ersten Blick nicht gerade die geeignete Methode zu sein, ihn dazu zu bringen, über den geplanten

Terroranschlag zu reden. Aber Faris hatte das sichere Gefühl, dass Muhammad al-Sadiq nicht der Mann war, der unterwürfige Kriecher für sich arbeiten ließ. Dieser Mann wollte Beweise für Faris' Stärke und Unerschrockenheit. Also musste er ihm genau das demonstrieren.

Der Alte hob eine Hand von seinem Bauch und wog den Gegenstand darin. Jetzt konnte Faris sehen, dass es ein Messer war. Ein Taschenmesser mit poliertem Holzgriff. Ohne den Blick von Faris' Gesicht zu wenden, klappte Sadiq das Messer auf und entblößte eine schlanke, ungefähr handspannenlange Klinge. »Du bist furchtlos«, sagte er anerkennend.

Faris hob leicht das Kinn.

»Und du bist klug«, fuhr Sadiq fort. »Du weißt, worum es geht.«

Mittlerweile klebte Faris der kalte Schweiß das Hemd an Rücken und Brust fest. *»Wir glauben nicht nur an die Gesetze Allahs, des Allmächtigen, sondern auch an das Gesetz des Stärkeren?«*

Erneut lachte Sadiq. »Furchtlos. Wie ich schon sagte.« Er stellte das Messer mit der Spitze auf seiner Handfläche ab und balancierte es. »Und jetzt, da ich weiß, dass du das weißt? Wärest du noch immer bereit, für mich zu arbeiten?«

»Für dich zu arbeiten, hieße, für dich zu sterben.«

Diesmal schwieg der Alte. Seine Blicke schienen Faris bis auf den Grund seiner kaputten Seele zu durchleuchten, und es war ein beängstigendes Gefühl.

Faris war sich noch nie im Leben gleichzeitig so durchschaut und so missverstanden vorgekommen wie in diesem Augenblick. »Männer wie du widern mich an«, sagte er und betete insgeheim, dass er nicht zu weit ging. Doch er musste es einfach sagen, weil er sonst daran erstickt wäre. »Befehlshaber, die warm und behaglich in ihren Häusern sitzen und junge, unbedarfte Menschen mit einem Bombengürtel um die Hüften in den Tod schicken. Aber was auch immer deine Motive sind zu töten: Mir sind sie egal. Ich will nur, dass Menschen dafür bestraft werden, dass meine Brüder tot sind. So viele Menschen wie möglich müssen sterben.« Er hielt inne, wartete einen genau bemessenen Moment. »Und wenn es geht, noch heute.«

In Sadiqs Augen blitzte es auf. Er wandte den Kopf und tauschte einen stummen Blick mit Moussa. Dessen Miene war die ganze Zeit über verschlossen gewesen, doch jetzt wurde sie finster. »Abdu hat …«

Mit einer scharfen Handbewegung brachte Sadiq ihn zum Schweigen. »Dein Eifer macht Allah glücklich. Aber ich bedauere, dir nicht bei deinem Bestreben helfen zu können, ins Paradies zu kommen.«

Faris kämpfte die Frustration nieder.

Und erhöhte den Einsatz.

»Dann stimmt es also nicht, was man sich erzählt? Dass schon sehr bald in deinem Namen ein Attentat in Berlin durchgeführt wird?«

»Al-Sadiq«, meldete sich Moussa erneut zu Wort. »Abdu …«

Aber wieder unterbrach ihn der Alte. »Erzählt man sich das?«

Faris hielt seinem starrenden Blick stand.

Geschickt wirbelte Sadiq das Messer zwischen den Fingern herum. Seine Gicht schien ihn nicht zu behindern, genauso wenig wie sein Gewissen. Behinderte ihn überhaupt irgendetwas?

»Meine Männer halten dich für einen verdeckten Ermittler«, sagte Sadiq. »Und ich kann es ihnen nicht verübeln, ehrlich gesagt.«

Faris schüttelte den Kopf. »Ich wäre dir treu ergeben.«

Sadiq jedoch sah nicht überzeugt aus.

Faris richtete den Blick auf das Messer. Dann stand er vom Bett auf, nahm es Sadiq ab. »Wie soll ich es dir beweisen?«, fragte er.

Die Tür der mutmaßlichen Moschee hielt schon dem ersten Stoß mit dem Rammbock nicht stand. Mit einem knirschenden Geräusch brach sie aus den Angeln und flog ein Stück weit in den dahinterliegenden Flur hinein.

Tore stürmte die Wohnung als Erster. Mohn folgte ihm, die automatische Waffe im Anschlag. Er wandte sich nach rechts. Eine Küche, leer bis auf einen alten Herd und einen Tisch mit drei Plastikstühlen. Der scharfe Geruch von Kreuzkümmel vermischt mit dem unangenehmen Aroma von Schweißfüßen.

»Sicher!«, meldete er.

Seine Männer waren mittlerweile tiefer in die Wohnung eingedrungen, vorbei an einem mehrstöckigen Schuhregal, das zur Hälfte gefüllt war und ganz offensichtlich die Ursache für den Schweißfußgeruch darstellte.

»Bad sicher!«

»Hände hoch!«

»Hinlegen!«

»Gesichert.«

Die Rufe der Männer kamen schnell hintereinander, hatten nichts Aufgeregtes an sich, sondern wirkten eher wie die gebrüllten Anweisungen auf einem Truppenübungsplatz. Genau, wie es sein sollte.

Mohn ging den Flur entlang.

Der Gebetsraum befand sich in dem früheren Wohnzimmer. Ein bunter, mit einem dunkelroten und senffarbenen Rankenmuster versehener Teppich lag auf dem Boden, aber viel war von ihm nicht zu sehen, denn Mohns Leute hatten innerhalb von Sekunden sechs Männer aus ihren Gebetshaltungen gerissen und bäuchlings auf den Boden gezwungen.

Alle Männer waren arabischer Herkunft.

Ebenso der Mann, der in diesem Moment aus einer Tür im hinteren Teil des Wohnzimmers trat und einen Revolver hob.

»Waffe!«, schrie Tore. Er riss seine automatische Pistole hoch. Sein Schuss klang in der kleinen Wohnung wie der Donnerhall einer sich lösenden Lawine. Der Mann wurde herumgewirbelt, dann nach hinten gerissen. Er prallte gegen die weiße Wand neben dem Türrahmen, hinterließ eine breite blutrote Spur, als er daran nach unten rutschte.

Tore kickte die heruntergefallene Waffe mit einem Tritt beiseite.

Mohn wandte sich ab. Packte den ihm am nächsten liegenden Mann und zerrte ihn auf die Füße. »Abdu!«, stieß er hervor. »Wo ist er?«

Die Geräusche und das Gebrüll in der Wohnung unter ihm hatten Abdu nur von seinem Computer aufblicken lassen, aber der Schuss riss ihn von seinem Schreibtischstuhl auf die Füße.

Allah!

Er erstarrte, lauschte mit klopfendem Herzen.

Es klang, als wäre die Moschee gestürmt worden.

Sie waren aufgeflogen.

Einen kleinen Moment zu früh.

Er schloss die Datei mit dem Video, dem er gerade noch den letzten Schliff hatte geben wollen. Ganz fertig war es immer noch nicht, aber das war nun nicht mehr zu ändern.

Eilig rief er seinen Browser auf, startete Facebook. Während das Video hochgeladen wurde, lauschte Abdu auf die Geräusche, die aus der unteren Wohnung zu ihm nach oben drangen.

Die Stimmen waren durch die Decke hindurch nur undeutlich zu verstehen, aber trotzdem glaubte er, mindestens einmal seinen Namen zu hören.

Beeil dich!, beschwor er den Computer, und als der ihm endlich den erfolgreichen Upload bestätigte, programmierte Abdu den Zeitpunkt, an dem das Video veröffentlicht werden sollte.

Geschafft!

Alles, was nötig war, war getan. Amiras Rolle war gespielt, und ebenfalls die von Jamal, der sich für den Anschlag auf den Bus geopfert hatte. Tarik war bereit zum Zuschlagen und wartete nur auf al-Sadiqs Signal.

Zufrieden klappte Abdu den Laptop zu und griff zu dem Benzinkanister, den er neben seinem Schreibtisch stehen hatte.

Es war Zeit, sich von den irdischen Dingen zu trennen.

Der Araber schüttelte den Kopf.

»Rede!« Mohn stieß ihn vor sich her und gegen die Wand. Seine automatische Pistole hatte er an ihrem Riemen auf den Rücken gedreht, und jetzt zog er die Handfeuerwaffe, die an seinem Gürtel hing.

»Rede!«, schrie er.

Erneut schüttelte der Mann den Kopf, wilder diesmal. In seinen dunklen Augen flackerten Hass und Angst zu gleichen Teilen.

»Wer ist Abdu?« Auch Tore hatte sich einen der Männer geschnappt. Er hielt ihn am Kragen gepackt, schüttelte ihn, stieß ihn gegen die Wand.

»Allāhu akbar«, murmelte der Mann nur.

»Wer! Ist! Abdu!« Tore zog gleichfalls seine Waffe, aber im Gegensatz zu Mohn drehte er sie in der Hand und drosch mit dem Griff auf den Schädel des Arabers ein.

Der Mann ächzte. Taumelte. Blut schoss aus einer Platzwunde an seinem Haaransatz, rann ihm über das rechte Auge und tropfte auf den Boden. »*Allāhu akbar*«, wiederholte er nur.

Tore schlug ein zweites Mal zu.

Der Mann ging zu Boden. Wütendes Gemurmel aus den Kehlen der anderen wurde laut.

»Rede!« Tore zerrte den Mann wieder hoch. Er wollte gerade erneut ausholen, als Mohns Befehl ihn stoppte.

»Halt!«

»Wir müssen diesen Kerl …« Tores Atem ging schwer, aber das war es nicht, was ihn verstummen ließ. Sondern das unterschwellige, dafür umso bedrohlicher klingende Geräusch, das in diesem Augenblick ertönte.

Ein dumpfes *Wuuusch*.

Dann das Splittern von Glas. Und nur einen Sekundenbruchteil später das Brüllen entfesselter Flammen.

»Da hat jemand die Wohnung über uns in Brand gesetzt«, schrie einer von Mohns Männern. Er hatte mittlerweile Posten an der Tür bezogen und überwachte das Treppenhaus.

Mohn zerrte den Mann vor sich von der Wand fort und stieß ihn zurück auf den Boden. Mit einem Wink gab er seinen Männern Befehl, auf ihn aufzupassen. Dann rannte er zur Wohnungstür.

Das Treppenhaus hatte sich binnen Sekunden mit Rauch und Hitze gefüllt. Mohn prallte zurück, als ob er gegen eine Wand gelaufen wäre.

»Du liebe Güte!«, hörte er ein Stockwerk weiter unten Frau Eisenbarth wimmern. »Du liebe Güte!«

Mohn überlegte noch, ob er die Treppe nach oben laufen sollte, als in dem Rauch eine undeutlich zu erkennende Gestalt auftauchte und auf ihn zugeschritten kam.

Mohn kniff die Augen zusammen.

Die Gestalt entpuppte sich als Mann. Er trug eine Djellaba, die ehemals weiß gewesen sein musste, jetzt jedoch rußverschmiert war. Er hatte einen langen Vollbart und blonde Haare. Auf seinen Lippen lag ein ruhiges Lächeln.

»Mein Name ist Abdu«, stellte er sich vor. »Meine Aufgabe ist erfüllt, und hiermit ergebe ich mich.«

Faris' Sinne waren hypersensibel. Er spürte die feine Maserung des Messergriffes unter seinen Fingerspitzen. Wenn er einatmete, meinte er, das Testosteron in der Luft zu riechen. Adrenalin rauschte durch seine Adern, und er konnte es fühlen.

Sadiq sah ihn nur an. Amüsiert.

Das Messer wog plötzlich sehr viel schwerer in Faris' Hand als noch in der Sekunde zuvor.

Sadiq wartete.

Nicht gut.

Schließlich reckte Sadiq das Kinn vor. Ein wenig nur, die Geste war kaum wahrnehmbar. Für Moussa jedoch war sie ein Signal.

Er trat vor. Ruhig und gelassen nahm er Faris das Messer aus der Hand, drehte es herum.

Stieß zu.

Faris reagierte reflexartig. Er spannte die Bauchmuskeln, blockierte die Hand seines Angreifers. Die Kraft von Moussas Stoß fuhr ihm bis hinauf in Schultern und Nacken, und seine Zähne prallten aufeinander. Mit einer ruckartigen Bewegung entwaffnete er den Araber, riss ihn herum und ließ ihn im Polizeigriff gegen den Spind krachen.

Das Geräusch dröhnte durch die halbe Anstalt.

Der Gorilla wollte vorwärtsstürzen, wollte Moussa zu Hilfe eilen, aber Sadiq hielt ihn davon ab, indem er einfach nur die

Hand hob. In den Augen des alten Mannes glaubte Faris diebische Freude zu erkennen.

Das Gesetz des Stärkeren …

Moussa wehrte sich gegen Faris' Griff, aber vergeblich. »Verräter!«, quetschte er durch zusammengebissene Zähne. »Du bist undercover hier. Abdu hat den Beweis dafür gefunden!«

»Scheiße!« Plötzlich war Tromsdorff über den In-Ear zu vernehmen. »Ben? Was hat das zu bedeuten? Was für einen Beweis kann der Kerl gefunden haben?«

Und Ben rief: »Woher soll ich das wissen?«

Faris donnerte Moussa erneut gegen den Spind. Die Augenbraue des Arabers platzte auf.

Im *War Room* keuchte jemand.

Faris hatte einen metallischen Geschmack im Mund. Er wusste, er musste dem Team einen Hinweis geben, dass nicht er es war, der hier zusammengeschlagen wurde.

»Schwachsinn!«, sagte er überdeutlich.

Tromsdorff ächzte etwas Unverständliches.

»Du bist Polizist«, brüllte Moussa. »Du hast dich nie im Leben radikalisiert. Das ist eine Legende, die sie dir gestrickt haben!« Er versuchte, sich zu befreien.

Faris hielt ihn ohne größere Anstrengung fest. »Unsinn! Und weißt du, wie ich es beweise?« Ohne Moussa loszulassen, blickte er zu dem Messer, das auf das Bett geflogen war.

Dann sah er al-Sadiq in die Augen.

Das Gesetz des Stärkeren.

Fordernd streckte er die Hand kurz nach dem Messer aus. »Indem ich dir die Kehle aufschlitze.« Etwas Dunkles in ihm hatte jetzt die Führung übernommen, und er ließ es geschehen. Wenn er falsch lag, wenn sein Handlanger für al-Sadiq nicht wichtig genug war, um seine kaltblütige Ermordung zu verhindern, dann würde er gleich bis zum Hals in der Scheiße stecken.

Moussa wand sich, Faris verdrehte ihm den Arm höher zwischen die Schulterblätter. Im Handgelenk knackte es hörbar, und Moussa schrie vor Schmerz auf.

»Das Messer«, verlangte Faris.

Al-Sadiq saß immer noch regungslos da. In seinen dunklen Augen glitzerte es. Er ließ noch einige Sekunden verstreichen, dann gab er dem Gorilla einen Wink.

Der löste sich von seinem Platz an der Tür, nahm das Messer. Legte es Faris in die Hand.

Faris spürte nur noch die Glut von Schrecken und Ohnmacht in seinem gesamten Körper. Wie weit würde al-Sadiq das hier treiben? Würde er ihn wirklich stoppen? Und was, wenn nicht? Wäre er selbst in der Lage, kaltblütig zu töten, um dadurch eventuell an die Informationen zu kommen, die sie benötigten, um den Giftgasanschlag zu verhindern? Faris lauschte in sich hinein und stellte mit Grauen fest, dass die Antwort Ja lautete.

Das Gesetz des Stärkeren.

Er legte Moussa die Klinge an den Hals. »Du willst wirklich, dass ich deinem Mann die Kehle durchschneide?«

Los, flehte er inständig und zermalmte die Worte zwischen seinen verkrampften Kiefern. *Halt mich ab!*

»Holy Shit«, stieß Shannon hervor. »Wir müssen ihn da rausholen! Sofort!«

Tromsdorff stand kerzengerade mitten im Raum. Sein Gesicht war grau, aber er riss das Telefon von einem der Schreibtische und hämmerte eine Nummer ein. »Besetzt!«, murmelte er. »Verdammt!«

Shannon wusste, dass er versuchte, Direktor Lehmann zu erreichen. Sie sah zu, wie Tromsdorff auflegte, sofort noch einmal wählte.

»Der meldet sich nicht«, flüsterte Ben.

In Faris' Zelle war es totenstill.

»Marian!«, stieß Shannon hervor. »Er wollte in die Anstalt. Er muss inzwischen angekommen sein!« Ihre Hand zuckte zu ihrem Ohr, um die In-Ear-Verbindung umzustellen.

Marian jedoch antwortete genauso wenig wie Direktor Lehmann.

Shannon schloss die Augen. Eine Stimme wisperte in ihrem Hinterkopf. Eine Stimme, deren Besitzer lange tot war.

Du hast nicht auf den Auslöser gedrückt, Faris …

»Nein!«, murmelte sie. »Nein! Nein, Faris …«

Tromsdorff hatte mittlerweile das Telefon zurück auf den Schreibtisch geknallt. Er versuchte nun ebenfalls, über seinen In-Ear Verbindung zu Marian aufzunehmen. »Melde dich, zur Hölle!«, presste er zwischen zusammengebissenen Zähnen hervor.

Aber Marian reagierte noch immer nicht.

Marian hörte das leise Zwitschern seines In-Ears, als er gerade dabei war, die Sicherheitsschleuse des Besuchereingangs der JVA zu betreten. »Mist!«, fluchte er.

Die dickliche Beamtin, die hier Dienst hatte, seufzte theatralisch. »Nee, ne? Wollen Sie jetzt etwa wieder zurück und rangehen?« Mit der Linken hielt sie die Schleusentür geöffnet. »Dann müssen Sie aber warten, bis wieder jemand Zeit hat, das Formular auszufüllen.«

Als Marian die JVA durch den Besuchereingang betreten hatte, war die Beamtin gerade dabei gewesen zu telefonieren. Mit einer Freundin. Jedenfalls hatte Marian das aus den Gesprächsfetzen geschlossen, die er durch die Sicherheitsscheibe hindurch aufschnappen konnte. »Ja. Bei Giovanni um acht … Ich freu mich auch schon total! … Ich glaube, ich probiere heute mal seine neue Salamipizza. Lisa hat gesagt, die ist wirklich spitze.«

Marian hatte auf das Namensschild gestarrt, das neben der Scheibe stand und die Frau als *T. Martineau* auswies. Dann hatte er mit einem ungeduldigen Klopfen an die Scheibe auf sich aufmerksam gemacht, seinen Dienstausweis gezeigt und verdeutlicht, dass er eilig zu Dr. Jesper musste. Seufzend legte sie auf, und da er nicht angemeldet war, versuchte sie, Jesper zu erreichen. Weil sie damit jedoch erfolglos war, wollte sie allen Ernstes Marian den Eintritt in die Anstalt verwehren. Er musste darauf bestehen, dass sie Direktor Lehmann anrief, und als sie sich nach längerem Hin und Her endlich dazu herabließ, diskutierte sie mehr als eine Minute lang mit ihm darüber, was für Vorschriften galten und dass sie schließlich kein Fußabstreifer war. Irgendwann gab sie sich geschlagen. Sie machte sich daran, die Einlassprozedur mit einer nervenaufreibenden Mischung aus deutscher Gründlichkeit und mediterraner Gelassenheit durchzuführen. Und wie als Revanche für ihre Niederlage bestand sie darauf, Marian nicht nur das Handy abzunehmen, sondern auch den In-Ear. Alles Beharren darauf, sie solle Direktor Lehmann noch einmal anrufen, ließ sie mit finsterer Gleichmütigkeit und demonstrativ ausgestreckter Hand an sich abprallen. Bis er seinerseits resignierte und ihr sowohl Handy als auch In-Ear daraufklatschte.

Danach hatte Martineau geschlagene fünf Minuten dafür gebraucht, seinen Namen und seine Personalien von seinem Ausweis abzuschreiben und all seine Habseligkeiten in die dafür vorgesehene Liste einzutragen. Wenn er jetzt darauf bestand, seinen In-Ear zurückzubekommen, dessen war er sich sicher, würde ein exakt vorgeschriebener Ausgabevorgang folgen. Und er würde die gleiche Prozedur ein zweites Mal über sich ergehen lassen müssen.

Das kleine Gerät piepste zum vierten oder fünften Mal.

Wie wichtig war der Anruf?

Er hatte keine Ahnung. Was er aber wusste, war die Tatsache, dass da draußen in der Stadt ein durchgeknallter Irrer herumlief und wahllos Menschen tötete. Und dass Dr. Jesper die beste Spur darstellte, die sie im Moment hatten.

»Nein«, versicherte er darum. »Schon in Ordnung. Ich rufe einfach nachher zurück.« Er grinste Martineau schief an. »Und wenn durch Ihre Schuld da draußen noch jemand stirbt, gebe ich den Hinterbliebenen Ihren Namen und Ihre Telefonnummer.«

An ihrem Hals erschienen rote Flecken. Marian konnte sehen, wie sie überlegte.

Sie überlegte jedoch zu lange.

Der In-Ear verstummte. Und im gleichen Moment öffnete sich die Innentür der Besucherschleuse, ein junger Beamter mit fröhlich in die Luft stehenden blonden Stoppelhaaren trat ein. »Ich soll hier jemanden abholen und zu Dr. Jesper bringen«, rief er eine Spur zu gut gelaunt.

Marian stieß Luft durch die Nase. »Ja. Mich.« Bevor er dem jungen Beamten folgte, lächelte er Martineau diabolisch zu. »Lassen Sie sich Giovannis Pizza schmecken heute Abend«, sagte er honigsüß. Im Stillen hoffte er, dass die Bedienung vorher auf die Salami spuckte.

Die Messerklinge ritzte Moussas Haut, ein einzelner Blutstropfen rann daran herunter.

Faris öffnete jeden Finger einzeln und schloss ihn wieder um den hölzernen Griff. Und dann, gerade als er sich gewaltsam einredete, dass er nicht wichtig war, er nicht und seine Schuldgefühle auch nicht und dass er für die Menschen dort draußen in der Stadt bereit sein musste, einen Mord zu begehen, sagte al-Sadiq: »Stopp!«

Etwas in Faris' Brust gab nach. Seine Hand fiel nach unten. Schwankend stand er da. »Was nun?«

Sadiq lächelte. Es befand sich nicht eine Spur von Wärme in seinen Augen. Auch seine Stimme hatte ihren weichen Klang verloren und war nun erfüllt von Härte, als er dem Gorilla befahl: »Hol Deubner rein!«

Faris' Verstand brauchte einen Moment, um zu sortieren, wer Deubner war. Er begriff es in dem Augenblick, als der Hüne die Tür öffnete und Justizvollzugsobersekretär Davinder die junge Beamtin in die Zelle führte, die Faris gestern in der Kammer gesehen hatte.

Sadiq schenkte ihr ein Lächeln, das absolut grausig anzusehen war, und plötzlich konnte Faris hinter seine Fassade blicken, konnte sehen, was diesen Mann antrieb. Es war nichts als der reine, pure Sadismus. Das Wissen, Macht über andere zu haben, sie nach seinem Willen handeln – und sterben – zu lassen.

Das Gesetz des Stärkeren …

Deubner stieß ein leises Wimmern aus. »Ich mache ja, was Sie verlangen, wenn Sie nur mein Kind …«

»Scht! Schon gut!« Sadiq hob eine Hand und streichelte ihre Wange.

Sie rührte sich nicht, jeder Muskel unter ihrer Haut schien sich in starren Draht verwandelt zu haben.

Dann wandte sich Sadiq wieder zu Faris um.

Der ahnte, was kommen würde.

Und er täuschte sich nicht. Er schloss die Augen, als Sadiq mit übergangslos wieder süß und verlockend klingender Stimme verlangte: »Töte nicht Moussa. Töte die Frau!«

17. Kapitel

»Verdammt!«, schrie Tromsdorff und gab es auf, Marian erreichen zu wollen. Stattdessen wählte er erneut die Nummer von Direktor Lehmann. Diesmal erreichte er ihn. »Faris ist aufgeflogen! Sadiq und Moussa sind bei ihm. Sie müssen ihn da rausholen! Schnell!«

Shannon war aufgesprungen, auch sie hatte das Telefon in der Hand, wählte mit fliegenden Fingern die Nummer von Dr. Jesper.

Aber noch bevor eine Verbindung zustande kam, hörte sie mit an, wie Sadiq in Karlshorst Faris den Befehl gab, die Frau zu töten.

Andrea hörte das Klingeln von Jespers Festnetz, als sie schon draußen auf dem Gang war. Kurz blieb sie stehen, blickte auf das Handy des Arztes in ihrer Hand.

»Wir sind gleich da«, hörte sie hinter der nächsten Gangkreuzung eine gut gelaunte Stimme sagen. »Dr. Jespers Büro ist gleich hier um die Ecke.«

Sie wandte sich nach links, beschleunigte ihre Schritte. Die Außentür, durch die sie auf den Hof trat, fiel genau in dem Moment hinter ihr zu, als die Stimme verkündete: »So, da wären wir!«

Andrea ließ den Blazer über ihre Hüften fallen. Die Waffe, die sie eben in ihren Hosenbund geschoben hatte, drückte gegen ihre Wirbelsäule, und sie rückte sie ein wenig zurecht. Der Schalldämpfer war noch warm von dem aufgesetzten Schuss, den sie abgegeben hatte.

Marian bedankte sich bei dem fröhlichen Beamten und klopfte an Jespers Tür. Er erhielt keine Antwort.

Grimmig fasste er nach der Klinke. Die Tür war nicht verschlossen, Marian schob sie ein paar Zentimeter weit auf.

»Dr. Jesper?«, fragte er höflich durch den schmalen Spalt.

Noch immer keine Antwort.

Dafür etwas, das ihm die Haare im Nacken zu Berge stehen ließ.

Der Geruch einer kürzlich abgefeuerten Waffe.

Reflexartig fasste er an den Gürtel, doch seine Pistole lag zusammen mit seiner Jacke, dem Handy, seinen Zigaretten und dem In-Ear bei dieser dämlichen Zicke am Eingang.

»Dr. Jesper?«, fragte er erneut. Und dann schob er die Tür ein Stück weiter auf. Sein Blick fiel auf Beine, die in Anzughosen steckten und in leicht abgetragenen braunen Schuhen. Den Vorschriften gemäß hätte er in diesem Augenblick Verstärkung rufen müssen, aber Marian war noch nie gut darin gewesen, sich an die Vorschriften zu halten.

Er stieß die Tür ganz auf, sodass er den Raum dahinter überblicken konnte.

Niemand war da.

Nur die Leiche von Dr. Jesper.

Faris' Gedanken rasten. Was sollte er nun tun?

Einen Drecksack wie Moussa hinterrücks abzustechen hätte er sich mit viel Willenskraft und der nötigen Portion Selbstverleugnung gerade noch zugetraut. Diese junge Frau jedoch … Er suchte Deubners Blick, aber sie starrte wie hypnotisiert knapp an ihm vorbei die Wand an. Ihre Unterlippe zitterte, die Panik hatte eine Maske in Kalkweiß auf ihre Züge gelegt.

»Faris?«, erklang Tromsdorffs Stimme. »Ich habe Direktor Lehmann Bescheid gegeben. Er kommt und holt dich raus!«

Okay.

Also galt es, Zeit zu schinden.

Aber wie? Ein theologisches Gespräch über Schuld und Sühne zu führen, wie Faris es bei Halims Beinahevergewaltigung getan hatte, würde hier nichts nützen.

Zeit.

Schinden.

Faris wandte den Kopf, starrte Sadiq in die Augen. »Wärst du bereit, es selbst zu tun?«

Sadiq schien unberührt von der Verachtung in seiner Stimme. »Ich befehle *dir*, es zu tun.«

»Weil du keine Ehre im Leib hast. Du bist nur der General im Hintergrund. Ein feiger Hund, der dasteht und kläfft, während er andere für sich kämpfen lässt.« Faris machte einen halben Schritt vor. Er stand jetzt direkt vor Deubner. Ihre Augen weiteten sich noch ein bisschen mehr, und ein tonloses Wimmern entstand tief in ihrem Brustkorb. Es hörte sich wie das Todesseufzen eines sehr kleinen, verwundeten Tieres an.

»Töte sie!«, zischte Moussa. Seine Augen glühten vor Hass. Zwei Blutstropfen rannen aus den Enden des haarfeinen Schnitts, den Faris in seine Haut geritzt hatte.

Faris rührte keinen Muskel.

Moussa packte Deubner, drehte sie mit dem Rücken zu ihm und drückte sie nieder, sodass sie vor Faris auf die Knie fiel. In seinem Blick stand ein sadistisches Funkeln, und die Erkenntnis traf Faris wie ein Hieb: Moussa wusste, dass er die Frau nicht töten würde.

Das hier war nur noch Zirkus.

Blut und Spiele.

Faris' Blick huschte zur Tür. Wo blieb die Kavallerie?

Die Stimmen der Kollegen im *War Room* rückten in weite Ferne. Plötzlich verspürte er ein tiefes Bedauern, einen brennenden Lebenswillen, der ihm angesichts der Waffe in seinem Kleiderschrank geradezu absurd vorkam. Er hob das Kinn und entschloss sich, seine letzte Karte auszuspielen.

»Ich habe dir gesagt, dass es mir egal ist, aus welchen Gründen du handelst«, sagte er zu Sadiq. »Alles, was ich will, ist Rache für meine toten Brüder. Und wenn ich diese Frau jetzt töte, dann werde ich niemals im Leben die Gelegenheit dazu bekommen. Weil sie mich bis ans Ende meiner Tage wegsperren.«

Der Alte machte sich nicht die Mühe, darauf hinzuweisen, dass man das sowieso tun würde nach dem Mord an Golzer und dem Beamten.

Und Moussa grinste nur. Er packte Faris' Hand und zwang die Klinge an Deubners Kehle.

Faris riss sich los.

Die junge Frau hielt den Atem an. Sie war Faris nahe genug, dass er spüren konnte, wie sie sich von Kopf bis Fuß versteifte. »Bitte nicht!«, flehte sie.

Noch einmal ließ er Sekunde um Sekunde verstreichen.

Dann gab er auf. Er hatte verspielt. Es war vorbei.

Ira!, flüsterte etwas tief in ihm. Und dann: *Verzeih mir, Lilly!* Der Gedanke, dass seine Tochter zu klein war, um sich an ihn erinnern zu können, hatte etwas Tröstliches. So würde wenigstens ihr erspart bleiben, seinetwegen zu leiden.

Langsam öffnete er die Hand, sodass das Messer klappernd zu Boden fiel. »Ich töte hier niemanden«, sagte er.

Marian beugte sich über Jesper. Der Schuss hatte den Arzt vermutlich zwischen die Augen treffen sollen, aber er war nicht ganz präzise gewesen. Er hatte die rechte Augenbraue und den Knochen darunter durchschlagen und ein Loch von der Größe einer Murmel hinterlassen. Jespers Hinterkopf konnte Marian nicht sehen, aber der Menge an Blut nach zu urteilen, die unter der Leiche hervorquoll, war von ihm nicht mehr viel übrig.

Marian ballte die Rechte zur Faust und sammelte sich, bevor er in Jespers Jackett fasste.

Kein Handy.

Nachdenklich ließ Marian den Blick im Raum umherschweifen. Das Fenster war geschlossen und vergittert, wie alle hier in der JVA. Der Schreibtisch war alt, wirkte antik. Akten in hellroten Ordnern bedeckten die Schreibtischplatte. In einem der Regalfächer ruhte auf einem samtbezogenen Podest ein menschlicher Schädel. All diese Dinge registrierte Marian, ohne sie wirklich zu verarbeiten. Er stieg vorsichtig über die Leiche hinweg und ging zum Schreibtisch. Einer Eingebung folgend, zog er die oberste Schublade auf. Ein kleines Plastikgestell mit zwei Spritzen stand darin. In Marians Genick bildete sich ein erregtes Kribbeln. Um keine Spuren zu verwischen, betrachtete er die Spritzen, ohne sie zu berühren. Sie waren ungefähr fingerlang, jede mit einer kurzen Einwegnadel unter einer Schutzkappe versehen und mit einem schlichten schwarzen Namensaufdruck und dem Logo eines großen Pharmaunternehmens.

Naloxon, las Marian. Er wusste genug über taktische Kriegsführung mit Chemiewaffen, um zu erkennen, dass es sich bei dem Mittel um ein Antidot gegen eine Gasvergiftung handelte.

Das Kribbeln rann von seinem Genick nach unten bis zu seinem Steißbein. Plötzlich waren ihm Fingerabdrücke völlig egal. Er nahm eine der Spritzen an sich, hielt sie gegen das Licht. Die Flüssigkeit darin war klar wie Wasser.

»Hab ich dich!«, murmelte Marian, und er wollte gerade nach der zweiten Spritze greifen, als in der gesamten Anstalt die Alarmsirenen zu gellen begannen.

Das Schlimmste war, dass Sadiq es nicht mal für nötig hielt, etwas zu sagen. Er warf nur einen kurzen Blick auf das Messer auf dem Boden, dann sah er Faris in die Augen. So, als sei es ihm von Anfang an klar gewesen, dass Faris nie und nimmer einer von ihnen sein konnte. Alles schien nur eine einzige grausame Farce gewesen zu sein.

Eine hübsche Abwechslung im monotonen Gefängnisalltag.

Moussa grinste vor sich hin, als freue er sich schon auf das, was nun kommen würde. Dann bückte er sich. Hob das Messer auf.

Faris fror. Wo blieb die Hilfe? »Ich vermute mal, du hast nicht vor, es schnell zu machen«, sagte er zu Sadiq.

Der reagierte nicht. Nur seine Zunge fuhr über seine Unterlippe, zog sich wieder zurück, erschien erneut.

Der Hüne, der die Szene die ganze Zeit über unbeteiligt beobachtet hatte, umrundete jetzt Faris, packte seine Arme und bog sie nach hinten auf den Rücken.

Moussa strich Faris' Haare zurück und neigte den Kopf, sodass er ihm ins Ohr schauen konnte. »Da drin hast du einen In-Ear, oder?« Er wartete Faris' Antwort nicht ab, sondern drehte das Messer so, dass er seine schlanke Spitze in den Gehörgang setzen konnte.

Faris schloss die Augen.

Aber anders als erwartet, stieß Moussa ihm die Klinge nicht ins Gehirn, sondern nutzte sie nur, um den In-Ear herauszuhebeln. Die Schneide verletzte Faris dabei leicht. Der Schmerz war fein und brennend, und als Moussa das winzige Gerät auf die Erde warf und zertrat, spürte er einen dünnen Blutfaden an seinem Ohrläppchen hinablaufen.

»Lass ihn los!«, befahl Moussa dem Hünen.

Der gehorchte, und nur einen Sekundenbruchteil später traf Moussas Faust Faris hart und ohne Vorwarnung in die Seite. Er klappte zusammen, glaubte zu spüren, wie eine Rippe brach. Moussa griff in seine Haare, zerrte ihn wieder in die Senkrechte. Sein grimmiges Gesicht verschwamm vor Faris' Augen, und er versuchte, den Schleier wegzublinzeln.

Der nächste Schlag war auf sein Kinn gerichtet. Er wehrte ihn ab, indem er auswich, aber er war nicht schnell genug. Moussas Faust streifte ihn an der Wange, und gleich darauf traf ihn von hinten ein Hieb im Genick, der ihn in die Knie zwang.

Moussa beugte sich zu ihm hinab. In seiner Hand lag noch immer das Messer.

Ein völlig absurder Gedanke schoss Faris durch den Kopf. Wie gut, dass er vorhin Ira nicht versprochen hatte, auf sich aufzupassen! Ein bitteres Lachen drang über seine Lippen. Der Hüne zerrte ihn hoch und hielt ihn aufrecht, damit er nicht wieder zu Boden ging.

»Was ist so lustig?«, zischte Moussa.

Sadiq stand mit dem Rücken an eine Wand gelehnt und betrachtete das Schauspiel mit stummem Vergnügen.

Faris richtete den Blick auf ihn. »Nichts«, antwortete er auf Moussas Frage. »Abgesehen davon, dass das Arschloch, das dir Befehle erteilt, ein gottloser Hurensohn ist.«

In Sadiqs Augen erschien nur mühevoll gezügelte Mordlust, er bewegte sich jedoch nicht. »Deine Beleidigungen bringen mich nicht dazu, dich schneller sterben zu lassen«, sagte er.

Faris hasste den Alten dafür, dass er ihn so leicht durchschaute.

Wo. Zum Henker blieb. Die Kavallerie?

Er schaute Deubner an, die in einer Ecke kauerte, die Arme um den Oberkörper geschlungen.

Verächtlich, als habe er es mit einer Küchenschabe zu tun, warf Sadiq ihm einen letzten Blick zu. »Tötet ihn.« Er war bereits an der Zellentür, als er hinzufügte: »Aber macht es ihm nicht zu leicht.«

»Warte!«, rief Faris ihm nach.

Mit einem überraschten Ausdruck im Gesicht drehte Sadiq sich wieder um. »Willst du um Gnade flehen?«

Faris schüttelte den Kopf und dachte an die Schachtel in seinem Kleiderschrank, an die illegale Waffe darin, die er so oft in der Hand gehabt hatte und die er nicht mehr brauchen würde, wenn Direktor Lehmanns Hilfe nicht innerhalb der nächsten Sekunden eintraf. »Ich will wissen, wen du noch alles in der Hand hast. Wer macht hier sauber, wenn es vorbei ist? Wer sorgt dafür, dass du nicht für den Mord an mir belangt werden wirst?«

Jede seiner Fragen schien Sadiq überaus zu erheitern. »Warum willst du das jetzt noch wissen?« Vielsagend blickte er auf die winzigen Trümmer des In-Ear. »Bringt es zu Ende«, sagte er zu Moussa und dem Gorilla.

Dann ging er.

Faris' Körper spannte sich an in Erwartung des nächsten Schlages oder der Klinge, die in seinen Leib drang. Beides jedoch kam nicht.

Stattdessen sprang die Zellentür mit einem Summen wieder einen Spaltbreit auf.

Und ohrenbetäubendes Sirenengeheul ertönte.

Teil 3

When only the fallen
can see.

18. Kapitel

»Was ist da los bei Ihnen?« Tromsdorffs Miene spiegelte Verwirrung, Schrecken und Bestürzung. Er hatte abermals bei Direktor Lehmann angerufen, um sich zu erkundigen, was mit Faris war. Jetzt hielt er den Telefonhörer vor sich, der Lautsprecher war eingeschaltet. Das gellende Schrillen von Alarmsirenen flutete den *War Room.*

»Wie es aussieht, ist es zu einer unvorhergesehenen Fehlfunktion gekommen.« Lehmanns Stimme war durch den infernalischen Lärm hindurch kaum zu verstehen. »Sämtliche Zellentüren innerhalb der Anstalt sind auf einmal geöffnet worden. Hier drinnen ist die Hölle los!«

Shannon hielt sich mit der linken Hand die Ohren zu, mit rechts versuchte sie, die Verbindung zu Faris' In-Ear wieder aufzunehmen, die kurz zuvor abgebrochen war.

Vergeblich.

Ihr war kalt und schlecht, und sie wusste nicht, welche Empfindung stärker war: die Angst um Faris oder der Schrecken über den Alarm. Während sie noch versuchte, sich in den Griff zu bekommen, unterbrach Tromsdorff die Verbindung zu Lehmann. Das Schrillen der Alarmsirenen verstummte abrupt. Drückende, kaum zu ertragende Stille breitete sich im *War Room* aus.

Durch die offen stehende Tür konnte Shannon Andersen sehen, der wie ein Feldherr in der Mitte des BAO-Raumes stand und »Statusbericht!« bellte. Dutzende Stimmen schrien durcheinander, aber alles, was Shannon verstehen konnte, war »Situation außer Kontrolle!«.

Aus weit aufgerissenen Augen starrte sie Tromsdorff an. »Was ist dort nur passiert?«

Tromsdorff sank auf einen Stuhl. »Sieht so aus, als sei in Karlshorst ein Gefangenenaufstand ausgebrochen.«

Der Hüne, der Faris hielt, wurde von dem Alarm ebenso überrascht wie alle anderen in der Zelle. Für eine Sekunde lockerte sich sein Griff.

Blitzartig schoss Faris' Fuß vor, trat nach dem Messer in Moussas Hand. Der Araber konnte seinem Tritt nur knapp ausweichen. Faris sah die Klinge auf sein Gesicht zuschnellen, er riss den Kopf zur Seite, aber der Klammergriff des Hünen hinderte ihn daran, der Attacke vollständig zu entgehen. Die Spitze der Klinge ritzte seine Wange dort, wo sich bereits die Prellung befand. Mit einem Ruck beugte Faris sich nach vorn, hebelte den Hünen mit der Hüfte aus und warf ihn in einem schlampig durchgeführten Schulterwurf gegen Moussa. Die beiden gingen in einem Knäuel aus Armen und Beinen zu Boden, das Messer rutschte mit einem Klirren unter das Bett. Faris' malträtierte Rippe jagte einen sengenden Schmerz durch seinen Oberkörper, der ihm fast den Atem nahm.

Die JVA-Beamtin Deubner nutzte den Umstand, dass niemand auf sie achtete. Sie stürzte zur Zellentür, riss sie ganz auf und rannte hinaus.

Draußen auf dem Gang ertönten Gebrüll und hastige Schritte.

»Zurück!«, donnerte eine Männerstimme.

Dann fiel ein Schuss.

Mit einem Sprung setzte Faris über Moussa und den Hünen hinweg. Der Gang war voller Gefangener in grauer Häftlingskleidung, von denen sich bereits einige zu Trupps zusammenrotteten. Faris sah einen Beamten, der seine Sprechfunkeinheit vom Gürtel gelöst hatte und hektisch hineinsprach.

»Gehen Sie auf der Stelle zurück in Ihre Zellen!«, schrie ein anderer. Er hielt einen kurzen, stummelig aussehenden Schlagstock in der Hand, machte damit jedoch nicht den geringsten Eindruck auf die Gefangenen.

Faris' Kopf ruckte von rechts nach links.

Al-Sadiq war nirgends mehr zu sehen.

Was nun?

Seine Seite schmerzte. Er hatte Mühe, Luft zu bekommen. Und die befreiten Gefangenen sahen nicht so aus, als würden sie noch lange friedlich bleiben. Faris spürte die Aggression, die in der Luft lag, Frust und Wut spiegelten sich in den Gesichtern vieler Männer. Hinter ihm in der Zelle rappelte sich jetzt Moussa wieder auf.

Faris entschied, dass es besser war, von hier zu verschwinden. Er wandte sich nach rechts und rannte den Gang entlang, stolperte, fing sich wieder. Warf einen Blick zurück.

Moussa kam aus der Zelle gestürzt. Er deutete auf Faris, schrie etwas, aber seine Worte gingen in dem Lärm unter, und in der nächsten Sekunde war Faris bereits um die Ecke.

»Hey!«, rief jemand aus der entgegengesetzten Richtung. »Faris! Hier!«

Faris' Blick glitt den Gang entlang, an dessen Ende eine vertraute Gestalt stand und winkte.

»Marian«, ächzte er, und es fühlte sich an, als bohre sich seine Rippe in die Lunge. Hustend musste er sich auf den Knien abstützen.

Marian kam zu ihm gerannt. Ließ ihm keine Zeit zum Durchatmen. »Los! Weg hier!« Er packte Faris. Zerrte ihn mit sich um eine Ecke. Von hier aus hatten sie freie Sicht auf den dreistöckigen Mittelgang des C-Traktes.

Auf der Etage, die sie einsehen konnten, standen alle Zellen und Zwischentüren auf. Einige Gefangene hatten einen Beamten aufs Korn genommen und trieben ihn vor sich her in eine Ecke. Das noch immer an- und abschwellende Schrillen der Sirenen verschluckte einen Teil der Geräusche, die ihre Fäuste und Füße machten, als sie auf menschliches Fleisch trafen.

Eine Blechtasse flog aus einem der oberen Stockwerke und landete scheppernd knapp neben Marian. Ein paar noch in Folie verpackte Kekse folgten, gleich darauf etwas, das aussah wie eine Hand.

Faris erkannte erst auf den zweiten Blick, dass es sich um eine Prothese handelte.

Er verfluchte sein jagendes Herz und zwang es, sich wieder zu beruhigen.

Dann knackten die Lautsprecher, und eine Stimme dröhnte durch die Gänge: *»Hier spricht Direktor Lehmann. Kehren Sie umgehend zurück in Ihre Zellen! Ich wiederhole: Gehen Sie zurück in Ihre Zellen! Sie tun sich keinen Gefallen damit, wenn Sie Befehlen des Dienstpersonals nicht Folge leisten!«*

Niemand achtete auf seine Worte.

Eine leuchtend rote Masse klatschte genau vor Faris' Füße. Der intensive Geruch von künstlichem Kirscharoma breitete sich aus.

Götterspeise.

Er spürte, wie ihm schlecht wurde. Das Blut, das aus dem Schnitt in seinem Gesicht quoll, hatte mittlerweile Flecken auf seinem Hemd hinterlassen. »Wenn die das nicht unter Kontrolle bringen, gibt es Mord und Totschlag.« Mit dem Handrücken wischte er sich über die Wange. »Ob die Außenanlagen intakt sind?«

Marian verzog die Mundwinkel. »Hoffen wir mal.«

Ein Trupp von vier Mann kam den Gang entlang und rannte vorbei. Faris sah blaue und schwarze Tattoos.

Adler.

Hakenkreuze.

Also waren auch die Zellen in Trakt A und B offen.

Barmherziger, dachte er, und gleich darauf noch einmal, als über ihren Köpfen ein langgezogener, qualvoller Schrei erklang, der nur Sekunden später in einem feuchten Gurgeln abbrach. Ein Krachen ertönte, dann ein Knirschen, das von den Aufhängungen des Sicherheitsnetzes zwischen den Etagen verursacht wurde. Ein Körper war auf dem Netz aufgeschlagen, Faris sah Blut zu Boden tropfen, viel Blut, und als er die Augen erkannte, die blicklos und irgendwie anklagend genau in seine Richtung starrten, keuchte er auf.

»Davinder!«

Marian sah den Toten an. »Tz«, machte er. Er wartete nicht darauf, dass Faris sich besann, sondern packte ihn am Arm. »Los. Lass uns lieber von hier verschwinden!«

Nach dem unverhofften Treffen mit Faris auf dem Gang der Anstalt hatte Ira entschieden, seiner Bitte nachzukommen und Karlshorst auf kürzestem Wege zu verlassen. Zu dringlich hatte seine Stimme geklungen, zu erschrocken war er gewesen, sie hier zu sehen. Er hatte angespannt gewirkt, wollte sie nicht in seiner Nähe haben, so viel immerhin hatte sie begriffen. Also war sie nur kurz in das Therapiezimmer zurückgekehrt, um ihre Tasche zu holen, doch dort hatte eine Kollegin sie in ein Gespräch verwickelt, dem sie erst fast eine halbe Stunde später entkommen war.

Und dann, als sie sich endlich auf dem Weg nach draußen befunden hatte, war über Lautsprecher durchgegeben worden, dass es einen Einschluss geben würde, eine totale Blockade sämtlicher Zellentüren und Ausgänge. Ein JVA-Beamter hatte Ira gebeten, in eines der Büros zu gehen, in deren Nähe sie sich gerade befand, und dort abzuwarten, bis die Lage wieder sicher war. Sie hatte keine Informationen bekommen, was genau geschehen war, nur, dass im Freiganghof mehrere Schüsse gefallen und ein Insasse sowie ein Beamter getötet worden waren, das erzählte man ihr.

Die Frage, ob Faris mit den Schüssen etwas zu tun hatte, hatte sie unruhig in dem verwaisten Büro umhertigern lassen, und so war sie beinahe vor Erleichterung in Tränen ausgebrochen, als man ihr endlich mitgeteilt hatte, dass sie die Anstalt verlassen konnte.

Sie war kaum an der Sicherheitsschleuse angekommen, als es erneut Alarm gab.

Anders als vorhin wurde diesmal jedoch keine Durchsage gemacht, sondern begannen überall in der Anlage Sirenen zu gellen. Wie betäubt stand Ira inmitten des an- und abschwellenden Tons und sah zu, wie die Beamtin erschrocken auflegte, den Hörer wieder hochriss und eine Nummer wählte.

Was die Frau ins Telefon schrie, war durch das Panzerglas hindurch nicht zu verstehen, aber Ira sah blankes Entsetzen auf ihrem Gesicht.

Und wie um den Eindruck von Gefahr noch zu verstärken, ertönten hinter Ira Stimmen.

»Da geht's raus!«

Zwei Männer erschienen in ihrem Sichtfeld, blieben stehen, stierten sie an. Beide trugen schwarze Häftlingskleidung. Beide waren sie noch jung, kaum älter als zwanzig.

Der Telefonhörer in der Hand der Beamtin sank herab und blieb irgendwo auf halbem Weg zwischen ihrem Ohr und der Tischplatte hängen.

Ira schlug gegen die Scheibe. »Lassen Sie mich rein!«

Dann endlich besann die Beamtin sich, hieb auf einen Schalter, der in den Tisch vor ihr eingelassen war.

Nichts geschah.

Die Beamtin glotzte verständnislos.

Ira schrie vor Frust und Angst auf.

Die beiden jungen Männer standen etwa fünfzehn Meter von ihr entfernt. Es gab keine Fluchtmöglichkeit.

Mit beiden Fäusten hämmerte Ira gegen die Scheibe, aber die Beamtin konnte nichts tun, außer wieder und wieder auf den Schalter zu schlagen. Die Schleusentür rührte sich nicht.

»Hallo, Süße!«, sagte der größere der beiden Häftlinge. Er hatte die Ärmel seines Hemdes bis über die Ellenbogen hochgekrempelt, und als er näher kam, konnte Ira die Runenschrift auf seinen Unterarmen sehen.

Sie wich seitlich aus, aber er versperrte ihr mit einem breiten Grinsen den Weg.

Sie schluckte. »Lassen Sie mich in Ruhe!«, fuhr sie ihn an, doch er lachte nur.

Sein Kumpel, der ein paar Schritte hinter ihm stehen geblieben war, lachte ebenfalls.

»Wenn ich mit der Kleinen fertig bin, kannst du sie haben«, sagte der Erste.

Ira glaubte sich in einem schlechten Film.

Die Beamtin glotzte noch immer.

Iras Herz hämmerte. Ihre Gedanken jagten, suchten nach einem Ausweg, einer Möglichkeit, sich zur Wehr zu setzen, zu entkommen. Aber es war ausweglos. Der Kerl wollte nach ihr packen, gerade noch wich sie seinen Händen aus. Er setzte nach, bekam ihren Arm zu fassen, zerrte sie grob in seine Arme.

»Lass sofort die Frau los!«

Eine Stimme mit einem gelassenen, schwäbisch klingenden Tonfall brachte ihren Peiniger dazu, den Griff zu lockern. Sie nutzte die Gelegenheit, riss sich los. Wirbelte herum.

Am Ende des Ganges stand ein älterer Mann mit grauen, kurz geschorenen Haaren und einem blassen, fast ein bisschen gelblich wirkenden Gesicht. Er hatte die Beine leicht gespreizt, wie um festen Stand zu suchen. Und er war allem Anschein nach auch ein Häftling.

»Verschwinde, Alter!«, raunzte ihn der kleinere Häftling an. »Die Tusse gehört uns.«

Der Neuankömmling ließ sich davon nicht beeindrucken.

Gelassen kam er näher, und etwas war an ihm, das Iras Peiniger zurückweichen ließ, etwas Gefährliches, eine Art Kraftfeld, das er ausstrahlte.

»Verschwindet, ihr Windelpupser!«, sagte er mit einem Grinsen, das zusammen mit einem kleinen Spuckebläschen in seinen Mundwinkeln klebte.

Der Typ, der Ira begrapscht hatte, hob abwehrend beide Hände. »Schon gut, Alter! Sie gehört dir.« Er wandte sich an seinen Kumpel. »Komm!«

So schnell sie konnten, zwängten sie sich zwischen der Wand und dem Neuankömmling durch, dann rannten sie zur Gangkreuzung und waren im nächsten Augenblick verschwunden.

»Gut, dass ich gerade da war.« Der Mann kam auf Ira zu. An ihr vorbei wanderte sein Blick zu der Beamtin in ihrem Kabuff. »Lassen Sie die Dame jetzt besser raus«, sagte er.

Die Beamtin beugte sich über die Gegensprechanlage, ein Knacken ertönte, bevor ihre Stimme zu hören war. »Es geht nicht. Der Alarm hat sämtliche Ausgänge blockiert! Ich weiß nicht, wie …« Sie brach ab, hob hilflos die Hände. Noch einmal schlug sie auf die Taste, die die innere Schleusentür öffnen sollte.

Noch immer geschah nichts.

Ira biss sich auf die Lippe.

»Tja«, sagte der Mann. »Sieht so aus, als müssten Sie für eine Weile mit meiner Gesellschaft vorliebnehmen. Wenn Sie wollen, bleibe ich bei Ihnen und beschütze Sie vor den ganzen testosterongeschwängerten Dreckskerlen, die heute hier so unterwegs sind.« Er trug eine gewöhnliche Jeans zu seinem grauen Anstalts-T-Shirt und machte auf Ira weder den Eindruck eines Nazis noch eines Islamisten.

»Kommen Sie!«, sagte er, bevor sie sich klar werden konnte, was sie nun tun sollte. »Die Büros der Ärzte und Psychologen sind hier ganz in der Nähe. Da sollten wir für den Augenblick sicher sein.«

Sie nickte beklommen und verzichtete darauf, ihm zu erklären, dass sie in einem dieser Büros gerade eben schon einmal gehockt hatte. Wie es aussah, hatte sie keine andere Wahl, als mit dem Mann zu gehen.

Sollten Sie jemals von einem Gefangenen als Geisel genommen werden, wiederholte sie im Geiste die Worte des Beamten, der sie vor ihrem Einsatz als Ehrenamtliche hier drinnen geschult hatte, *dann sorgen Sie als Erstes dafür, dass der Kerl Ihren Namen erfährt!*

Sie sah ihrem Retter in die Augen. »Ich bin Ira Jenssen«, sagte sie.

Er nickte. Dann lächelte er. »Nadler. Sebastian.«

Er hatte zwei verschiedenfarbige Augen, stellte sie fest, eines braun, das andere grün.

»Hier drinnen ist die Hölle los.« Andrea stand am Fenster in ihrem Büro, presste das Handy ans Ohr und starrte in den Hof hinunter, wo ein Trupp Islamisten auf eine ungefähr gleich große Gruppe von Neonazis traf.

»Wir kriegen es mit.« Hinter Ludger war Stimmengewirr zu hören, und sie vermutete, dass er im BAO-Raum stand. »Warte«, sagte er. Es dauerte einen Moment, dann wurden die Stimmen leiser. Offenbar hatte Ludger irgendeine Tür hinter sich geschlossen. »Jetzt können wir reden.«

»Aus irgendeinem Grund sind hier drinnen auf einmal alle Zellentüren aufgegangen«, informierte Andrea ihn.

»Ich weiß.«

»Was glaubst du, geht da vor?«

Ludger schwieg. Dann sagte er: »Wir vermuten, dass der Aufstand von Sadiq geplant war.«

»Um den Anschlag durchzuführen?«

»Wohl eher, um das Chaos für eine Flucht zu nutzen.« Neben Ludger wurde eine andere Stimme laut, die etwas Unverständliches sagte.

»Ich komme gleich«, erwiderte Ludger, dann war er wieder am Handy.

»Wäre ein bisschen viel Aufwand nur für eine Flucht, oder?«, fragte Andrea.

»Wir vermuten, dass der Aufstand gleichzeitig ein Signal an irgendjemanden dort draußen ist.«

Andrea schloss die Augen. »Was machen wir jetzt?«

»Das ist doch klar, oder?«

Ihr wurde kalt. »Du willst ebenfalls starten?«

»Sadiq hat längst begonnen. Die ganzen Toten in der Stadt, das muss endlich ein Ende haben.«

»Das heißt …«

»Das heißt, dass du grünes Licht hast.«

Grünes Licht.

Mit dem Handy am Ohr ging Andrea zu ihrem Schreibtisch,

zog die oberste Schublade auf. Sie nahm ein kleines, in braunes Packpapier eingewickeltes Päckchen und ein Bündel Kabel aus dem Schreibtisch und steckte beides zu der handlichen Pistole mit dem stummelnasigen Schalldämpfer in ihre Tasche. Gleich darauf wurde ihre Bürotür aufgerissen.

Ira stolperte herein, gefolgt von einem Mann in Häftlingskleidung.

Andreas Herz machte einen Satz. Wenn Ira die Sprengladung in ihren Händen gesehen hätte, wie hätte sie ihr das erklären sollen?

Das war knapp gewesen!

Mit der einen Hand winkte Andrea Ira näher. Mit der anderen nahm sie das Handy ans andere Ohr. Plötzlich war ihr Mund trocken. »Gut«, sagte sie zu Ludger. »Ich kümmere mich darum. Ich gebe Bescheid, wenn ich so weit bin.«

Bens Telefon klingelte.

Er reagierte nicht sofort, denn er hatte den Blick fassungslos auf seinen Monitor geheftet, auf den er die Übertragung einer der Außenkameras von Karlshorst geleitet hatte. Von außerhalb war von dem Gefangenenaufstand nur wenig zu erkennen – ein paar Häftlinge, die sich unbeaufsichtigt außerhalb der Gebäude bewegten, ein zerschmettertes Fenster, aus dem Rauch quoll. Aber die Geräusche und Stimmen aus dem BAO-Raum waren so wirr und hektisch, dass Ben die eigentlich harmlosen Bilder umso erschreckender vorkamen.

Das Klingeln verstummte, setzte nur Sekunden später erneut ein.

Diesmal ging er ran. Wie üblich hatte er seine Leitung auf das Headset umgeleitet, sodass er den Hörer nicht abheben musste. »Schneider!«

»Bist du eigentlich mal auf die Idee gekommen, dass ihr ein richtig fieses internes Problem habt?«

»Wie kommst du darauf?« Ben setzte sich aufrechter hin.

Es war nicht nötig, dass der Anrufer seinen Namen nannte, Ben hätte ihn jederzeit und überall an seiner Stimme erkannt. Eine Stimme, die hell und ein bisschen piepsig klang. Der Anrufer war ein guter Kumpel von ihm, ein Typ, der sich selbst *Tadpole* nannte. Er gehörte zu einem Hackernetzwerk aus der linken Szene. Und er war ein glühender Fan der absurdesten Verschwörungstheorien, die er nur allzu gern mit jedem teilte, der sie hören wollte. Ben starrte auf den Bildschirm. Er hatte jetzt definitiv keine Zeit für die krausen Gedanken von Tadpole.

»Ich habe keine Ahnung, wovon du sprichst«, sagte er darum.

»Schon mal ferngesehen heute?«

»Haha.«

»Nee, im Ernst. Ich frage mich die ganze Zeit, ob ihr schon mal daran gedacht habt, dass eure Terroranschläge vielleicht gar nicht von Islamisten geplant sind, sondern von rechts kommen.«

Ben verdrehte die Augen. Das war Tadpoles absolute Lieblingstheorie. Geschah irgendwo in der Welt ein islamistischer Terroranschlag, so kam der Kerl mit hundertprozentiger Sicherheit spätestens zehn Minuten später mit der These um die Ecke, dass es sich dabei um eine faschistische Verschwörung handelte.

»Hast du was, das meinen Kollegen und mir weiterhelfen könnte?«, fragte Ben missmutig. »Über eine Organisation mit Namen *Hiob* zum Beispiel?«

Tadpole schniefte vernehmbar. »Hiob? Nie gehört. Aber hey, es gibt Gerüchte.« Seine Stimme nahm einen verschwörerischen Unterton an. »Gerüchte, dass sich in Berlin schon vor längerer Zeit eine neue rechte Terrorzelle formiert hat. *Hiob* wäre für so eine Zelle zwar ein ziemlich crazy Name, aber wer weiß schon, was in den Köpfen dieser Assis vor sich geht?«

Ben legte den Kopf schief, um seine verspannten Nackenmuskeln zu dehnen. »Das ist doch Schwachsinn! Wenn es diese Zelle wirklich geben würde, hätten wir doch zumindest schon davon gehört. Mir ist aber von keiner …«

»Logisch! Die NSU hattet ihr ja auch von Anfang an auf dem Schirm, ne?« Tadpole schnaubte höhnisch. »Ich weiß, ihr haltet das für eine von unseren *Verschwörungstheorien,* aber glaub mir: Der Grund, warum ihr noch nie von dieser Zelle gehört habt, ist der, dass sie zum Großteil aus euren eigenen Leuten besteht!«

»Ja, klar.« Ben starrte auf seinen Monitor und klickte sich der Reihe nach durch mehrere Ansichten der Außenkameras. Auf einer davon waren Übertragungswagen zu sehen, die vor dem Gefängnis Stellung bezogen. Ben sah das Logo von berlin2day und zwei weiterer Hauptstadtsender.

»Die Geier kreisen schon«, murmelte er.

»Was?«

»Nichts.« Ben griff zum Telefonhörer. »Ich muss weiterarbeiten. Danke für die Info, okay?«

»Klar.«

Bevor Tadpole noch etwas hinzufügen konnte, hob Ben den Hörer kurz an und legte wieder auf und unterbrach damit die Verbindung. Danach verharrte er ein paar Minuten lang nachdenklich und sah zu, wie die Reporter ihre Stellungen aufbauten.

Ein Satz von Tadpole ging ihm nicht mehr aus dem Kopf: *Der Grund, warum ihr noch nie von dieser Zelle gehört habt, ist der, dass sie zum Großteil aus euren eigenen Leuten besteht.*

19. Kapitel

Die Soldatin starrte auf die Bilder im Fernsehen. Der Rauch, der aus dem Gefängnis in den Himmel stieg. Die Stimmen der verschiedenen Reporter dröhnten in ihren Ohren. Sie verstand keine Zusammenhänge, nur einzelne Satzfragmente drangen bis zu ihrem Verstand durch.

»… ein Bild wie aus der Hölle, oder?«

»… was wird als Nächstes kommen?«

Die Soldatin schwang die Beine aus dem Krankenhausbett, in dem sie geschlafen hatte. »Wir würden Sie gerne eine Nacht zur Beobachtung hierbehalten«, hatte der Arzt gesagt, der sie untersucht hatte. Ob sie Verwandte habe, die man anrufen solle.

Sie hatte verneint.

Der Allmächtige mag keine Lügen, aber manchmal müssen wir Dinge tun, die in Seinen Augen frevelhaft sind, um dabei mitzuhelfen, Sein Reich auf Erden zu errichten.

Wo Tarik jetzt wohl war?

Sie fragte sich, ob sie ihren Vater dereinst im Paradies wiedersehen würde. Und ihre Großmutter? Ihre Großmutter sicher. Die Soldatin freute sich auf sie.

Ihr Blick fiel auf das schmale, in schwarzes Leinen eingebundene Buch, das sie gestern Abend aus der Schublade des Nachtschrankes gezogen hatte. Jemand hatte ein Eselsohr in eine der Seiten gemacht und eine Stelle unterstrichen. Die Soldatin hatte gelesen, was dort stand.

Und wer Häuser oder Brüder oder Schwestern oder Vater oder Mutter oder Kinder oder Äcker verlässt um meines Namens willen, der wird's hundertfach empfangen und das ewige Leben ererben.

Sie hatte das Buch schnell wieder weggelegt.

Auf dem Bildschirm wurde der Rauch, der aus dem Gefängnisgebäude drang, dichter.

»Wenn Flammen aufsteigen aus den Mauern, die unsere Brüder umschließen«, hatte Abdu gesagt, »dann weißt du, dass es Zeit wird für den letzten Akt.«

Die Soldatin stand auf und zog sich an. Jeans, Sweater, Jacke.

Eine Schwester kam herein.

Die Soldatin drehte sich zu ihr um. »Ich möchte nach Hause«, sagte sie und betrachtete wieder die Bilder von dem brennenden Gefängnis.

»Denkst du, dass der Aufstand von al-Sadiq angezettelt wurde?« Faris lief neben Marian her eine Treppe hinauf. Sie hatten kein bestimmtes Ziel, jedenfalls im Moment nicht. In Bewegung bleiben war die Devise. In Bewegung bleiben, versuchen, irgendwie Kontakt zur SERV aufzunehmen, und sich aus den Scharmützeln herauszuhalten, die jetzt an jeder Ecke aufflammten. Zu Faris' Erleichterung hatte seine schmerzende Rippe etwas Ruhe gegeben. Vielleicht war sie doch nur angeknackst, hoffte er.

Marian umrundete die Biegung der Treppe, indem er sich am Geländer festhielt. »Als Signal für den Anschlag, meinst du?«

»Hmhm.«

»Vielleicht. Ich war eben bei Jesper, weil Shannon und ich einen Zusammenhang zwischen Herdmann und ihm gefunden haben. Ich wollte deshalb mit ihm sprechen, aber …«

Etwas traf Faris wie ein Donnerschlag. Mit einem Ruck blieb er stehen und hinderte Marian dadurch am Weiterreden. Er dachte daran, wie sich vorhin sein Instinkt gemeldet hatte, als Moussa Jesper aus der Zelle geschickt hatte. Plötzlich war ihm eingefallen, was ihn hatte stutzig werden lassen: Jesper war beim Verlassen der Zelle direkt an Moussa vorbeigegangen, er hatte keinen Bogen um ihn gemacht, wie es Faris in einer solchen Situation von ihm erwartet hätte. Als würde Jesper Moussa gar nicht fürchten, als würde er ihn kennen … Faris wollte gerade den Mund aufmachen und Marian bitten weiterzureden, als eine Melodie an sein Ohr drang.

Ein altes arabisches Kinderlied, das ihm einen eisigen Schauer den Rücken hinunterrieseln ließ. Mitten im Gang auf dem Fußboden saß ein alter Mann in grauer Häftlingskleidung. Wie entrückt wiegte er den Oberkörper vor und zurück und sang dabei dieses Lied. Blut rann ihm aus einer Platzwunde an der Stirn und in einem breiten Strom über das Gesicht. Gerade als Faris schon weitergehen wollte, hob der alte Mann den Kopf und sah ihn direkt an. Das Blut lief ihm in die Augen, aber er blinzelte nicht ein einziges Mal. Sein Lied handelte von einer Motte und einer Kerze.

Faris umklammerte den Handlauf der Treppe.

»Was hast du?« Marian starrte ihm verwundert ins Gesicht. »Mann, du bist ja ganz weiß.« Er wandte den Kopf, musterte den Alten, und seine Miene verfinsterte sich. *»To serve and protect,* oder was?« In seiner Stimme lag nicht ein bisschen Ironie.

Faris nickte. Das Mottenlied hatte etwas in ihm angetickt, aber Marian das zu erklären hätte zu lange gedauert. »Wir können ihn nicht einfach hier sitzen lassen, er verblutet sonst.«

Das Mottenlied ließ seine Knie zittern, und er musste gewaltsam die Bilder zurückdrängen, die die Melodie heraufbeschwor. Ohne auf Marians leises Fluchen zu achten, lief er zu dem Alten in den Gang hinein.

»*Komm, Väterchen*«, sagte er auf Arabisch. »Du bist hier nicht sicher.«

Der Alte lächelte selig. »Ich bin überall sicher. Weil Allah auf mich aufpasst.«

Klar, dachte Faris. *Darum hat er auch zugelassen, dass dir jemand den Schädel einschlagen wollte.*

Laut sagte er: »Allah schickt mich.« Ohne weitere Diskussionen zog er den Alten auf die Füße. Auf der Suche nach einer Versteckmöglichkeit wandte er den Kopf nach rechts und links.

»Hierher!« Marian war unterdessen zu einer der Zellen gelaufen und hatte die Tür aufgezogen. Faris überlegte nicht lange, führte den Alten zu ihm und bugsierte ihn durch die Tür.

Der hatte inzwischen wieder angefangen, das Kinderlied zu summen.

»Hör auf damit!«, fuhr Faris ihn an und sah sich in der Zelle nach etwas um, das er als Verbandsmaterial benutzen konnte.

»Verdammter Samariter!«, murmelte Marian. Dann zerrte er das Laken vom Bett, und während er Faris half, den Alten zu verbinden, griff er ihr Gespräch von eben wieder auf. »Jesper ist tot«, informierte er ihn knapp.

Faris' Augen weiteten sich.

»Erschossen«, fügte Marian hinzu. »Ich überlege, ob er ermordet wurde, weil ich auf dem Weg zu ihm war.« Er reichte Faris einen der Stoffstreifen, in die er das Laken gerissen hatte.

»Das würde bedeuten, dass wir einen Maulwurf in der BAO haben.«

»Oder in der SERV.« Marian tastete über die Brusttasche seines Hemdes, dann schob er Daumen und Zeigefinger hinein. Eine Reflexhandlung, vermutete Faris. Soweit er sich erinnern konnte, hatte Marian gewöhnlich seine Zigaretten in dieser Tasche.

Faris spürte, wie sich alles in ihm gegen diese Vorstellung sträubte. Was auch immer hier für ein Scheiß lief: Von seinem Team hatte keiner etwas damit zu tun! »Nicht in der SERV«, widersprach er.

Marian kommentierte das nicht. »Ich glaube, dass Jesper tiefer in dieser Sache gesteckt hat, als wir bisher angenommen haben.«

»Warum bist du dir dessen so sicher?« Faris überlegte. Tromsdorff hatte Jesper vertraut. Konnte es sein, dass sein Chef sich in dem Mann getäuscht hatte? »Jesper war niemals im Leben ein Islamist.«

Marian schüttelte langsam den Kopf. Seine Finger steckten noch immer in der Hemdtasche.

»Robert ist sich sicher«, schob Faris nach. Er dachte an das Gespräch, das er mit dem Arzt geführt hatte. Dann wieder an seinen Instinkt, der angeschlagen hatte, als er Jesper und Moussa zusammen gesehen hatte. Er streckte die Hand nach dem nächsten Stoffstreifen aus.

Marian zögerte. Dann nahm er die Finger aus der Tasche und reichte Faris das Gewünschte. »Ich frage mich schon die ganze Zeit, ob wir nicht auf dem Holzweg sind, was *Hiob* angeht. Was, wenn die gar nichts mit al-Sadiq zu tun haben? Wenn Akay auf etwas ganz anderes gestoßen ist.«

Der Araber begann wieder zu singen.

Faris knirschte mit den Zähnen.

Der alte Mann unterbrach seinen Gesang, streckte eine Hand aus, berührte Faris am Arm. Seine Finger waren kalt, die Haut papiertrocken. »Allah hat Hiob von seinen Plagen befreit, mein Sohn.«

Ja, dachte Faris. *Nachdem er sie ihm selbst auferlegt hat.* Er behielt diesen bitteren Gedanken jedoch für sich.

»Der Barmherzige hält seine Hand auch über dich«, fuhr der Alte fort. »Und er wird dir irgendwann die Plagen nehmen, die dich niederdrücken und deinen Blick gebrochen haben.«

Sanft streifte Faris die Hand ab. »Natürlich, Väterchen.« Lilly stahl sich in seine Gedanken, aber er gestattete es sich nicht, sich länger als eine Sekunde mit ihr zu befassen. »Wir müssen unbedingt Kontakt mit dem Team aufnehmen!«, sagte er zu Marian. »Glaubst du, wir finden auf der Krankenstation ein funktionierendes Telefon?«

»Vielleicht.« Noch einmal strich Marian über die Hemdtasche. Dann schien er einen Entschluss zu fassen. Mit dem Kopf deutete er auf den Alten. »Aber was machen wir in der Zwischenzeit mit Methusalem? Allein lassen können wir ihn ja wohl kaum.«

Die Eingangstür der Krankenstation war nur noch wenige Schritte entfernt, und Ira empfand eine Erleichterung, die sie beinahe zittern ließ. Entgegen Nadlers Vermutung hatten sie in Andreas Büro nicht bleiben können, weil auch dort die Tür ein elektronisches Schloss hatte und sich nicht mehr verriegeln ließ. Darum hatte Andrea den Vorschlag gemacht, in die Krankenstation zu gehen. Sie hegte die Hoffnung, dass dort die Sicherheitsanlagen noch funktionierten, weil die Abteilung eine eigene Stromversorgung besaß.

Und tatsächlich war es so.

Die aus Panzerglas bestehende Tür der Station war verschlossen.

Andrea betätigte die Klingel an der Seite.

Eine Krankenschwester in einem rosafarbenen Kittel erschien, sah sie unschlüssig an und schüttelte den Kopf, als Andrea gegen die Scheibe klopfte. Andrea klopfte erneut, wieder schüttelte die Krankenschwester den Kopf, dann deutete sie auf Nadler.

»Sie glaubt, dass ich Sie als Geiseln genommen habe«, vermutete der. »Darum macht sie nicht auf.« Demonstrativ hob er beide Hände in die Luft und legte sie auf seinen Scheitel. Dabei summte er leise die Mondscheinsonate von Beethoven.

Ira bekam eine Gänsehaut, ohne zu wissen warum.

Die Schwester zögerte noch immer. Dann wandte sie sich ab, verschwand und kam kurz darauf mit Direktor Lehmann wieder. Der Anstaltsleiter sah derangiert aus, seine Anzugjacke war irgendwo auf der Strecke geblieben, sein Hemd mit Blut verschmiert, von dem nicht ersichtlich war, ob es von ihm stammte oder von jemand anderem. Er wechselte ein paar schnelle Worte mit der Krankenschwester, dann machte er kehrt und kam nur Sekunden später mit einem uniformierten JVA-Beamten zurück, in dem Ira Uwe Stein erkannte. Auch mit ihm beriet er sich lange.

Viel zu lange.

Ira hätte am liebsten die Fäuste gehoben und gegen das Glas getrommelt. Endlich nickte Stein, zog eine Waffe aus dem Gürtel. Er öffnete und richtete den Lauf auf Nadler.

»Reinkommen!«, befahl er. »Und hinlegen! Sofort!«

Nadler gehorchte, und es kam Ira ein bisschen absurd vor, dass er auf diese Weise der Erste war, der sich in Sicherheit bringen durfte. Ihm wurden mit einem dicken Plastikband die Hände auf den Rücken gefesselt, dann zerrte Stein ihn hoch, brachte ihn in eines der Krankenzimmer und fixierte ihn dort an einem Bettgestell. Während er festgezurrt wurde, warf Nadler Ira einen Luftkuss zu. Genau wie die Mondscheinsonate eben ließ ihr auch das einen eisigen Schauer den Rücken hinunterrieseln.

»Lassen Sie den Scheiß!«, fuhr ihn der Beamte an.

Lehmann führte Andrea und Ira in einen Aufenthaltsraum, der wohl gewöhnlich den Schwestern und diensthabenden Ärzten gehörte. »Gott sei Dank ist Ihnen nichts passiert, Dr. Roth.« Er heftete den Blick auf Ira. »Frau Jenssen! Ihnen natürlich auch. Ich meine …« Mit der flachen Hand wischte er sich über die Stirn und dann so heftig über die rechte Wange, dass er sein Augenlid ein Stück herabzog und Ira das Rote dahinter sehen konnte.

»Wir sind alle wohlauf.« Andrea griff nach einem der roten Plastikstühle, die um den Tisch herumstanden. Sie sah aus, als müsse sie sich daran festhalten. Sie umrundete ihn, sank darauf nieder und begann, ziellos in ihrer Tasche herumzukramen. Gleichzeitig schweifte ihr Blick durch den Raum, glitt über den mit unzähligen bunten Fähnchen besteckten Dienstplan, den Computer und das Festnetztelefon auf dem Tisch darunter, das vergitterte Fenster, die hässliche Kristallschüssel, in der sich nur noch zerbröselte Überreste von Keksen befanden. Dann über die vollautomatische Kaffeemaschine und den mit Ansichtskarten beklebten Schrank darüber.

Mit einem Seufzen stellte sie die Tasche auf den Boden. »Kaffee! Den kann ich jetzt gebrauchen!«

Direktor Lehmann machte Anstalten, ihr einen zu bringen, aber sie war schon selbst auf dem Weg zur Maschine. Sie öffnete den Schrank, kramte in den dort gestapelten weißen Porzellantassen herum und nahm dann zwei Stück heraus.

Iras Blick fiel auf einen Fernseher, der in einer Ecke lief und Bilder von der JVA aus der Vogelperspektive zeigte. An zwei Stellen brannte das Gebäude. Dicker, schwarzer Rauch stieg in die Luft und wurde vom Wind davongetragen. *Aufstand in Karlshorst* lief als *Breaking-News*-Stream unter den Bildern durch. *Noch keine Informationen über die Zustände innerhalb der Mauern.* Das Bild wechselte, und dann war ein grauhaariger Politiker zu sehen. »*Die Vorkommnisse in der JVA Karlshorst zeigen nur, wie fehlerhaft diese Anstalt von Anfang an konzipiert war. Meine Partei hat bereits damals darauf hingewiesen, dass das dort angewandte*«, er zeichnete mit Zeige- und Mittelfinger beider Hände Anführungszeichen in die Luft, »Therapiekonzept *nicht funktionieren kann. Jetzt fordern wir Innensenator Fischer auf …*«

Die Schwester, deren Namensschild an ihrem Revers sie als Kerstin auswies, grinste düster. »Tja. Die Geier kreisen schon. Innensenator Fischer wird einiges auszuhalten haben, wenn das hier vorbei ist.«

Der Duft von frisch zubereitetem Kaffee füllte den Raum. Andrea kam und reichte Ira unaufgefordert eine volle Tasse.

Ira lächelte sie dankbar an.

Als das Bild des Fernsehers wieder in die Vogelperspektive wechselte, war der Rauch, der aus der JVA aufstieg, dichter geworden.

»Hilf mir mal!«, sagte Marian. Er hatte sich in der Zelle umgesehen und dabei festgestellt, dass einer der beiden mannshohen, massiven Metallspinde nicht wie vorgeschrieben festgeschraubt war. Als er ihn mit Iskanders Hilfe vorzerrte, sah er die Bohrlöcher in der Wand.

Großartig!, dachte er. Sie befanden sich in einer Justizvollzugsanstalt, in der einige der gefährlichsten Männer des Landes einsaßen, und man hatte es nicht mal geschafft, alle nötigen Schrauben anzubringen. Er wollte sich lieber nicht vorstellen, wo hier drinnen noch überall das Provisorium herrschte. Und auch mit einer anderen Sache wollte er sich im Moment nicht befassen: dem Naloxon in seiner Hemdtasche. Als sie eben dem alten Mann den Verband angelegt hatten, war er kurz davor gewesen, Iskander die Spritze zu zeigen, die er bei Ausbruch des Alarms ohne darüber nachzudenken eingesteckt hatte. Er hatte das Bedürfnis, Iskander zu erzählen, wozu das Ding seiner Meinung nach diente. Er wusste selbst nicht so genau, warum er gezögert hatte. Vielleicht lag es an ihrem Gespräch über den Maulwurf in der SERV. Iskander vertraute seinen Leuten blind, er hätte das Team auf der Stelle über das Naloxon informiert. Und das hatte Marian instinktiv vermeiden wollen. Er hasste es, nicht genau zu wissen, wem er vertrauen konnte und wem nicht. Es war ein fieses Gefühl. Und wenn er eines aus seinen vielen Einsätzen in Somalia gelernt hatte, dann war es dies: Solange er sich seines Gegenübers nicht völlig sicher war, behielt er besser ein Ass im Ärmel. Oder in der Hemdtasche in diesem Fall.

»Ankippen!«, sagte er zu Iskander, der erst kapierte, als Marian die Muskeln anspannte und den Spind auf eine Kante seiner Unterseite kippte.

Grinsend half Iskander danach, den Schrank so auszubalancieren, dass es möglich war, ihn mit einer Hand in der Waagerechten zu halten. Dann wandte er sich an den Alten, der auf dem Bett saß. »Wenn wir weg sind, gibst du dem Ding einen Stoß«, sagte er zu ihm. »Er fällt dann gegen die Tür und verkeilt sie.« Sein Arabisch war schnell und leicht verwaschen. Fast klang es, als sei er außer Atem.

Der Alte sah aus leicht verschleierten Augen zu ihnen auf, und Marian fürchtete schon, er habe Iskander nicht verstanden. Aber dann erhob er sich und nickte. Er legte seine Hände an die Stellen, an denen Marian den Spind hielt. Marian ließ los. Der Alte musste sich ein bisschen mehr anstrengen, das schwere Ding in der Waage zu halten, aber er schaffte es.

»Los! Raus hier!« Marian schlüpfte als Erster unter dem Spind hindurch und verschwand hinaus auf den Gang.

»Junge!«, hörte er den Alten zu Iskander sagen. »Allah hat dir längst vergeben, was du selbst dir nicht vergeben kannst!«

Ein Ausdruck von tiefer Qual glitt über Iskanders Gesicht, verschwand jedoch so schnell wieder, dass Marian sich nicht sicher war, ob er ihn wirklich gesehen hatte. »Darf ich dich um etwas bitten?«, murmelte Iskander.

»Natürlich«, sagte der Alte.

Marian verspürte Ungeduld, die ihm als nervöses Kribbeln den Rücken hinunterlief.

»Sing nicht mehr das Mottenlied.«

Bevor der Alte darauf noch etwas erwidern konnte, schlüpfte Iskander auch schon unter dem Schrank hindurch auf den Gang. »Jetzt!«, rief er.

Es gab einen dumpfen Knall, als der Alte dem Spind den nötigen Stoß gab und das Ding gegen die Tür fiel.

»Das Mottenlied?«, fragte Marian.

Iskander winkte ab. »Eine lange Geschichte.«

»Die Kurzfassung?«

Iskander rieb sich das linke Auge. »Der Kerl, der meine Schwester gefoltert hat, hat es dabei gesungen.«

Im ersten Moment dachte Marian, dass dieser Kerl ihn verarschen wollte, aber da lag keine Spur von Spott in den dunklen Augen. Zwei, drei Sekunden lang starrten sie sich gegenseitig an. Dann wandte Iskander sich ab, ging zur Zellentür, prüfte, ob sie sich öffnen ließ. Das tat sie, aber nur einen kaum fingerbreiten Spalt weit, bevor das Türblatt mit einem dumpfen Klang gegen den Spind stieß und blockierte.

»Keine Ahnung, wie sie ihn da wieder rauskriegen sollen«, meinte Iskander. »Der Alte ist niemals stark genug, um den Spind anzuheben.«

Marian war noch dabei, das eben Gehörte zu verdauen. »Winkelschleifer und dann die Gitter am Fenster durch«, murmelte er.

Seite an Seite überquerten sie den Freiganghof, wo sich zwei Nazis miteinander prügelten, als gäbe es nicht genügend andere Gegner. Die Tür, die zum Therapietrakt führte, stand ebenso offen wie die des C-Traktes. Faris wollte sie gerade ganz aufzerren, als etwas am Rand seines Gesichtsfeldes seine Aufmerksamkeit erregte.

Das blaue Stück einer Uniform zwischen den Büschen.

Deubner.

Sie hockte da, eine Waffe vorschriftsmäßig in beiden Händen, das Gesicht blass, aber entschlossen.

»Bleiben Sie stehen!«, befahl sie. »Ich schieße sonst.«

Faris wollte sie einfach ignorieren, aber etwas am Auftreten der Beamtin verhinderte das. Deubner sah zum Äußersten entschlossen aus. Und er hatte nicht die geringste Lust, sich eine Kugel einzufangen. Vorsichtig hob er die Hände auf Schulterhöhe. »Wir sind auf Ihrer Seite«, sagte er und dachte daran, wie er noch vor Kurzem mit einem scharfen Messer vor ihr gestanden hatte. Und mit dem Befehl, sie zu töten.

»Halten Sie den Mund!« Deubners Augen flackerten, aber sie hielt die Waffe fest und ruhig in beiden Händen. »Runter auf den Boden!«

Marian schob sich ein Stück vor. »Machen Sie die Augen auf, Herzchen«, sagte er ärgerlich. »Sehe ich aus wie ein Gefangener?«

Deubner glotzte ihn an. Dann schüttelte sie den Kopf, nur um gleich darauf mit der Waffe wieder in Faris' Richtung zu zielen. »Aber er.«

»Frau Deubner, ich bin Polizist!« Faris ließ die linke Hand oben. Mit der rechten griff er sich an den Bart, wünschte sich, er wäre auf den Vorschlag der LKA-Spezialisten eingegangen und hätte sich von ihnen einen falschen ankleben, statt sich einen echten wachsen zu lassen. »Ich bin hier eingeschleust worden, weil wir Hinweise auf einen Terroranschlag haben, den al-Sadiq plant.«

Deubner blinzelte. Die Mündung der Pistole wanderte von Faris' Gesicht zu seinem Bauch und wieder zurück.

»Ich bin kein Islamist«, sagte er. »Ich bin undercover hier. Al-Sadiq ahnte das, erinnern Sie sich daran? Erinnern Sie sich, dass ich meine Tarnung für Sie aufgegeben habe, als ich Ihnen die Kehle durchschneiden sollte?«

Marians Augen weiteten sich bei seinen Worten.

Deubner jedoch war nicht überzeugt. »Sie haben …« Sie schluckte, bevor sie fortfuhr: »… Dennis Golzer und einen meiner Kollegen erschossen!« Ihre Worte wurden überlagert von dem schnell näher kommenden Geräusch eines Hubschraubers.

»Winterfeld und Golzer leben«, sagte Faris. »Es war ein Trick, um al-Sadiq davon zu überzeugen, dass er mir vertrauen kann. Es war Teil meiner Legende«, fügte er eindringlich hinzu, als er merkte, dass die Beamtin immer noch zögerte.

Deubners Waffe sank nach unten, aber nur ein Stück.

»Sie müssen meinen Partner und mich jetzt gehen lassen!«, beschwor Faris sie.

Deubner schaute kurz zu ihm auf. Zwei, drei Sekunden lang haderte sie noch, dann senkte sie die Waffe gänzlich.

Marian stieß erleichtert Luft durch die Nase. »Partner?«, wiederholte er. Obwohl der Lärm der Rotoren seine Stimme mittlerweile fast verschluckte, glaubte Faris Spott in ihr zu hören.

Er ignorierte es. Er nahm Deubner die Waffe weg, sicherte sie und gab sie ihr wieder. »Gut. Wir brauchen jetzt schnell ein Telefon. Können Sie uns den Weg zur Krankenstation zeigen?«

Deubner entspannte sich. Die Waffe zurückzuerhalten schien sie restlos überzeugt zu haben. »Natürlich«, sagte sie.

»Dann los!«

Bevor sie sich auf den Weg machen konnten, blieb der Hubschrauber direkt über ihnen in der Luft stehen. Die weißen Buchstaben *Polizei* glänzten auf dem matten Schwarz seiner Oberfläche.

»Legen Sie die Hände auf den Kopf und knien Sie sich hin!«, befahl eine elektronisch verstärkte Stimme. Die Mündungen mehrerer Sturmgewehre erschienen in den offenen Hubschraubertüren und richteten sich auf sie. »Die Kavallerie ist im Anmarsch!«, schrie Marian gegen den Lärm an. »Und wie immer schnappen sie sich als Erstes die Falschen.«

Dann tat er, was verlangt wurde.

Die Keller unter der JVA stammten ganz offensichtlich noch aus der Zeit, als auf dem Gelände eine alte Flugzeugfabrik gestanden hatte. Die Decken waren niedrig und leicht gewölbt, wie in einem Luftschutzbunker aus den Siebzigerjahren. Und ein bisschen roch es hier auch so – nach rostigem Metall und abgestandener Luft.

Andrea hatte behauptet, kurz auf die Toilette zu müssen. Sie würde hier unten nicht lange brauchen, also war das vermutlich die beste Ausrede für ihr Verschwinden aus der Krankenstation. Heute Morgen noch hatte sie sich den Weg hier herunter so genau wie möglich eingeprägt. Die Treppe runter, nach links wenden, zweiter Gang rechts. Es dauerte keine zwanzig Sekunden, dann stand sie vor der gesuchten Tür.

Haustechnik, stand darauf.

Im Techniktrakt waren die Betonwände unverputzt. Roh und kalt erstreckten sie sich vor Andrea in eine Dämmerung, die nur von dem grünlichen Schein mehrerer Notausgangsschilder beleuchtet wurde. Sie tastete nach einem Lichtschalter, und die Neonröhren an der Decke sprangen mit einem hörbaren Summen an.

Bläuliches, ungemütliches Licht flutete den kahlen Gang, beleuchtete weitere Türen mit auf Augenhöhe angebrachten Schildern.

Heizung, las Andrea. Und: *Aufzugswartung.*

Sie griff in die Tasche und umfasste ihre Pistole, zog sie jedoch nicht hervor. Vorbei an mehreren Räumen, an denen einfach nur *Lager* stand, ging sie bis zu einem mit der Aufschrift *Klimaanlage – Zentralsteuerung.*

Sie öffnete die Tür, und ihr Blick fiel auf eine Art Büro mit halbverglasten Wänden, das sich im hinteren Teil des Raumes befand. Irgendein Fußballspiel lief im Radio, die leicht gelangweilte Stimme des Moderators drang durch die offen stehende Tür des Büros und gleich darauf die alles andere als gelangweilte Stimme eines Mannes.

»Haben Sie sich verlaufen?«

Andrea zuckte zusammen.

Verdammt! Sie hatte gehofft, wegen des Aufstandes hier unten niemanden anzutreffen. Das war jedoch eine vergebliche Hoffnung gewesen, denn nun trat der Mann aus dem Büro und kam geradewegs auf sie zu. Auf der rechten Brusttasche seines orangefarbenen Overalls stand *Manager – Haustechnik.* Ein Hausmeister. In der Hand hielt der Mann ein angebissenes Brötchen. Der Geruch von Zwiebeln wehte Andrea entgegen, und sie rümpfte die Nase. Ein Blick in das verglaste Büro zeigte ihr, dass sie allein mit dem Mann war.

Sie setzte einen möglichst hilflosen Gesichtsausdruck auf und betrat den Raum. »Ich glaube, ich habe mich wirklich verlaufen. Ich suche den Weg zur Krankenstation.«

»Das haben wir gleich.« Der Mann kehrte kurz in sein Büro zurück. Als er wiederkam, hatte er statt des Brötchens einen Lappen in der Hand, mit dem er sich die Finger abwischte, während er Andrea von Kopf bis Fuß musterte. »Was ist eigentlich bei euch da oben los?«, fragte er. »Ich habe einen Anruf aus der Sicherheitszentrale gekriegt, dass ich hier unten bleiben soll. Und Sie rennen hier einfach so rum?« Die Tatsache schien ihn wirklich zu beschäftigen. Er steckte das Tuch in die Gesäßtasche seines Overalls und kratzte sich verwundert hinter dem rechten Ohr.

Andrea hob die Mundwinkel zu einem Lächeln und umfasste die Waffe in ihrer Tasche fester. »Ja. Irgendwie schräg, oder?«

Die Blicke des Mannes waren mittlerweile an ihren Brüsten hängengeblieben. Seine Lippen öffneten sich leicht, und seine Zungenspitze berührte die Kanten seiner oberen Schneidezähne. Lange, drahtig aussehende Haare sprossen ihm aus Nase und Ohren. Andrea hätte sich beinahe geschüttelt.

»Es wäre wirklich sehr nett von Ihnen, wenn Sie mir den Weg zeigen«, sagte sie. Während sie auf den Mann zuging, tastete ihr Zeigefinger nach dem Druckpunkt des Abzugs.

Der Kerl schöpfte nicht den geringsten Verdacht. Nicht, als Andrea dicht vor ihm stehen blieb.

Und noch immer nicht, als sie die Waffe aus der Tasche zog.

Sie kannte das schon. Die meisten normalen Menschen waren nicht in der Lage, sofort zu realisieren, dass sie in die Mündung einer Schusswaffe blickten. Etwas im menschlichen Geist sperrte sich gegen diese Erkenntnis.

Dieser Hausmeister war da keine Ausnahme.

Vielleicht hörte er noch den gedämpften Knall, den die Pistole von sich gab, als Andrea ihm den aufgeschraubten Schalldämpfer direkt gegen die Brust presste und abdrückte. Vielleicht spürte er auch noch einen Hauch des reißenden Schmerzes, mit dem die Kugel in sein Herz drang. Seine Nerven übertrugen mit Sicherheit noch einen Impuls an das Gehirn, aber der Tod kam zu schnell, um ihn noch bei Bewusstsein zu erfassen.

Der Körper des Mannes kippte vornüber, sodass Andrea einen Schritt rückwärts machen musste. Wie eine Schaufensterpuppe, der man einen Tritt zwischen die Schulterblätter verpasst hatte, fiel der Mann vor ihr zu Boden.

Sie hob den Kopf, um zu ergründen, ob jemand den Schuss gehört hatte. Aber da war nichts außer dem Summen, das die Neonröhren auf dem Flur verursachten, und der Stimme des Radiomoderators, die jetzt allerdings nicht mehr gelangweilt klang, sondern aufgeregt. Offenbar war gerade in dem Moment, als Andrea geschossen hatte, ein Tor gefallen.

Mit einem zufriedenen Lächeln zog sie das kleine Päckchen C4 aus ihrer Tasche. Dann ging sie zu einem der mannshohen metallenen Kästen, die an den Wänden des Raumes aufgereiht waren und in denen sich die zentrale Steuerung der Klimaanlage befand. Sie entfernte eine Abdeckung, stellte sie zur Seite, verstaute das C4 samt Zeitzünder in der so entstandenen Öffnung.

Als sie genau sechzig Sekunden später auf der Treppe nach oben lief, war der dumpfe Knall der Explosion hinter ihr gerade noch zu hören.

Faris hatte sich kaum niedergekniet, als sich auch schon sieben Mann in schwarzen Kampfanzügen und voller Bewaffnung auf den Boden der JVA abseilten. Zwei weitere blieben im Hubschrauber und hielten ihre automatischen Waffen auf seinen und Marians Kopf gerichtet.

Faris wurde gepackt, grob zu Boden gestoßen und mit einem Knie zwischen seinen Schulterblättern dort festgenagelt. Seine Rippe jaulte auf, wieder fühlte es sich an, als würde er keine Luft bekommen, und diesmal wallten auch Nebel vor seinen Augen. Er wollte seinen Namen und seinen Dienstrang nennen, doch bevor er den Atem dazu fand, befahl jemand aus dem Einsatzteam: »Waffen runter! Lasst sie los! Das sind Iskander und Marian!«

Das Knie auf seinem Rücken verschwand. Er rappelte sich hustend auf alle viere. Die kleinste der schwarzgekleideten Gestalten schob sich an den anderen vorbei. Trotz der Sturmhaube erkannte Faris sie.

Julia.

Er hätte sie am liebsten geküsst.

Mit einem Wink gab sie ihren Männern zu verstehen, dass alles okay war. Die Mündungen der Waffen senkten sich. Julia reichte Faris eine Hand und half ihm auf die Füße.

»Hast du Kontakt zu Tromsdorff?«, schrie er gegen den Lärm der Rotoren an und hielt sich die Seite dabei.

»Klar.« Sie fackelte nicht lange, sondern machte einen ihrer Männer auf sich aufmerksam, deutete auf ihr Ohr, dann auf ihn und schließlich auf Faris. Der Mann nahm seinen In-Ear heraus und reichte ihn Faris.

Eilig presste Faris sich das Gerät ins Ohr. »Robert?« Der In-Ear war deutlich unbequemer als das hochmoderne Gerät, das ihm Ben verpasst hatte.

Tromsdorff meldete sich augenblicklich. »Faris? Bist du das? Ich kann dich kaum hören.«

Faris warf einen Blick auf den Hubschrauber, drückte sich den In-Ear tiefer ins Ohr, trat mehrere Schritte zur Seite. Während er versuchte, sich mit seinem Chef zu verständigen, gab Julia dem Piloten mit einer kreisenden Handbewegung zu verstehen, dass er abdrehen konnte.

Keine zwei Sekunden später war der Hubschrauber auf sechzig, siebzig Meter gestiegen und flog davon. Der Lärm wurde leiser und verebbte schließlich ganz.

Trotzdem hielt Faris den In-Ear weiter fest. »Ja, ich bin's, Robert.«

»Gott sei Dank! Wir dachten schon, Sadiq hätte dich …«

»Ich bin in Ordnung. Marian ist bei mir.«

»Warum war die Verbindung zu dir abgebrochen?«, fragte Tromsdorff.

»Al-Sadiq hat meinen In-Ear zerstört.« Faris sah zu, wie Marian mit Julia diskutierte, damit auch er einen In-Ear-Hörer bekam. »Hör zu«, fuhr er fort. »Jesper ist tot. Erschossen. Marian glaubt, dass er irgendwie seine Hände im Spiel hatte und umgebracht wurde, weil wir ihm auf der Spur waren.« Sein eigenes ungutes Gefühl unterschlug er.

Mittlerweile hatte Marian seinen In-Ear erhalten und klinkte sich in das Gespräch ein.

»Jesper?« Tromsdorff klang ungläubig. »Unmöglich! Jesper ist … war nie im Leben ein Islamist! Und ich würde mich nicht so in ihm täusch…« Er unterbrach sich, weil Ben sich in die Leitung einklinkte.

»Jesper ist tot?« Er klang erschrocken.

Faris wiederholte, was er eben schon zu Tromsdorff gesagt hatte.

Ben zog exakt dieselben Schlüsse wie er und Marian vorhin: »Aber wenn das stimmt, dann heißt das, dass es hier bei uns einen Maulwurf gibt.«

In der SERV, hörte Faris Marian wieder sagen. Erneut versuchte er, den Gedanken abzuschütteln.

Er sah Marian an.

Du bist neu im Team, dachte er. *Wenn ich überhaupt jemanden von uns verdächtigen würde, dann dich!*

»Jesper war kein Islamist!«, wiederholte Tromsdorff.

Ben schnaufte. »Seid ihr mal auf die Idee gekommen, dass hier vielleicht noch eine ganz andere Schweinerei läuft?«

Irgendwo jenseits der Mauern fiel ein Schuss und ließ Faris zusammenzucken.

»Das sind nur meine Jungs«, beruhigte ihn Julia. »Sie haben Befehl, die Gefangenen zusammenzutreiben. Und Sadiqs Arsch festzunageln.«

Faris konzentrierte sich wieder auf das Gespräch. »Ben, du musst rausfinden, wie das alles zusammenhängt.«

»Und wie bitteschön soll ich das anstellen?«

»Das ist mir egal, liefere mir was!«

Ben schwieg kurz. »Ja, *Masa bwana*«, murmelte er dann ärgerlich.

Marian grinste knapp. Auf seinem Gesicht lag ein grüblerischer Ausdruck. Faris hatte das Gefühl, dass er ihm irgendetwas sagen wollte. Fragend zog er eine Augenbraue hoch, doch Marian schüttelte nur den Kopf.

»*Liefere mir was!* Pah! Faris, du Arsch!« Ben gab seiner Maus einen Stoß, dass sie bis fast ans Ende seines Schreibtisches schoss. Gerade noch rechtzeitig hechtete er vorwärts und bewahrte sie vor dem Absturz. Das wäre beinahe schiefgegangen! Erst vor zwei Wochen hatte er vor Wut eine Tastatur zertrümmert, weil er in einem anderen Fall von einer Sackgasse in die nächste geraten war. Tromsdorff hatte ihn dafür zwar nicht direkt gerügt, aber seine Stimme hatte hörbar genervt geklungen, als er gefragt hatte: »Du weißt aber schon, dass das hier keins von deinen Computerspielen ist, oder?«

Im Team war es ein offenes Geheimnis, dass Ben zu Hause beim Zocken des Öfteren die Peripherie-Hardware zertrümmerte, wenn er von einem unfähigen Mitspieler zum wiederholten Male unter *friendly fire* genommen worden war.

Jetzt warf er einen Blick auf Shannon, um zu sehen, ob wenigstens sie weiterkam. Es sah nicht danach aus. Shannon stand an den Smartboards, hatte Jespers Personalakte aus der JVA und gleichzeitig Herdmanns Straf- und Akays Mordakte geöffnet. Aber auch auf ihrem Gesicht lag ein ratloser Ausdruck. Wie immer, wenn sie angestrengt nachdachte oder nervös war, knetete sie einen abgewetzten alten Tennisball zwischen den Händen. Ben konnte die Muskeln an ihren Unterarmen sehen, und auch eine blasse, ringförmige Prellung rund um Shannons Handgelenk fiel ihm auf. Als Shannon vor ein paar Tagen damit im *War Room* aufgekreuzt war, hatte er schon gar nicht mehr nachgefragt. Shannon kam in der letzten Zeit häufiger mit Blessuren zur Arbeit, was daran lag, dass sie ihr Sportstudio gewechselt hatte und in dem neuen seit Kurzem Krav Maga trainierte. In Bens Augen die bescheuertste Sportart, die es gab.

Er nahm einen abgekauten Bleistift und deutete damit auf seinen Monitor. »Ich habe mich in Jespers Cloud-Account gehackt, aber da ist nichts, was uns weiterhelfen könnte. Nur spießige Urlaubsfotos und ein paar Worddokumente. Eines davon ein Brief an einen Anwalt, der auch schon mal einen einschlägigen Neonazi gegen den Vorwurf der Volksverhetzung verteidigt hat.«

Shannon räusperte sich. »Okay. Herdmann ist V-Mann in der rechten Szene gewesen. Jesper und Herdmann kannten sich. Und Jesper hatte Kontakt zu einem rechten Anwalt.« Sie warf den Ball in die Höhe.

Ben wandte den Blick von ihrer Prellung ab. Letzte Nacht hatte er von Shannon geträumt, und in diesem Traum war ihr Trainer – ein aufgepumpter Mistkerl, dem die Anabolika aus den Ohren quollen – zudringlich geworden, und er, Ben, hatte Shannon heldenhaft vor dem Typen gerettet. Natürlich hätte er sich lieber die Zunge abgebissen, als ihr von diesem Traum zu erzählen. Das war einfach lächerlich! Ben war alles andere als sportlich, und mit Sicherheit war er kein Held. Zwar hatte er in den letzten Wochen und Monaten ein paar Kilo abgenommen, aber nie im Leben würde er es mit Shannons Trainer aufnehmen können. Der im wahren Leben darüber hinaus alles andere als aufgepumpt war, sondern drahtig und auf eine ekelerregend gesunde Art und Weise gut aussehend …

Ben unterbrach seine Gedanken und zwang sich zur Konzentration. Tadpoles Worte schwirrten ihm im Kopf herum, die ganze Zeit schon.

Der Grund, warum ihr noch nie von dieser Zelle gehört habt, ist der, dass sie zum Großteil aus euren eigenen Leuten besteht.

»… das sehe, ist Jespers Personalakte untadelig«, sagte Shannon gerade, und Ben wurde bewusst, dass er ihr eine Weile nicht zugehört hatte. Zu seinem Glück schien Shannon es nicht bemerkt zu haben. Sie drehte ihm die linke Schulter zu. Dann legte sie den Tennisball auf das Steuerpult. »Keine Einträge oder Beschwerden bei der Ärztekammer. Ein paar Bewertungen auf einem Ärzteportal, aber alle positiv.«

»In den sozialen Netzwerken scheint er sich nicht zu tummeln«, sagte Ben. »Jedenfalls habe ich ihn unter seinem Klarnamen nicht gefunden. Ich lasse gerade eine Gesichtserkennung laufen, mal sehen, ob ich ihn so finde und auf diese Weise irgendwie entweder mit der islamistischen oder der rechten Szene in Verbindung bringen kann.«

Einige Minuten lang arbeiteten sie schweigend nebeneinander her.

»Wie hängt dieser Aufstand in Karlshorst mit allem zusammen?«, hörte er Shannon irgendwann murmeln, und er unterdrückte ein Gähnen. Er hatte vergangene Nacht hier an seinem Schreibtisch ein paar Stunden geschlafen, trotzdem war er müde. Und da war eine Erschöpfung in ihm, die nur in Schach gehalten wurde von Adrenalin. Von Adrenalin und dem vielen Kaffee, den er in den vergangenen Stunden in sich hineingekippt hatte. Langsam fühlte er sich wie unter Drogen. Drogen, die ihn auslaugten und von denen er demnächst mehr brauchen würde, viel mehr.

Seine Hände zitterten.

Eine neue rechte Terrorzelle hatte Tadpole gesagt …

Ein Aufstand in Karlshorst. Ein toter Neonazi und ein toter VE, der an dem Giftgas gestorben war, das sie in den Händen von Islamisten vermuteten.

»Dieser ganze blöde Scheiß ergibt nicht den geringsten Sinn!«, schimpfte er.

Shannon öffnete den Mund, um etwas zu erwidern, aber in diesem Moment ertönte ein leises *Pling,* das anzeigte, dass in einer der Akten, die sie aufgerufen hatte, ein neuer Bericht online gestellt worden war. Sie las den Betreff.

»Hey«, meinte sie. »Das KTI hat den Zettel aus Akays Magen wieder lesbar machen können.«

Ben allerdings hörte nicht zu, denn sein Telefon klingelte. Er hob genau in dem Augenblick ab, in dem Shannon sich mit einem Ruck vorbeugte und blass wurde. »Also doch!«, hörte er sie flüstern.

Dann meldete sich sein Anrufer. »Winkler hier. Ich glaube, ich habe da etwas für euch.«

Julia brachte Faris mit wenigen Sätzen auf den neuesten Stand. »Mohn und sein Team haben die konspirative Moschee in der Morusstraße hochgenommen und diesen Abdu verhaftet. Im Moment sind gerade Andersens Spezialisten und ein paar Kollegen von der Mordkommission dabei, ihn zu verhören.« Dann erklärte sie ihm, mit welchem Auftrag sie und ihr Team in die Anstalt geschickt worden waren: Sie sollten, so gut es ging, den Aufstand niederschlagen, aber vor allem sollten sie al-Sadiq festnehmen. »Abdu weigert sich allerdings standhaft, uns zu sagen, wo sich das Giftgas befindet«, fügte sie hinzu.

»Wenn er weiter so mauert, könnte Sadiq unsere einzige Chance sein, an die Info zu kommen! Andersen ist hochnervös. Er fürchtet, dass es sich bei dem Aufstand um al-Sadiqs Signal für den großen Anschlag handeln könnte.«

»Ich würde eher auf einen Ausbruchversuch von dem Mistkerl tippen«, warf Marian ein, aber Faris achtete nicht auf ihn.

»Wenn es das nicht ist, dann dient der Aufstand auf jeden Fall dazu, Sadiqs Bewegungsfreiheit um tausend Prozent zu steigern. Er könnte jederzeit das eigentliche Signal geben.«

Unter ihrer Sturmhaube blies Julia die Wangen auf. »Das werden wir zu verhindern wissen!«

Es fühlte sich komisch an, ihr Gesicht nicht zu sehen, dachte Faris. Gestern Morgen noch hatten sie völlig nackt nebeneinander im Bett gelegen. Die Erinnerung daran fühlte sich sonderbar gedämpft an, und Faris erkannte auch, woran das lag.

Daran, dass Ira plötzlich wieder all seine Gedanken beherrschte. Die unverhoffte Begegnung mit ihr hatte ihn daran erinnert, was er für sie empfand, und alles, was er hoffen konnte, war, dass sie die Anstalt verlassen hatte, bevor der Aufstand losgegangen war.

»Gib mir eine Waffe, dann komme ich mit euch«, verlangte er von Julia.

»Kommt gar nicht infrage!« Sie blitzte ihn an. Er glaubte zu sehen, was hinter ihrer spontanen Abwehr steckte.

Komm bloß nicht auf die Idee, dass du mich beschützen musst!

Er hob besänftigend die Hände. »Immerhin bin ich wegen al-Sadiq hier. Da sollte ich mich jetzt auch an der Suche nach ihm beteiligen.«

Statt ihm darauf zu antworten, musterte Julia ihn von Kopf bis Fuß, und ihm wurde bewusst, dass er einen mehr als derangierten Eindruck machen musste. Wegen seiner schmerzenden Rippen stand er leicht zur Seite gebeugt da. Er richtete sich gerade auf, aber natürlich war es zu spät. Julia hatte ihre Entscheidung längst gefällt.

»Ich kann in meinem Team keinen gebrauchen, der nicht hundertprozentig fit ist«, sagte sie, und in diesem Moment kam sie ihm fremd vor. Kalt. Mit dem Daumen wies sie auf eine Stelle unter ihrem eigenen Auge, und er wusste, sie meinte den Cut in seinem Gesicht, der noch immer blutete. Dann nickte sie in Richtung medizinischer Abteilung. »Sieh zu, dass sie dich dort versorgen.«

»Ich bin okay, Julia, ich kann …«

Sie ließ ihn nicht ausreden. »Du hast keine entsprechende Ausrüstung! Außerdem hat sich Andrea wohl gemeldet. Sie, Lehmann und Ira verstecken sich in der Krankenstation.« Sie beobachtete ihn sehr genau, als sie Iras Namen aussprach.

Er knirschte mit den Zähnen. Also war Ira vor Ausbruch des Aufstandes nicht mehr nach draußen gelangt.

Mist, verdammter!

In Julias Augen flackerte es. Hatte sie ihm seine Gefühle vom Gesicht abgelesen?

Natürlich hatte sie das.

Wortlos beugte sie sich zu ihrem rechten Stiefel hinab, zog eine Česká unter ihrem Hosenbein hervor und reichte sie Faris. Die handliche Pistole gehörte keinesfalls zur normalen SEK-Ausrüstung, aber er wusste, dass viele der Jungs eine zusätzliche, meist eigene Waffe mit sich führten. Er hatte es während seiner Zeit beim SEK auch so gehandhabt.

Mit einem stummen Nicken nahm er Julia die Pistole ab.

Julias Blick wurde kurz ausdruckslos. »Geh zu ihr«, sagte sie dann. Sie hatte gesehen, was sie hatte sehen wollen, als sie Iras Namen eben das erste Mal genannt hatte. Schroff wandte sie sich an einen ihrer Männer. »Gib Marian auch eine Waffe!«, befahl sie.

20. Kapitel

Als Faris die Krankenstation betrat, fiel ihm Ira um den Hals. »Faris, Gott sei Dank!«

Er zuckte zusammen, aber nicht weil er vor ihrer Berührung zurückschreckte, ganz im Gegenteil. Aber seine gebrochene Rippe erinnerte ihn schmerzhaft daran, dass er verletzt war.

Ira jedoch verstand seine Reaktion falsch. Eilig ließ sie ihn los, wollte ein Stück zurücktreten, aber er erlaubte es ihr nicht. Er zog sie in die Arme.

Ira hatte sich Sorgen um ihn gemacht.

Die Erkenntnis fühlte sich verblüffend gut an.

Wie sehr ich dich liebe, hatte sie zu ihm gesagt, an diesem einen Abend, als er sie zum letzten Mal gesehen hatte. Sie hätte die Worte nicht laut sagen müssen, weil er sie in ihren hellen Augen hatte lesen können, so wie auch jetzt.

Ein Frösteln erfasste ihn, und er brauchte eine Sekunde, weil es ihm wie eine körperliche Empfindung vorkam. Konnte es sein, dass die Klimaanlage sehr viel höher eingestellt war als noch vorhin? Er tat es als Täuschung ab.

Tief sog er Iras Duft ein, und über ihren Scheitel hinweg sah er, dass nicht nur Marian ihn dabei beobachtete, sondern auch Andrea.

Sie stand in einer Tür, die offenbar zu einem Pausenraum führte. Sie hatte die Arme um den Leib geschlungen, die Ereignisse der vergangenen Stunden hatten Spuren bei ihr hinterlassen. Die Linien um ihren Mund waren tiefer, die Schatten unter ihren Augen dunkler geworden.

Mit einem schwachen Nicken schob Marian sich an Faris vorbei und verschwand durch eine der Türen der Krankenstation.

Faris hielt Ira auf Armeslänge von sich. »Bist du okay?«

Sie nickte, und die ruhige Selbstverständlichkeit, mit der sie das tat, trieb einen Stachel in sein Herz.

»Hatte ich nicht gesagt, du sollst die Anstalt verlassen?« Er hätte sich ohrfeigen können, weil diese Worte so wütend klangen, aber er konnte sie nicht mehr zurücknehmen.

Andrea bemerkte sein Unbehagen. Sie lächelte ihm matt zu, dann wandte sie sich ab und verschwand in dem Pausenraum. Leise schloss sie die Tür hinter sich.

Faris sah Ira ins Gesicht. Er wollte, dass sie ihn anschrie, dass sie es ihm mit gleicher wütender Münze heimzahlte. Am liebsten wäre es ihm sogar gewesen, sie ohrfeigte ihn für seinen Ärger, wie er es selbst am liebsten getan hätte.

Aber sie ohrfeigte ihn nicht.

Sie trat einfach von ihm zurück.

»Ich war schon fast draußen«, sagte sie. »Aber dann gab es einen Einschluss, weil auf dem Freiganghof ein Häftling um sich geschossen hat.«

Er senkte den Kopf und rieb sich mit den Fingerknöcheln die Stirn. Er hasste es, dass er Ira dazu brachte, sich zu verteidigen.

Sie sollte sich nicht vor ihm verteidigen müssen. Sie sollte …

Das Piepsen seines In-Ears übertönte seine Gedanken, aber er war nicht fähig, es auf der Stelle zu beantworten. Wie ein Idiot stand er da und rührte sich nicht.

»Nun geh schon ran, Alter!« Mit der einen Hand an seinem Headset und der anderen auf der Maus wartete Ben voller Ungeduld darauf, dass Faris sich meldete.

»Ja?«, ertönte es endlich.

»Was ist denn mit dir los?«, stieß Ben hervor. »Du klingst ganz komisch.«

»Nichts. Was hast du?«

Ben schob die Ahnung, dass Faris ihn anlog, beiseite. »Das Labor hat den Zettel aus Akays Magen entziffert. Wir hatten recht mit unserer Vermutung.«

Auf seinem Bildschirm flimmerten die Fotos, die die Techniker von dem Stück Papier gemacht hatten. Die mit Hand geschriebenen Worte darauf waren digital verstärkt und dunkelrot eingefärbt, um sie lesbarer zu machen.

»Mit welcher Vermutung?«, fragte Faris.

»Dass hier noch eine ganz andere Sache abgeht als nur das mit Sadiq. Hör zu, auf dem Zettel, den sie in Akays Magen gefunden haben, steht: *Hiob steht für den Schmerz, den unser Land erleiden muss im Kampf gegen Überfremdung und Islamisierung.* Und weiter: *Wie Hiob scheuen wir uns nicht, diesem Schmerz ins Gesicht zu schauen, um gestärkt aus ihm hervorzugehen und dadurch zu verhindern, dass unsere Kinder dereinst …* Da ist der Text zu Ende. Offenbar hat Akay ihn von einem größeren Blatt abgerissen, kurz bevor er getötet wurde.« Ben schluckte und wartete, dass Faris etwas sagte.

Der schwieg jedoch.

»Das ist ein Manifest, Faris. Diesem Text nach zu schließen, ist *Hiob* eine Organisation mit islamfeindlicher Agenda. Die haben nichts, rein gar nichts mit al-Sadiq zu tun, abgesehen davon, dass sie ihn hassen! Und da ist noch etwas. Winkler hat mich gerade angerufen.«

»Wer ist Winkler?«

»Sie leitet die Mordkommission, die in Akays Fall ermittelt. Sie arbeitet eng mit der Abteilung 5-SoKo zusammen, die Andersen auf die Giftgasmorde in der Stadt angesetzt hat und die

Abdu und seine Männer verhört. Sie hat uns eben erzählt, dass einer dieser Männer mit ein paar wenigen, aber dafür brisanten Informationen rausgerückt ist.« Er machte eine dramatische Pause. »Er vermutet, dass al-Sadiq einen Teil des Tetrafentanyls weiterverkauft hat. Und rate, an wen!«

Faris' Antwort kam prompt. »An *Hiob.*«

»Bingo!«, erwiderte Ben. Seit Winkler ihm das gesagt hatte, fühlte er sich, als habe er einen Steckschuss erlitten.

Nachdem Faris sie losgelassen hatte und zum Telefonieren in den Pausenraum der Schwestern gegangen war, stand Ira da und kämpfte mit ihren Emotionen. Sein Anblick hatte sich wie mit Säure auf die Rückseite ihrer Lider geätzt – zu seinem blauen Auge und der aufgeplatzten Lippe waren weitere Verletzungen gekommen: eine schmale, kaum sichtbare Wunde am Hals, ein blutender Schnitt an der Wange, tiefe Schatten unter den Augen, die aussahen wie mit dem Indigo-Pinsel gemalt. Und er war schmerzlich zusammengezuckt, als sie ihm um den Hals gefallen war. Irgendwas schien mit seinen Rippen nicht in Ordnung zu sein.

Hatte ich nicht gesagt, du sollst die Anstalt verlassen?, hatte er sie angefahren. Sie wusste, dass Angst hinter diesem Zornausbruch steckte. Dass sie es als Zeichen seiner Zuneigung begreifen und dankbar sein musste, weil er für eine Sekunde lang die Maske der Unnahbarkeit fallen gelassen hatte.

»Geht es Ihnen gut? Sie sehen sehr blass aus.« Der Mann, der zusammen mit Faris die Krankenstation betreten hatte, kam auf sie zu. Er musterte sie aus verblüffend frostig wirkenden grauen Augen.

Sie nickte.

»Sie müssen Ira Jenssen sein«, sagte er.

Sie nickte erneut.

»Marian. Iskanders neuer Partner.«

Mechanisch schüttelte sie ihm die Hand. Die Welt fühlte sich plötzlich falsch an, zusammengesetzt aus lauter einzelnen Bruchstücken, die an ihr vorbeiruckelten wie ein uralter Schwarz-Weiß-Film.

Marian schaute hinter Faris her. Dann betrachtete er Ira erneut prüfend, überlegte und winkte die junge JVA-Beamtin heran, die ihn und Faris begleitet hatte und die Ira nur vom Sehen her kannte. »Kümmern Sie sich um diese Frau, Frau Deubner«, sagte er.

Frau Deubner sah nicht begeistert aus, aber Marian klang nicht, als spreche er eine Bitte aus, also nickte sie. »Natürlich. Gehen wir in den Pausenraum.« Fürsorglich wollte sie Ira einen Arm unter den Ellenbogen legen, aber die wehrte ab.

»Danke, es geht auch so.« Sie folgte Frau Deubner, und dabei kam sie an der offen stehenden Tür vorbei, hinter der Nadler in Fesseln lag und sie beobachtete.

»Melanie!«, rief er und zog das *I* in dem Namen unangenehm in die Länge. »Wollen Sie nicht mal wieder auf einen netten kleinen Besuch in meiner Zelle vorbeikommen, wenn das hier alles vorbei ist?« In seiner Stimme lag ein ekelhaft klebriger und anzüglicher Unterton.

»Halten Sie den Mund, Nadler!«, wies die Beamtin ihn zurecht.

Nadler feixte.

»Ignorieren Sie ihn einfach«, riet Melanie Deubner Ira. »Er kann wahrscheinlich nicht ertragen, dass er da drinnen sitzt wie ein Kettenhund.« Sie versuchte, gelassen zu wirken, aber sie war bei Nadlers Worten tatsächlich rot angelaufen.

Nadler, dem das nicht entgangen war, lachte laut. »Ich bin wehrlos, Melanie!«, rief er. »Sie können mit mir anstellen, was Sie wollen.«

»Wenn Sie nicht auf der Stelle still sind«, drohte Melanie ihm, »dann lasse ich Sie sedieren!«

Er lachte nur noch lauter.

Ira rann ein Schauer den Rücken hinunter, als sie daran dachte, dass sie ganz allein mit diesem Mann quer durch die Anstalt gelaufen war.

Die Handvoll Leute, die sich in die Krankenstation gerettet hatte, hatte sich um den kleinen Fernseher im Pausenraum versammelt wie um ein wärmendes Lagerfeuer. Nur dass die Bilder auf der Mattscheibe einen eher frösteln, als sich wohlig die Hände reiben ließen. Jemand hatte berlin2day eingeschaltet. Der Nachrichtenkanal zeigte abwechselnd die Bilder von Amateurfilmern, die die Attentate in der Stadt aufgenommen hatten, und die Aufnahmen der JVA aus der Vogelperspektive. Faris starrte auf eine Szene, in der der Taxifahrer in den Armen eines Müllmannes zusammenbrach, aber er sah sie nicht wirklich, weil er Ben zuhörte, während gleichzeitig eine der Schwestern den Cut an seiner Wange verarztete.

»Andersen hat Befehl an alle Streifen rausgegeben, nicht mehr nur auf mögliche Anschlagsziele von Islamisten zu achten«, erklärte Ben, »sondern jetzt auch auf Flüchtlingsheime, Moscheen, Synagogen und so weiter. Aber natürlich ist das nur ein Rufen im Walde. Wir haben nach wie vor nicht die geringste Ahnung, wo der Anschlag stattfinden könnte.«

Die Krankenschwester sprühte irgendetwas auf Faris' Wunde, und der Schmerz fühlte sich an, als habe sie ihm eine Nadel von unten in den Augapfel gerammt. Faris biss die Zähne zusammen.

Sie schaute ihm in die Augen. Leichtes Erstaunen lag in ihrem Blick. »Sie sind ganz schön tough, oder?«

Er wusste nicht, ob sie ihn aufzog oder ob sie es ernst meinte.

Er lächelte sie an. »Aua!«, sagte er in halb scherzhaftem Ton.

Sie lachte. Sie hatte ein schönes Lachen, dunkel und irgendwie anziehend. Das Namensschild an ihrem Revers wies sie als Schwester Kerstin aus.

Faris' Blick huschte zu Ira, die sich auf einen Stuhl hatte fallen lassen und leise ein paar Worte mit der Beamtin Deubner wechselte.

»Die Anschläge«, korrigierte er Ben.

Der grunzte. »Klar.« Aber er klang nicht, als kapiere er, worauf Faris hinauswollte.

Während er zu überlegen schien und Schwester Kerstin ihre Arbeit an Faris' Gesicht beendete, betrachtete der alle Anwesenden im Raum. Ira. Marian. Direktor Lehmann, der schwer atmete und schwitzte und sichtlich darum bemüht war, sich selbst und die Situation unter Kontrolle zu bringen. Deubner, mit der sich Ira leise flüsternd unterhielt. Andrea. Und Uwe Stein, der ausdruckslos in die Gegend starrte.

Marian, der sich in das Gespräch eingeklinkt hatte, hielt eine Hand auf sein Ohr gedrückt, als habe er Schwierigkeiten mit dem Empfang. Er hatte die Augen zu schmalen Schlitzen zusammengekniffen und überlegte. Mit der anderen Hand spielte er gedankenverloren an seiner Brusttasche herum.

Der Film im Fernsehen wechselte von den Luftaufnahmen auf ein neues Amateurvideo. Es zeigte, wie die Jungs von der DekonV um die Leben der Busopfer kämpften. Die Opferanzahl am Pariser Platz war – wenn man der roten Laufschrift im unteren Teil des Bildschirms Glauben schenken konnte – auf zweiundzwanzig gestiegen.

Faris fühlte sich sterbensmüde.

»Erklärst du mir das jetzt mal?«, erkundigte sich Ben, nachdem einige Sekunden in gegenseitigem Schweigen verstrichen waren. »Oder muss ich dir jeden Wurm einzeln aus der Nase ziehen? Wieso *die* Anschläge?«

Etwas steckte unten in Faris' Kehle fest, kalt und bitter und scharfkantig. »Du hast gesagt, dass Sadiq möglicherweise einen Teil des Giftgases an *Hiob* verkauft hat. Also besteht die Möglichkeit, dass es zwei verschiedene Anschläge geben wird, oder nicht?« Er begegnete Marians Blick. In dessen Miene arbeitete es. Er sah aus, als kaue er buchstäblich auf etwas herum, das er unmöglich schlucken oder verdauen konnte.

Faris zog fragend eine Augenbraue in die Höhe.

Marian tippte sich in einer unbewussten Geste gegen die Brusttasche, schob die Finger hinein, zog sie wieder heraus, als suche er nach den Zigaretten, die sich normalerweise dort befanden.

Bist du so süchtig nach den Dingern?, schoss es Faris durch den Kopf. An Ben gewandt fragte er: »Wie geht es jetzt weiter?«

»Wir haben Julia und ihre Jungs zu euch reingeschickt. Sie sollen versuchen, Sadiq zu finden und endlich zum Reden zu bringen.«

»Ich weiß«, sagte Faris. »Marian und ich haben sie getroffen.«

»Ich folge der Spur des Geldes. Vielleicht kriege ich raus, wer hinter *Hiob* steckt, wenn ich versuche, al-Sadiqs finanzielle Transaktionen zu durchleuchten. Und ihr? Was habt ihr jetzt vor?«

Faris sah zu, wie Schwester Kerstin sich an Direktor Lehmann wandte. Mit einem Wedeln seiner rechten Hand versuchte er, sie davonzuscheuchen, aber sie ließ sich nicht beeindrucken. Energisch griff sie nach seinem Handgelenk und begann, seinen Puls zu messen.

In Faris' In-Ear piepste es und zeigte damit an, dass ein zweiter Anruf hereinkam. »Moment mal, Ben.« Er schaltete die Verbindung um.

»Ich bin's«, sagte Julia. »Wir haben Sadiq und Moussa gefunden. Sie sind freiwillig in Sadiqs Zelle zurückgegangen, warum auch immer. Wie dem auch sei, wir haben sie festgesetzt. Wir versuchen jetzt, aus ihm rauszukriegen, wo dieses Scheißgas sich befindet.«

Faris bedankte sich bei ihr und wechselte zurück auf die Leitung zu Ben. »Julia und ihre Jungs haben Sadiq. Ich gehe zu ihr und helfe ihr, ihn in die Mangel zu nehmen.« Er stand auf, aber Schwester Kerstin, die noch immer Direktor Lehmanns Handgelenk hielt, warf ihm einen Seitenblick zu.

»Der Schnitt hat wieder angefangen zu bluten«, stellte sie fest.

Sie ließ Lehmann los, kam zu Faris. Genau wie der Direktor zuvor wollte er sie abwehren, aber sie drückte ihn kurzerhand zurück auf den Stuhl.

»Hinsetzen! Ich muss da noch mal dran!«

So energisch und streng klang sie, dass Faris gehorchte. Er rührte sich nicht, bis sie sein Gesicht erneut gesäubert und aus ihrer Kitteltasche mehrere kleine Klammerpflaster genommen und quer über den Cut in seinem Gesicht geklebt hatte. »So«, meinte sie. »Jetzt dürfen Sie wieder losziehen und die Welt retten.«

Faris erhob sich.

Marian, der unterdessen an das Waschbecken in der Ecke getreten und sich ein Glas mit Wasser gefüllt hatte, grinste. »Lässt du dir immer von Frauen befehlen, was du zu tun hast?« Über den Rand des Glases hinweg warf er Ira einen anzüglichen Blick zu.

Faris wollte schon den Mund aufmachen, um sie vor den platten Scherzen zu beschützen, aber er war nicht schnell genug. Ira warf Marian ein kühles Lächeln zu. »Es gibt eben immer wieder Menschen, die von sich auf andere schließen«, sagte sie liebenswürdig.

Marian verschluckte sich fast an seinem Wasser.

Faris lachte. Dann wandte er sich an Lehmann, der sich inzwischen wenigstens ein bisschen beruhigt zu haben schien. »Wie kommen wir zu Sadiqs Zelle?«, fragte er.

Muhammad al-Sadiq saß auf dem einzigen Stuhl in dem kleinen Raum. Seine Beine waren gespreizt und seine Fußknöchel mit Kabelbindern an den Stuhlbeinen fixiert. Seine Arme hatte Tom Krombusch über die Rückenlehne gezerrt und die Handgelenke dann an deren Streben gefesselt, sodass Sadiq dasaß, wie auf ein Rad geflochten.

»Reden Sie endlich!« Frust tanzte in roten Punkten vor Julias Augen, und es war nicht nur der Frust darüber, dass sie diesen elenden alten Mann hier bisher durch nichts auch nur dazu gebracht hatten, den Mund aufzumachen. Auch die Erinnerung an Faris' Gesichtsausdruck, als der Name Ira gefallen war, nagte an ihr.

Verdammt!, dachte Julia.

Sie hatte gewusst, dass er in eine andere Frau verliebt war, als sie sich mit ihm eingelassen hatte. Er hatte von Anfang an mit offenen Karten gespielt. Und zuerst war es ihr sogar recht gewesen. Sie hatte nichts weiter von ihm gewollt als Sex, der – das musste sie sich eingestehen – in seiner ruppigen Verzweiflung durchaus seinen Reiz gehabt hatte. Mittlerweile jedoch …

Mit Daumen, Zeige- und Mittelfinger rieb sie sich die Schläfen.

Komm klar, dumme Kuh!

Sadiq saß da, hielt das Kinn erhoben und den Blick geradeaus auf die Wand gerichtet. Er wirkte völlig ruhig.

Fast schon überheblich.

Er stachelte Julias Frust damit nur noch mehr an. »Reden Sie!«, brüllte sie, packte ihn an den Schultern und schüttelte ihn. »Wo ist das Gas?«

Er hob lächelnd den rechten Mundwinkel. »Soll ich Ihnen etwas sagen?«

Julia wartete.

Tom war bei ihr und ein weiterer Mann. Der Rest des Teams war damit beschäftigt, die Anstalt aufzuräumen. Den ganzen Dreck, der hier drinnen rumlief, wieder dort zu verstauen, wohin er gehörte. In die Zellen.

»Sie werden aus mir gar nichts herausbekommen«, sagte Sadiq.

Julia stieß einen zornigen Schrei aus und wandte sich ab. Sie hatte die Sturmhaube abgelegt, als sie Sadiqs Zelle betreten hatte. Im ersten Moment hatte sie noch gezögert, es zu tun, weil sie wusste, wie beängstigend es sein konnte, von dem Menschen, der einen in der Gewalt hatte, nur die Augen sehen zu können. Aber dann hatte Sadiq ihr ins Gesicht gegrinst. »Du bist vollverschleiert«, hatte er gesagt. »Wie es sich für eine gute Frau geziemt.«

Da hatte sie sich die Sturmhaube heruntergerissen und sie auf das Bett geworfen.

Jetzt nahm sie sie in die Hand. Fuhr zu Sadiq herum. Sie zog ihm den dunklen Stoff über den Kopf, drehte die Augenöffnung nach hinten, sodass er nichts mehr sehen konnte. »Wollen doch mal sehen, wer hier am längeren Hebel sitzt.« Sie war sich der erstaunten Blicke ihrer beiden Männer bewusst.

Normalerweise war sie diejenige, die bremste, die auf die Menschenrechte und den Rechtsstaat hinwies.

Jetzt jedoch zog sie ihre Pistole. Leise ließ sie das Magazin herausfallen. Dann zog sie den Schlitten zurück, warf die Patrone aus, die sich im Lauf befand. Und setzte Sadiq die nun völlig harmlose Waffe an die Stirn. »Wo ist das Gas?«

Sein Atem beschleunigte sich unter der Maske hörbar. Trotzdem saß er weiterhin aufrecht da. »Ich habe erst kürzlich einen

Mann getroffen, der mir gesagt hat, wie ehrenvoll es ist, für seine Ziele zu sterben.«

Julia warf einen Blick auf seinen Handlanger, diesen Moussa, den Tom mit zwei Kabelbindern an das Gestell des Bettes gefesselt hatte. Moussas Blick war so voller Hass und Gift, dass Julia ihn förmlich auf ihrer Haut brennen spüren konnte. Die wie gemeißelt aussehenden Muskeln an Moussas Oberarmen spannten sich.

»Lass ihn in Ruhe, Schlampe!«, fauchte er, als er bemerkte, dass er ihre Aufmerksamkeit hatte. Er warf sich in seine Fesseln, aber er erreichte damit nur, dass sich das Plastik tief in sein Fleisch schnitt. »Du bist nicht mal würdig, dieselbe Luft zu atmen wie er!«

Julia zuckte gleichgültig mit den Achseln. »Schon klar.«

Sie stieß die Mündung fester gegen Sadiqs Stirn, doch dann überlegte sie es sich anders. Sie steckte die Waffe weg und legte stattdessen eine Hand auf die Innenseite seines Oberschenkels. »Wetten, ich kriege deinen schrumpeligen Schwanz dazu, sich noch mal zu regen?« Langsam ließ sie die Hand zu seinem Gemächt hinaufwandern.

Sadiq keuchte auf, unmöglich zu sagen, ob vor Entsetzen oder vor plötzlich aufflammender Lust.

Ein Lächeln glitt über Julias Lippen. »Ich bin nicht nur wert, dieselbe Luft zu atmen wie du. Sondern ich bin die Herrin über deinen Körper. Und wie es aussieht, auch die über deine Seele.« Sie ließ die Hand höher gleiten.

Aus Sadiqs Mund kam ein tonloses Ächzen.

»Wo ist das Gas?«, fragte Julia erneut.

Faris war bereits auf dem Weg aus dem Pausenraum, um zu Julia zu gehen und ihr bei Sadiqs Verhör zu helfen, als Ira ihm in den Weg trat.

»Du siehst erschöpft aus«, sagte sie.

Er lächelte schwach. »Geht schon.«

Andrea, die bis eben nachdenklich an die Wand gestarrt hatte, verließ mit einem gemurmelten »Entschuldigt mich« den Raum.

Faris achtete nicht weiter auf sie, denn nun fragte Ira: »Meinst du nicht, dass du mir eine Erklärung schuldig bist?«

Er runzelte fragend die Stirn.

»All das hier.« Ira machte eine umfassende Bewegung, die sowohl das gesamte Gefängnis als auch die ganze Welt miteinschließen mochte. Sie deutete auf den Fernseher, auf dem eine aufgeregte Reporterin irgendeinen Islamexperten befragte und dabei beständig über ihre eigenen Worte stolperte. »Diese Anschläge da draußen. Sie hängen damit zusammen, dass du hier bist, oder?«

Faris warf Marian einen Blick zu.

Der zuckte nur die Achseln, und Faris wandte sich wieder Ira zu. Sorge und Beunruhigung ließen ihre Miene leer aussehen.

Er seufzte. »Du hast recht. Es ist vermutlich euer Recht zu erfahren, was hier los ist.«

Marian lehnte sich mit dem Rücken an eine Wand und hörte zu, wie Iskander den Anwesenden reinen Wein einschenkte.

Er erzählte ihnen davon, dass *El-Gehad* sich Tetrafentanyl beschafft hatte und damit in den Straßen von Berlin Attentate beging. Er erzählte, dass sie einen Anschlag befürchteten, dem eine drei- bis vierstellige Zahl von Menschen zum Opfer fallen sollte.

»Darum bin ich undercover hier drinnen.« Er wandte sich an Deubner. »Und darum auch der Fake-Mord an Dennis Golzer und Martin Winterfeld. Sie sind wirklich am Leben.«

Lehmann bestätigte das mit einem leise gebrummtem »Stimmt!«. Er hatte sich jetzt einigermaßen gefangen, wirkte weniger blass und atemlos als noch kurz zuvor. Marian vermutete, es lag auch an den beiden Tabletten, die Schwester Kerstin ihm kurz zuvor in die Hand gedrückt und die er hastig in den Mund geworfen und geschluckt hatte, als handele es sich dabei um Smarties.

Deubner, die sich während Iskanders Bericht an den Tisch gesetzt hatte, faltete die Hände und presste sie so stark zusammen, dass ihre Fingernägel weiß wurden. Uwe Stein starrte noch immer grimmig vor sich hin, während Schwester Kerstin sich erschrocken die Hand vor den Mund geschlagen hatte und jetzt nervös auf und ab ging.

Ira hatte die Hände in die Ärmel ihres Pullovers gezogen und umschlang sich selbst, als sei ihr kalt. Sie wirkte auf Marian wie eine Frau, die schon einiges mitgemacht hatte. Shannon und Ben hatten ihm gegenüber einmal angedeutet, wie Iskander zu ihr stand. Sie hatten ihm auch von Iras Ausstrahlung erzählt, von dieser Intensität, mit der sie einem bis auf den Grund der Seele zu schauen schien, und von der seltsamen Mischung aus Mitgefühl und Distanz, die von ihr ausging. Aber nie im Leben hätte Marian gedacht, wie intensiv all das wirklich war. Wenn er Ira ansah, hatte er das Gefühl, dass eine Art Strahlen von ihr ausging, etwas, das es gleichzeitig erstrebenswert und beinahe unmöglich machte, sich länger in ihrer Gegenwart aufzuhalten.

Er änderte seine Position, indem er von einem Fuß auf den anderen trat. In diesem Moment traf er eine Entscheidung.

Er würde Iskander vertrauen. Ihm und dem Team.

Ihm war nicht ganz klar, ob Iras Anwesenheit ihn dazu gebracht hatte, oder ob er plötzlich aus einem völlig anderen Grund bereit dazu war, aber er tastete nun in seiner Brusttasche nach der Spritze mit dem Naloxon. Kurz zögerte er, aber dann nahm er sie heraus und betrachtete sie, während er Iskander weiter zuhörte.

Der erläuterte gerade so knapp wie nur möglich die Wirkung, die Tetrafentanyl hatte. »Aber keine Sorge«, beendete er seinen Bericht, »wir gehen nicht davon aus, dass al-Sadiq das Gas hier drinnen hat, auch wenn sich ein Teil davon noch in seinem Besitz befindet.«

Marian räusperte sich. »Ähm, Iskander?«

Iskander blickte in seine Richtung.

»Ich glaube«, sagte Marian, »wir müssen etwas …«

Er wurde unterbrochen, weil Schwester Kerstin neben ihn trat. Sie nahm ihm die Spritze aus der Hand und las die Aufschrift darauf. »Wenn das stimmt, was Sie gerade behauptet haben«, sagte sie, »warum haben Sie dann ein Antidot gegen Tetrafentanyl dabei?«

Iskanders Kopf ruckte zu Marian herum.

Scheiße!, dachte der. Das würde eine längere Erklärung nach sich ziehen. Er beschloss, sie auf später zu verschieben. »Komm mit!«, forderte er Iskander auf.

Der gehorchte, auch wenn Misstrauen in seinen dunklen Augen aufflackerte.

»Was geht hier vor?«, zischte er, kaum dass sie draußen auf dem Gang standen.

Marian hielt ihm die Spritze hin. »Die war in Jespers Schreibtisch.«

Iskander wirkte verwirrt. Verwirrt und ärgerlich. »Und das sagst du mir jetzt erst?« Seine Augen verengten sich, er nahm die Spritze und hielt sie gegen das Licht. Die durchsichtige Flüssigkeit darin sah aus wie normales Wasser. »Du wusstest, dass das ein Gegengift gegen Tetrafentanyl ist, und hast nichts gesagt?«

Marian wusste, dass er eine schier endlose Erklärung würde abliefern müssen, wenn er jetzt damit anfing, sich zu rechtfertigen. Also zuckte er nur die Achseln.

In Iskanders Blick erschien ein Anflug von Verachtung, doch dann besann er sich. Er wurde leichenblass. Sein Blick wanderte in Richtung Tür, die sie beim Verlassen des Pausenraums hinter sich zugezogen hatten. Die Tür, hinter der sich Ira befand.

»Was hast du?«, fragte Marian.

Iskander hielt eine Hand auf Schulterhöhe und tat, als prüfe er die Windrichtung. »Hast du vorhin da draußen auch gemerkt, dass die Klimaanlage plötzlich auf Volllast läuft?«

Das hatte Marian. Und auf einmal begriff er, warum Iskander so blass geworden war.

»Ach du Scheiße!«, ächzte er.

21. Kapitel

»Sie leiten das Gas hier in das Gefängnis?«, flüsterte Ira.

Faris nickte. »Das vermuten wir, ja.«

Nachdem er und Marian ein paar Minuten lang diskutiert hatten und sie zu dem gleichen Schluss gekommen waren, was die auf Volllast laufende Klimaanlage und das Naloxon in Jespers Büro möglicherweise bedeuteten, waren sie sich einig gewesen, zunächst mit Direktor Lehmann zu sprechen, bevor sie das Team informierten. Faris hatte darauf bestanden, Ira zu diesem Gespräch hinzuzubitten. Er wusste, dass sie es ihm niemals verziehen hätte, wenn er ihr etwas wie das hier verschwiegen hätte. Und obwohl sich alles in ihm dagegen sträubte, weil er es aus tiefster Seele hasste, ihr Angst zu machen, hatte er sie gebeten, mit dem Direktor zusammen in eines der Behandlungszimmer zu kommen. Zusammen mit Marian hatte er ihnen beiden von ihrer Entdeckung berichtet.

Jetzt waren ihre Augen weit aufgerissen, Faris konnte sich in ihren Pupillen spiegeln.

Gedankenfetzen schwirrten durch seinen Kopf. *Hiob.* Das rechte Manifest. Das Gas. All die Islamisten hier im Gefängnis. Er hatte die Spritze noch immer in der Hand, starrte sie an wie etwas, das aus dem Weltall vor seine Füße gefallen war.

Naloxon.

Direktor Lehmann stand wie vom Donner gerührt mitten im Raum. Faris konnte zusehen, wie er anfing zu zittern: Erst hob er eine Hand vor den Mund, die gleich darauf zu beben begann, dann bebten seine Schultern und schließlich sein ganzer, sonderbar proportionierter Körper. »Hier drinnen nicht«, murmelte er. »Hier drinnen passiert uns nichts. Die Krankenstation hat einen eigenen Luftkreislauf. Wir sind hier sicher.« Er verschränkte die Hände wie zu einem Gebet. Es sah aus, als flehe er darum, dass er recht hatte. »Hier drinnen sind wir sicher«, wiederholte er.

Faris schaute nach oben. Die Lüftungsschlitze der Klimaanlage befanden sich direkt unter der Decke, genau wie in den Zellen auch. Ein kaum merklicher Lufthauch entströmte ihnen, kein Vergleich mit dem heftigen Pusten der Anlage außerhalb der Krankenstation.

»Gibt es eine Möglichkeit, die Klimaanlage auszuschalten, damit sich das Gas nicht verbreiten kann?«, fragte er Lehmann.

Der blinzelte, als sei er aus dem Schlaf in die Höhe geschreckt, nur um festzustellen, dass er mitten in einem Albtraum steckte. »Natürlich.« Hastig griff er nach seinem Handy und drückte eine Zahlenkombination. »Herr Vollmer, wi…« Seine Stimme brach, doch dann riss er sich zusammen. Er räusperte sich. Sprach ruhiger weiter: »Wir haben Grund zur Annahme, dass ein Giftgasanschlag auf Karlshorst geplant ist. Bitte schalten Sie sofort die Klimaanlage ab. Vollständig!« Sein Gesprächspartner sagte etwas, und mit zusammengepressten Lippen lauschte Lehmann.

Faris' Gedanken jedoch waren ganz woanders. Die Klimaanlage dort draußen lief auf Hochtouren. Jemand musste dafür gesorgt haben, dass das der Fall war, genauso wie jemand dafür gesorgt hatte, dass sämtliche Zellentüren offen standen. In seinem Magen wand sich etwas Finsteres, und er glaubte zu wissen, was Vollmer dem Direktor gerade sagte.

»Hm«, machte Lehmann nur. Er ließ das Handy sinken.

Seine Hand zitterte. »Vollmer meint, er kann die Klimaanlage nicht abstellen.«

Das Ding in Faris' Magen verursachte ihm Übelkeit.

Er streckte die Hand aus. »Geben Sie mir den Mann!«

Lehmann reichte ihm das Handy.

Faris identifizierte sich als Beamter des LKA. »Warum können Sie nicht abschalten?«, fragte er dann den Mann am anderen Ende, und er glaubte, die Antwort zu kennen.

Er täuschte sich nicht.

»Da muss irgendein Schaltmechanismus zerstört worden sein«, antwortete Vollmer. Er klang ruhig. Besonnen. »Die Klimaanlage läuft auf Volllast. Ehrlich gesagt, wundere ich mich schon die ganze Zeit, warum. Auf jeden Fall ist es unmöglich, sie im Moment wieder herunterzuregeln.«

Faris ballte eine Faust. »Kann es sein, dass die Klimaanlage durch die Zerstörung der Zellentürelektronik in Mitleidenschaft gezogen wurde?«

»Nein. Das sind zwei völlig verschiedene Anlagen an völlig verschiedenen Stellen im Gebäude. Außerdem wurde die Klimaanlage erst vor Kurzem hochgeregelt. Es war deutlich zu spüren.«

»Können wir ihr nicht einfach den Stecker ziehen?«

»Das geht nicht. Aus Kostengründen wurden die Stromnetze von Krankenstation, Klimaanlage und Sicherheitssystem gekoppelt. Das Ganze sollte eigentlich so konzipiert sein, dass Notaggregate anspringen, wenn da etwas zusammenbricht, aber offenbar wurde da etwas nicht so verkabelt, wie es vorgesehen war.« Faris hörte Vollmer auf einer Tastatur tippen. »Ich habe das schon mehrmals gecheckt, seit die Zellentüren auf sind. Da hat jemand ganze Arbeit geleistet. Wir können weder die Türsteuerung wieder ein- noch die Klimaanlage ausschalten.«

»Okay. Danke.« Faris' Übelkeit verwandelte sich in grelle Magenschmerzen.

Marians Augenbrauen hatten sich zusammengezogen. Er kam zu Faris herüber. »Was ist, wenn dieser Vollmer zu *Hiob* gehört?«, raunte er ihm so leise zu, dass weder Lehmann noch Ira es hören konnten.

Faris legte die Hand auf seinen Leib. Genau derselbe Gedanke war ihm soeben auch gekommen.

Iras Blick ruhte schwer auf ihm.

Er wich ihm aus. Ihm und auch den Blicken Lehmanns.

Konzentrier dich!

»Stimmt es, dass die Krankenstation einen eigenen Luftkreislauf hat?«, fragte er Vollmer.

Der bestätigte das. »Und auch die Kanzel. Und die Sicherheitszentrale hier, in der ich mich befinde.«

»Gut. Danke.« Faris ließ das Handy sinken und legte auf. »Wir sind hier drinnen sicher«, erklärte er den anderen. Am liebsten hätte er Ira zur Seite genommen und ihr gesagt, dass er alles dafür tun würde, dass ihr nichts geschah.

Was, wenn Vollmer zu Hiob gehört?, wisperte wieder diese feine Stimme in seinem Hinterkopf. Er brachte sie zum Schweigen. Sie half ihm nicht weiter.

Er sah Marian an.

Der sah nicht besonders glücklich aus, aber er nickte. Bei ihrem Gespräch vorhin hatte Faris ihm klargemacht, dass die Annahme, der Maulwurf befinde sich in der SERV, keine Option für ihn war. »Ich werde die anderen informieren«, hatte er gesagt, und schließlich hatte Marian zugestimmt. »Ja«, hatte er gesagt. »Vermutlich musst du das.«

Nun hob Faris langsam die Hand an seinen In-Ear und stellte die Verbindung zum *War Room* her. Mit einem Gesichtsausdruck, als habe auch er Schmerzen, tat es ihm Marian gleich.

»Robert?«, meldete sich Faris. »Es gibt da etwas, das ihr wissen solltet. Es sieht alles danach aus, als würde *Hiob* das Gas hier ins Gefängnis leiten.«

»Was?« Tromsdorffs Stimme klang rau. Atemlos befahl er: »Ben, schalte Faris auf Lautsprecher.«

Für einen Augenblick fehlten Faris die Worte.

Marian übernahm für ihn, und er wiederholte das, was Faris und er vorhin bereits diskutiert hatten. »Das ergibt durchaus Sinn! Karlshorst ist als Bundeshochsicherheitsgefängnis konzipiert. Hier befinden sich fast siebzig Prozent aller wegen islamistischer Straftaten verurteilten Gefängnisinsassen von Deutschland. Wenn *Hiob* vorhat, die Gefahr durch radikale Islamisten zu beseitigen, dann ist dieses Gefängnis hier der ideale Ort dafür.«

»Wie kommt ihr darauf?«, fragte Tromsdorff mit dieser sonderbar rauen Stimme, und Faris konnte im Hintergrund Ben und Shannon miteinander reden hören.

Marian erzählte ihnen von der Spritze, die er bei Jesper gefunden hatte, von der hochgeregelten Klimaanlage. Davon, dass der Regelungsmechanismus zerstört worden war und die Anlage nicht mehr abgeschaltet werden konnte.

Jeder seiner Sätze ließ in Faris die Anspannung größer werden.

Er musste etwas tun. Irgendwas. Sein Blick wanderte zu Ira, die stumm und blass dastand und auf ihn wirkte, als habe ihr jemand jede Fähigkeit, sich zu bewegen, genommen.

»Die andere Hälfte der Insassen sind rechtsmotivierte Straftäter«, meldete sich Ben zu Wort. »Würde *Hiob* wirklich in Kauf nehmen, dass die alle draufgehen?«

Faris drehte die Spritze zwischen seinen Fingern. »Vielleicht haben sie die alle mit dem Gegengift versorgt?«

»Glaube ich eher nicht«, meinte Marian. »Wir sollten davon ausgehen, dass sie fünfzig Prozent Kollateralschaden … einkalkulieren. Sechzig sogar, wenn wir die ganzen Beamten mit einrechnen.« Sein Unterkiefer bildete eine harte Linie, und er schluckte bei dem Wort. *Kollateralschäden,* dachte Faris.

Wieder blieb sein Blick an Ira hängen. Was, wenn ihr etwas passierte? Mechanisch schob er die Spritze in die Hosentasche. Dann trat er an die Wand neben der Behandlungsliege. Und hieb mit der geballten Faust dagegen.

Iras Kehle entfuhr ein winziges Keuchen.

Er wandte sich zu ihr um. Wollte sie an sich ziehen und ihr versichern, dass ihr nichts geschehen würde. Gleichzeitig wollte er sie anschreien, weil sie die Anstalt nicht früher verlassen hatte. Er tat keines von beidem.

Sie schien den Konflikt in seinem Innersten spüren zu können. Sie zog ihre Schultern hoch, als sei ihr kalt. Dann zwang sie sich zu einem winzigen Lächeln, das ihm wie ein Messer ins Herz fuhr. Als sie den Raum verließ, um ihm nicht im Weg zu sein, war er erleichtert.

»Okay. Bleiben wir ruhig.« Marian presste die Zähne zusammen. »Robert, du musst so schnell wie möglich die Jungs von der DekonV herschicken!«

»Die sind mit dem Anschlag auf den Bus beschäftigt, fürchte ich. Verflixt! Wie sollen wir mit gleich zwei Bedrohungslagen klarkommen?«

Faris tauschte einen langen Blick mit Marian. »Okay.« *Du. Wirst. Funktionieren.* »Konzentrieren wir uns auf das, was wir in der Hand haben, und das ist die Lage hier drinnen. Um den Rest muss sich Andersen kümmern. Ben, kannst du an Pläne der Anstalt rankommen? Vielleicht zeigen die uns, wie wir die Anlage lahmlegen können. Oder wenigstens, wo *Hiob* das Gift deponiert haben könnte.«

»Bin schon dabei.« Ben brauchte nur Sekunden. »Hä?«, hörte Faris ihn sagen, gleich darauf war er wieder in der Leitung.

»Faris? Frag mich nicht, warum, aber die Pläne sind verschlüsselt. Ich komme da nicht so einfach ran.«

»Was meinst du mit verschlüsselt?«, fragte Faris. Er wusste, dass Gefängnispläne gewöhnlich nicht beim Katasteramt lagen, aber dass sie auf den Servern der offiziellen Stellen verschlüsselt abgelegt wurden, war ihm neu.

»Verschlüsselt eben. Und nicht zu knapp. Wenn ihr mich fragt, dann will da jemand auf jeden Fall verhindern, dass wir da rankommen.«

Niemand von ihnen musste aussprechen, wer dieser Jemand war.

Faris rieb sich die Augen, die plötzlich angefangen hatten zu brennen. Wie lange brauchst du, um die Pläne zu hacken?«, fragte er Ben.

»Zu lange, das ist eine 256-bit-Verschlüsselung. Da komme ich nur mit einer Brute-Force-Attacke dran, und das kann Stunden dauern.«

»So viel Zeit haben wir nicht!«, meldete sich Tromsdorff zu Wort. »Aber versuch es trotzdem! Faris, ihr kümmert euch weiter um Sadiq. Er hat *Hiob* das Gas verkauft. Vielleicht weiß er irgendwas.«

Faris bezweifelte das. Wenn al-Sadiq darüber informiert gewesen wäre, was die Organisation mit dem Gas vorhatte, hätte er doch niemals …

»Kommissar Iskander! Hören Sie …« Lehmanns Worte durchbrachen Faris' Gedankengang, sodass er kurz den Faden verlor. »Vielleicht habe ich eine Idee, was wir tun können«, stieß Lehmann hervor. »Alle Kameraaufzeichnungen der letzten vierundzwanzig Stunden werden auf den Servern in der Sicherheitszentrale archiviert. Wenn das Gas also nicht schon vor Tagen deponiert wurde, können wir auf den Bändern vielleicht sehen, wo es sich befindet, und es unschädlich machen.« Bevor

Faris es verhindern konnte, hatte Lehmann bereits das Handy an sich genommen und die Nummer der Sicherheitszentrale gewählt. »Herr Vollmer!« Beinahe schrie er in das Gerät. »Sie müssen uns helfen!« Mit hastig hervorgestoßenen Worten erklärte er Vollmer, was er von ihm wollte.

»Er sagt, es ist kein Problem«, informierte er danach Faris und Marian.

Was, wenn er zu Hiob gehört?, formte Marian lautlos mit den Lippen. Er hatte sich so gedreht, dass Lehmann es nicht sehen konnte, aber das wäre kaum nötig gewesen. Lehmann achtete nicht im Geringsten auf ihn.

Faris nickte stumm. Er kalkulierte seine Optionen durch und fasste einen Entschluss. »Okay.« Er zog die Česká aus seinem Hosenbund. »Sagen Sie Vollmer, ich komme zu ihm und helfe ihm.«

»Was hast du vor?« Marian starrte die Waffe an. Dann zog er seine eigene und signalisierte damit überdeutlich, dass er Faris nicht allein gehen lassen würde.

Ein Maulwurf in unseren Reihen.

Konnte er Marian trauen? Marian, der erst seit Kurzem zur SERV gehörte. Der in Somalia gewesen war und wer wusste schon, wo noch überall im Nahen Osten.

Treibsand unter Faris' Füßen hätte sich nicht schlimmer anfühlen können.

Er schüttelte den Kopf. »Ich gehe allein.«

»Träum weiter!« Marian war schon auf dem Weg Richtung Ausgang, doch Faris stellte sich ihm in den Weg.

»Ich sagte, ich gehe allein!«

Mehrere Sekunden lang bohrten sich ihre Blicke ineinander. Faris konnte die unterschiedlichen Emotionen in Marians Mienenspiel erkennen. Entschlossenheit, ja sogar Zorn, aber auch Resignation. Er seufzte. »Faris! Ich weiß, ich bin erst kurz im Team, aber …«

»Nichts aber.« Faris schnitt ihm das Wort mit einer harschen Handbewegung ab. Ira erschien in der Tür, schweigend und weniger blass als vorhin noch. Er bewunderte sie für die Ruhe, die sie erfasst zu haben schien, bis ihm klar wurde, dass er der Grund dafür war. Ira glaubte fest daran, dass er diesen ganzen Scheiß hier beenden würde. Dass er sie hier rausholen würde. Lebend. Unversehrt.

Die Last, die ihm das auferlegte, fühlte sich fast zu schwer an.

Er seufzte unterdrückt.

Marian hörte es natürlich. Er deutete zur Tür. »Du hast keine Ahnung, wie viele von denen da draußen inzwischen wissen, dass du hier eingeschleust wurdest. Und du hast auch keine Ahnung, wie viele von den Beamten zu *Hiob* gehören.« Er machte eine kurze Pause, um die Worte sacken zu lassen.

Stimmt, dachte Faris. *Ich habe keine Ahnung, wer* überhaupt *alles zu* Hiob *gehört.*

Ira war bis an eine Wand zurückgewichen. Sie hatte wieder die Ärmel ihres Strickpullovers über ihre Hände gezogen.

»Du brauchst Rückendeckung, Faris!«, meldete sich Tromsdorff und zeigte damit, dass er die Unterhaltung die ganze Zeit verfolgt hatte. »Ich weiß, bei Jesper lag ich furchtbar falsch, aber Marian ist nicht unser Maulwurf.«

Das Treibsandgefühl unter Faris' Füßen verstärkte sich kurz, und er wusste den Grund dafür. *Was, wenn auch Tromsdorff …* Energisch schnitt er den Gedanken ab.

»Du brauchst mich«, beschwor Marian ihn. »Und wenn ich irgendwas tun kann, damit du mir vertraust, dann sag es!«

Faris fasste sich an die Lippe.

In einer unbewussten Geste tat Ira genau dasselbe.

Und in diesem Moment wusste Faris, er würde einen Teufel tun, sie hier mit jemandem allein zu lassen, dem er nicht über den Weg traute.

»Ben? Ich mache mich auf den Weg zur Sicherheitszentrale. Ich gehe offline, melde mich aber, sobald wir da sind.« Er wartete, bis Ben bestätigt hatte, dann wandte er sich an Marian.

»Gut«, sagte er. »Gehen wir.«

Auf dem Weg zur Sicherheitszentrale kamen sie an einem jungen Mann in schwarzer Anstaltskleidung vorbei, den Julias Männer mit zwei Kabelbindern an eine der vergitterten Zwischentüren gefesselt hatten. Der Gefangene trug die Haare lang und in einem dunklen Violett gefärbt, was irgendwie nicht zu den Tattoos auf seinen Handrücken passen wollte. Als er ihn passierte, bemerkte Faris, dass der Mann an seinem Hinterkopf das doppelte Zackensymbol einer SS-Rune rasiert hatte.

»Der neue Skin-Chic«, bemerkte Marian grinsend. »Rechtslinkes Crossover … Darf ich dich was fragen?«, erkundigte er sich dann völlig zusammenhanglos.

Faris warf ihm einen misstrauischen Seitenblick zu. »Wenn es sich nicht vermeiden lässt.«

Seine Unfreundlichkeit perlte an Marian ab. »Wir sind uns einig, dass es mindestens einen Maulwurf am Columbiadamm geben muss, oder?«

Faris ahnte, was jetzt kommen würde. »Hm.«

»Und wir wissen auch, dass es sich dabei um einen hochrangigen Mitarbeiter handeln muss. All dieser ganze Scheiß, die Verschlüsselung der Gefängnispläne, die gründliche Planung …«

Mit einem Ruck blieb Faris stehen, umklammerte die Waffe fester. »Was soll das?«, herrschte er Marian an. »Hast du vor, mich zu verunsichern, um mich handlungsunfähig zu machen?«

Marian wich zurück. In seinen grauen Augen blitzte etwas auf, das Faris nicht zu deuten wusste. War es Ärger? Ungeduld?

Es war Entschlossenheit. Genau in der Sekunde, in der Faris das begriff, zuckte Marians Hand hoch. Und nur einen Sekundenbruchteil später setzte er Faris die Mündung seiner Waffe an die Stirn.

»Wenn ich zu *Hiob* gehören würde«, presste er durch die Zähne, »dann würde ich dir hier und jetzt eine Kugel in den Kopf jagen, damit du mir nicht mehr in die Quere kommen kannst.«

Faris stand ganz still. Am Lauf der Waffe vorbei sah er Marian in die Augen. Sein Herz hatte in dem Moment ausgesetzt, als sich der Stahl gegen seinen Schädel gepresst hatte. Jetzt sprang es stotternd wieder an.

Eine Sekunde verstrich. Eine zweite und dritte.

Langsam nickte Faris.

Und mit einem schweren Seufzen nahm Marian die Waffe herunter. »Okay jetzt?«

Faris nickte. »Du hast schnelle Reflexe.«

Marian schüttelte fassungslos den Kopf. »Können wir dann endlich unsere verdammte Arbeit machen?«

Schweigend gingen sie weiter. Sie bogen in einen Gang ein, der menschenleer vor ihnen lag, und kamen an weiteren Gefangenen vorbei, die Julia und ihr Team mit robusten Kabelbindern an Treppengeländer oder Heizungen gefesselt hatten.

»Was, wenn es Robert ist?«, fragte Marian irgendwann.

Faris wandte den Kopf. »Du kannst die Klappe nicht halten, oder?« Er sah Unsicherheit in Marians Augen flackern. Langsam schüttelte er den Kopf. »Er ist es nicht!«

Auf keinen Fall!

»Was macht dich so sicher?«

»Ich kenne ihn schon ewig. Seit mein erster Partner Paul gestorben ist, ist Robert mein bester Freund.«

Er. Ist. Es. Nicht.

Marian nickte. »Er ist älter als du, oder?«

»Zwölf Jahre.«

»Ich bin mit ihm in Somalia gewesen«, sagte Marian.

Faris nickte. »Ich weiß.«

»Woher?«

»Shannon hat mir davon erzählt.«

»Ah. Okay.« Marian hob leicht das Kinn. »Du vertraust ihm also völlig?«

Faris nickte erneut. »Ich würde ihm ohne zu zögern mein Leben anvertrauen.«

Und das von Lilly, Ira und Anisah auch, fügte er in Gedanken hinzu.

Marian kaute auf seiner Unterlippe herum. »Was, wenn er es doch ist?«

»Ist er nicht.«

»Weil nicht sein kann, was nicht sein darf?«

Faris hob sachte die Waffe an. »Weil ich mir sonst eine Kugel in den Kopf jagen würde«, sagte er.

»Gerd Vollmer.« Vollmers Händedruck war fest und trocken. »Sicherheitschef von dem Kasten hier.« Er hatte Faris und Marian durch die Sicherheitsschleuse gelassen, nachdem er sich telefonisch von Lehmann ihr Aussehen hatte beschreiben lassen. Jetzt deutete er grinsend auf Faris' Anstaltskleidung. »Und Sie sind wirklich sicher, dass Sie Polizist sind, ja?«

»Gewöhnlich trägt er kein Grau. Steht ihm nicht.« Marian lächelte. Dann wischte er sich den Witz vom Gesicht und gab Vollmer ebenfalls die Hand. »Marian. SERV, wie Kommissar Iskander auch. Ich fürchte, mein Dienstausweis liegt bei dem Zerberus, der an Ihrem Besuchereingang sitzt.«

»Kein Problem.« Vollmer kehrte zu seinem Platz zurück. »Lassen Sie uns keine Zeit verlieren.« Er deutete auf die Monitore, die drei von vier Wänden von der Schreibtischkante bis unter die Decke bedeckten. Die meisten gaben Schwarz-Weiß-Bilder in geringer Auflösung wieder, aber der große in der Mitte der mittleren Wand übertrug in Farbe und gestochen scharf. Im Moment war auf ihm die Kanzel zu erkennen, die sich ein paar Stockwerke über ihnen befand und deren getönte Sicherheitsglasscheiben von Rissen überzogen waren. Mit ihren zerbeulten Metallwänden sah sie noch immer aus wie ein Raumschiff, allerdings jetzt wie eines, das abgestürzt war und dessen Trümmer sich in das Gefängnisgebäude gebohrt hatten.

»Die Insassen haben sie gestürmt und geplündert«, erklärte Vollmer. »War so ziemlich das Erste, was sie gemacht haben, als die Zellentüren aufgegangen sind.«

»Was ist mit den diensthabenden Beamten?«, fragte Marian.

Vollmer zuckte schweigend die Achseln. Er verzog dabei das Gesicht, als habe man ihm gerade ohne Betäubung eine Kniescheibe rausoperiert.

Marian entschloss sich, nicht nachzuhaken.

Faris wandte seine Aufmerksamkeit dem Farbmonitor zu, auf dem jetzt das Bild in schneller Folge durch die Ansichten wechselte, die die kleineren Schwarz-Weiß-Bildschirme zeigten. Faris sah kurz nacheinander einen leeren Gang im C-Trakt, einen ebenfalls leeren Duschraum und einen Treppenaufgang, auf dem eine Leiche in schwarzer Anstaltskleidung lag. Seiner Haltung nach zu urteilen, hatte der Tote ein gebrochenes Genick. Direkt neben ihm hockte ein an das Geländer gefesselter dunkelhäutiger Mann in Grau.

»Tetrafentanyl.« Vollmer schüttelte den Kopf. »Es fällt mir schwer zu glauben, dass sich das Zeug hier drinnen befinden soll.«

»Uns auch.« Marian ließ den Blick nicht von den Monitoren. »Ist ein nettes Zeug übrigens. Macht eine atemberaubende Partystimmung.«

Das Bild auf dem zentralen Monitor wechselte erneut. Faris sah zwei JVA-Beamtinnen Seite an Seite in einer Zelle auf dem Bett sitzen. Sie hielten sich an den Händen wie Kinder, die sich vor der Dunkelheit fürchteten. Er wandte den Blick ab.

»Ich hole Ihnen alle Stellen auf die Bildschirme, an denen man Zugang zur Klimaanlage hätte«, erklärte Vollmer. »Und dann gehen wir in den Aufzeichnungen rückwärts.« Er trat neben Faris, beugte sich über eine klobige Tastatur. Im Zwei-Finger-System tippte er etwas ein, griff dann nach einem Trackball von der Größe einer Kegelkugel und scrollte mit ihm herum.

Die Bilder auf den Schwarz-Weiß-Monitoren änderten sich. Jetzt wurden nur noch Flure und Gänge angezeigt.

»Sämtliche Zugänge zur Klimaanlage liegen hinter den Wandverkleidungen«, erläuterte Vollmer und begann, einzelne Bilder auf den Farbmonitor zu ziehen. Gegenstände und Menschen tauchten auf und verschwanden wieder, das Ganze hatte etwas von einem ruckligen Daumenkino, das schließlich bei dem Bild von einer offenen Wandverkleidung anhielt. Jemand kniete vor dem Loch, den Oberkörper darin verborgen. Direkt daneben stand eine Sporttasche, deren Reißverschluss aufgezogen war. Die Tasche war leer.

Faris deutete auf den Monitor. »Wo ist das?«

Die Decke des Ganges war leicht gewölbt und niedrig, und unter ihr liefen Rohrleitungen entlang.

»Das ist in Trakt A, im Kellergeschoss.« Vollmer sprang in drei Sekunden-Schritten weiter zurück in die Vergangenheit.

»Da!« Marian wies auf die Tasche. Jetzt lag, deutlich zu sehen, eine große Gasflasche darin.

Vollmer ließ die Aufzeichnung in die andere Richtung laufen. Die Flasche verschwand.

»Der hat sie eindeutig in den Schacht getan«, sagte Marian.

Vollmer kontrollierte den Zeitstempel. »Die Aufzeichnung stammt von vorgestern.«

Gemeinsam sahen sie zu, wie die Gestalt den Oberkörper aus der Öffnung zog und sich aufrichtete. Allerdings wurden sie enttäuscht, was eine Identifizierung anging. Der Kerl hatte eine Kapuze tief ins Gesicht gezogen, und er schien sehr genau zu wissen, wo sich die Kameras befanden. Zusammen mit Vollmer suchten Faris und Marian weiter. Kurze Zeit später hatten sie insgesamt drei Stellen gefunden, an denen der Unbekannte weitere Gasflaschen deponiert hatte. An keiner einzigen war auch nur für einen Sekundenbruchteil das Gesicht des Unbekannten zu sehen.

»Das waren alle möglichen Zugänge zur Klimaanlage«, erklärte Vollmer.

Faris ignorierte die Stimme in seinem Hinterkopf, die ihn schon wieder fragte, ob er Vollmer trauen konnte. Er hob den Finger ans Ohr, aktivierte – ebenso wie Marian – wieder die Verbindung. »Okay, Leute. Wir haben das Gas lokalisiert. Ich informiere Julia. Ihr Team soll die Flaschen sicherstellen.«

Julia brauchte nur zwei Sekunden, bis sie sich meldete. »Ja, Herzelein?«

Faris überhörte die Bezeichnung geflissentlich, denn er ahnte, dass sie nicht so freundlich gemeint war, wie sie klang. Mit knappen Sätzen informierte er Julia über das Gas und wo es sich befand. »Im Kellergeschoss von Trakt A, B und C. Und im Therapietrakt. Jeweils hinter den Wandverkleidungen. Du musst deine Jungs hinschicken und es unschädlich machen.«

»Wir sind gerade dabei, aus Sadiq rauszuholen, wo …«

»Wenn wir nicht erst das hier in den Griff kriegen«, fiel Faris ihr selbst für ihn überraschend heftig ins Wort, »dann kann es uns egal sein, ob Sadiq redet oder nicht!«

Ira ist in Sicherheit, redete er sich ein. *In. Sicherheit.* Er musste das als gegeben annehmen. Alles andere hätte ihn nur unaufmerksam gemacht, und wenn Marian und er richtiglagen, dann stand hier drinnen das Leben von mehreren Hundert Menschen auf dem Spiel. Versagen war also keine Option.

Julia zögerte. »Okay«, versprach sie dann. »Wird erledigt!«

Faris hielt kurz die Luft an. »Beeilt euch! Wir wissen nicht, wann das Gas freigesetzt wird.«

Julia schnaubte. »Ja, mein Herr und Gebieter.«

Faris schwieg. So etwas Ähnliches hatte er heute schon einmal zu hören bekommen.

Ira tigerte unruhig im Pausenraum der Krankenstation umher. Sie hasste es, untätig herumsitzen zu müssen, während rings um sie herum Dinge passierten, von denen sie nur einen Teil verstand und bei denen sie nicht helfen konnte. Im Fernsehen lief zum wohl tausendsten Mal das Video, auf dem der junge Taxifahrer starb. Sein verzerrtes Gesicht brannte sich tief in Iras Verstand.

»O Gott!«, flüsterte Melanie Deubner ebenfalls zum tausendsten Mal. »O Gott, o Gott!«

Entschlossen marschierte Ira zu dem Apparat und schaltete ihn aus. »Wir sind hier drinnen sicher, Melanie, das haben Sie gehört. Die Krankenstation hat einen eigenen Luftkreislauf.«

»Den man auch vergasen kann.« Melanies Kopf kippte zu einem sonderbar abgehackten Nicken einmal nach vorn, dann nach hinten. Es sah aus, als seien die Muskeln in ihrem Nacken gerissen.

»Kommissar Iskander und die anderen sorgen dafür, dass das nicht geschieht!« Die Worte schienen Melanie ein wenig zu beruhigen, aber sonderbarerweise lösten sie bei Ira selbst nur umso größere Unruhe aus.

Wie konnte sie helfen?

Die Wahrheit war: Sie hatte keine Ahnung. Faris' Welt und ihre unterschieden sich so unendlich stark voneinander, dass sie nichts als grenzenlose Überforderung empfand. Eine Überforderung, gegen die sie sich nur durch Wut schützen konnte. Wut auf sich selbst: Warum nur hatte sie sich von Andrea überreden lassen, heute hier Dienst zu machen? Wut auf die Situation im Ganzen: dieser ganze elende Mist mit diesen Fanatikern aller Arten, die mittlerweile zu Hunderten aus ihren Löchern gekrochen kamen! Und zu guter Letzt auch Wut auf Faris.

Es ist nicht seine Schuld, dass das hier geschieht.

Und trotzdem …

Wenn sie ehrlich zu sich selbst war, hatte es ihr einen Schock versetzt zu sehen, wie er vorhin die Waffe gezogen und die Krankenstation verlassen hatte. Sie kannte diese sonderbare Aura, die ihn umgab, wenn es hart auf hart kam – diese schmerzhaft intensive Mischung aus Fatalismus und Kampfeswillen. Sie hatte sie schon zweimal bei ihm erlebt. Und beide Male waren Menschen gestorben. Einmal sogar war sie selbst zum Opfer seines bedingungslosen Einsatzes geworden … Sie schluckte, und ihr wurde bewusst, dass sie schon seit einer Weile die Stelle an ihrer Seite rieb, gegen die er ihr damals die Mündung der Waffe gepresst hatte.

Eine Stimme riss sie aus ihren Gedanken. »Ira?«

Sie tauchte aus ihren Grübeleien auf wie aus einem tiefen, kalten See. Andrea stand vor ihr. »Du bist ganz schön blass.« Sie hatte ein Glas Wasser in der Hand und wollte es Ira reichen. Ira jedoch schüttelte dankend den Kopf. Andrea lächelte sie an, dann gab sie das Glas stattdessen Melanie Deubner. Die nahm es und leerte es in einem einzigen langen Zug. Ihre Hände zitterten heftig.

»Wir sind hier drinnen sicher vor dem Gas«, wiederholte Ira

leise. »Wir müssen keine Angst haben.« Wie um sich das von ihr bestätigen zu lassen, sah sie Andrea an.

Die nickte. Sie wirkte so zuversichtlich, dass allein der Anblick es Ira ein wenig besser gehen ließ.

Melanie jedoch schaute zu Ira auf, als habe sie Mühe, ihr Glauben zu schenken.

»Hoffentlich«, murmelte sie.

»Warum noch mal retten wir die Arschlöcher hier drinnen, statt uns um die Menschen da draußen in Berlin zu kümmern?«

Das Unverständnis und der Ärger, die Tom Krombusch empfand, waren über den In-Ear deutlich zu spüren.

Faris war ein ganz ähnlicher Gedanke vorhin auch schon einmal gekommen, aber er hatte ihn nicht zugelassen. Menschen waren Menschen, egal ob sie sich hier drinnen befanden oder dort draußen in der Stadt ihrem Leben nachgingen. Niemand verdiente es, so zu sterben wie Kamil Akay, was auch immer er getan hatte, um sich seine Zeit hier drinnen zu verdienen.

Faris rollte mit den Schultern und zwang sich, langsam gegen die Beklemmung anzuatmen, die ihn allein bei dem Gedanken an Akays grausamen Tod überkommen wollte.

Julia und Krombusch waren als Erste bei einem der Wartungsschächte angekommen, in denen der Unbekannte das Gas deponiert hatte. Nun stand Julia neben einer Öffnung in der Wandverkleidung, in der Krombuschs halber Oberkörper verschwunden war. Ihr Sturmgewehr lag in ihrer Armbeuge, und Faris fragte sich, wo ihre Sturmhaube war. Gewöhnlich zog sie sie einfach über den Kopf nach unten, sodass sie ihr wie ein Schal um den Hals lag. Jetzt jedoch fehlte das Ding.

»Weil wir nicht gern selbst durch dieses Zeug draufgehen wollen?«, schlug Marian als Antwort auf Krombuschs Frage vor.

»Komiker!« Julia suchte eine der Kameras und schoss einen finsteren Blick ab.

Faris rang mit der inneren Unruhe und dem Wunsch, dort rauszugehen und etwas zu tun. Krombusch zu helfen. Sadiq den Arsch zu versohlen. Irgendwas. Stattdessen wartete er hier und sah über die Kamera zu, wie Krombusch den Schacht kontrollierte.

»Hier ist nichts«, sagte Krombusch endlich. Sein In-Ear übertrug die Worte nur dumpf, da er gerade noch tiefer in die Wand krabbelte. Dann wand er sich wieder heraus und richtete sich auf.

»Was heißt *nichts?*«, beschwerte sich Marian. »Wir haben gesehen, wie das Gas da deponiert wurde.«

Auch Krombusch nahm nun über die Kamera Blickkontakt zu ihnen auf. Er schüttelte bedauernd den Kopf.

Faris griff sich ans Ohr. »Die Kamera hat aufgezeichnet, wie es dahin geschafft wurde.«

Krombusch klopfte sich die staubigen Hände ab. »Mag ja sein …« Er hielt inne, legte den Kopf schief, als lausche er auf etwas.

Und etwas in Faris ließ urplötzlich sämtliche Alarmglocken schrillen.

Bevor er etwas sagen – ja, bevor er auch nur einmal Luft holen konnte, übertrug sein In-Ear einen dumpfen Knall. Eine deutlich sichtbare, leicht silbrig schimmernde Wolke drang aus der Wandöffnung, hüllte Krombusch und Julia ein, wurde dann zurück in die Öffnung gesaugt.

»Scheiße!«, ächzte Marian.

Und in Faris zersplitterte etwas.

Krombusch hat nicht gründlich genug geschaut!, dachte er noch.

Falscher hätte er nicht liegen können.

»Kacke, verd…« Julias Stimme ging in einem heiseren Krächzen unter. Krombusch jedoch stand seelenruhig da, beobachtete, wie sie sich an die Kehle fasste, sich an der Wand abstützte. Langsam wanderte seine Hand zu seinem Gürtel. Er zog die Pistole. Er legte an.

Und schoss Julia in den Kopf.

Bevor sie in den Keller gegangen war, um die Bombe in der Klimaanlage zu deponieren, hatte Andrea ihr Handy auf lautlos gestellt und in die Tasche ihres Blazers gesteckt. Als der Anruf kam, spürte sie ihn darum als Vibration an ihrem rechten Hüftknochen. Sie griff nach dem Telefon, aber bevor sie es hervorzog, warf sie einen Blick auf Ira und diese nervtötende Krankenschwester, die im Pausenraum neben der Kaffeemaschine standen und leise flüsternd miteinander sprachen. Soweit es Andrea mithören konnte, ließ sich Ira die genaue Wirkweise von Tetrafentanyl erklären.

»Man stirbt, weil man innerlich erstickt«, sagte Schwester Kerstin gerade, und Ira presste die blassen Lippen aufeinander. Sie hatte die Schultern hochgezogen und umschlang den Oberkörper mit den Armen, als sei ihr eiskalt. Und vielleicht war es das auch. Andrea erinnerte sich gut daran, wie sie empfunden hatte, als Ludger ihnen allen damals die Wirkung des Giftgases mit einem kurzen Videofilm demonstriert hatte. Sie hatte geglaubt, selbst an den Erstickungssymptomen zu leiden, während sie zugesehen hatte, wie auf dem Bildschirm die animierte Figur zuckend und elend nach Luft japsend umgefallen war. Und sie hatte gefröstelt.

Jetzt jedoch fröstelte sie nicht. Obwohl dort draußen in Kürze echte Menschen den Erstickungstod erleiden würden. Es berührte sie nicht, stellte sie fest, weil sie wusste, dass diese Opfer nötig waren.

Ira bemerkte, dass sie beobachtet wurde, und blickte von ihrem Gespräch auf. Mit entschuldigendem Lächeln zog Andrea das Handy aus ihrer Tasche und hob es in die Höhe.

Ira nickte.

Andrea verließ den Pausenraum, suchte die Toilette auf und beantwortete endlich den Anruf.

»Ich bin's«, sagte Ludger. »Es geht los. Das Gas wurde freigesetzt.«

Die Worte nahmen Andrea kurz den Atem, aber dann riss sie sich zusammen. Sie hatte all das hier in Gedanken hundert-, vielleicht tausendmal durchgespielt. Sie würde jetzt nicht versagen.

»Gut«, gab sie knapp zurück. Die Fliesen über dem Waschbecken hatten einen hässlichen Fliederton. Andrea richtete den Blick auf ihr eigenes Gesicht im Spiegel. Ihre Augen glitzerten ungesund, stellte sie beiläufig fest.

»Da ist noch was«, fügte Ludger hinzu. »Iskander und Marian sind im Besitz von mindestens einer Naloxonspritze.«

»Das heißt?«

»Sie befinden sich im Moment abgeschottet in der Sicherheitszentrale, und ich hatte eigentlich gedacht, dass sie uns da nicht mehr gefährlich werden können. Aber mit der Spritze wären sie in der Lage, ungefährdet raus in das Gas zu gehen.«

Und uns immer noch in die Quere zu kommen, dachte Andrea. Faris hatte mehr als einmal bewiesen, dass er fähig war, ihre Pläne zu durchkreuzen. Vor ein paar Monaten hatte ihn nicht einmal eine Kugel aufhalten können …

»Ich sehe, was ich machen kann«, sagte sie.

»In Ordnung. Denk daran, dass Iskander …«

»Schon klar. Verlass dich auf mich!« Andrea starrte ihr Spiegelbild an, während sie überlegte, wie sie jetzt vorgehen sollte. Faris und Marian saßen in der Sicherheitszentrale, was bedeutete, noch keiner von beiden war auf die Idee gekommen, sich das Naloxon selbst zu injizieren. Sie musste dafür sorgen, dass das auch nicht geschah, und um das zu erreichen … Ein Plan begann in ihrem Kopf zu reifen. Sie lächelte. Über den Wasserhahn hinweg fixierte sie ihre Augen im Spiegel. Dieses Glitzern darin.

Es sah aus wie Begeisterung.

Wie eine Marionette, der man die Fäden abgeschnitten hatte, sackte Julia in sich zusammen.

»Barmherziger!«, hauchte Faris. Vor seinen Augen erschienen blutrote Flecken. In seiner Erinnerung hörte er Julia sagen: *Ich wusste, dass es keine gute Idee ist, mit dir ins Bett zu steigen.*

Eine lange und sorgfältig gehegte Gewohnheit wollte ihn zwingen, sich für ihren Tod schuldig zu fühlen. Er kämpfte dagegen an. Sie war nicht gestorben, weil sie sich mit ihm eingelassen hatte, sie war gestorben, weil sie einen scheißgefährlichen Job gemacht hatte.

»Never fuck the company.«

Hatte er das laut gesagt?

Er wusste es nicht, aber Marians und Vollmers Gesichtsausdruck nach zu urteilen, war es so.

»Was ist passiert, Faris?«, rief Ben. »Marian? Redet mit mir!«

Julias Leiche lag ausgestreckt da, eine dunkle Lache bildete sich unter ihrem Körper, wurde mit unheimlicher Geschwindigkeit größer, während Krombusch ungerührt seinen In-Ear aus dem Ohr nahm und auf den Boden warf. Er hob den Kopf zur Kamera, tippte sich mit zwei Fingern grüßend an die Stirn und verschwand dann aus dem Blickfeld.

»Dieser Hurensohn!«, zischte Marian.

»Alter!«, drängte Ben, und da erzählte Marian ihm, was geschehen war. Bens Reaktion bekam Faris nicht mit, denn ein glutweißes Kreischen erfüllte seinen Kopf.

Nur langsam schälte sich ein monotones Geräusch daraus hervor. Das Summen der Gegensprechanlage. Aus den Augenwinkeln sah er, dass neben der Tür ein kleiner Monitor ansprang.

»Faris!« Ein heiseres Krächzen drang aus dem Lautsprecher. »Lasst mich rein!«

Vor der Tür der Sicherheitszentrale stand Andrea.

Und hustete.

Ira zog ihre Hände aus den Ärmeln und rieb sich Nacken und Hinterkopf. Sie stand am Fenster des Pausenraumes, starrte auf den Freiganghof hinaus und war verwirrt. War es wirklich Andrea gewesen, die sie eben dort draußen gesehen hatte?

Es gab kaum eine andere Erklärung. Zwar hatte sie auf die Frau im Hosenanzug nur einen sehr kurzen Blick erhaschen können, und den auch nur zufällig. Aber sie hatte danach überall in der Krankenstation nach Andrea gesucht und sie nirgends finden können.

Es sah ganz so aus, als sei Andrea tatsächlich dort hinaus gegangen. Dort hinaus, wo jeden Moment das Gas austreten konnte oder vielleicht schon längst austrat.

Was hatte das zu bedeuten?

Sie wusste es nicht. Sie drehte sich um, ihr Blick fiel auf den mit Dutzenden bunten Fähnchen besteckten Dienstplan an der Wand, dann auf das Telefon darunter. Sie überlegte kurz, dann nahm sie den Hörer ab.

22. Kapitel

Das Telefon klingelte, und gleichzeitig stieß einer von Bens Rechnern ein leises *Pling* aus. Ben achtete weder auf das eine noch auf das andere, denn genau wie alle anderen im *War Room* starrte er auf das Smartboard, auf dem Bilder einiger Überwachungskameras aus Karlshorst übertragen wurden. Bilder, auf denen immer mehr Menschen sich an die Kehlen fassten, zu husten anfingen. Taumelten.

»Scheiße!«, wisperte Ben. »Scheiße, Scheiße, Scheiße!«

Shannon stand neben ihm. Ihre Augen waren weit aufgerissen und schimmerten hell.

Ben hatte Shannon noch nie zuvor den Tränen nahe gesehen, und der Anblick war für ihn beinahe so unerträglich wie der der sterbenden Menschen in der JVA.

Er sah zu, wie ein Gefangener, ein dicker Kerl mit einem militärischen Bürstenhaarschnitt, zusammenbrach. Seit das Gas freigesetzt worden war, waren kaum mehr als acht oder neun Sekunden vergangen. Der Mann zuckte eine knappe Minute lang, dann blieb er regungslos auf der Seite liegen.

So also sah ein anaphylaktischer Schock aus, dachte Ben dumpf.

Tromsdorff hatte sich mit einer Hand auf der Kante von Shannons Schreibtisch abgestützt. Er wirkte, als würden seine Beine gleich unter ihm nachgeben.

Andersen, der bei Bens erstem erschrockenen Fluch aus dem

BAO-Raum herübergeeilt war, war nur zwei Schritte jenseits der Tür wie festgenagelt stehen geblieben. Hinter ihm drängten sich seine Leute, äußerten ihr Entsetzen mit Wispern, Fluchen, Stöhnen.

Bens Telefon hörte endlich auf zu klingeln.

Eine Frau schluchzte leise. Jemand schrie: »Ist mir egal, ob ihr mit dem Bus noch nicht fertig seid! In Karlshorst sterben sie gerade wie die Fliegen, zum Donnerwetter!«

Der Rechner gab erneut ein *Pling* von sich.

Jetzt endlich riss Ben sich von dem Grauen los, rollte vor den Monitor. Ein Infofenster sagte ihm, dass sein eilig programmierter Algorithmus die Entschlüsselung der Pläne von Karlshorst schneller abgeschlossen hatte als angenommen. Normalerweise wäre Ben mit diesem Resultat zufrieden gewesen, aber er stand zu sehr unter dem Eindruck der Bilder aus der JVA, um sich so etwas wie Stolz zu gestatten. So schloss er das Fenster einfach. Die Risszeichnung des Gefängnisses erschien: halbsternförmig angelegte Zellentrakte, eine Krankenstation, die Therapieräume und die beiden Freiganghöfe, die direkt nebeneinanderlagen. Er klickte sie in den Hintergrund, denn der Plan war ja jetzt auf grausame Weise überflüssig geworden. Der Monitor verschwamm vor seinen Augen, und er schaute zum Smartboard hoch, wo in diesem Moment ein weiterer Gefangener dem Giftgas erlag.

Unmöglich, etwas zu tun, dachte er.

Unmöglich, es zu ertragen.

Sein Telefon begann erneut zu klingeln.

»Wir können nicht …« Vollmers Stimme überschlug sich. »Der Gang dort draußen ist mit dem Gas vollgelaufen. Wenn wir jetzt die Tür öffnen, dann sterben wir auch.«

»Nicht, wenn wir schnell genug sind!« Faris konnte den Blick nicht von dem kleinen Monitor neben der Tür lassen. Andrea stand dort draußen, hustend und leicht vornübergebeugt, als leide sie Schmerzen.

Vollmer schüttelte den Kopf, heftig, wie ein Kind, das nicht einsehen wollte, dass es keinen Ausweg gab.

»Zum Donnerwetter!«, fuhr Marian ihn an. »Sie krepiert, wenn wir ihr die Tür nicht aufmachen!«

»Sie krepiert auch, wenn wir sie reinlassen. Sie hat das Gas eingeatmet, und wir haben kein Gegenmittel.«

Draußen vor der Tür hustete Andrea heftiger, sank auf die Knie. »Faris!«, wimmerte sie.

Mit den Fingerspitzen klopfte Faris sich gegen die Schläfe, um das Kreischen in seinem Kopf abzustellen. »Doch, haben wir.« Er zog die Spritze mit dem Gegengift aus der Tasche.

»Aber das Gas ...«

Faris unterbrach Vollmer mit einer energischen Handbewegung. Wenn sie die Tür nur kurz aufmachten, würde die Gaskonzentration hier drinnen nicht gefährlich werden. Das redete er sich seit ein paar Sekunden wieder und wieder ein. Er hatte keine Ahnung, ob er sich etwas vormachte, ob er das Leben aller hier drinnen aufs Spiel setzte, indem er versuchte, Andrea zu retten. Aber er hatte auf keinen Fall vor zuzusehen, wie sie hier vor seinen Augen zugrunde ging, während er ihre Rettung in den Händen hielt.

Ihre ruhige, leicht herausfordernd klingende Stimme erklang in seiner Erinnerung.

»Wenn du dich mit einem einzigen Adjektiv beschreiben müsstest«, hatte Andrea ihn einmal in einer seiner Therapiesitzungen gefragt. »Was für ein Adjektiv würde das sein?«

Verdammt, war ihm spontan durch den Kopf geschossen. *Kaputt* oder auch *unfähig.* Gesagt hatte er: »Keine Ahnung. Verbissen, vielleicht.«

»Verbissen.« Sie hatte das Wort eine Weile lang überdacht. Dann hatte sie leicht genickt, aber er hatte nicht gewusst, ob sie mit seiner Antwort zufrieden gewesen oder ob sie anderer Meinung war. Irgendwann später einmal, in einem anderen Zusammenhang, hatte sie ihn als Einzelkämpfer bezeichnet, einen Mann, der bereit und willens war, einsame Entscheidungen zu treffen und die Konsequenzen, die daraus resultierten, auch allein zu tragen.

Daran musste Faris jetzt denken, und ihm wurde klar, dass er diese Entscheidung nicht allein treffen durfte. Sie betraf das Leben der anderen ebenso wie sein eigenes.

Herausfordernd sah er erst Vollmer, dann Marian an und deutete fragend mit dem Kopf auf die Tür.

Marian nickte sofort.

Vollmer zögerte. »Machen Sie schnell!«, sagte er resigniert.

Ben ignorierte das klingelnde Telefon. Mühsam nur riss er sich von den Bildern auf seinem Monitor los. Er blinzelte gegen den Schleier vor seinen Augen an und richtete den Blick auf das neue Infofenster auf seinem Computer. Ein weiterer Algorithmus, den er verwendet hatte, um nachzuverfolgen, wer das Giftgas von al-Sadiq gekauft hatte, hatte einen Treffer gelandet und präsentierte ihm eine Liste von Transaktionen. Natürlich waren die Verwendungszwecke kryptisch, aber er wusste von Winkler den Betrag, den *Hiob* laut Abdu für das Gas bezahlt hatte. Während er endlich den Anruf auf sein Headset umleitete und ein kurzes »Kleinen Moment!« hervorstieß, suchte er einen entsprechenden Eintrag aus, dann gab er seinem Computer den Befehl, den Weg des Geldes zurückzuverfolgen.

»Ben«, erklang Iras Stimme an seinem Ohr. »Ich habe hier etwas Sonderbares gesehen.«

»Gleich!«, schnappte er.

In derselben Sekunde hatte er ein Ergebnis.

Der Betrag war von einer Firma überwiesen worden, der offenbar eine Reihe von Waschsalons in Berlin gehörten.

»Echt, Leute?«, murmelte Ben. »Waschsalons?« An Ira gewandt, meinte er: »Bin gleich bei dir.« Er ignorierte ihr drängendes »Aber …« und konzentrierte sich auf seinen Computer, der ihm gleich darauf auch die Namen ausspuckte, die hinter der Waschsalonfirma steckten.

Es waren nur drei Einträge, und ein Name sprang ihm sofort ins Auge.

Sein Unterkiefer klappte herunter. Mit einer schwerfälligen Bewegung schaltete er Ira weg und schnitt ihre Stimme dabei mitten im Wort einfach ab. Er machte Shannon auf sich aufmerksam. Schweigend wies er dann auf die Liste.

Shannon wurde weiß wie der Tod.

Faris entriegelte die schwere Tür, die sich dadurch noch keinen Millimeter aus dem Rahmen bewegte. »Du ziehst die Tür auf«, sagte er zu Marian, »ich hole Andrea rein.«

Marian presste die Lippen aufeinander, aber er nickte erneut.

»Dann los«, sagte Faris. »Auf drei.« Er zählte, und bei drei zog Marian die Tür ein Stück auf, Faris hielt die Luft an, packte Andrea, riss sie durch den Spalt. Mit einem satten Schmatzen fiel die Tür zurück in ihre Dichtung. Das Ganze hatte weniger als eine Sekunde gedauert.

Faris hielt Andrea, bis sie sich aus eigener Kraft aufrichten konnte und »Danke« japste.

Ihre Stimme war hoch und piepsig.

Prüfend sog er die Luft ein. Wenn er sich geirrt hatte, dann würde es innerhalb der nächsten Sekunden in seinem Hals anfangen zu kratzen. Er griff nach Andreas Ellenbogen, bugsierte sie zu einem der Drehstühle. »Setz dich. Es geht dir gleich besser, warte.«

Andrea gehorchte. Als sie die Spritze in seiner Hand sah, weiteten sich ihre Augen. Kurz richtete sie sich aus ihrer gekrümmten Haltung auf, aber dann hustete sie erneut und sackte wieder in sich zusammen.

Immer noch kein Kratzen in seinem Hals.

Faris nahm Andreas Kopf und bog ihn leicht zur Seite, sodass ihre Halsschlagader entblößt wurde. Doch etwas ließ ihn zögern. Ein Schimmern war in Andreas Augen erschienen, ein zufriedener Ausdruck, der ihm irgendwie unpassend vorkam.

»Lass mich das machen«, meinte Marian, bevor Faris sich klar werden konnte, was das zu bedeuten hatte. »Ich hab sowas bei den Blauhelmen gelernt.« Er nahm Faris die Spritze aus der Hand. Gekonnte injizierte er Andrea das Gegengift.

Sie sog gierig Luft ein. »Danke!«, krächzte sie.

Faris legte ihr eine Hand zwischen die Schulterblätter, um ihr Halt zu geben.

Was stimmte hier nicht?

Keine zwei Sekunden später meldete sich Ben über das In-Ear.

Und da wusste Faris, was nicht stimmte.

»Andrea ist es!«, schrie Ben. Vor Anspannung hatte er es nicht mehr auf seinem Sitz ausgehalten. »Ich bin der Spur des Geldes gefolgt, Faris! Andrea gehört zu *Hiob!*«

Faris sah, wie Marians Augen sich weiteten, wie er nicht wahrhaben wollte, was Ben da sagte. Andrea zitterte noch unter seiner Hand, aber plötzlich veränderte sich das Zittern, wurde langsamer, gleichmäßiger.

Sie lacht, schoss es ihm durch den Kopf.

Sie lachte tatsächlich. Und im selben Augenblick bohrte sich etwas Hartes in seine Seite, rief den Schmerz wach, den das Adrenalin die ganze Zeit unter Kontrolle gehalten hatte, den Schmerz, den seine gebrochene Rippe ausstrahlte, aber auch den Schmerz in seiner Seele.

Was bist du doch für ein Versager!

Er krümmte sich. Andrea jedoch richtete sich zu ihrer vollen Größe auf.

In der Hand hielt sie eine kurzläufige Waffe, die sie nun direkt auf seine Brust richtete.

»Ihr seid solche Narren!«, stieß sie hervor und ging ein paar Schritte zurück, sodass sie Faris und Marian im Blick hatte. Ihre Stimme klang rau, aber das Husten war übergangslos verschwunden.

»Du«, stöhnte Marian.

Gleichzeitig mit ihm wollte Vollmer zur Waffe greifen, aber Andrea bedeutete ihnen mit einem warnenden Blick, es besser sein zu lassen. »Wenn ihr euch auch nur rührt«, sagte sie, »stirbt Iskander.«

Über das In-Ear konnte Faris Ben ächzen hören.

Langsam ließen Marian und Vollmer die Hände wieder sinken. In Marians Augen stand ein zorniges Flackern. »Miststück!«, stieß er hervor.

Andrea stieß die Waffe in Faris' Richtung. »Zurück!«, befahl sie ihm.

Faris blieb nichts anderes übrig, als zu gehorchen. Er wich rückwärts, bis er mit dem Rücken an die Wand stieß. Andrea befahl Marian und Vollmer, sich dicht neben ihn zu stellen, sodass sie sie alle drei im Auge behalten konnte.

»Und wie geht es jetzt weiter?«, fragte Marian.

Im Grunde seines Herzens kannte Faris die Antwort, und

Marians starrer Miene konnte er entnehmen, dass es ihm genauso erging.

Andrea würde sie töten.

Der Gedanke berührte Faris zu seiner eigenen Überraschung kaum. Es war, als habe sich etwas zwischen ihn und die Welt geschoben, eine Distanziertheit, die seine Empfindungen stumpf werden ließ.

Kurz flackerten Gesichter vor seinem geistigen Auge auf. Seine Schwester. Ira.

Lilly.

Er fragte sich, wie er so blind hatte sein können. Warum hatte er nicht gemerkt, dass Andrea die Vergiftungssymptome nur gespielt hatte? Aber genauso gut konnte er sich fragen, warum er in all den Monaten, die er bei ihr in die Therapie gegangen war, niemals auch nur den Schatten einer Ahnung gehabt hatte, dass sie rechtes Gedankengut vertrat. So vehement vertrat, dass sie bereit war, dafür zu töten.

Sie war eine begnadete Schauspielerin, dachte er bitter und sah zu, wie sich ihre Lippen zu einem Lächeln verzerrten.

»Zunächst mal werft ihr eure Waffen hier rüber zu mir.«

Faris schüttelte den Kopf. »Erschieß mich! Dann versohlt Marian dir schneller den Hintern, als du piep sagen kannst.«

Andreas Blick wurde nachsichtig. »Weißt du was? In all der Zeit, die ich deine beschissene Todessehnsucht und dein noch beschisseneres Selbstmitleid jetzt schon ertragen muss, habe ich mir oft vorgestellt, dass ich dir eine Kugel zwischen deine hübschen Augen jage.«

Faris hielt ihr stand. Plötzlich hatte sie etwas Manisches an sich. Als habe sie ihren wahren Charakter viel zu lange hinter einer Maske verbergen müssen. Als habe die Kraft, die sie das gekostet hatte, sie innerlich verbrannt. Er wusste aus eigener Erfahrung, wie sich das anfühlte.

Widerwillig zog er die Česká aus seinem Hosenbund, legte sie auf den Boden und schob sie mit dem Fuß hinüber. Marian und Vollmer taten es ihm gleich.

»Und jetzt: In-Ears ausschalten und rausnehmen!«

Sie gehorchten auch diesmal.

»Auf den Boden damit und drauftreten!«, befahl Andrea.

Faris' Blick wanderte zu Marian. Ganz kurz begegneten sich ihre Augen, und Faris wusste, was Marian dachte, noch bevor ihm derselbe Gedanke gekommen war. Nahezu gleichzeitig warfen sie die In-Ears auf die entfernteste Ecke von Vollmers Schreibtisch.

Andreas Miene verzerrte sich. »Ich sagte …« Ihr wurde bewusst, dass sie sich in die Defensive begeben hatte. Faris konnte ihr an der Nasenspitze ablesen, dass sie überlegte, ob sie zu dem Schreibtisch gehen und die In-Ears selbst zerstören sollte. Aber sie war klug. Sie wusste, dass sie dazu ihre drei Gefangenen hätte aus den Augen lassen müssen. Also entschied sie sich dagegen.

»Jetzt die Hände auf den Kopf legen!«, befahl sie, als sei nichts gewesen. Ohne sie aus den Augen zu lassen, zog sie ihr Handy aus der Blazertasche und wählte. Sie musste eine Weile warten, bevor sie sprechen konnte. »Ludger«, sagte sie dann.

Wieder tauschte Faris einen Blick mit Marian. Wieder dachten sie dasselbe.

Wer zur Hölle war Ludger?

»Ich habe die beiden.« Andrea lächelte Vollmer an, als wolle sie sich dafür entschuldigen, dass sie ihn ausgelassen hatte. »Sorg du dafür, dass der Rest der SERV zum Schweigen gebracht wird. Und ruf mich an, wenn du meine Nachricht abgehört hast.«

Faris' Mund wurde ganz trocken. Natürlich. Nicht nur er und Marian mussten aus dem Weg geräumt werden.

Marian war besser darin, sich cool zu geben. Er grinste Andrea an. »Verzwickte Lage, was?« Mit dem Kinn deutete er auf sich, dann auf Faris und schließlich auf Vollmer. »Du kannst nur auf einen von uns schießen. Die anderen beiden werden dich überwältigen, sobald du es tust.«

In Andreas Augen begann es zu glitzern. »Meinst du?«, fragte sie.

Genau in diesem Augenblick summte die Gegensprechanlage an der Tür der Sicherheitszentrale.

Ben klopfte gegen sein Headset, doch die Verbindung zu Marian und Faris ließ sich so natürlich nicht wieder herstellen.

»Das Miststück hat sie in ihrer Gewalt«, flüsterte er. Nur Tromsdorff, Andersen und Shannon waren bei ihm und hörten es.

Er war froh darüber.

Froh, dass die meisten Kollegen wieder an die Arbeit gegangen waren, um zu verhindern, dass sich das Grauen, das sich in Karlshorst ereignet hatte, irgendwo dort draußen in Berlin ein weiteres Mal ereignen würde. Froh, dass ihm das ermöglichte, sich ganz auf seine beiden Kollegen und Freunde zu konzentrieren, die sich in der Gewalt dieser Schlampe von Ärztin befanden.

»Was können wir tun?«, fragte Andersen. »Gibt es eine Möglichkeit, ein Betäubungsmittel in die Sicherheitszentrale zu leiten und zu stürmen?«

Der Gedanke war irgendwie naheliegend, dachte Ben. Jemand wie Andersen musste darauf kommen. Immerhin hatten sie es mit einem Gas zu tun, das dem ähnelte, das man 2002 im Dubrowka-Theater eingesetzt hatte. Erneut rief er den Plan der JVA auf und versuchte, aus den vielen Linien schlau zu werden.

Doch er konnte nur resigniert den Kopf schütteln. »Eher nicht, befürchte ich. In der derzeitigen Situation kommen wir da von außen nicht schnell genug ran.«

»Was ist mit dem SEK, das schon drinnen ist?«, fragte Shannon.

Andersen schüttelte den Kopf. »Wenn Dr. Roth zu denen gehört, wissen wir nicht, wer von dem SEK es ebenfalls tut.«

Ben wandte den Kopf, um zu ergründen, was Tromsdorff dachte. Bisher hatte sein Chef kein einziges Wort gesagt, sondern stand einfach da und schwieg, während er sich mit dem Daumennagel wieder und wieder über die Unterlippe fuhr. Schließlich gab sich Tromsdorff einen Ruck.

»Ich bin gleich wieder da«, sagte er.

Dann verließ er den *War Room*.

Ben sah ihm nach. Nachdenklich kratzte er sich am Kopf.

Ohne ihre drei Gefangenen aus den Augen zu lassen, entriegelte Andrea die Tür der Sicherheitszentrale. Krombusch zwängte sich hindurch. Die Tür schnappte zu, und Andrea verriegelte sie wieder.

Marians Gehirn suchte noch immer fieberhaft nach einem Ausweg. Ihre Chancen waren mit dem Auftauchen dieses SEK-Bullen noch einmal um ein gutes Stück gesunken. Wenn ihm also nicht bald etwas einfiel, dann würde das hier alles andere als gut ausgehen. Er beschloss, seine übliche Taktik anzuwenden.

Erweis dich als cooler Hund, auch wenn dir der Arsch auf Grundeis geht.

Man hätte meinen können, das sei das Motto seines Lebens.

Ein spöttisches Lachen entschlüpfte seinem Mund.

»Warum lässt du die Tür nicht einfach auf?«, erkundigte er sich bei Andrea. »Erspart dir immerhin drei Kugeln.«

Andrea sah aus, als überlege sie. Kurz zuckte ihr Blick zu Iskander, und für einen Sekundenbruchteil meinte Marian, einen weichen Zug um ihre Augen zu sehen.

Sie steht auf ihn!, schoss es ihm durch den Kopf. *Allem zum Trotz steht sie auf ihn!* Er begriff, dass Andrea sehr wohl fähig war, Iskander eine Kugel ins Hirn zu jagen. Aber sie würde ihn nicht einem qualvollen Tod wie dem durch Tetrafentanyl aussetzen.

Hab ich dich!, dachte er. Er war zufrieden.

Denn jetzt kannte er die Schwachstelle ihrer Gegner.

Faris zog bei dem Anblick von Krombusch scharf die Luft ein. In seinem Kopf schwirrte es so laut, dass er nicht mitbekam, was Marian Andrea fragte. Ein Bild flackerte vor seinem geistigen Auge auf.

Das Bild, wie Krombusch Julia die Waffe an den Kopf setzte und abdrückte.

Kurz spielte er mit dem Gedanken, sich auf Krombusch zu stürzen, egal was dann geschehen mochte. Vielleicht hätte er wenigstens genug Zeit, um diesem Mistkerl das zufriedene Grinsen aus dem Gesicht zu prügeln. Es wäre es wert gewesen.

Er wusste selbst nicht genau, warum er sich nicht rührte.

Marian stand ganz aufrecht an seiner Seite. Er warf Faris einen schnellen Seitenblick zu, den Faris nur allzu gut deuten konnte.

Beherrsch dich!, mahnte dieser Blick.

Faris schwankte. Seine Hände, die er noch immer auf dem Kopf liegen hatte, zitterten, und ihm war mehr als bewusst, was für einen erbärmlichen Anblick er bieten musste.

Krombusch grinste ihn an. »So sieht man sich wieder.« Bis eben hatte er seine Pistole locker neben dem Oberschenkel herabbaumeln lassen, aber jetzt richtete er sie auf Faris.

»Weißt du, was mich interessiert?«, fragte Marian an Andrea gewandt. »Ich würde gern wissen, was mit dir nicht stimmt. Hat dein Vater dir vielleicht ein paarmal zu oft den Arsch versohlt?«

Faris zwang sich, tief ein- und auszuatmen.

»Mein Vater«, zischte Andrea, besann sich aber sofort und nahm sich zurück. »Mein Vater tut hier nicht das Geringste zur Sache.«

»Oha!« Marian lächelte kalt. »Haben wir da etwa vermintes Gelände? Arbeitet sich unsere kleine Therapeutin etwa selbst an einem gewaltigen Vaterkomplex ab?«

Vermintes Gelände! Faris lief es kalt den Rücken hinunter, als ihm klar wurde, was Andrea als seine ehemalige Therapeutin alles über ihn wusste, während er seinerseits so gut wie gar nichts von *ihr* wusste. Er dachte an sein Lederarmband und daran, wie sie vor diesem Einsatz versucht hatte, es ihm zurückzugeben.

Sie hatte die ganze Zeit mit ihm gespielt.

Und es genossen.

Zorn und Fassungslosigkeit ergriffen ihn, hielten sich ziemlich genau die Waage, auch dann noch, als Andrea mit einem Lächeln auf das Bild einer bestimmten Kamera zeigte.

Julias Leiche war darauf zu sehen.

Der Anblick brannte sich in die Innenseite von Faris' Schädel ein, wurde überlagert von der Freude in Andreas Miene.

Miststück!

Warum tust du das?, wollte er sie anschreien.

»Was *will* Hiob?«, flüsterte er stattdessen.

Andrea lehnte sich gegen die Kante des Schreibtisches. Über ihrer Schulter flimmerten die Bilder der Sterbenden dort draußen in der Anstalt. Es wirkte wie die grausige Kulisse für die Hauptdarstellerin in einem noch grausigeren Theaterstück.

»*Hiob* steht für den Schmerz, den unser Land erleiden muss im Kampf gegen Überfremdung und Islamisierung«, antwortete Krombusch an ihrer Stelle. Es klang nicht auswendig gelernt, sondern bestimmt und auf gewisse Weise bedächtig.

»Besorgte Bürger!«, schnaubte Marian und brachte es damit auf den Punkt.

»Wir sind nur gegen die überhandnehmende Einwanderung von fremdem Blut, Gedankengut und Glauben«, sagte Andrea.

Marian verdrehte die Augen. »Für mich klingt das, als seid ihr einfach beschissene Rassisten!« Seine Miene spiegelte sich in einem der Monitore. Seine von Zorn und Schrecken düster wirkenden Augen und die hustende Gestalt eines gefesselten Insassen überlagerten einander wie die Doppelbelichtung eines grausigen Fotos. Faris senkte die Lider, um das Sterben nicht mehr sehen zu müssen.

»Was soll dieses Theater hier noch?«, fragte er. »Warum beendet ihr es nicht einfach?«

Blut und Spiele, dachte er. Andrea war um keinen einzigen Deut besser als al-Sadiq. Er sah zu, wie sie in die Tasche ihres Blazers griff und einen kleinen Fernzünder herauszog. Und er sah, wie sich auf Krombuschs Gesicht Erstaunen zeigte.

»Die Krankenstation hat einen eigenen Luftkreislauf«, sagte Andrea nur.

Es war genug.

»Nein!« Es riss Iskander vorwärts, und Marian hatte kaum genug Zeit, um seine Überraschung zu verarbeiten. Er hatte danebengelegen, schoss es ihm durch den Kopf. Andrea stand nicht auf Faris, sondern sie spielte ein grausames Spiel mit ihm. Er hatte keine Zeit, sich Gedanken über das Warum zu machen, denn jetzt überschlugen sich die Ereignisse.

Faris prallte gegen Andrea. Jemand brüllte. Ein Schuss löste sich. Das alles geschah im selben Sekundenbruchteil. Gleich darauf das Sirren eines Querschlägers. Dann erschütterte ein zweiter Schuss die Luft. Gleichzeitig traf Marian etwas mit voller Wucht.

Wieder schrie jemand, und noch im Fallen begriff er, dass er selbst es war. Hart prallte er auf dem Boden auf, ein Tonnengewicht schien auf ihm zu landen, presste ihm die Luft aus der Lunge, doch er sah noch die Waffe direkt vor seiner Nase.

Andreas Waffe. Sie hatte sie fallengelassen.

Ohne zu überlegen, griff Marian zu. Wälzte sich herum. Schoss.

Und blieb dann wie betäubt liegen.

Der erste Schuss löste sich aus Andreas Waffe, genau in dem Augenblick, als Faris gegen sie prallte. Er verfehlte ihn. Faris war, als habe sich das gesamte Universum verlangsamt, damit er zusehen konnte, was nun geschah.

Tief in sich hörte er die Stimme seines Ausbilders. *Es ist nicht so einfach, auf einen Menschen zu schießen,* hatte der Mann immer gesagt. *Das Unterbewusstsein eines ungeübten Schützen verreißt den Schuss. Es will nicht töten.*

Nur darum lebte er noch.

Er langte nach dem Fernzünder in Andreas Hand, noch während er mit ihr gemeinsam gegen den Schreibtisch taumelte und zu Boden ging. Gleichzeitig jaulte ein weiterer Schuss durch den kleinen Raum. Jemand schrie. Zweimal. Dann wurde zum dritten Mal geschossen.

Gleich darauf war es still.

Eine Sekunde der völligen Starre.

Faris sah Krombusch schwanken. Marian am Boden und

Vollmer ebenso. Blut hatte die Monitore über den beiden mit einem roten Sprühnebel überzogen.

Und dann begriff Faris. Finsternis füllte sein gesamtes Denken aus. Während Krombusch sich die Seite hielt und das Blut, das aus einer Schusswunde in seiner rechten Schulter quoll, auf dem Schwarz seiner SEK-Montur kaum zu erkennen war, während Andrea hasserfüllt zu ihm hochstarrte, während Marian sich aufrappelte und Vollmers Leiche von sich rollte, blickte Faris auf die Fernzündung in seiner Hand.

Der Auslöser, der in der Krankenstation das Giftgas freisetzen sollte.

Andrea hatte es noch geschafft, ihn zu drücken.

Ira saß zusammen mit Melanie Deubner, Schwester Kerstin und Direktor Lehmann in dem Pausenraum, als mehrere Dinge gleichzeitig geschahen.

Irgendwo hinter ihr, hinter dem Lüftungsgitter der Klimaanlage, ertönte ein gedämpfter Knall.

Melanie Deubners Miene zerbarst in grenzenlosem Entsetzen in tausend Fragmente.

Und nur eine Sekunde später begann es, in Iras Hals zu kratzen.

»Du bleibst hier!« Marian packte Faris, drückte ihn mit dem linken Unterarm gegen die Wand. In seiner Rechten hielt er locker Krombuschs Waffe. Vollmers Blut, das nicht nur über die Monitore gespritzt war, sondern auch über Marians gesamte rechte Seite, hatte er sich notdürftig aus dem Gesicht gewischt. Mit den Resten davon, die in den Falten rings um seine funkelnden grauen Augen saßen, wirkte er wie ein Psychopath, fand Faris.

Und vermutlich sah er selbst nicht viel anders aus. Seine Ohren gellten noch von den Schüssen. Vollmers leerer Blick und die harmlos aussehende Einschusswunde in seiner Brust, die wie ein purpurn ausgestanztes kreisrundes Loch wirkte, verschwammen vor seinen Augen, ebenso wie die Gestalten von Andrea und Krombusch, die sie kurz zuvor zu Boden gestoßen und nicht besonders sanft mit Kabelbindern gefesselt hatten.

»Lass mich los!« Vergeblich wehrte Faris sich gegen Marians Griff, alles in ihm wollte raus hier. Raus aus diesem engen, nach schmurgelndem Plastik, Schießpulver und Blut stinkenden Raum und hin zu Ira, um sich zu vergewissern, dass es ihr gut ging, dass Andrea nur ein perverses Spielchen mit ihm gespielt hatte.

»Wenn du zur Vernunft kommst, gern!«, entgegnete Marian kalt und blitzte ihn wütend an.

Faris hielt still, versuchte, seinen Kollegen allein mit dem Zorn in seinen Augen rückwärts zu treiben.

Marian jedoch ließ sich davon nicht beeindrucken. »Sie manipuliert dich, Faris!« Sein Griff blieb unnachgiebig. »Wenn du da rausgehst, stirbst du. Es würde Ira nichts, rein gar nichts nützen!«

Faris wusste, dass er recht hatte.

Und trotzdem! Er sah in Andreas feixendes Gesicht, schalt sich den größten Narren des Universums, weil sie so dumm gewesen waren, ihre einzige Spritze mit Naloxon ihr zu verabreichen.

Wütend über sich selbst schlug er Marians Arm zur Seite. »Schon gut! Schon gut!«

Marian vergewisserte sich, dass er wirklich zur Vernunft gekommen war. Dann ging er zum Tisch, schnappte sich einen der In-Ears, setzte ihn sich ein und nahm Verbindung auf.

»Robert? Ich bin's. Es könnte sein, dass Andrea auch die Krankenstation vergast hat. Ira Jenssen ist da drinnen. Sobald die

DekonV eintrifft, sag ihnen, dass sie da zuerst reingehen sollen, hast du mich gehört? Mach denen Dampf unter dem Hintern!« Er warf Faris einen langen, vielsagenden Blick zu. »Und dann sag Ben, dass er nach dem Namen Ludger suchen soll. Ludger ist unser Maulwurf!« Er lauschte kurz, fügte hinzu: »Andrea hat den Namen verwendet. – Sehr gut. Ich zähle auf euch.«

Faris stand noch immer gegen die Wand gelehnt da, regungslos. Er starrte auf Andrea nieder und auf die Finsternis des Abgrundes in seinem Innersten.

Trotz ihrer auf den Rücken gefesselten Hände hatte Andrea sich zwischenzeitlich aufgerappelt und kerzengerade hingesetzt. Ihr Blick glitt zwischen Faris und Marian hin und her. Faris registrierte voller Genugtuung, dass der überhebliche Ausdruck aus ihrer Miene verschwunden war. Im Moment wirkte sie verwirrt und erstaunt darüber, wie sich die Dinge entwickelt hatten.

Er straffte sich. Dann stieß er sich von der Wand hab, hob seine Česká auf, ging neben Andrea in die Hocke und richtete die Mündung auf ihre Brust. »Wer ist Ludger?«, presste er zwischen den Zähnen hervor.

Andrea schwieg.

»Rede!«, schrie er sie an. »Wenn Ira stirbt, will ich wissen, wem ich nach dir eine Kugel in den Schädel jagen muss.«

Das Kratzen in Iras Kehle hatte nachgelassen. Ihr Instinkt wollte das als gutes Zeichen werten, aber ihr Verstand erinnerte sich daran, was Faris und Schwester Kerstin ihr über die Wirkung von Tetrafentanyl gesagt hatten. Das hier war nur Phase eins.

Sie ließ den Blick über die anderen gleiten, von denen jeder auf seine eigene Weise mit dem Geschehen umging. Lehmann saß geschlagen auf seinem Stuhl und murmelte immer wieder etwas, das wie *Rosenzucht* klang. Sein Gesicht war fahl und übersät mit hektischen roten Flecken, die Ira fürchten ließen, er würde einen Herzinfarkt erleiden, bevor das Gift ihn zur Strecke gebracht hatte.

Schwester Kerstin und Uwe Stein waren dabei, in dem Computer, der unter dem Dienstplan stand, nach einem anderen Gegenmittel als Naloxon gegen Tetrafentanyl zu suchen.

Melanie Deubner hingegen lief wie ein gefangenes Tier im Raum auf und ab. Sie hatte einen Arm um den Oberkörper geschlungen, den Ellenbogen des anderen in die Hand gestützt und fuhr sich wieder und wieder über den Mund. Sie war die Erste, bei der Phase zwei einsetzte. Ein Hustenkrampf erfasste sie, ließ sie stehen bleiben und schüttelte sie so heftig, dass ihr Tränen über die Wangen liefen.

Schwester Kerstin warf sich auf ihrem Schreibtischstuhl zurück. »Wir haben kein anderes Antidot in der Stationsapotheke«, erklärte sie mit flacher Stimme.

Melanie wimmerte leise auf. Mit mechanisch wirkenden Schritten verließ sie den Pausenraum. Ira sah ihr hinterher, sah, wie sie in dem Behandlungsraum verschwand, in dem Nadler an die Liege gefesselt war. Irgendein Instinkt, der vermutlich noch aus ihrer Zeit als Seelsorgerin stammte, sagte ihr, dass es besser sein würde, ihr zu folgen.

Als sie das Behandlungszimmer gleichfalls betrat, drehte sich Melanie zu ihr um.

In der Faust hielt sie ein Skalpell.

»Ludger. Hiob. Ludger. Komm schon!« Bens Finger huschten in irrwitziger Geschwindigkeit über die Tastatur, riefen Dateien auf, Akten. Fotos. Zeitungsberichte.

Je mehr er las, je schneller seine Gedanken rasten – *Das kann nicht sein, auf keinen Fall kann das sein!* –, umso langsamer schien sein Herz zu schlagen. Ihm war schwindelig. Und schlecht, und er war froh, dass er für den Augenblick ganz allein im *War Room* war. Shannon war zusammen mit Andersen nach nebenan in den BAO-Raum gegangen, um Staatssekretär Friedmann und dem Innensenator ein paar Fragen zu beantworten. Wohin Tromsdorff verschwunden war, wusste Ben nicht.

An einem jahrealten Zeitungsartikel blieb sein Blick schließlich kleben.

Ludger Hagen. Ein Nationalsozialist im Spannungsfeld zwischen Ideologie und Glaube lautete die Überschrift. Ben überflog den Artikel ein zweites Mal. Er handelte von einem Mann, der von 1942 bis 1945 in dem ehemaligen nationalsozialistischen und inzwischen längst abgerissenen Zellengefängnis an der Lehrter Straße als Vollzugsbeamter gearbeitet und der sich kurz nach Ende des Zweiten Weltkriegs erschossen hatte, weil er mit seinen inneren Widersprüchen nicht klargekommen war. Offenbar hatte er zeit seines Lebens versucht, die Ideologie der Nationalsozialisten und seinen eigenen, extrem konservativen evangelischen Glauben in Einklang zu bringen.

»Ludger Hagen«, murmelte Ben. »Ludger Hagen.«

Unter dem Zeitungsartikel befand sich die Abbildung des alten Gefängnisses an der Lehrter Straße, und Ben stolperte darüber, wie ähnlich der alte Nazi-Knast dem Bauplan von Karlshorst sah. Der gleiche, halbsternförmig angelegte Bau, eine ganz ähnliche Anlage des Freiganghofes. Ben pfiff leise durch die Zähne. Dann versuchte er, in den Akten der Berliner Standesämter an mehr Informationen über Ludger Hagen zu kommen, aber vergeblich. Hagen schien im Bezirk Berlin-Schöneberg geboren worden zu sein. Dessen Beurkundung endete 1938, und die Urkunden lagen heute im Standesamt Tempelhof-Schöneberg und waren noch nicht komplett digitalisiert. Ben hatte mehr Glück, als er auf eine völlig unbekannte Abhandlung über Ludger Hagen stieß, die als Dissertation eines Doktoranden der Neueren Deutschen Geschichte an der Freien Universität Berlin veröffentlicht worden war.

Als er sie anklickte und die ersten Seiten überflog, erfuhr er, dass Ludger Hagen eine Tochter namens Elisabeth hatte.

Elisabeth war 1934 geboren, hatte 1956 geheiratet und 1960 einen Sohn geboren.

Und der Name dieses Sohnes …

Die Schrift begann vor Bens Augen zu flimmern.

»Shannon«, wisperte er. Er wollte nach ihr rufen, aber die Laute blieben ihm im Hals stecken, weil sich die Mündung einer Waffe hart zwischen seine Rippen bohrte.

»Mund halten und runter mit dem Headset«, sagte eine leise und so unendlich vertraute Stimme.

Ben erstarrte.

»Melanie!« Ira hatte die Hände erhoben und die Handflächen nach außen gekehrt, in der Hoffnung, die Geste würde Melanie Deubner von was auch immer sie vorhatte abhalten. »Bleiben Sie ruhig, dann wird alles gut werden.«

»Nichts wird gut!«, wisperte Melanie.

Die Spitze des Skalpells befand sich nur eine Armlänge von Iras Bauchnabel entfernt. Iras Unterbewusstsein ermahnte sie mit nervtötend monotoner Stimme, sich in Sicherheit zu bringen, in Sicherheit vor dieser Irren. Adrenalin pumpte durch ihre Adern, rauschte in ihren Ohren, verursachte fahle Flecken vor ihren Augen.

Sie rührte sich nicht.

Der Reihe nach zählte ihr Verstand all die Dinge auf, die sie während ihrer Ausbildung zur Pastorin über den Umgang mit verzweifelten Menschen gelernt hatte.

Ruhig bleiben. Souveränität ausstrahlen. Zuwendung signalisieren.

Ich höre Ihnen zu.

Sie können mir vertrauen.

Sie hoffte, dass ihr Gesichtsausdruck genau diese Dinge vermittelte. »Es gibt immer einen Ausweg«, sagte sie und hätte sich beinahe auf die Lippen gebissen, weil es so bescheuert klang angesichts ihrer Lage hier drinnen.

Das Skalpell in Melanies Hand beschrieb unkontrollierte kleine Kreise. »Sie haben doch vorhin gehört, wie das Zeug wirkt, das wir gerade eingeatmet haben!«

Ira fasste sich an die Kehle, die schmerzhaft und unangenehm brannte.

Melanie lachte schrill, dann hustete sie.

Schräg hinter ihr bewegte sich Nadler auf der Behandlungsliege.

Melanie zog den Atem durch die Zähne. »Wir werden bald keine Luft mehr bekommen. Unsere Lippen werden blau, die Hände kalt. Und irgendwann ersticken wir einfach. Wir krepieren wie Tiere.«

Iras Blick klebte an der Spitze des Skalpells. Ein schmerzhafter Hustenanfall griff nach ihr, schüttelte ihren Körper.

Nadler auf seinem Bett lachte leise. »Wie überaus unterhaltsam!« Er klang so amüsiert, dass Ira begriff, dass er noch weitaus verrückter war, als sie bisher angenommen hatte.

»Halten Sie den Mund!« Melanie schwenkte das Skalpell in seine Richtung. »Sie werden genauso krepieren, wie wir alle hier!«

»Mag sein.« Nadler setzte sich bequemer hin. Die Handschellen klirrten.

Ira rang um Atem. Melanie achtete im Moment nicht auf sie. Sollte sie versuchen, die Frau zu überrumpeln? Sie dachte nicht weiter darüber nach, sondern sprang vorwärts.

Doch sie war nicht schnell genug.

Blitzartig fuhr Melanie zu ihr herum, und Ira konnte gerade noch ausweichen, um das Schlimmste zu verhindern. Die scharfe Klinge erwischte sie am Unterarm.

Ira schrie auf.

Der Anblick des Blutes, das aus der Wunde quoll, ließ Melanie zurückweichen. Ihr Blick irrte panisch umher.

Nadler jedoch kicherte leise. »Ich sterbe, ja.« Mittlerweile ging auch sein Atem schwerer. »Aber so wie Sie aussehen, sterben Sie vor mir. Und ich darf vor meinem Tod noch einmal dieses hübsche kleine Schauspiel mit ansehen. Wissen Sie, was geschieht, wenn man kurz vor dem Ersticken ist? Es bilden sich sogenannte Stauungsblutungen in den Augen. Wenn man genau hinsieht, kann man in den Augäpfeln die feinen Adern platzen sehen. Wollen Sie nicht näher kommen, meine Liebe, damit ich mir das ansehen kann?«

Er lächelte milde, und Ira wurde übel. Sie versuchte, die Blutung an ihrem Arm zu stillen, indem sie die Hand darauf presste, konnte jedoch nicht verhindern, dass das Blut zwischen ihren Fingern hervorquoll und zu Boden tropfte.

Melanies Hand mit dem Skalpell zitterte.

»Ganz kurz vor dem Ende leeren sich Blase und Darm.« Nadlers Stimme dröhnte in Iras Ohren. »Das ist der weniger schöne Teil dabei, Melanie. Wann waren Sie das letzte Mal auf dem Klo, das würde ich gern wis…«

»Halten Sie den Mund!«, kreischte Melanie. Sie richtete das Skalpell auf Nadler, obwohl sie viel zu weit entfernt stand, um ihm mit der Klinge etwas anhaben zu können.

Nadler lachte.

»Halten Sie doch endlich den Mund!« Plötzlich klang Melanies Stimme klein und kindlich. Sie schluchzte auf. Einmal nur. Dann keuchte sie erneut.

Und schnitt sich selbst mit einer blitzartigen Bewegung die Kehle durch.

Blut schoss hervor, traf Ira, bevor diese entsetzt zurücktaumeln konnte.

Das Skalpell fiel klappernd zu Boden, rutschte einen halben Meter zur Seite, erst dann brach Melanies Körper zusammen und krachte schwer auf den Fußboden.

Ira schwankte. Fassungslos starrte sie erst auf die tote Frau, dann an sich hinunter. Sie sah aus wie das Opfer eines Schlachtfestes, über und über besudelt von Melanies Blut.

»Sie sollte mir dankbar sein«, hörte sie Nadler sagen. »Sie hat es hinter sich. Wir anderen werden keinen so schnellen Tod haben, wenn die Wirkung …«

»Halten Sie doch den Mund!«, schrie Ira.

Er hielt inne, hob eine Augenbraue. Dann begann er, eine leise Melodie vor sich hin zu summen.

Für Elise.

»Du Schwein«, wisperte Ben. »Du steckst also hinter dem Ganzen!«

Die Namen flimmerten vor seinen Augen. Elisabeth Hagen, verheiratete Andersen. Der Name des Sohnes.

Marvin Andersen.

»Was passiert jetzt?«, hauchte Ben.

Andersen antwortete nicht. Ohne die Waffe von Bens Seite fortzunehmen, griff er über dessen Schulter hinweg und klickte der Reihe nach jede Datei zu, die auf ihn hindeutete. Während er das tat, war sich Ben der Anwesenheit all seiner Kollegen nebenan im BAO-Raum überdeutlich bewusst. Leider aber auch der Tatsache, dass sie auf dem Mond für ihn nicht unerreichbarer hätten sein können.

Ein falsches Wort, und Andersen würde ihn erschießen.

Kurz spielte Ben mit dem Gedanken, trotzdem eine Warnung zu rufen, egal was für Konsequenzen das für ihn haben würde. Aber er musste sich eingestehen, dass er dazu nicht mutig genug war.

Er wollte nicht sterben.

Er schnappte nach Luft.

Andersen warf ihm einen geringschätzigen Blick zu.

»Wenn jemand reinkommt, verhalten Sie sich unauffällig. Wenn Sie auch nur mit der Wimper zucken sollten, knall ich Sie ab!«

Robert!, kreischte Bens Verstand. *Shannon! Wo seid ihr? Bitte!*

Und dann wurde ihm klar, dass seine einzige Chance war, Zeit zu schinden, in der Hoffnung, dass jemand in den *War Room* kommen und begreifen würde, was hier vor sich ging.

»Warum das alles?«, flüsterte er.

Andersens Gesicht wirkte ernst und ein wenig bekümmert. »Es musste jemand etwas tun.« Auch er flüsterte, während er weitere Fenster zuklickte. »Sie sind alle Verbrecher.«

»Aber trotzdem kann man sie doch nicht alle einfach …«

… *vergasen.*

Das letzte Wort blieb Ben im Halse stecken. Sein Kopf schwirrte bei dem vergeblichen Versuch, Gründe dafür zu finden, warum Andersen – der Mann, der die SERV unter seine Fittiche genommen und sie mit Sondermitteln und -befugnissen ausgestattet hatte – ein Massenmörder war.

»Was ist mit den Neonazis, die in Karlshorst einsitzen?«, wisperte er.

Andersens Miene wurde noch ernster. »Sie sind alle Verbrecher«, wiederholte er.

Zeit schinden, dachte Ben. »Was ist mit den Beamten?«

»Unvermeidliche Opfer, die für die Sache gestorben sind.«

Noch sind nicht alle tot, du elendes Arschloch!, hätte Ben ihn am liebsten angeschrien.

Andersen hatte mittlerweile die letzte Datei geschlossen und löschte zu guter Letzt auch den Algorithmus. Ben konnte sich eine gewisse Achtung nicht verwehren. Er hatte nicht gewusst, dass sein oberster Chef so gut mit Computern umgehen konnte. Aber was machte das schon? Schließlich hatte er ja auch nicht gewusst, dass Andersen ein faschistischer Irrer war, der fähig war, Hunderte von Menschen kaltblütig umzubringen.

»Was haben Sie jetzt mit mir vor?« Mittlerweile konnte Ben nur noch wispern.

Als Antwort bohrte sich die Waffe härter in seinen Rücken. »Aufstehen!«, befahl Andersen. »Zu Tromsdorffs Schreibtisch! Na los!«

Ben hatte keine Ahnung, was er vorhatte, aber er erfuhr es, als Andersen ihm befahl: »Nehmen Sie das Telefon und lassen Sie sich zum Einsatzleiter von DekonV durchstellen!«

»Sie wollen …« Ein kurzer Druck mit der Waffenmündung genau gegen seine Wirbelsäule brachte Ben zum Schweigen. Ihm blieb nichts anderes übrig, als zu gehorchen. Er wählte die entsprechende Nummer, erklärte der Stimme am anderen Ende der Leitung, was er wollte, und wurde gebeten zu warten. Die Sekunden, die verstrichen, während er verbunden wurde, dehnten sich bis in alle Unendlichkeit.

Als sich ein Mann mit einem zackigen »Reichel, DekonV!« meldete, streckte Andersen die Hand nach dem Hörer aus und bedeutete Ben, die Hände so zu halten, dass er sie sehen konnte.

»Herr Reichel, hier ist Ben Schneider von der SERV«, meldete er sich völlig gelassen und selbstverständlich. »Wo befinden Sie und Ihr Team sich im Augenblick?«

Der Mann am anderen Ende hatte nicht nur eine zackige,

sondern auch eine laute Stimme, sodass Ben verstehen konnte, was er antwortete. »Wir sind jetzt vor der JVA und bereit reinzugehen.«

Bens Blick wanderte hoch zu Andersens Gesicht. Er ahnte, was jetzt kommen würde. Er wollte es verhindern, aber er hatte keine Ahnung, wie.

»Warten Sie noch«, bat Andersen Reichel. »Wir haben Hinweise darauf, dass Sie in eine Falle laufen könnten.«

Faris' Hand krampfte sich um den Hörer des Festnetztelefons der Sicherheitszentrale, mit dem er in der Krankenstation angerufen hatte. »Ira«, stieß er hervor und brachte keinen weiteren Ton heraus.

»Es geht mir gut«, behauptete sie so schnell, dass er sofort wusste, sie log. Und er bekam den Beweis, als sie hustete.

Er unterdrückte den Wunsch, erneut seine Waffe zu ziehen und Andrea eine Kugel in den Kopf zu jagen. Marian war gerade dabei, sie und Krombusch nach ihren Motiven zu befragen. Er hatte sie beide dazu vom Boden hochgezerrt und auf zwei Schreibtischstühle gesetzt, um ihnen besser in die Augen blicken zu können. Vielleicht war es ihr Glück, dass er Faris genau in der Schusslinie stand.

»Die DekonV ist unterwegs«, versprach er Ira. »Sie kommen und holen dich da raus. Das Gas braucht, bis es …« Die Stimme versagte ihm.

Ira schwieg. Er glaubte sie vor sich zu sehen, wie sie mit der Zungenspitze ihre Unterlippe berührte, während sie nachdachte, was sie als Nächstes sagen sollte.

Bitte, flehte er im Stillen und wider besseres Wissen. *Bitte, lass sie einfach so gehustet haben. Lass es nicht das Gas sein!*

Aber Ira zerstörte diese fadenscheinige Hoffnung, indem sie flüsterte: »Du weißt es?«

Er schluckte. »Ja.« Auch er flüsterte jetzt. Sein Blick wanderte zu Andrea, die ihn an Marian vorbei mit einer Art medizinisch-kaltem Interesse beobachtete. Hass und Verzweiflung bildeten einen harten Knoten in seinem Magen, und er erstickte fast daran. Seine Hand tastete nach der Waffe, die er zurück in seinen Hosenbund gesteckt hatte.

Marian sah es. Er stieß Andreas Stuhl herum, sodass sie Faris nicht mehr ansehen konnte.

Ira hustete wieder. Sie klang gequält.

Faris schloss die Augen.

23. Kapitel

»Was für Hinweise?«, bellte Reichel, und in diesem Moment fasste Ben den Mut, etwas zu tun.

»Nein!«, stieß er hervor und wollte aufspringen, aber Andersen presste die Waffe fester in seine Seite. Geschlagen sank Ben zurück auf den Sitz.

»Was für Hinweise?«, rief Reichel erneut. »Und was ist da bei euch eigentlich los?«

»Nichts«, sagte Andersen. »Wir checken gerade die Lage. Sie warten so lange!«

»Machen Sie hin, Mann!«

»Tun wir, dessen können Sie sicher sein«, versprach Andersen.

Ben schloss die Augen. *Tu was!,* ermahnte er sich selbst. *Sei nicht so ein Feigling!* Aber seine Knie waren Pudding, das Herz klopfte ihm ganz oben im Hals.

Es dauerte mehrere Sekunden, bis er registrierte, dass die Pistole sich nicht mehr in seine Seite bohrte.

Rasch wandte er den Kopf.

Und hätte beinahe einen triumphierenden Schrei ausgestoßen.

Tromsdorff stand hinter Andersen und presste ihm die Mündung einer Waffe ins Genick.

»Du bist festgenommen, Marvin«, sagte er.

Marian starrte Iskander an, während dieser mit Ira telefonierte. In seinem Kopf ratterte es. Es musste eine Möglichkeit geben, die Frau zu retten, es musste …

Und dann hatte er es.

Er riss Iskander den Hörer aus der Hand. »Ira! Weißt du, wo Dr. Jespers Büro ist?«

»Ja«, sagte sie sofort.

»Gut. In Jespers oberster Schreibtischschublade befindet sich noch eine Spritze. Du …«

»Ich verstehe«, unterbrach sie ihn knapp. Ihre Stimme klang ruhig, trotz der Situation, in der sie sich befand.

Patentes Mädchen!, dachte er, aber er kam nicht dazu, sie lange zu bewundern, denn sein Blick fiel auf Andrea.

Auf deren Gesicht war ein schwaches, triumphierendes Lächeln erschienen. Marians Magen krampfte sich zusammen.

Was zur Hölle …?

Langsam ließ er den Hörer sinken. »Die Spritze befindet sich nicht mehr dort, nicht wahr?«, flüsterte er. Er war sich dabei Iskanders Gegenwart überdeutlich bewusst, aber er zwang sich, ihn auszublenden.

Lächelnd schüttelte Andrea den Kopf. Kurz huschte ihr Blick an ihrer eigenen Gestalt hinab, blieb an ihrer Blazertasche hängen.

Marian begriff.

Er beugte sich über sie, fasste in die Tasche. Als Erstes trafen seine Finger auf ein altes, speckiges Lederarmband mit arabischen Schriftzeichen darauf. Er machte sich nicht die Mühe, sie zu entziffern, sondern warf das Armband achtlos auf den Schreibtisch. Dann zog er eine Spritze mit Naloxon aus Andreas Tasche. »Das ist die aus Jespers Büro, oder?«

Sie nickte. Marian wusste, dass sie die Wahrheit sagte. Er sah es an dem ruhigen Ausdruck von Triumph, mit dem sie

Iskander ins Auge fasste. Bevor Andrea hierher in die Sicherheitszentrale gekommen war, musste sie die Spritze an sich genommen haben.

Iskander stand bleich und mit einem tödlichen Flackern in den Augen einfach nur da.

»Du verlierst sie«, sagte Andrea freundlich zu ihm. »Du verlierst sie, und du kannst nichts …« Der Rest ihrer Worte wurde ihr von den Lippen gerissen, als Iskander sich auf sie stürzte. Mit voller Wucht knallte er ihren Drehstuhl gegen die Wand hinter ihr.

»Du dreckige …« Hass und Zorn nahmen ihm den Atem, sodass auch er nicht zu Ende sprechen konnte. Er hob beide Hände. Marian wusste, dass er sie um Andreas Hals legen, dass er zudrücken, sie töten wollte für das, was sie ihm antat. Er sah zu, wie Iskander die Fäuste ballte, wieder öffnete, wieder ballte.

»Iskander!«, sagte er leise, und als der nicht reagierte, hob er die Stimme ein wenig. »Faris!«

Iskander rührte sich nicht. Sein Blick bohrte sich in den von Andrea, als könne er sie allein damit an der Wand aufspießen. Marian knirschte mit den Zähnen. Er war schon drauf und dran, Iskander an der Schulter zu berühren, da ließ dieser endlich von Andrea ab.

Mit einem verzweifelt und zornig zugleich klingenden Schrei warf er die Arme in die Luft und marschierte bis ans andere Ende des kleinen Raumes.

Marian wurde sich der Tatsache bewusst, dass er neben dem Naloxon auch noch immer den Hörer in der Hand hielt. Er hob ihn ans Ohr zurück. Ira war noch dran, das konnte er an ihrem schweren Atem hören. »Hast du es mitbekommen?«, fragte er und kam sich dabei vor, als hätte Andrea ihm die Haut vom Leib abgezogen.

»Habe ich.« Ira klang sehr gefasst. »Bitte gib mir Faris noch einmal, ja?«

Tromsdorff nahm Andersen erst die Waffe, dann den Hörer ab und hob ihn ans Ohr. »Hier spricht Kriminaloberrat Tromsdorff. Die Bedrohungslage wurde soeben von meinen Leuten beseitigt. Es gibt keine Falle, gehen Sie sofort rein und holen Sie die Leute da raus!«

Reichel bestätigte nicht weniger laut und zackig als zuvor.

»Ach«, schob Tromsdorff nach. Die Mündung seiner Waffe presste sich noch immer gegen Andersens Genick. »Evakuieren Sie zuerst die Krankenstation. Darin befindet sich die Frau eines meiner Ermittler. Ihr Name ist Ira Jenssen. Sorgen Sie dafür, dass sie jede nur erdenkliche medizinische Hilfe bekommt, die sie braucht.«

»Verstanden«, bestätigte Reichel noch einmal und unterbrach die Verbindung.

Endlich gestattete Ben es sich, ein wenig zusammenzusacken. »Danke!«, ächzte er.

Mit einem schwachen Lächeln sah Tromsdorff ihn an, gestattete ihm jedoch nur eine sehr kurze Verschnaufpause. »Du musst die Verbindung zu Faris und Marian wiederherstellen. Informiere sie darüber, dass wir Ludger haben.« Ohne die Waffe von ihm abzuwenden, trat er anschließend einen Schritt von Andersen zurück. »Los, Marvin«, befahl er. »Wir müssen dringend red…«

»Fuck!« Der Schrei von einem der Abteilung-5-SoKo-Ermittler hallte durch den *War Room* und riss Tromsdorff den Rest des Wortes von den Lippen. Ben, dessen Nerven nach dem Erlebten noch blank lagen, zuckte vor Schreck zusammen. Er beeilte sich, zu der Zwischentür zu kommen, um nachzusehen, was jetzt schon wieder los war.

»Das ist gerade online gegangen!« Der SoKo-Mann wies auf das Smartboard, auf das er die Facebookseite von *El-Gehad* geworfen hatte.

Ein kollektives Stöhnen erfasste den Raum.

Der oberste Eintrag war vor wenigen Sekunden gepostet worden: ein YouTube-Video, auf dessen Standbild al-Sadiqs Gesicht zu sehen war. Ein feines Lächeln umspielte Sadiqs Lippen, und als der Ermittler das Video startete, füllte seine samtige Stimme den Raum.

»Allah hat mir versprochen, dass ihr meine Rache nicht verhindern könnt, denn mit Seiner Hilfe bin ich stärker als ihr. Die Toten der letzten Stunden haben euch das bereits gezeigt. Ihr Tod dient der Demonstration von Allahs Macht und der von Kataaeb el gehad. *Ihr werdet uns nicht stoppen. So sicher sind wir uns, dass dies hier Allahs Wille ist, dass wir euch die Hölle ankündigen, in die wir euch schicken werden. Alles, was bisher geschehen ist, war nur der Anfang. Und um Allahs grenzenlose Macht zu demonstrieren, folgt nun eine Ankündigung: Der letzte Racheakt steht unmittelbar bevor. Ihr werdet zittern. Und ihr werdet sterben. Und am Ende werden die, die überleben, sich alle dem Willen Allahs beugen.«* Sein Bild verschwand und machte einer digitalen Uhr Platz. Sie stand auf 1:00.00.

Und gleich darauf sprang sie um auf 00.59.59.

Faris nahm den Hörer, den Marian ihm reichte. »Ira!« Es zerriss ihn, allein ihren Namen zu sagen. »Ich komme zu dir …«

»Nein!« Ihr Tonfall war so bestimmt, dass er innehielt und nicht wusste, was er erwidern sollte. »Ich lasse nicht zu, Faris, dass du auch stirbst.«

»Aber …«

... dass du auch stirbst. Die Worte waren Steine, die auf ihn niederprasselten. Steine mit messerscharfen Kanten, der Schmerz, den sie verursachten, war so überwältigend, dass Faris sich an der Wand abstützen musste.

Er spürte Marians Nähe, aber er war nicht einmal fähig, den Kopf zu wenden, um ihn anzusehen. Er würde niemals im Leben wieder fähig sein, sich zu bewegen, wenn Ira ...

... starb.

Ein tonloses Geräusch entwich seinen Lippen.

»Bist du sicher vor dem Gas, Faris?« Iras Stimme drang kaum zu ihm durch, und trotzdem spürte er, wie sehr sie sich um ihn sorgte.

»Ja«, wisperte er.

»Gut.« Sie keuchte.

Faris ballte die Hand zur Faust, schlug damit gegen die Wand, einmal, zweimal, dreimal.

»Die DekonV ist unterwegs«, versuchte sie ihn zu beruhigen, und er fühlte, wie seine Knöchel zu bluten begannen. Er hätte sie beruhigen sollen, nicht umgekehrt!

»Sie werden rechtzeitig hier sein, Faris.«

Aus den Augenwinkeln sah er, wie Marians Hand zu seinem In-Ear zuckte. Was er sagte, bekam Faris nicht mit, nur das erschrockene »Scheiße!«, das er hervorpresste, gellte in seinen Ohren. Er wusste, dass er sich um seinen verdammten Job hätte kümmern sollen, aber er war unfähig dazu. Verdammt, er war ja sogar unfähig zu atmen.

»Hör zu, Ira ...«, begann er erneut.

Marian packte ihn am Arm, so fest, dass er gezwungen war, sich auf ihn zu konzentrieren.

»Das war Ben. Andersen ist Ludger.«

Die Information rauschte an Faris vorbei, ebenso die Tatsache, dass Andrea scharf die Luft einzog.

Das Folgende jedoch verstand Faris nur zu gut.

»Und al-Sadiq hat den Countdown gestartet. Wir haben noch eine Stunde, um diesen Anschlag zu verhindern.«

Faris' Hand mit dem Telefon sank nach unten. Plötzlich war er müde. So müde, dass er nicht das Geringste mehr empfinden konnte. Sollten sie doch alle ohne ihn weitermachen. Er konnte nicht mehr …

»Faris?« Ira klang, als sei sie bereits in unendliche Ferne gerückt.

Er hob das Telefon zurück ans Ohr, wollte etwas sagen, wollte ihren Namen rufen, aber sie ließ ihn nicht zu Wort kommen. »Kümmere dich um Sadiq, Faris«, hörte er sie sagen. »Ich komme klar. Die DekonV wird mich retten. Rette du Berlin.«

»Ich …«

»Ich liebe dich«, sagte Ira. Und schuf Tatsachen, indem sie einfach auflegte.

Marian nahm ihm das Telefon ab, und er wehrte sich nicht dagegen. Er wehrte sich auch nicht, als Marian ihm beide Hände auf die Schultern legte und ihm direkt in die Augen sah. »Sie wird es schaffen!«, beschwor er ihn. »Du musst bei mir bleiben und mir helfen!«

In Faris' Kopf vollführten die Gedanken einen irren Tanz. *Ira … starb … Andersen war Ludger … der Countdown lief …*

Faris ächzte, weil ihm ein weiterer Gedanke kam.

Andersen war Ludger.

Nicht Robert.

Tromsdorff war nicht Ludger. Und Ira würde leben.

Sie.

Würde.

Leben.

Es war der eine Gedanke, der ihm die Kraft gab weiterzumachen. Wenigstens für eine Weile.

»Sadiq ist der Einzige, der weiß, wo der Anschlag stattfindet«, sagte Faris. In ihm war eine Unruhe, die er nur dadurch bekämpfen konnte, dass er in dem kleinen Raum auf und ab marschierte. »Wir müssen irgendwie aus ihm rausbekommen, wo das Gas ist.«

»Sadiq ist längst tot!« Mit einer weiten Ausholbewegung umfasste Marian die gesamte Anstalt. »Die da draußen sind dem Gas weit mehr als fünfzehn Minuten ausgesetzt gewesen.«

Langsam schüttelte Faris den Kopf. In seinem Hirn drehten sich mehrere Dinge im Kreis wie Teilchen in einem Wirbelsturm und formten nur ein verschwommenes Bild. »Sadiq lebt«, murmelte er. Noch war er sich nicht sicher, aber sein Instinkt sagte ihm, dass es so war.

Sadiq ist freiwillig in seine Zelle zurückgegangen, hatte Julia gesagt. Das war gewesen, kurz nachdem die Klimaanlage auf Volllast gefahren worden war.

In Faris' Kopf machte es leise klick, als die Teilchen an ihren Platz fielen und das Bild sichtbar wurde.

»Der Drecksack wusste von dem Anschlag auf Karlshorst!«, stieß er hervor. Sein Blick fiel auf Vollmers Leiche, dann trat er vor den großen Monitor und griff nach dem Trackball. »Wir müssen rausfinden, welche Sadiqs Zelle ist.«

Marian trat zu ihm. »Lass mich mal!« Mit einigen wenigen Klicks fand er die benötigte Information. »Block C. Zelle 207.«

»Hast du auch Zugriff auf die Zellenkamera?«, fragte Faris.

Das Bild einer Gefangenenzelle flammte auf dem zentralen Monitor auf. Zwei Männer befanden sich darin. Einer saß auf einem Stuhl, der andere auf dem Bett. Beide waren sie gefesselt. Beide atmeten sie schwer, aber sie waren noch am Leben.

»Da«, sagte Faris. »Al-Sadiq und sein Schoßhündchen Moussa.«

Marian schüttelte den Kopf. »Woher wusstest du das?«

Faris ignorierte die Frage. »Kannst du zoomen?«

Marian nickte.

»Zoom an den Gegenstand ran, der vor dem Bett liegt!«

Der Gegenstand war eine zerbrochene Spritze. Faris ballte die Faust. »Er lebt noch. Ich gehe zu ihm.« Er wandte sich an Marian, sah die Skepsis und die Verwunderung in dessen Augen. »Ich habe mit Sadiq gesprochen«, erklärte er ihm. »Er ist kein Märtyrer. Und mit Sicherheit ist er nicht dämlich. Ich war mir erst nicht ganz sicher, aber ich vermute, dass er über *Hiobs* Pläne mit Karlshorst informiert war. Wahrscheinlich hat er gemeinsame Sache mit Andersen gemacht. Die Spritze deutet darauf hin.«

»Er hatte sie in seiner Zelle.« Hinter Marians Stirn ratterten die Gedanken, das war deutlich zu sehen.

»Ja. Er hat gemerkt, dass die Klimaanlage hochgeregelt worden ist, und er wusste, das bedeutet, dass das Gas demnächst eingeleitet werden wird. Also musste er in seine Zelle zurück und sich die Spritze verabreichen.« Faris deutete auf den Monitor.

Sadiq und Moussa litten eindeutig unter den Symptomen, die das Gas hervorrief.

Faris sah Andrea an. »Aber in seiner Spritze war kein Gegengift, nicht wahr?«

Sie lächelte schmal. »Nur eine verdünnte Lösung.«

Damit es noch ein bisschen länger dauert zu krepieren, dachte Faris. Sein Blick fiel auf das Lederarmband, das Marian auf den Schreibtisch geworfen hatte. Die Spritze mit dem Naloxon lag daneben.

Faris nahm sie und hielt sie in die Höhe.

Und plötzlich wusste er, wie er Sadiq dazu kriegen konnte, das Versteck des Tetrafentanyls zu verraten.

Ihm war kalt. Ohne zu wissen, warum, nahm er das Lederarmband an sich. Er sah Andrea in die Augen, während er es sich umlegte.

Ihre Brauen hoben sich leicht, und er spürte, wie ein ganz und gar finsteres Lächeln seine Mundwinkel hob.

Noch hast du mich nicht besiegt!

»Was hast du jetzt vor?«, fragte Marian.

Faris ließ das Lächeln verblassen. Er steckte sich den In-Ear ins Ohr, den er vorhin hatte rausnehmen müssen. Dann griff er sich die Spritze, schob sie in die Hosentasche. »Jetzt gehe *ich* Sadiq das Leben retten.«

Das Uhrengeschäft in der Mall of Berlin war nur klein, aber jede einzelne der Uhren darin zeigte die aktuelle Zeit. Mehr als dreiunddreißig Stunden waren vergangen, seit die Soldatin sich in der Toilette an der Bismarckstraße die Spritze mit dem Naloxon gesetzt hatte.

Sie konnte ihr Gesicht in der Scheibe gespiegelt sehen. Blass war sie.

In ihren Augen lag ein fiebriger Glanz.

Sei ohne Furcht.

Warum fiel ihr das schwerer und schwerer, je mehr Zeit verstrich?

»Wenn du gesehen hast, wie die Mauern brennen, senke den Blick«, hatte Abdu gesagt. »Schau nicht mehr nach rechts und links, sondern gehe den letzten Weg ehrenvoll und gefasst. Denke daran, du handelst in Seinem heiligen Auftrag!«

Die Soldatin wandte sich ab und machte sich auf den Weg ins obere Stockwerk der Mall, wo sich die Tür zur zentralen Klimaanlage befand. Auf dem Weg dorthin fiel ihr Blick auf einen dieser Bildschirme, auf denen den ganzen Tag lang kurze Nachrichten liefen.

Ein Bus war zu sehen.

Weinende Menschen. Polizei und Feuerwehr.

Obwohl Abdu es ihr verboten hatte, obwohl sie mit gesenktem Blick voranschreiten sollte, blieb die Soldatin stehen.

Verheerender Giftgasanschlag auf Linie 100, las sie. Und über der Schrift wurde ein Gesicht eingeblendet. Eine Frau. Sie sagte etwas, offenbar redete sie schnell und hektisch, und Tränen liefen ihr dabei über die Wangen. Der Ton war abgestellt. Aber die Botschaft der Frau erreichte die Soldatin auch so.

Was tut ihr uns an?

Die Augen der Frau waren schreckensweit. Die Soldatin glaubte, in das Schwarz der Pupillen gesogen zu werden. *Magdalena D.,* stand neben der Frau eingeblendet.

Die Soldatin hob die Hand an den Mund und dachte an die drei Männer, denen sie das Gas ins Gesicht gesprüht hatte.

Von keinem von ihnen kannte sie den Namen.

Sie senkte den Blick. Jetzt wusste sie, warum Abdu ihr das befohlen hatte. Sie musste ihren Weg fortsetzen. Aber auf einmal zitterten ihre Knie, und ihr war, als würden die Fliegen nur darauf warten, sich auf ihrem Körper niederzulassen.

»Du hast nur eine einzige Spritze«, rief Marian Iskander ins Gedächtnis.

Der nickte. »Ich weiß.«

»Und wenn du die Sadiq gibst …« Marian sprach nicht weiter, weil er dieses Flackern in Iskanders Augen sah. Plötzlich war da wieder diese dunkle Leere, die er am Columbiadamm schon gesehen hatte. War es wirklich erst gestern gewesen?

Er dachte daran, wie er Iskander auf den Kopf zugesagt hatte, dass dieser Einsatz hier auch dazu diente, ihm die Entscheidung abzunehmen. Die Entscheidung darüber, ob er starb oder weiterleben musste.

Durchgeknallter Scheißkerl!

»Wir warten, bis die DekonV da ist, und dann …«

»Keine Zeit!«, wehrte Iskander ab und wies auf den Bildschirm, auf dem Sadiq zu sehen war. »Der Anschlag findet in weniger als einer Stunde statt. Und ich brauche jede Minute, die ich kriegen kann, um ihn zum Reden zu bringen.«

»Das ist doch eine Scheißausrede!«, schrie Marian. »Du willst nur das Schicksal herausfordern! Damit du … Du riskierst dein Leben. Ohne zu wissen, ob es Sinn macht. Nur ein gottverdammter, hirnrissiger Idiot tut so was!« Er brach ab. Scheiße, er redete hier mit einem Kerl, der sich lieber heute als morgen eine Kugel in den Kopf schießen würde!

Ein Kerl, der nicht wusste, ob die Frau, die er liebte, diesen Tag überleben würde.

Iskanders Lippen wurden schmal. Er durchquerte den Raum, stieß Krombusch auf seinem Drehstuhl herum, sodass er ihm den Rücken zuwandte. Grob packte er dann dessen Handgelenk und löste seine Armbanduhr.

Während Iskander die Uhr selbst umlegte, kam es Marian vor, als kämpfe er schon seit Jahren Seite an Seite mit diesem elenden Mistkerl.

»Verdammt, Faris!«, murmelte er.

Ruhig schloss Faris die Uhr. »Du wolltest doch beweisen, dass du mein Partner bist. – Partner retten sich gegenseitig den Arsch. Lass dir was einfallen.«

Und mit diesen Worten nickte er Richtung Tür.

Marian seufzte, aber was blieb ihm anderes übrig? Er trat neben Iskander an die Tür und zog sie für ihn auf.

Die Soldatin stand im obersten Stockwerk der Mall of Berlin und schaute auf die Menschen hinab, die zwei Stockwerke weiter unten über den spiegelnd weißen Fußboden eilten.

Hinter ihr saßen Menschen in einem Café. Die Soldatin konnte sie reden hören und lachen. Ein Paar stritt ziemlich lautstark.

»Du bist echt unmöglich!«, hörte die Soldatin die Frau zischen.

Ihr Magen verkrampfte sich.

Auf dem Weg hier hoch war sie über einen dieser in den Boden eingelassenen Schriftzüge gegangen, und sie hatte dabei gefröstelt.

Es gibt keinen Weg zum Frieden, denn Frieden ist der Weg.

Gandhi.

Ihre Wangen waren kalt, und sie wusste, dass das von der Angst kam. Ihre Großmutter hatte ihr das einmal erklärt, damals, als sie noch zu Hause gewesen war und die Bomben die Luft rund um ihr Haus erschüttert hatten.

»Die Angst macht, dass dein Blut aus dem Kopf sackt«, hatte Großmutter erklärt. Sie hatte solche Dinge gewusst, und sie hatte sie mit Amira geteilt.

Amira.

Der Name zitterte in ihrem Schädel wie ein winziges verängstigtes Tier.

Sie war nicht mehr Amira.

Weil sie doch jetzt die Soldatin des Allmächtigen war.

»Lass ab von allem Irdischen«, hatte Abdu gesagt. »Denk nicht mehr an die Dinge, die du zurücklässt.«

Aber wie konnte sie das, wo doch die Erinnerungen in diesem Augenblick über sie herfielen wie Schläge in die Magengrube?

Das Bild ihrer Großmutter stand überdeutlich vor ihr. Ihre großen dunklen Augen, in denen Tränen schimmerten, weil ihre Gebete nicht erhört worden waren, weil die Bomben auf ihre Häuser fielen und fielen und fielen und das Töten und Sterben niemals ein Ende zu nehmen schien.

Und ein weiteres Bild kehrte jetzt aus den Tiefen ihres Geistes zurück, wohin die Soldatin es mühsam verbannt hatte: ihre Großmutter eingehüllt in die Flammen der letzten Bombe.

Die Soldatin keuchte auf.

Die Augen der Frau im Fernsehen waren auch groß und dunkel gewesen.

Magdalena D. hieß sie.

Die Männer, die die Soldatin getötet hatte, hatten auch Namen, doch sie kannte sie nicht.

Der erste Eindruck: Kratzen im Hals. Phase eins.

Faris hielt sich nicht lange mit Grübeleien darüber auf, was er hier eigentlich tat. Er hoffte, dass sich Marian irgendwas einfallen ließ. Und wenn nicht – nun, er hatte schon des Öfteren das Schicksal herausgefordert in der Frage, ob er lebte oder starb. Das Gefühl, das er dabei empfand, kam näher an Lebendigkeit heran als das meiste andere in seinem Scheißleben. Abgesehen vielleicht von Iras und Lillys Gegenwart … Seine Knie wollten bei diesem Gedanken unter ihm nachgeben, und so verbot er ihn sich.

Jetzt galt es, fokussiert zu bleiben.

Er schluckte gegen das raue Gefühl in seiner Kehle an, hielt den Kopf gesenkt, den Blick fest auf den Boden gerichtet. Mit der Linken umklammerte er die Spritze mit dem Gegengift, mit Ring- und kleinem Finger der Waffenhand aktivierte er seinen In-Ear.

»Ben, hörst du mich?«

Tromsdorff antwortete. »Wir alle hören dich, Faris. Marian hat uns gerade darüber informiert, was du vorhast. Ich habe die DekonV angewiesen, dir zu Hilfe zu kommen. Je eher du das Gegenmittel bekommst, umso besser.«

Faris bedankte sich bei ihm. »Sag ihnen, ich bin auf dem Weg zu Zelle 207 in Block C.« Das Kratzen in seinem Hals wanderte tiefer, hinunter zu seiner Lunge. Es fühlte sich an, als würden Ameisen durch seine Bronchien krabbeln.

»Mache ich. Und, Faris?«

»Ja?«

»Scheiße, diesmal weiß ich nicht, was ich sagen soll, Junge.«

»Sorg einfach dafür, dass irgendeiner rechtzeitig zur Stelle ist«, bat Faris. Ein Gefühl von Wärme vertrieb kurzzeitig die Ameisen aus seiner Brust.

»Darauf kannst du wetten.«

»Tue ich gerade.« Faris warf einen Blick auf die Uhr. Er legte beide Hände um den Griff seiner Waffe, zögerte. »Robert?«

»Ja?«

»Ich bin froh, dass du nicht Ludger bist«, sagte Faris und musste husten.

Vorbei an den bewusstlosen Körpern mehrerer Neonazis, die auf einem Haufen übereinanderlagen, als hätte sie eine finstere Macht mit Absicht so deponiert, bahnte er sich seinen Weg. Mit dem Lauf der Česká stieß er eine der Zwischentüren zwischen den Trakten auf. Der Fußbodenbelag wechselte von dunkelblau zu grau.

Er hatte Sektion C erreicht.

»Ich bin da«, informierte er die Kollegen.

Sadiqs Zelle lag jetzt nur noch wenige Meter entfernt.

Er holte Luft – und bemerkte dabei, dass das Kratzen in seinem Hals nachgelassen hatte.

Phase zwei hatte begonnen.

Al-Sadiq saß auf dem Stuhl aufrecht und mit erhobenem Kinn, wie ein Regent, der über sein Reich blickte und dem gefiel, was er sah. Wären nicht seine Füße an die Stuhlbeine und seine Arme an die Lehne gefesselt gewesen, er hätte auf Faris sogar immer noch gefährlich wirken können. Geradeaus schaute er Faris ins Gesicht, als habe er ihn erwartet. »Iskander«, sagte er mit seiner weichen Karamellstimme.

Moussa hockte auf dem Bett und gab sich große Mühe, gelassen zu wirken. Was angesichts seiner Fesseln und seines schwer gehenden Atems allerdings nicht besonders gut gelang. An seinem Fußende lag eine zweite Spritze, leer und nutzlos wie die zerschellte auf dem Boden, weil auch sie nicht das versprochene Gegengift enthalten hatte. Von der brutalen Energie, die Moussa noch kürzlich ausgestrahlt hatte, war nicht mehr viel übrig. Schweißperlen standen auf seinem fahlen Gesicht, rollten über seine Wangen und die blauen Lippen. Trotzdem schoss er einen finsteren Blick auf Faris ab.

»Böse gucken wirkt nicht besonders, wenn man angekettet ist wie ein Hund und gerade krepiert wie einer«, verriet Faris ihm. Er hörte selbst, dass seine Stimme kratzig klang.

Moussa stieß eine harsche arabische Beleidigung aus.

Faris entblößte seine Eckzähne zu einem herausfordernden Lächeln. Dann wandte er sich Sadiq zu.

»So sehen wir uns also wieder«, sagte der. »Ich muss allerdings gestehen, dass ich über die Umstände nicht besonders erfreut bin.«

»Nein«, entgegnete Faris. »Das kann ich mir vorstellen. Vor allem da ich hier bin, um diese Umstände noch ein bisschen unangenehmer zu machen.«

Sie würde es nicht schaffen!

Die Schatten in Iras Gesichtsfeld hatten sich von grau zu blutrot gewandelt. Ihre Lunge gierte nach Luft, doch je tiefer sie versuchte einzuatmen, umso mehr verkrampfte sich ihr Zwerchfell.

Der Gang verschwamm vor ihren Augen. Sie tastete nach Halt an der Wand. Irgendwo dicht hinter ihr musste Schwester Kerstin sein. Gemeinsam mit ihr war sie auf dem Weg zu Jespers Büro, weil sie beschlossen hatten, nicht wie gefangene Mäuse in der Krankenstation zu hocken und darauf zu warten, dass sie starben. Vielleicht, so ihre schwache Hoffnung, befand sich dort noch irgendwo weiteres Naloxon.

Ira taumelte weiter. Schemenhaft konnte sie vor sich eine Tür erkennen.

Jespers Büro. Endlich!

Sie langte nach der Klinke, stolperte mit der Tür in den Raum dahinter. Ihre Beine gaben unter ihr nach.

Sie brauchte Luft. So dringend, so unbedingt.

Sie wollte nicht sterben. Nicht so.

Mühsam rappelte sie sich auf und wandte sich um. Schwester Kerstin lag keine zehn Meter von ihr entfernt. Ira starrte in ihre weit aufgerissenen Augen, aus denen das Leben längst gewichen war.

Etwas in ihr zerfiel in Scherben. Sie hatte nicht einmal gemerkt, dass Kerstin zurückgeblieben war. Sie verspürte den Wunsch, zu der Frau zurückzulaufen, sie zu packen, mit sich zu zerren. Aber ihr Verstand sagte ihr, dass es zu spät war.

Kerstin war tot. Und alles, worauf sie selbst sich noch konzentrieren konnte, konzentrieren musste, war Jespers Schreibtisch. Die Schubladen, in denen sich vielleicht weiteres Naloxon befinden würde.

Mit allerletzter Kraft taumelte sie darauf zu, zog die erste Schublade auf, die zweite …

Luft!

Sie versuchte, Luft in die Lunge zu saugen. Vergeblich. Ihr Körper stand in Flammen. Die Welt verschwamm vor ihren Augen, nur mit Mühe gelang es ihr, eine dritte Schublade zu öffnen. Waren das weitere Spritzen dort? Sie streckte die Hand danach aus, aber es war zu spät.

Sie ging in die Knie. Ihre Fingerspitzen streiften die kühlen Glasröhrchen, rutschten davon ab. Der Fußboden raste auf sie zu.

»Warten Sie«, sagte eine gedämpfte Stimme. Jemand beugte sich über sie, jemand in einem weißen Schutzanzug. Das sah sie noch. Dann spürte sie einen Einstich am Hals.

Und gleich darauf nichts mehr.

»Was … soll das?« Moussa schien sich noch immer für Sadiqs Leibwächter zu halten, auch wenn er kaum noch in der Lage war, einen vernünftigen Ton herauszubringen. Er stieß ein krächzendes Husten aus, dann sog er mühevoll Luft ein.

Faris ignorierte ihn völlig. Er hielt den Blick allein auf Sadiq gerichtet. »Sag mir, wo der Anschlag stattfinden wird!« Täuschte er sich oder wurde auch bei ihm das Atmen langsam anstrengend?

Al-Sadiq lächelte nur wissend.

Faris trat einen halben Schritt näher. »Wir wissen, dass du ein Teil des Gases an *Hiob* verkauft hast. Lustig, oder? Die sind gerade dabei, dich damit zu töten.«

»*Wir?*«

Faris wollte etwas erwidern, aber urplötzlich überkamen ihn Schwindelgefühl und Benommenheit. Reflexartig krümmte er sich, versuchte, dagegen anzuatmen, aber dadurch wurde es nur noch schlimmer.

Phase drei.

Höchste Zeit, mit den Spielchen aufzuhören. Er umfasste die Česká fester.

»Mein Team und ich. LKA Berlin. Ich bin hier, um dir einen Deal anzubieten.« Faris richtete den Blick wieder auf al-Sadiq. Vor seinen Augen verschwamm dessen Gesicht.

Moussa stieß ein keuchendes Wimmern aus. Mit beiden Händen krallte er sich in die Bettdecke, versuchte verzweifelt, Luft zu bekommen.

Faris blendete ihn aus.

»Ich wusste, wir kämpfen auf zwei verschiedenen Seiten«, sagte al-Sadiq bedauernd.

In Faris' Ohren hatte es zu rauschen begonnen. Sein Zwerchfell verkrampfte jetzt, wenn er Luft holte.

Beeil dich!, mahnte sein Verstand.

»Der Deal …«

Al-Sadiq jedoch schien nicht interessiert an einem Deal. »Du hast mich einen feigen Hund genannt, einen, der dasteht und kläfft, während er andere für sich kämpfen lässt.«

Faris forschte in seiner Miene nach Hinweisen, was er dachte. Was er fand, ließ ihn die Zähne zusammenbeißen. Das hier war ein Mann, für den die Konfrontation mit dem Tod überraschend gekommen war, der sich jedoch mit der Tatsache abgefunden hatte, dass er ihm an diesem Tag nicht mehr entgehen konnte.

Mit zitternden Händen steckte Faris die Česká weg und zog dafür die Spritze aus der Tasche. »Du musst nicht sterben«, versprach er. »Das hier ist das richtige Gegengift. Sag mir, wo der Anschlag stattfinden wird, und ich gebe es dir.«

Mit einem gepressten Aufschrei warf sich Moussa in die Fesseln. Faris trat einen Schritt zur Seite, um seinem Tritt auszuweichen. Schwer fiel Moussas Kopf zurück auf das Bett. Seine Hände waren zu Klauen verkrampft, bebten. Faris konnte die geplatzten Äderchen in seinen weit aufgerissenen Augen sehen. Er wandte den Blick ab.

»Du wirst leben«, beschwor er Sadiq. »Du wirst nicht so zugrunde gehen wie er.« In seinem Kopf begann sich alles zu drehen. Mit der freien Hand stützte er sich an der Wand ab.

Wie viel Zeit war bereits vergangen? Wie groß waren seine eigenen Überlebenschancen noch?

Er blickte auf seine Armbanduhr, doch das Ziffernblatt verschwamm vor seinen Augen.

»Robert«, keuchte er. »Ich …«

Wie aus weiter Ferne drangen die Geräusche aus dem *War Room* an sein Ohr. Er glaubte zu hören, wie Shannon im Hintergrund »Holy God!« hauchte und wie Tromsdorff jemanden anschrie: »… wo bleibt das Rettungsteam, verdammt?« Und dann brüllte er: »Marian!«

Sadiq hustete. Seine Lippen wurden blau, und Faris registrierte erstaunt, wie unterschiedlich die einzelnen Vergiftungsphasen bei ihm und dem Alten abliefen. Obwohl er inzwischen selbst mühevoll um Luft rang, tat Sadiq noch immer so, als könne ihm das Gas nichts anhaben. Faris bewunderte seine Körperbeherrschung. Er selbst keuchte wie eine Dampfmaschine. »Wenn das Mittel wirklich helfen würde, hättest du es selbst genommen«, sagte Sadiq.

»Ich habe nur diese eine Dosis.«

In Sadiqs Augen erschien gelindes Erstaunen. »Du stirbst, um diesen Anschlag zu verhindern?« Er hustete und krümmte sich dabei ein wenig. Als er sich wieder aufrichtete, sah er bekümmert aus. »Du kämpfst wie ein Mann für das, an das du glaubst.« Bewunderung lag in seiner Stimme – und plötzlich auch Selbstekel. »Du hast mich zu Recht einen Hund genannt.«

Moussa wand sich jetzt in hilflosen Zuckungen.

Sadiq betrachtete ihn volle fünf Sekunden lang, bevor er den Blick wieder auf Faris richtete. »Du hast mir die Augen geöffnet, und dafür danke ich dir.«

Faris biss die Zähne zusammen.

Sadiq lächelte. »Leider muss ich deine Bitte, mir das Leben retten zu dürfen, ablehnen.«

Ira tauchte aus ihrer Ohnmacht auf wie aus einem tiefen, kalten See.

Gierig sog sie Luft ein. Sie konnte wieder atmen. Es fühlte sich himmlisch an.

Sie rappelte sich hoch.

»Langsam!«, mahnte sie der Mann von der DekonV, der sie gerettet hatte. »Sie sind noch …«

Ira war auf den Füßen, bevor er zu Ende gesprochen hatte. »Die Krankenstation!«, stieß sie hervor. »Da sind …«

Der Mann in seinem weißen Schutzanzug nickte. »Ich weiß. Meine Leute sind schon auf dem Weg dorthin. Kommen Sie!«

Er stützte sie, und gemeinsam mit ihm kehrte sie zur Krankenstation zurück.

Sie kamen an Schwester Kerstins Leiche vorbei. Iras Begleiter beugte sich über sie, aber er brauchte nur eine Sekunde, um sich mit einem bedauernden Kopfschütteln wieder aufzurichten. Iras Herz begann zu flattern.

Wie viele Tote würden sie in der Krankenstation vorfinden?, fragte sie sich und erfuhr gleich darauf, dass es nur ein einziger war: Uwe Stein, der Beamte, der bei Direktor Lehmann gewesen war, als sie zusammen mit Nadler und Andrea um Einlass gebeten hatte.

Wie lange war das jetzt her? Es kam ihr vor wie eine Ewigkeit. Mehr als eine Minute lang konnte sie den Blick nicht abwenden von dem verzerrten Gesicht und den toten Augen des Beamten, in denen sämtliche Adern geplatzt waren. Sie war dankbar, als ein weiterer Mitarbeiter der DekonV Stein die Lider sanft zudrückte.

Endlich schaffte sie es, den Blick abzuwenden.

Nadler saß auf seinem Krankenhausbett und lächelte sie an, als sei niemals etwas geschehen. Den Mann, der gerade seinen Puls maß, ignorierte er völlig. Stattdessen zwinkerte er Ira zu.

Sie ging in den Pausenraum.

Direktor Lehmann war von seinem Stuhl gerutscht und kauerte auf dem Boden. Seine Lippen waren noch blau, aber er rang nicht mehr nach Luft. Ira nickte ihm zu. Dann ging sie schnurstracks an ihm vorbei und zu dem Telefon unter dem Dienstplan.

Ihre Finger zitterten, als sie den Hörer abnahm und die Nummer der Sicherheitszentrale wählte.

Und das Zittern erfasste ihren ganzen Körper, als dort niemand abnahm.

»Ich sagte Ihnen bereits, dass sie bald da sind«, erklärte die Frau am Telefon Tromsdorff. Er hatte ihren Namen schon wieder vergessen, wusste nur, dass sie die medizinische Leiterin von Reichels DekonV war.

»Ich habe gesagt, Sie sollen zuerst meinen Ermittler retten!«, schrie er sie an.

Sie machte eine lange, unerträgliche Pause. »Sie brauchen nicht ausfällig zu werden! Wir kümmern uns um jeden Menschen, sobald wir können.«

»Aber …« Tromsdorff krampfte die Hand so fest um das Telefon, dass es knackte.

»Hören Sie, Kommissar Tromsdorff«, unterbrach die Ärztin ihn kühl. »Ich werde unsere Männer auf keinen Fall anweisen, noch lebende Anschlagsopfer liegen zu lassen, nur um schneller zu Ihrem … *Polizisten* zu kommen!« Sie spuckte das Wort förmlich aus. »Auf Wiederhören«, sagte sie dann, und ein leises Piepsen zeigte an, dass sie aufgelegt hatte.

»Verdammt!«, brüllte Tromsdorff. Ben und Shannon starrten ihn erschrocken an. Er blickte auf Sadiqs Countdown, den Ben auf das Smartboard geworfen hatte. Die Uhr stand auf 00:42:15.

Zweiundvierzig Minuten bis null.

Faris jedoch hatte keine zweiundvierzig Minuten mehr.

Tromsdorffs Augen brannten, als er über den In-Ear wieder Kontakt zu Faris aufnahm.

»Junge!«, beschwor er ihn. »Sadiq wird nicht reden. Spritz dir selbst das Mittel und sieh zu, dass du da verschwindest!«

»Ihr braucht Zeit, um aus ihm rauszuholen, wo das Gas …«

»Faris!«, brüllte Tromsdorff. »Das ist ein Befehl, hast du mich …« Das Klingeln seines Handys unterbrach ihn. In der hoffnungsvollen Annahme, dass es die Frau von der DekonV war, riss er es ans Ohr.

Es war jedoch niemand von der DekonV.

Es war Ira.

»Faris! Ira will mit dir sprechen«, hörte Ira Tromsdorff sagen.

Sie wusste, dass Ben in diesem Moment irgendwie eine Verbindung von ihrem Handy zu den Geräten des Teams herstellte. Kurz zuvor hatte sie mit Entsetzen erfahren, was Faris gerade tat, und nun wusste sie nicht, ob sie ihn gleich verfluchen oder erst Gott dafür danken sollte, dass sie die Nummer des *War Room* auswendig wusste.

Ihr blieb keine Zeit für Grübeleien, denn nur eine Sekunde später hatte sie Faris' gequältes Keuchen im Ohr.

»Lass mich nicht allein!«, rief sie. »Die von der DekonV sind unterwegs zu dir!«

»Ira«, keuchte er, und es zerriss sie beinahe, weil sie ahnte, dass die Spezialisten zu spät zu ihm kommen würden. Seine einzige Überlebenschance war die Spritze, die er in der Hand hielt. Die Spritze, die er sich nicht selbst geben würde, solange auch nur der Hauch einer Chance bestand, dass er durch sie Sadiq zum Reden bringen würde.

Im Stillen kalkulierte sie ihre Optionen. Sie würde Faris nicht dazu bringen, sein eigenes Leben zu retten, wenn es auf Kosten der vielen Menschen dort draußen geschah. Das wusste sie.

»Gib mir Sadiq!«, befahl sie ihm.

»Lass mich nicht allein!«

Faris' Herz krampfte sich zusammen, als er Ira das rufen hörte. Etwas regte sich in ihm, das ihr gehorchen wollte, das jede Verantwortung abgeben und einfach nur machen wollte, was sie verlangte: sein eigenes Leben retten.

Sein Überlebenswille meldete sich mit einer Wucht, die er niemals für möglich gehalten hätte.

Leben.

Für Ira.

Und für sein Kind.

Er starrte auf die Spritze in seiner Hand.

»Gib mir Sadiq!«, verlangte Ira.

Er wollte nicht, dass sie mit ihm sprach, wollte sie fernhalten von diesem Monster. Aber er gehorchte ihr wenigstens in dieser Hinsicht. Er nahm den In-Ear heraus und hielt ihn Sadiq ans Ohr. Seine Hand zitterte, und auch Sadiq schien verwundert. Er betrachtete das kleine Gerät irritiert, bevor er fragte: »Ja?«

Einen Moment lang hörte er schweigend zu.

»Kommen Sie mir … nicht mit Theologie!«, meinte er schließlich, und er schaffte es tatsächlich, kühl und überlegen dabei zu klingen. Sein magerer Brustkorb hob und senkte sich ruckartig.

Dann weiteten sich seine Augen.

Die Tür, die aufs Dach führte, war nur angelehnt. Die Soldatin stieg die Treppe hinauf bis unter den freien Himmel, der heute nicht weit war, sondern drückend und grau.

Tarik war da.

Sie hatte es fast geahnt.

Ein Praktikum, das ihm seine Träume wie alle anderen auch nicht erfüllen konnte, hatte er bei einer Firma für Klimatechnik absolviert. Die Soldatin vermutete, dass das der Grund war, warum Abdu ihn für diese Aufgabe ausgesucht hatte.

Als sie hinter Tarik trat, fuhr er herum und erblasste. »Was machst du hier?« Er erhob sich von dem dicken Militärschlafsack, in dem er offensichtlich die ganze Nacht hier oben verbracht und auf al-Sadiqs Signal gewartet hatte. Der Blick der Soldatin fiel auf das Tablet, auf dem ein Nachrichtenkanal lief.

»Abdu hat gesagt, wenn die Mauern brennen, die unsere Brüder halten, dann soll ich herkommen«, sagte sie und schaute auf die silbern glänzenden Aufbauten auf dem Dach, hinter denen sich die zentrale Klimaanlage der Mall befand. Eine Abdeckplatte hatte Tarik abgeschraubt. In der Öffnung dahinter lagen bereits drei große silberne Flaschen.

Plötzlich hatte die Soldatin das Gesicht des Mannes aus dem Kino vor Augen. Sein panisch verzerrter Mund. Die stummen Schreie und das vergebliche Ringen nach Luft.

Wie er wohl geheißen hatte? Sie fror jetzt nicht mehr, aber da war ein Gefühl in ihr, das sie fast vollständig ausfüllte.

Schuld.

Sie sagte: »Was, wenn wir falschliegen?«

Tarik, dessen Züge eingefallen wirkten, schaute verwundert. »Womit?«

Sie deutete auf die Sporttasche, in der er die Gasflaschen transportiert hatte und die noch immer offen neben ihm stand. Ein kleines, in schwarzes Leinen eingebundenes Buch lag darin, und es ähnelte jenem sehr, das die Soldatin im Krankenhaus in der Hand gehabt hatte. »Lies die ersten Sätze!«, forderte sie ihren Bruder auf.

Er gehorchte nur widerwillig, doch er nahm das Buch, schlug es auf, und dann las er: *»Lob sei Allah, dem Weltenherrn, dem Erbarmer, dem Barmherzigen.«*

Die Soldatin nickte, und sie spürte, dass sie keine Soldatin mehr sein konnte. »Genau.«

Tarik schien nicht zu verstehen. Unsicher sah er sie an, in seinem Blick flackerte dieser Zorn, den er in sich trug, seit er in dieses helle Land gekommen war, dessen Menschen ihn nicht verstanden und ihn nicht haben wollten.

»Wie kann Allah barmherzig sein und *das* hier wollen?«, fragte Amira.

»Allah will, dass wir ihn anbeten und keine anderen Götter. Und er zürnt jenen, die ungläubig sind. Unsere Taten helfen, Sein Reich zu errichten.«

Tariks Worte klangen mechanisch, wie sie auch bei Amira geklungen hatten.

Sie schloss die Augen. Ein kalter Wind trieb nadelspitze Regentropfen gegen ihre rechte Wange. Als sie die Augen wieder öffnete, schaute sie auf die Gasflaschen.

»Hast du deine Aufgabe erfüllt?«, fragte Tarik.

Sie nickte. Sie empfand jetzt gar nichts mehr, stellte sie fest. »Und ich möchte nicht, dass du …«

Er riss die Hand hoch. »Wer nicht für uns ist, ist gegen uns, hat Abdu gesagt. Und wer gegen uns ist, ist gegen Allah, und sein Zorn wird ihn treffen, sodass er auf ewig in der Hölle brennen wird.«

Amira konnte die Angst vor dieser Hölle in Tariks Augen sehen. Das Bild wurde überlagert von dem Bild ihrer Großmutter, die in den Flammen der Bombe starb.

»Halt mich auf!«, sagte sie ruhig.

Dann öffnete sie ihre Tasche. Ihr Handy lag unter dem zusammengefalteten Mantel und direkt neben der Sprühdose, die jetzt fast leer war.

Amira nahm es zur Hand. Sie musste nur drei Ziffern eintippen. 110.

Fragend schaute sie Tarik an. Der stand einfach da. Er zitterte, aber dann ging ein Ruck durch ihn. Er griff in die Tasche. Als er die Hand wieder herauszog, lag eine schwarzglänzende Waffe in ihr.

»Wer nicht für uns ist, ist gegen uns«, wiederholte er mit einer Qual in der Stimme, die Amira das Herz zerriss.

Sie sah ihm in die Augen. Und drückte auf den grünen Knopf, der die Verbindung herstellte.

Das Telefon auf Bens Schreibtisch klingelte. Ben versuchte, es zu ignorieren, er wollte bei Faris bleiben in dieser Situation, aber vergeblich. Es klingelte so lange und penetrant, dass er schließlich mit einem genervten »Ja!« abnahm.

»Notrufzentrale«, meldete sich eine professionell klingende Männerstimme. »Hier kam eben einen Anruf rein, den ihr euch vielleicht mal anhören solltet.« In der nächsten Sekunde hatte Ben die Aufnahme einer Jungmädchenstimme im Ohr, die einen schwachen arabisch klingenden Akzent hatte.

»Der Anschlag«, sagte sie, und es schwang Müdigkeit darin mit. *»Er wird hier …«*

Im nächsten Moment zerriss ein Schuss Ben fast das Trommelfell.

Al-Sadiq suchte Faris' Blick, hielt ihn fest. Er lächelte.

Faris schwankte. Er kämpfte darum, auf den Beinen zu bleiben. Er bekam kaum noch Luft, aber die Panik deswegen rückte in den Hintergrund, wich dem Gefühl, von Sadiq bis auf den Grund seiner Seele durchleuchtet zu werden.

Er wandte den Blick ab und sah auf die Armbanduhr. Er musste die Augen zusammenkneifen, um seinen Blick scharf zu stellen. Noch fünfunddreißig Minuten bis zum Anschlag. Sadiq jedoch würde sterben. Hier und jetzt. In den nächsten zwei oder drei Minuten.

Und er wusste es.

Das Lächeln des alten Mannes wurde breiter, triumphierender. »Ich habe euch gesagt, dass ihr verlieren werdet«, erklärte er. »Du wirst verlieren! Gegen mich.« Er reichte Faris den In-Ear zurück. »Sie will ein letztes Mal mit dir sprechen.«

Faris griff nach dem kleinen Gerät, fasste vorbei. Fasste noch einmal zu. Als er es endlich in der Hand hielt, ließ er es beinahe fallen, aber er schaffte es, es wieder ins Ohr zu stecken.

Sadiqs Kopf fiel nach vorne. Sein Körper begann zu zucken. Sein Speichel bildete Schaumbläschen auf seinen Lippen.

»Zu spät!«, flüsterte Faris, und bitterer Humor stieg in ihm auf. Humor darüber, dass er und Sadiq den gleichen Nihilismus teilten. *Schmerz und Leid als einziges Mittel, sich lebendig zu fühlen,* dachte er und registrierte verblüfft, dass Sadiq noch einmal den Kopf gehoben hatte und ihn ansah. Flehend.

Sollte er am Ende doch …

Faris beugte sich zu ihm hinunter, und was er hörte, zermalmte auch noch diese allerletzte Hoffnung zu Staub. »Ich sterbe in … dem Wissen, dass … du in dem Wissen weiterlebst … versagt zu haben.«

»Faris?« Iras Stimme erklang wie von ferne. »Faris, bitte! Faris!«

Faris hob die Spritze.

Noch gut dreißig Minuten.

Er hatte getan, was in seiner Macht stand.

Hatte er das wirklich?

Nein!

Er sah Sadiq in die Augen.

»Ich sterbe in dem Wissen, dass … wir *dich* besiegen.« Er beugte sich vor.

»Jetzt ist Marian dran«, informierte er seine Kollegen. »Sagt ihm … er muss es aus ihm rausholen.« Dann rammte er die Nadel in Sadiqs Hals.

Und injizierte ihm das Gegenmittel.

»Jetzt hat er genug Zeit dazu«, waren seine letzten Worte.

»Los, los, los!« Bens Finger flogen über die Tastatur, während sein Computer den Anruf des Mädchens zurückverfolgte, um herauszufinden, woher er gekommen war.

Tromsdorff, der mittlerweile im BAO-Raum Andersens Funktion übernommen hatte, beugte sich über das Mikrofon, mit dem er Kontakt zu sämtlichen Streifenwagen in der Stadt hatte. »An alle Einheiten! In Kürze wird ein weiterer Giftgasanschlag stattfinden. Der Ort ist noch unbekannt. Halten Sie sich zur Verfügung, wir geben gleich Informationen durch …«

Bens Computer meldete sich mit einem *Pling.*

»Ja!« Ben schlug triumphierend mit der Faust auf den Tisch.

»Faris«, flüsterte Ira erstickt.

Faris sank auf die Knie. Fahle Flecken tanzten vor seinen Augen. Er fiel vornüber, versuchte, sich abzustützen, aber vergeblich. Seine Arme trugen sein Gewicht nicht mehr. Er brach endgültig zusammen. Er glaubte, Ira seinen Namen kreischen zu hören.

Sein Blick verschwamm.

Sein Brustkorb hob und senkte sich in dem verzweifelten, vergeblichen Versuch, Luft in die Lunge zu bekommen. Sein gesamter Oberkörper stand in Flammen. Flammen, die ihn einhüllten, auffraßen, vernichteten.

Noch einmal klärte sich sein Blick, fiel auf das Lederarmband an seinem Handgelenk. Er tastete danach, versuchte, den Schriftzug zu entziffern.

Las die arabischen Wörter.

Konnte es möglich sein?

Egal!

Sein Herz begann zu stolpern. Ira war verstummt.

Marian, dachte er. Und: *Es tut mir leid, Leute!*

Dann breitete sich tiefer Frieden in ihm aus. Dunkelheit kroch auf ihn zu. Er glaubte, Lilly zu hören, die ein Kinderlied sang. Nicht das Mottenlied, sondern ein schönes, freundliches …

»Die Mall of Berlin!«, brüllte Ben in seinem Ohr. »Es kann sein, dass das Giftgas in der Mall of Berlin ist. Frag Sadiq nach der Mall of Berlin!«

»Gleich, Herrgott!«, knurrte eine Stimme, die Faris sonst nur spöttisch kannte, die jetzt aber heiser und atemlos klang.

Er spürte, wie Hände über seinen Körper hasteten, wie er herumgerissen wurde.

Dann ein winziger scharfer Schmerz in seiner Halsbeuge. Schlagartig konnte er freier atmen, sein Blick klärte sich jedoch nicht wieder.

Jemand hielt ihn, bewahrte ihn vor dem Sturz in die totale Finsternis.

Marian.

»Du bist wirklich das durchgeknallteste Arschloch, das ich kenne!«, fluchte er.

Amira war wieder ein Kind.

Juchzend lief sie über gelbe Erde. Der Himmel über ihr war weit, und die Sonne glühte in seinem Blau, bis die Bomben anfingen zu fallen.

Die Einschläge dröhnten in ihren Ohren, sie sah Feuer vom Himmel fallen und ihre Großmutter verzehren, und die Fliegen kamen und bedeckten die Flecken auf der Erde. Das Wasser des Meeres umschlang sie kalt und tödlich und gab sie wieder frei. »Er ist tot«, sagte eine Stimme, und die Trauer um ihren Vater schnürte ihr das Herz zusammen, sodass es für lange Zeit nicht mehr zu schlagen schien. Nicht, als sie und Tarik in dem Auffanglager ankamen, nicht in den Monaten und Jahren danach.

»Eines Tages werde ich eine Frau haben und Kinder und eine Wohnung mit Stuckdecke«, rief Tarik, und jemand schrie sie an: »Was glaubst du, was du bist?«

Dann eine andere Stimme.

»Scheißaraberpack!«

Doch plötzlich stand Abdu vor ihr. »Du bist in Allahs Augen schön«, sagte er, und Amira empfand für eine Sekunde lang wieder die Erleichterung darüber, dass endlich jemand sie wahrnahm, dass endlich jemand sie ernst nahm.

Das Gefühl wurde jedoch hinweggespült von der Erkenntnis, dass auch Abdus Freundlichkeit nicht ihr gegolten hatte.

Weil sie nichts weiter war als eine Soldatin.

»Amira!«, wimmerte Tarik ganz dicht bei ihr. »Nein! Nicht! Es tut mir so leid!«

Flammen fraßen sich durch die Mitte ihres Leibes. Amira öffnete den Mund und schrie ihren Schmerz in den grauen Himmel über Berlin.

»Es ist gut«, sagte ihre Großmutter.

24. Kapitel

Fünf Tage später

Frisch geduscht und nur mit Boxershorts bekleidet stand Faris vor dem Spiegel in seinem Schlafzimmer. Seine Augen starrten ihm aus einem eingefallen wirkenden Gesicht entgegen. Wie lange er wohl noch mit diesen Schatten unter seinen Lidern herumlaufen musste?

Die meisten Verletzungen, die er davongetragen hatte – das Veilchen, die aufgeplatzte Lippe, der feine Schnitt an seiner Kehle –, waren fast verheilt, nur der Cut unter seinem Auge war noch immer mit zwei kleinen Pflastern versehen. Und die gebrochene Rippe schmerzte noch. Alle Auswirkungen des Giftgases waren mittlerweile verschwunden – die Kurzatmigkeit, das gelegentliche Krampfen seines Zwerchfells, die unnatürliche Blässe seines Gesichts. Allerdings waren diese dunklen Schatten unter seinen Augen noch immer da, obwohl schon fast eine Woche vergangen war, seit Marian ihn aus dieser Hölle gezerrt hatte.

Die ersten drei Tage hatte Faris auf der Intensivstation gelegen, wo man ihn an eine Menge Apparate angeschlossen und das Gift aus seinem Blut gewaschen hatte. Die Tatsache, dass er wieder vollständig auf die Beine kommen würde, hatten die Ärzte dem Gegengift zugeschrieben, das Marian ihm gespritzt hatte. Ohne dieses, das hatten sie deutlich gemacht, wären Faris' Chancen aufs Überleben gleich null gewesen.

Faris öffnete den Kleiderschrank.

Marian hatte an seinem Bett gesessen, als er im Krankenhaus aufgewacht war. Er hatte eine Zeitschrift in der Hand gehalten und so getan, als lese er darin.

»Die *Frau im Spiegel?*«, hatte Faris gefragt. »Gibt es da was, das du mir verschwiegen hast?«

Marian ließ die Zeitschrift sinken. Seine Blicke huschten über Faris' Gesicht. »Du siehst scheiße aus.« Zwischen seinen Augenbrauen stand eine steile Falte, die so gar nicht zu seinem spöttischen Tonfall passte. Auch er hatte Schatten unter den Augen.

»Wie geht es Ira?«

»Sie ist gesund und wohlauf. Ich fürchte, wir konnten sie nur mit Gewalt davon abhalten, hier an meiner Stelle zu sitzen.« Marian lächelte.

Faris hatte sich gestattet, eine Weile einfach nur erleichtert und glücklich darüber zu sein, dass Ira lebte. Dann stellte er sich der Realität.

»Wie viele?«, fragte er.

Marian verstand, was er meinte.

Wie viele Tote?

»Zweihundertsiebzehn in Karlshorst«, sagte er, dann fuhr er sich mit der Zunge über die Oberlippe. »Ein paar haben überlebt, hauptsächlich die Jüngeren, Fitten.«

»Uwe Stein?«, fragte Faris.

»Tot. Tut mir leid.«

»Halim Zengin?«

»Er lebt, soweit ich weiß. Die Kollegen haben ihn Arm in Arm mit einem jungen Neonazi gefunden, und ihnen das Gegengift gespritzt, kurz bevor beide den Löffel abgegeben haben. Kevin irgendwas. Den Nachnamen habe ich vergessen. Scheint, als seien im Angesicht des nahen Todes plötzlich alle

Ideologien nebensächlich.« Marian lachte trocken. »Vielleicht sollte man das gegen diese bescheuerte Tandemtherapie austauschen: Sperr sie zu zweit ein, lass sie fast krepieren, und sie sind danach die besten Freunde.«

Faris hatte gelächelt. Aber die Erleichterung darüber, dass Halim davongekommen war, wurde überlagert von seiner Angst vor der nächsten Frage. »Und beim Anschlag in der Mall? Wie viele Opfer gab es da?«

Wie viele weitere Leben, die er nicht hatte retten können?

»Eins.«

»Eins.« Faris wiederholte das Wort, ohne etwas dabei zu empfinden. Er legte den Kopf in den Nacken und starrte an die Decke. Das Kissen scheuerte an seinem Schädel, es fühlte sich an, als würde ein Rasiermesser ihm über die Haut fahren.

»Das Mädchen, das die Attentate am Bahnhof, am Ku'damm und im Cinemaxx begangen hat. Sie wurde erschossen.« Marian presste die Zähne aufeinander und legte die Zeitschrift auf das Fußende von Faris' Bett.

Faris wartete einfach, bis er weitersprach.

»Das Gas wurde nicht freigesetzt. Wir waren rechtzeitig da. Wir hatten wirklich verdammtes Glück. Die Attentäterin, die die drei Toten auf dem Gewissen hat, hat anscheinend rechtzeitig ihr Gewissen wiederentdeckt und uns angerufen. Wahrscheinlich hat es ihr zu denken gegeben, dass ihr letztes Opfer bei ihrem Amoklauf in ihren Armen krepiert ist.«

Es störte Faris, dass er das Mädchen nur als *die Attentäterin* bezeichnete. »Wie ist ihr Name?«

»Amira Basma.« Marian verzog das Gesicht. »Ich Idiot hatte sie im Verhör. Nach dem dritten Mord, dem in dem Kino, habe ich mit ihr gesprochen, aber ich habe nicht erkannt, dass sie das Mädchen von den Kameras am Bahnhof Zoo ist.« Er blies die Wangen auf. »Dass sie keine Zeugin, sondern die Täterin ist.«

Faris spürte, dass Marian sich mit dieser Tatsache quälte, und er wusste nicht genau, was er sagen sollte.

Marian jedoch fing sich recht schnell. Ein Grinsen flog über sein Gesicht. »War zwar eine ziemliche Nulpenleistung von mir, aber wir hatten, wie gesagt, Glück. Amira hat uns verständigt. Sie wollte den Ort des Anschlags verraten, aber ihr Komplize hat sie vorher abgeballert. Ein Typ namens Tarik Basma, ihr Bruder. Ihn haben wir verhaftet, und er hat geredet wie ein Wasserfall. War völlig geschockt, weil er seine eigene Schwester auf dem Gewissen hat. Soweit wir im Moment wissen, sind Amira und Tarik vor Assads Bomben aus Syrien geflohen, nachdem ihre Großmutter vor ein paar Jahren in einem Feuersturm umkam. Sie wollten über das Mittelmeer kommen, aber ihr Vater ertrank dabei. Es folgte monatelanges Warten auf Anerkennung seines Status, keine Arbeitserlaubnis. Tarik rutschte in die Kleinkriminalität ab, dann Drogenhandel, die ganz normale traurige Karriere. Bis er mit islamistischen Kreisen in Kontakt geriet, man ihm die Vergebung seiner Sünden versprochen hat. Bla, bla. Der ganze übliche Scheiß eben. Amira schien sich hier zu Anfang gut zurechtzufinden, warum sie sich den Islamisten dann auch angeschlossen hat, kann sich keiner in ihrer Umgebung so recht erklären. Ihre Lehrerin glaubt, sie hat sich in den falschen Typen verliebt, diesen Abdu. Vielleicht ist es wirklich so banal.«

Liebe ist niemals banal, dachte Faris, und er verspürte eine eigenartige Regung bei Marians Worten, konnte sie jedoch nicht so richtig festmachen. Es fühlte sich an wie Widerwille.

»Tarik hat kurz für eine Firma für Klimatechnik gearbeitet. Vermutlich war das der Grund, warum al-Sadiq und Abdu ihn ausgesucht haben. Er hatte genügend Wissen, um die Flaschen in der Klimaanlage der Mall zu deponieren.«

Faris bedeckte beide Augen mit den flachen Händen. Auf einmal überkam ihn eine Müdigkeit, so umfassend und bleiern, dass er sich nicht mehr rühren konnte.

»Es gibt auch Positives zu erzählen«, erklärte Marian, der zu ahnen schien, dass Faris jetzt gute Nachrichten brauchen konnte. »Diese JVA-Beamtin, Melanie Deubner, zum Beispiel.«

»Was ist mit ihr?«

»Sie hat sich in der Krankenstation selbst die Kehle aufgeschlitzt, um nicht qualvoll an dem Giftgas sterben zu müssen.« Entschuldigend grinste Marian Faris an. »Das hört sich nicht besonders positiv an, ich weiß. Aber wir konnten inzwischen beweisen, dass sie zu *Hiob* gehörte.«

»Unmöglich! Sie hat al-Sadiq geholfen. Sie hat ihn in meine Zelle geführt.«

»Stimmt.« Marian nickte. »Die Kleine war sowas wie eine Doppelagentin. Al-Sadiq hatte ihre kleine Tochter in seiner Gewalt, darum spurte sie.«

Faris dachte daran, was Melanie Deubner zu al-Sadiq gesagt hatte.

Ich mache ja, was Sie verlangen, wenn Sie nur mein Kind …

Wegen seiner eigenen prekären Lage hatte er keinen Gedanken daran verschwendet. »Was ist mit dem Kind?«, flüsterte er.

Marians Grinsen wurde breiter. »Einer der Typen, die wir in der Moschee festgenommen haben, hat uns verraten, wo sie gefangen gehalten wurde. Wir konnten sie befreien. Sie ist wohlauf.«

»Gut.« Die Müdigkeit in Faris wuchs ins Unermessliche. »Gut«, wiederholte er, als würde es dadurch wirklich gut werden.

Ein paar Minuten verstrichen in tiefem Schweigen.

»Hey!« Eine Berührung an seinem Ellenbogen hatte ihn dazu gebracht, die Arme sinken zu lassen. Hinter Marians Fassade aus Coolness schimmerte etwas hindurch, das Faris nicht einzuordnen wusste, und er verbrachte die nächsten Minuten damit, sich darüber klar zu werden, was er selbst empfand.

»Danke«, murmelte er irgendwann.

»Wofür? Dass ich dir im Karli den Arsch gerettet habe oder dafür, dass ich hier deine beschissene Gegenwart aushalte?« Diesmal sah Marians spöttisches Grinsen bemüht aus.

Faris schüttelte den Kopf. »Warum warst du eigentlich vor den Jungs von der DekonV bei mir?«

Marian zuckte mit den Schultern. »Ich halte dich nach wie vor für ein Arschloch. Aber ich konnte doch nicht einfach dasitzen und zusehen, wie du erstickst.«

»Schon, aber woher hattest du die Spritze mit dem Gegenmittel?«

»Aus Jespers Büro.«

»Wusstest du, dass da noch welche waren?«

Sanft schüttelte Marian den Kopf, und Faris starrte ihn ungläubig an. »Du bist aus der Sicherheitszentrale raus, ohne zu wissen …«

Erneut zuckte Marian mit den Schultern. Diesmal schwieg er dabei.

»Du hättest draufgehen können!«

»He!«, empörte Marian sich. »Immerhin bist du hier nicht der Einzige, der heldenhaft sein Leben aufs Spiel setzen darf!«

Faris presste die Lippen aufeinander. »Ich erinnere mich daran, dass du mich genau deswegen einen Idioten genannt hast.«

»Falsch. Ich habe dich einen gottverdammten und hirnrissigen Idioten genannt.«

Wahrscheinlich bin ich das wirklich, dachte Faris. *Gottverdammt auf jeden Fall.*

Er atmete tief durch.

»Danke«, sagte er noch einmal.

Marian blinzelte mehrmals schnell nacheinander. Dann nahm er die Zeitschrift wieder in die Hand. »Hey, wusstest du, dass Brad und Angelina sich jetzt doch nicht scheiden lassen?«

Faris' Gedanken kehrten aus der Vergangenheit zurück. Draußen war längst die Nacht angebrochen, und er war mit Marian und den anderen im *Hassle* verabredet, in der Stammkneipe der SERV in der Gneisenaustraße. Er zog Jeans und Pullover aus dem Schrank und streifte beides über.

Sein Blick fiel dabei auf die Schachtel auf dem obersten Bord seines Schrankes.

Er zögerte.

Seine Lunge fühlte sich noch immer sonderbar an. So als sei sie von innen heraus ausgehöhlt worden.

Genauso wie sein Herz.

Lass mich nicht allein!, hatte Ira gerufen, als er dort in dem elenden Gas fast krepiert wäre.

Er nahm die Schachtel heraus und stellte sie auf sein Bett.

Als er kurz darauf aus der Haustür trat, wog die Česká schwer in der Innentasche seiner Lederjacke.

Er warf einen Blick hinauf zum Himmel.

Es regnete.

Der Buchhändler aus dem Nachbarhaus saß noch in seinem Laden und arbeitete. Faris hob grüßend die Hand, dann schlug er den Kragen hoch und ging in die Nacht hinaus.

Die Luft im *Hassle* war warm und stickig, was Faris jedoch nicht störte. Nachdem er dem Giftgas ausgesetzt gewesen war, kam ihm jede Atmosphäre sauber und gesund vor.

Tromsdorff, Shannon und Marian waren schon da. Sie standen an der Theke aus Eichenholz, die noch aus den frühen

Achtzigern des vergangenen Jahrhunderts zu stammen schien und mit ihrem rustikalen Charme den gesamten langgestreckten Raum dominierte. Die Musik bestand aus einer ziemlich sonderbaren Mischung aus verschiedenen Hardrock- und Punk-Stücken, die sich abwechselten. Aus dem Hinterzimmer war ab und an das scharfe Klacken von Billardkugeln zu hören.

Faris blieb im Eingangsbereich stehen und sog noch die Atmosphäre in sich auf, als Marian ihn entdeckte und heranwinkte.

»Hey!«, sagte er. »Du siehst besser aus.«

»Du auch«, erwiderte Faris.

»Alles in Ordnung?« Tromsdorff stellte sein Bierglas ab.

»Ja.« Faris zog die Lederjacke aus, legte sie auf einen freien Barhocker neben sich, während Shannon dem Barkeeper ein Zeichen gab und ein Glas Cola für Faris bestellte. Zwar war er kein gläubiger Muslim, aber trotzdem trank er aus Gewohnheit eigentlich keinen Alkohol. Bis auf eine einzige ganz bestimmte Ausnahme.

Als die Flüssigkeit kühl seine Kehle hinunterrann, lächelte er.

»Andrea ist tot«, sagte Tromsdorff. »Erschossen, genau wie Krombusch.«

Die düstere Eröffnung ließ Faris das Glas absetzen. Er stellte es auf die Theke, wo es den unzähligen Wasserringen, die den uralten Lack verschandelten, einen weiteren hinzufügte.

Bei einem seiner Besuche im Krankenhaus hatte Tromsdorff ihm erzählt, dass Tom Krombusch sich noch in Karlshorst dem Versuch, ihn zu verhaften, entzogen hatte. Er hatte sich irgendwie von seinen Fesseln befreien können, einem unvorsichtigen Beamten die Waffe entrissen und gegen sich selbst gerichtet. Andrea jedoch war festgenommen worden und hatte seitdem in Untersuchungshaft in Moabit gesessen. Man hatte vergeblich versucht, das Motiv für ihr Handeln aus ihr herauszukriegen.

»Sie wurde heute Morgen tot in ihrer Zelle aufgefunden«, fuhr Tromsdorff fort. »Die Waffe lag neben ihr. Die offizielle Erklärung lautet Selbstmord.«

Faris sah seine Kollegen der Reihe nach an. In jedem Gesicht entdeckte er Grimm, vor allem aber finstere Zweifel.

»Aber wir glauben das nicht«, murmelte er. Er versuchte herauszufinden, was er dabei empfand, dass Andrea tot war. Es war unmöglich, es zu sagen. Vielleicht würde das Empfinden später wieder einsetzen. Ein bisschen fürchtete er sich davor.

Tromsdorffs Kopf bewegte sich in einer winzigen Bewegung von rechts nach links. »Wie soll sie an die Pistole gekommen sein? Man hat versucht, Andersen dazu zu befragen, aber er hält den Mund, so wie er es jeden einzelnen Tag seit seiner Verhaftung tut. Über ihn kommen wir weder an Informationen, wer noch alles zu *Hiob* gehört, noch an irgendwas, das uns auch nur den geringsten Hebel gibt, diese Zelle zu knacken.«

Ben kam aus dem hinteren Bereich der Kneipe, von dort, wo sich die Lagerräume mit den Bierkisten, aber auch die Toiletten befanden. Seine Hand war noch ein bisschen feucht vom Waschen, als er sie Faris reichte. »Die Tatsache, dass die Dreckskerle so gut wie nichts Digitales hinterlassen, macht es fast unmöglich, sie zu fassen«, sagte er, nachdem er gemerkt hatte, worüber sie sprachen. »Wenn Andersen also nicht irgendwann anfängt zu singen, werden wir vielleicht nie etwas über deren genaue Motive und Hintergründe erfahren.« Er seufzte, dann gab er dem Barkeeper einen Wink und deutete erst auf Tromsdorffs Bierglas und dann auf sich selbst.

»Wir wissen inzwischen, wie Kamil Akay *Hiob* auf die Spur gekommen ist«, erklärte Shannon. »Offenbar hat er irgendwie herausgefunden, dass die Scheißkerle gemeinsame Sache mit al-Sadiq gemacht haben. Wir vermuten, dass er irgendwann zufällig auf einen Hinweis auf *Hiob* gestoßen ist und angefangen hat nachzuforschen. Deshalb auch das Buch auf seinem Nachttisch. Irgendwie hat ihn seine Recherche dann zu Herdmann geführt, und er hat das Pamphlet bei ihm gefunden.«

Das Pamphlet, das ihn das Leben gekostet hat, dachte Faris.

Ben seufzte. »Wisst ihr, was mich krank macht?«, erkundigte er sich.

Sie schüttelten allesamt die Köpfe.

Der Barkeeper kam und stellte Ben sein Bier hin. Ben wartete, bis der Mann wieder weg war. Er nahm sein Glas, trank einen langen Schluck. »Irgendwie macht es mich krank, dass wir den Anschlag im Karli nicht verhindern konnten. Scheiße, es waren zwar hauptsächlich Drecksäcke da drinnen, aber trotzdem …«

Ein Schweigen schlich sich zwischen sie, wie das tödliche Gas sich in die Zellen von Karlshorst geschlichen hatte. Lautlos. Nur weniger qualvoll.

Faris dachte daran, wie kurz davor er gewesen war, durch dieses Gas zu sterben, wie müde er sich gefühlt hatte und wie stark der Wunsch gewesen war, endlich Frieden zu finden, nicht mehr nachdenken, nicht mehr abwägen zu müssen.

Und dann dachte er daran, wie sehr er plötzlich hatte leben wollen. Er dachte an seine kleine Tochter, die er gern aufwachsen sehen wollte. Er dachte an Ira. Irgendwie hätte er gern gewusst, wie es mit ihnen beiden weitergehen würde.

Er sah Marian an.

Sein neuer Partner. Es fühlte sich gut an, das zu denken. Gut und richtig.

Seine Gedanken wanderten zu der Česká aus seinem Schrank.

Sie lag in mehrere Teile zerlegt auf dem Grund des Landwehrkanals.

»Immerhin ist es uns gelungen, *El-Gehad* komplett zu zerschlagen«, sagte Shannon. »Al-Sadiq sieht für den Rest seines Lebens kein Tageslicht mehr. Und Abdu und die ganzen Hintermänner, die er uns geliefert hat, auch nicht. Die verführen niemanden mehr dazu, zum Attentäter zu werden. Und sie fackeln auch keine kleinen Kinder mehr ab.«

Faris hielt ganz still, weil die Worte ihn an die verbrannte Kinderleiche erinnerten, mit deren Anblick Tromsdorff und Andersen ihn dazu gebracht hatten, sich in Karlshorst einschleusen zu lassen. Plötzlich erschienen ihm die Gedanken an Lilly sehr viel weniger positiv. Er und seine Kollegen hatten eine, vielleicht auch zwei Gefahren ausgeschaltet, die Kindern wie ihr dort draußen drohen mochten, doch es gab noch so unendlich viele andere. Er spürte, wie sich sein Körper in hauchdünnes Glas verwandeln wollte, und fast hätte er hier und jetzt Tromsdorff seine Kündigung präsentiert. Aber er schwieg. Ihm war nur zu bewusst, dass ihn die Arbeit immer wieder auf die dunkle Seite ziehen würde, aber sie war das Einzige, was er für seine Tochter tun konnte. Solange er im Spiel blieb, würde Lilly ein normales Leben bei seiner Schwester haben. Das war mehr, als er zu wünschen berechtigt war, dachte er.

Seufzend brachte er das Gespräch wieder auf ihr eigentliches Thema zurück. »Wir wissen aber nach wie vor nicht, was *Hiobs* Agenda war.«

»Ist«, korrigierte Ben, nahm noch einen Schluck Bier und wischte sich den Schaum von der Oberlippe. »Ist. Bis auf ein paar Phrasen – *der islamistische Terror hat uns seit dem 11. September im Würgegriff, die islamistisch motivierten Straftaten in unserem Land nehmen seit Jahren zu, und was tut der Staat,* blablabla – hat Andersen wie gesagt nicht viel durchblicken lassen. Allerdings hat er sehr, sehr deutlich gemacht, dass er,

Andrea und Herdmann bei Weitem nicht die Einzigen waren, die dazugehören. Wir gehen aktuell von mindestens vier oder vielleicht auch fünf, sechs weiteren Mitgliedern aus, von denen wir nicht die geringste Idee haben, wer sie sein könnten. Wenn ich mir überlege, dass sich dahinter vielleicht jemand verbirgt, dem wir tagtäglich auf dem Flur begegnen …« Er schüttelte sich, als sei ihm plötzlich kalt geworden. Dann leerte er sein Bier in einem einzigen langen Zug.

»Was war mit Jesper?«, fragte Faris. »Wissen wir inzwischen mehr über ihn?«

»Was den angeht …« Tromsdorff verzog das Gesicht. »Er hat sich offenbar innerhalb von wenigen Monaten radikalisiert. Die Aufnahme der vielen Flüchtlinge vor einiger Zeit hat dazu beigetragen. Es tut mir leid, Faris, dass ich …«

Faris winkte ab. »Du konntest es nicht wissen, Robert!« Er drehte sein Glas und vergrößerte damit den feuchten Kreis auf der Theke. Er hatte Lust auf ein Glas Wein, stellte er fest, und das ließ ihn automatisch an Ira denken.

»Wenn wir *Hiobs* Agenda vielleicht auch nicht vollständig durchschauen, wissen wir immerhin, was der Grund für die Aktion in Karlshorst war«, sagte er, um sich von dem Gedanken an sie abzulenken.

»Die Islamisten dort aus dem Weg räumen.« Shannon erntete kollektives Stirnrunzeln für diese Aussage.

»Hoffen wir es«, sagte Tromsdorff. »Denn das würde bedeuten, dass die Chance besteht, dass die Organisation sich auflöst, weil sie ihr Ziel erreicht hat.« Faris konnte ihm ansehen, dass er nicht daran glaubte. Die Ahnung, dass sie es über kurz oder lang mit den restlichen Mitgliedern von *Hiob* zu tun bekommen würden, zeichnete sich in die tiefen Sorgenfalten auf seiner Stirn. Er seufzte schwer. »Tut mir leid, Junge, aber ich muss dir noch etwas erzählen. Über das Lederarmband.«

Faris' Gedanken schnurrten wie an einem Gummiband gezogen zurück zu den Sekunden, in denen er fast erstickt wäre.

Er hatte das Lederarmband angesehen und die Schrift darauf …

Er sah Tromsdorff in die Augen. »Ich habe mich nicht getäuscht, nicht wahr?«, wisperte er.

Er musste sich gegen die Theke lehnen, um das einstecken zu können, was jetzt kam.

»Es stand *Faris und Laura* darauf«, sagte Tromsdorff.

Faris und Laura.

Nicht *Laura und Faris …*

»Wir haben das zweite Armband in Andreas Handtasche gefunden«, fuhr Tromsdorff fort.

Faris' Magen krampfte sich zusammen. Seine halbe Vergangenheit schrumpfte zu einem einzigen punktförmigen Detail zusammen, zu einer winzigen scharfen Nadelspitze, die ihm mitten in die Brust fuhr. Schatten aus der Vergangenheit marschierten auf.

Und einer davon trat nun vor.

Laura.

Faris stützte die Ellenbogen auf der Theke ab und bedeckte die Augen mit den Händen. Das Punk-Rock-Stück, das bis eben mit seiner dissonanten Gitarre seine Gefühle untermalt hatte, war zu Ende, und Avantasia begann, *Death is just a Feeling* zu singen.

Living in the Darkness, dachte Faris.

»Erklärt mir jemand, was das zu bedeuten hat?«, fragte Marian. Er war noch nicht dabei gewesen, als Laura gestorben war.

Shannon räusperte sich. »Laura Zöller«, erklärte sie, und der Name trieb die Nadel tiefer in Faris' Brust. »Sie war einmal Faris' Verlobte. Sie wurde ermordet, etwas über ein Jahr ist das jetzt her. Faris und sie hatten jeder eines dieser Lederarmbänder, und auf beiden waren ihre Namen eingraviert. Lauras Armband wurde bei ihrer Leiche nie gefunden, und wir gingen davon aus, dass ihr Mörder es mitgenommen hatte.«

Marian war anzusehen, wie in seinem Kopf die einzelnen Rädchen einrasteten und das Bild zusammengesetzt wurde. »Andrea hat Laura ermordet.«

Faris umklammerte die Kante der Theke.

»Nein«, sagte Tromsdorff. »Wir haben den Täter damals erwischt. In mehreren Verhören erfuhren wir, dass er nicht allein gehandelt hatte, sondern dass es Hintermänner gegeben haben muss. Allerdings starb auch er im Gefängnis. Er hat sich erhängt, zwei oder drei Monate nach seiner Verhaftung. Wir gehen mittlerweile davon aus, dass auch er ermordet wurde.«

»Andrea war einer dieser Hintermänner«, vermutete Marian.

»Lauras Mörder hat damals versucht, Faris dazu zu treiben, sich auf dem Pariser Platz in die Luft zu sprengen. Die Tatsache, dass wir jetzt Lauras Armband bei Andrea Roth gefunden haben, die ein Mitglied von *Hiob* war, lässt den Schluss zu, dass die Organisation schon damals die Finger im Spiel gehabt hat.« Tromsdorff legte Faris eine Hand auf die Schulter. »Sein Tod vor dem Brandenburger Tor sollte möglicherweise als Fanal dienen.«

Faris zwang einen Schluck Cola durch seine enge Kehle.

»*Hiobs* Ziel war es von Anfang an, so viele Islamisten wie möglich zu töten«, erklärte Shannon. »Es sieht ganz so aus, als wäre alles von sehr, sehr langer Hand geplant gewesen. Möglicherweise könnte schon der Bau des Gefängnisses Teil dieser Aktion gewesen sein. Dabei haben jedenfalls ziemlich mächtige Leute seit Jahren schon ihre Fäden im Hintergrund gezogen, und Andersen war einer von ihnen.«

Defy what they use to call death, sang Avantasia.

Hinter Faris' Rücken öffnete sich die Kneipentür, und ein Schwall kühler Luft schwappte um seine Beine.

»Andersen hat sich selbst Ludger genannt«, überlegte Shannon laut. »Genau wie sein Großvater, der sich kurz nach dem Krieg erschossen hat. Ich habe da noch mal ein bisschen nachgeforscht. Ludger Hagen war ein ziemlich gespaltener Typ. Gleichzeitig glühender Nationalsozialist und bekennender Anhänger einer evangelischen Freikirche. Dieses Spannungsfeld hat ihn am Ende zerrissen, und ich habe irgendwie das Gefühl, dass es bei *Hiob* um eine ganz ähnliche Mischung geht.«

»Faschismus gepaart mit Evangelikalismus?«, murmelte Marian.

»Auf jeden Fall eine geballte Ladung Rassismus«, sagte Shannon nickend. »Sieht ganz so aus, als müsste die SERV in den nächsten Jahren ziemlich in die Hände spucken. Und als müsste sie noch konspirativer arbeiten als ohnehin schon.«

Ben wirkte begeistert von dieser Aussicht, doch er stand damit allein. Die anderen stöhnten demonstrativ.

»Haben wir eine Idee, warum Andersen die SERV in die Abteilung 5 geholt hat, wenn er zu *Hiob* gehörte?«, fragte Faris.

Tromsdorff schüttelte den Kopf. »Nur eine Vermutung. Er wollte uns besser unter Kontrolle haben, denke ich.« Er verzog die Lippen zu einem schmalen Strich. »Vielleicht hat er aber auch einfach nicht mehr gewusst, wie er mich anders loswerden soll. Immerhin habe ich damals ziemlich vehement darauf hingearbeitet, von Abteilung 1 wegzukommen.«

Faris stützte den Kopf in die Hände. Ein leichter Schmerz bildete sich hinter seiner rechten Schläfe.

Wann nur war alles so kompliziert geworden?

»Okay, Leute!« Tromsdorff erhob sein Glas. »Trinken wir auf die Kollegen, die wir verloren haben. Auf Julia!« Er begann, eine Handvoll Namen aufzuzählen, von SEKlern aus Julias Team und von Beamten der JVA, aber Faris hörte nicht mehr hin. Seine Gedanken wanderten zu Julia und der Art, wie sie gestorben war. So unverhofft und brutal.

Vielleicht war es das, was ihnen allen bevorstand, dachte er schwermütig. Bei diesem Job, den sie tagtäglich machten, war das nicht völlig auszuschließen.

Er lauschte in sich hinein und wartete auf das erneute Bedürfnis, den Dienst zu quittieren. Es kam nicht.

Vielleicht war er wirklich durchgeknallt.

Er bewegte den Kopf hin und her, um seine verkrampften Nackenmuskeln zu entspannen, und dabei fiel sein Blick auf die schmale Gestalt im hellen Mantel, die zusammen mit der kalten Luft in die Kneipe geweht worden war.

Sie stand ein Stück abseits und wartete taktvoll, und erst als Tromsdorff seine Ansprache beendet hatte und sich das Gespräch leichteren Themen zuwandte, drehte Faris sich ganz zu ihr um.

»Hallo, Ira«, sagte er.

Weil Marian Faris' Befangenheit spürte, winkte er Ira heran und half ihr aus dem Mantel. Während sie aus dem Kleidungsstück schlüpfte, wandte sie den Blick nicht von Faris' Gesicht.

Faris bedeckte den Mund mit der Hand.

Marian hätte ihn am liebsten gepackt und geschüttelt, dabei hatte er eine ungefähre Ahnung davon, warum Faris Ira auf Abstand hielt. In den Tagen direkt nach dem Gefängnisaufstand hatte er ein paar private Nachforschungen angestellt, und eine davon hatte ihn auch zu einer Freundin von Julia Lautenschläger geführt. Was Marian bei der jungen Frau erfahren hatte, hatte ihm einen ganz neuen Blick auf seinen Partner eröffnet.

Faris war mit Julia im Bett gewesen, das an sich war noch nichts Ungewöhnliches gewesen, und dementsprechend hatte Julias Freundin das Ganze auch *nicht weltbewegend* genannt. »Es war nur Sex«, hatte sie gesagt. »Kein Wunder, wenn Sie mich fragen, wo er doch so sehr in diese Pastorin verliebt ist.«

Und Marian hatte die junge Frau gefragt, woher sie das wusste.

»Julia ist nicht blöd gewesen«, hatte sie mit einem sehr traurigen Lächeln gesagt. »Sie wusste, was Faris empfindet. Ich bin nicht sicher, ob es sie wirklich so unberührt gelassen hat, wie sie behauptet hat.«

An dieses Gespräch dachte Marian jetzt, als er beobachtete, wie sein Partner und diese schmale blonde Frau mit den intensiven grauen Augen sich ansahen. Er hatte sich geschworen, für sich zu behalten, dass Julia Lautenschläger insgeheim verliebt in diesen Mistkerl gewesen war. Aber auf Ira hatte er Faris bei seinem nächsten Besuch im Krankenhaus direkt angesprochen.

»Liebst du sie?«, hatte er gefragt.

Faris hatte lange geschwiegen.« Mehr als ich ausdrücken könnte.«

»Aber du bist mit einer anderen ins Bett gegangen.«

»Weil ich …« Faris hatte Luft durch die Zähne gezogen. »Vielleicht hatte ich das Gefühl, dass Julia auf sich selbst aufpassen kann.«

Marian hatte das »Na, das hat ja wunderbar geklappt!«, das ihm auf der Zunge lag, hinuntergeschluckt.

Jetzt jedoch sah er Ira an.

»Erzähl ihm, was du am Telefon zu al-Sadiq gesagt hast«, forderte er sie auf.

Sie schüttelte den Kopf. »Ich bin ganz froh, dass er das nicht weiß.«

Ein ungeduldiges Kribbeln erfasste Marian. Zum Teufel noch mal!

Und er beschloss, Fakten zu schaffen. Er ignorierte Iras bösen Blick und sagte: »Als Ira mit al-Sadiq gesprochen hat und als sie feststellen musste, dass ihm mit theologischen Argumenten nicht beizukommen war, hat sie ihm gedroht.« Er machte eine Pause, schien zu warten, ob Ira von diesem Punkt an allein weitererzählen würde. Als sie es nicht tat, fuhr er ungerührt fort: »Sie hat ihm gesagt, er soll dir in die Augen schauen.«

Faris erinnerte sich daran, wie al-Sadiq ihn während des Telefonats gemustert hatte.

»Sie hat ihn gefragt, was er sieht, und sie hat es ihm gleich selbst erklärt: einen Mann, dem sein eigenes Leben nichts wert ist. Einen Mann, der …« An dieser Stelle veränderte er seine Stimme, um zu zeigen, dass er jetzt Ira zitierte. »*… Sie und jeden, den Sie jemals geliebt haben, jagen und töten wird, wenn Sie diesen Anschlag wirklich durchführen.*«

Schweigen breitete sich aus.

Sämtliche Geräusche des Kneipenbetriebs schienen plötzlich in weite Ferne gerückt.

Marian hielt die Luft an. Kurz bevor sie vorhin hierhergekommen waren, hatten Tromsdorff und er sich über Iras Gespräch mit al-Sadiq unterhalten. Sie waren übereingekommen, Faris mit keinem Wort davon zu erzählen, dass sich Sadiq im Knast schon mehrfach nach Ira erkundigt hatte.

Und Sebastian Nadler auch.

Langsam ließ Marian die angehaltene Luft durch die Nase ausströmen. »Wenn du mich fragst, Partner«, sagte er, »dann ist Ira die tougheste Frau, die du im Leben finden wirst.« Erneut ließ er ein paar Sekunden verstreichen. »Verdammt! Immerhin traut sie sich, einen Scheißkerl wie dich zu lieben.«

Die anderen hatten sich an einen der Tische zurückgezogen, und Faris und Ira standen allein an der Theke.

»Ich bin froh, dass du diesen furchtbaren Bart abrasiert hast«, hatte Ira gerade eben zu ihm gesagt. Jetzt sah sie zu, wie Marian sein Glas erhob und einen ziemlich albernen Toast auf das Team ausbrachte. »Man sieht euch allen an, was diese Arbeit mit euch tut«, murmelte sie sehr leise.

Faris verspürte den dringenden Wunsch, das, was hinter ihren Worten steckte, mit einem Scherz zu parieren. »Na ja. Marian nicht wirklich, oder?«

Sie ging auf seine Ironie nicht ein. »Er versteckt es nur besser.«

Faris wusste, was sie meinte. *Sie sieht tiefer,* dachte er, *und das macht es so beängstigend, in ihrer Nähe zu sein.*

»Ich habe nachgedacht«, murmelte sie, und die Worte ließen ihn zittern. Behutsam berührte sie ihn an der Hand. Er griff zu, hielt sich an ihr fest. Sie lächelte traurig. »In meinen Augen hat Sadiq einen großen Fehler gemacht.«

Er wartete.

»Er hat sich überlegen gefühlt. Vielleicht ist das der Grund, warum er diesem Mädchen erlaubt hat, nach den ersten Morden weiterzuleben.«

Faris nickte. »Er ging damit ein Risiko ein, ja.«

»Es liegt in der Natur der Dinge«, fuhr Ira fort. »Die Drahtzieher hinter all dieser Gewalt müssen dafür sorgen, dass die Attentäter, die sie losschicken, sterben. Damit sie nicht mehr in der Lage sind, ihren Opfern in die Augen zu sehen.«

»Du meinst, hinzusehen würde das Problem lösen?«

»Es geht immer darum hinzusehen …« Sie senkte den Kopf, rieb sich die Stirn. »Ich fange schon wieder an zu predigen, nicht wahr?«

Die Stille, die ihren Worten folgte, hüllte Faris ein wie ein

Seidentuch. Er dachte an seinen sonderbaren Widerwillen gegen Marians Worte neulich im Krankenhaus. *Bla, bla. Und der ganze übliche Scheiß eben* hatte sein Partner gesagt. Faris wusste jetzt, warum ihn das so gestört hatte. Weil es das banalisierte, was in seinen Augen aus Amira und ihrem Bruder Attentäter gemacht hatte. Faris stellte sich vor, wie Halim und Kevin im Angesicht des Todes miteinander geredet hatten. Vielleicht war dieses Therapiekonzept von Karlshorst doch nicht so dämlich, wie sie alle dachten?

Vielleicht sollte er irgendwann einmal ins Gefängnis fahren und Tarik besuchen. Rausfinden, was ihn wirklich zu seiner Tat getrieben hatte.

Die Berührung von Iras Fingern kribbelte auf seiner Haut.

Ihr Blick verbrannte das, was von ihm noch übrig war, zu reiner, sauberer Asche. »Das, was ich an diesem Abend gesagt habe, nachdem wir miteinander geschlafen hatten …«

»Dass du mich liebst«, half Faris nach, als sie nicht weitersprach.

»Eine Weile lang habe ich geglaubt, dass das der Grund war, warum du mir nach diesem Abend aus dem Weg gegangen bist, aber das stimmt nicht, oder?«

Er dachte an die beiden Typen, die sie verfolgt hatten, an den Zorn in ihren Augen. Nach allem, was geschehen war, fiel es ihm schwer, sie noch als Idioten zu bezeichnen. Er schob den beunruhigenden Gedanken von sich, dass sich auch jemand um sie kümmern musste.

Hinsehen, hatte Ira gesagt. *Im Gespräch bleiben.*

»Es war das, was ich im *Rossi* gesagt habe, stimmt's?«, fragte sie jetzt.

Faris wollte den Kopf schütteln, aber Ira fuhr schon fort.

»Ich habe mich in dein Leben eingemischt, habe dir gesagt, dass du dich um Lilly kümmern sollst und um deine

Schwester. Ich habe behauptet, dass es dir guttun würde. Dass du jemanden brauchst, um weitermachen zu können.«

Er lächelte. »Ich habe geantwortet, dass du den verdammten Seelsorgermodus ausschalten sollst.«

In ihren Augen schimmerte es. »Stimmt. Ich weiß, dass ich dir zu nahetrete …«

Du hast keine Ahnung, wie nahe!, dachte Faris.

»Ich würde gern versuchen, den Seelsorgermodus auszuschalten«, murmelte sie.

»Wir müssen hinsehen. Hast du eben selbst gesagt.«

Avantasia stimmte ein neues Lied an. *Your Love is Evil,* und das war nun so gänzlich unpassend, dass Faris ein Auflachen nicht unterdrücken konnte.

Er sah Iras Augen glänzen. Sie wollte etwas hinzufügen, aber er verschloss ihr die Lippen mit den Fingerspitzen.

»Es ist gut.«

War es das? Er wusste nicht, wie es weitergehen würde. Die Enttäuschten und Zornigen waren immer noch dort draußen, immer noch eine Gefahr, und es machte ihn irre, auch nur daran zu denken, dass er Ira irgendwann vielleicht einmal nicht beschützen könnte.

Seine Finger an ihren Lippen begannen zu zittern.

Sie nahm seine Hand fort, hielt sie ganz fest. »Ich würde gern einen Spaziergang machen«, sagte sie.

Faris stand wortlos auf, holte seine Jacke und ihren Mantel und half ihr hinein. »Glaubst du wirklich, was du al-Sadiq über mich gesagt hast?« Sie konnte ihn in diesem Moment nicht ansehen, denn sie wandte ihm den Rücken zu, und das verlieh ihm den Mut, die Frage zu stellen.

»Was denkst du?« Sie drehte sich um. Sah zu ihm auf. Er erkannte eine solche Stärke in ihren Augen, dass er glaubte, sich daran festhalten zu können.

Sie ist die tougheste Frau, die du finden wirst.

Er glaubte, die Blicke seiner Kollegen im Rücken zu spüren, aber als er zu ihnen hinüberschaute, waren diese in ein Gespräch vertieft und achteten nicht auf ihn. Nur Marian blickte kurz auf und lächelte.

Faris wandte sich wieder Ira zu. »Ich glaube, dass du recht hast.«

Sie wartete vergeblich, dass er sich erklärte. »Womit?«

»Damit, dass ich jemanden brauche, um weitermachen zu können.« Er wollte noch so viel mehr sagen, aber genau das war die härteste Aufgabe, vor der er je gestanden hatte.

Ira lächelte. »Das ist ein Anfang.« Sie reichte ihm ihren Arm.

Als sie aus der Kneipentür traten, regnete es.

***

Ausnahmsweise ein Nachwort

Während ich an diesem Roman schrieb, haben Attentäter in Paris die Redaktion von Charlie Hebdo und das Bataclan überfallen. Während ich schrieb, explodierten Bomben in Brüssel und in Istanbul und an so vielen anderen Orten auf der Welt.

Während ich diesen Roman schrieb, flogen aber auch Brandsätze auf deutsche Flüchtlingsheime, demonstrierten Menschen mit Galgen gegen die Flüchtlingspolitik unserer Kanzlerin, erhob überall in Europa der rechte Populismus sein düsteres Haupt.

Jedes einzelne dieser Ereignisse stellte für mich diesen Roman neu infrage. Mehr als einmal war ich dicht davor, ihn in die Schublade zu legen. Aber ich habe es nicht getan.

Ich habe weiter damit gerungen, auch wenn mir all die unbeantworteten Fragen, die er aufwarf, schlaflose Nächte bereitet haben – und es noch tun. Es gibt keine einfachen Antworten auf diese Fragen.

Im Mai dieses Jahres bin ich nach Paris gefahren und habe dort das Grab eines der Opfer aus dem Bataclan besucht.

Und am Ende war es ein einziges Gefühl, das mich diesen Roman hat fertigschreiben lassen: das Gefühl, dass ein paar frustrierte und hasserfüllte Männer und Frauen kein Recht darauf haben, Einfluss auf mein Leben und damit auf mein Schreiben zu nehmen.

Egal, auf welcher Seite sie auch immer stehen mögen.

Danksagung

Mein erster und größter Dank muss dieses Mal den Menschen gelten, die mir geholfen haben, aus einem Katastrophenmanuskript ein lesbares Buch zu machen. Allen voran ist das Hannah Jarosch, meine Redakteurin bei Blanvalet, der ich von Herzen für ihre Geduld mit mir danke und für ihr gutes Auge für die innere Logik und Struktur einer Geschichte wie dieser. (»Ich hoffe, wir dürfen noch viele weitere SERV-Fälle gemeinsam bearbeiten, meine Liebe, und ich hoffe noch mehr, dass du das nach diesem hier auch noch immer so siehst!«)

Des Weiteren danke ich meinem Mann Stefan Lange, Nils Landmark und Maike Götting für ihre kritischen Anmerkungen zum Manuskript und dafür, dass sie mich trotz allem mit ihrer Kritik nicht geschont haben. (»Ihr seid *meine* SERV, ihr drei!«)

All jenen, die mir, wie immer, mit ihrem Fachwissen zur Seite gestanden haben, möchte ich ebenfalls danken, stellvertretend für sie seien an dieser Stelle genannt: Volker Wortmann für unsere Gespräche über die Polizeiarbeit, Bastian Reimers für die Einblicke in den Alltag einer JVA und Jannis Radeleff für sein Fachwissen über Carfentanyl und Naloxon.

Außerdem geht mein Dank an Elke, Martin, Michael, Maria, Heike, Cordula, Ellen, Stefan und all die anderen vom Runden Tisch der Flüchtlingshilfe in meinem Dorf, dafür, dass ich mich wochenlang ausklinken durfte, um dieses Buch zu schreiben. Ich werde weiterhin mit euch gemeinsam daran glauben, dass unsere Arbeit – so wie die aller freiwilligen Helfer in unserem Land – ein kleines bisschen dazu beiträgt, Schicksale wie das von Amira zu verhindern.

Schließlich danke ich diesmal Avantasia dafür, dass sie mir mit ihrer Musik den passenden Soundtrack für meine Arbeit geliefert haben (»What kind of love will let us bleed away?«), und Christian Koch, dem Inhaber der Hammett-Buchhandlung aus Berlin, für den Tipp, dass über seinem Laden eine Wohnung für Faris frei geworden ist.

Kathrin Lange (im September 2016)

Literaturangaben:
S. 7: Georg Christopher Lichtenberg, Sudelbücher. Marix Verlag 2011.

Zitate der Zwischenüberschriften:
Teil 1: Georg Büchner, aus *Dantons Tod. Suhrkamp. Berlin 2007.*
Teil 2: Sébastien Van Malleghem, aus *Prisons. André Frère Editions. Paris 2015.*
Teil 3: Jude Neale, aus *I want the haunted place.* Veröffentlicht in: *Only the fallen can see. Leaf Press. Vancouver Island 2011.*

Die Koranzitate in diesem Buch stammen aus: Der Koran. Hrsg. von Annemarie Schimmel. Übersetzt von Max Henning. Reclams Universal-Bibliothek. Stuttgart 2012.

Bibelzitate aus: Die Bibel nach der Übersetzung Martin Luthers. Deutsche Bibelgesellschaft. Stuttgart 1985.